FIFTYFIFTY

Mathias Bröckers ist Autor und freier Journalist. Seine Werke *Die Wiederentdeckung der Nutzpflanze Hanf* (1993) und *Verschwörungen, Verschwörungstheorien und die Geheimnisse des 11.9.* (2002) und wurden internationale Bestseller.

Sven Böttcher ist Schriftsteller und Drehbuchautor. Seine Bücher *Quintessenzen* (2008) und *Wer, wenn nicht Bill/ Wir?* (2021) wurden Spiegel-Bestseller.

SVEN BÖTTCHER
MATHIAS BRÖCKERS

DAS FÜNFTE FLUGZEUG

Der 9/11-Thriller

FIFTYFIFTY

Dies ist ein fiktionales Werk. Die handelnden Personen sind frei erfunden, ebenso die Mehrzahl der genannten Organisationen und Firmen. Die tatsächlichen Vorfälle und Aussagen lebender Personen im Zusammenhang mit den Ereignissen vom 11. September 2001 sind in eine fiktive Handlung integriert. Eine ausführliche Dokumentation der widersprüchlichen Darstellung des Tathergangs findet sich im Untersuchungsbericht der 9/11-Kommission (www.9-11commission.gov/report/index.htm) sowie in den freigegebenen Dokumenten des FBI.

Die Deutsche Nationalbibliothek verzeichnet diese Publikation in der Deutschen Nationalbibliografie; detaillierte bibliografische Daten sind im Internet über http://dnb.d-nb.de abrufbar.

ISBN: 978-3-946778-23-3

in Vertriebskooperation mit der Westend Verlag GmbH
Umschlaggestaltung: Buchgut, Berlin
Satz: Publikations Atelier, Dreieich
Redaktion: Anna Drujan
Druck und Bindung: CPI – Clausen & Bosse, Leck
Printed in Germany

Wahrheit ist die Erfindung eines Lügners.
(Heinz von Foerster)

Erster Teil

Der Pilot

1

Das Paradies zeigte sich von seiner besten Seite, und die war am Morgen dieses späten Augusttages von fast unanständiger Perfektion. Als Mike Donovan den Schlüssel in die Ruhestellung zurückdrehte und den Motor des Cherokee zum Verstummen brachte, wurde ihm die Schönheit von Gottes Schöpfung an diesem besonderen Ort fast schmerzhaft bewusst. Die Morgensonne strahlte aus einem kristallblauen, wolkenlosen Himmel, eine sanfte warme Brise wehte durch die geöffneten Wagenfenster, trocknete die letzten Schweißtropfen auf Donovans gebräunter Haut, und vor ihm erstreckte sich, so weit das Auge reichte, das Meer, ein funkelnder Traum in Türkis und Azur. Ein Postkartenparadies. Die *Caymans*. Die letzte Station seiner langen Reise, wie er hoffte. Er hatte etliche Strände, viele Inseln dieser Welt gesehen, in seinem Leben als Pilot und in seinem Leben danach. Hawaii, Mexiko, Thailand. Das waren die letzten Stationen gewesen, die Etappen auf der Flucht. Aber nichts konnte schöner sein als der Anblick, der sich ihm jetzt bot. Strand, Meer, Himmel. Endlosigkeit.

Das kleine Haus, das er seit fast anderthalb Jahren bewohnte, hockte bescheiden zwischen Palmen am sanft abfallenden Strand, keine fünfzig Meter vom Wasser entfernt. Donovan stieg aus dem Jeep, wischte sich mit dem Handtuch, das er beim morgendlichen Lauf immer um die Schultern trug, über die Stirn und reckte sich. Er atmete tief ein, warme Luft, die nach ewiger Jugend schmeckte. Es kam ihm grotesk vor, dass er, seinem Pass zufolge, sechzig war.

Vierzig. Höchstens. Gefühltes Lebensalter. In dem Alter musste er einfach stehen geblieben sein, irgendwie. Mit dem Tag der Trennung von seiner Frau hatte sein Körper offenbar beschlossen, nicht mehr zu altern. Fit zu bleiben. Und Frauen um sich zu haben, die deutlich jünger waren. Frauen wie Kanya.

Donovans Blick fiel auf das Küchenfenster des Hauses. Die Fensterläden waren noch immer geschlossen. Keine Kanya, die Kaffee oder Rühreier zubereitete. Sie hielt nichts von Weckern, seine Schönheit, die wunderbarste Blume Thailands, die er vor anderthalb Jahren eingesammelt hatte, bei seinem Aufenthalt in Phuket. Kanya, die kleine Verrückte, das Mädchen mit den großen Mandelaugen und der großen Macke. Donovan lächelte. Das eine hatte sie ihm gleich am zweiten Abend gesagt: »Ich bin schön und ich schlafe gern. Erwarte nicht, dass ich für dich koche. Ich will die Welt kennenlernen, ich will dich ficken, mit dir reden, Sachen erleben, aber Hausfrau und Mutter für einen alten Ami-Piloten, das bin ich garantiert nicht.«

Donovan hatte fast erwartet, dass sie ihn mitten in seinem Morgenlauf auf dem Handy anrufen und fragen würde, wo er bliebe. Immerhin hatte er an diesem Morgen, entgegen seiner Gewohnheit, nicht den üblichen 45-Minuten-Parcours am Strand genommen, sondern war, einer Laune folgend, ins Auto gestiegen und eine halbe Stunde weit gefahren, um seinen Morgenlauf zwischen zwei anderen Buchten zu absolvieren. Wäre Kanya aufgewacht und hätte sie bemerkt, dass er um viertel nach neun noch nicht zurück war, hätte sie sofort zum Handy gegriffen – und ihn verdächtigt, sich mit anderen Frauen herumzutreiben. Wie immer, wenn er mal eine halbe Stunde nicht dort war, wo er eigentlich sein sollte.

Sie durfte das. Er sah ihr diese irrationalen Gefühle gern nach, auch wenn er sie nicht nachvollziehen konnte, nicht mehr. Er hatte viel zu viel erlebt, war Ehemann geworden und Vater, Ehebrecher und schlechter Vater, Pilot und Verbrecher wider Willen, Flüchtiger und Freund jedes schönen

Augenblicks. Er hatte zu viel Angst vor dem Tod gehabt, um die Angst vor dem Liebesverrat noch ernst nehmen zu können.

Aber Kanya durfte sich all das erlauben. Kanya war sechsundzwanzig. Kanya sollte ruhig ohne Grund mit teuren Tellern werfen. Oder, besser, ihn küssen, wie sie nun mal küsste: leidenschaftlich, voller Hingabe und voller Lust, das Leben zu leben. Mit ihm, dem alten Mann, der sich nicht nur zwanzig Jahre jünger fühlte, als er war, sondern auch fast so aussah, obwohl es langsam mühsam wurde. Aber Mike Donovan würde sich nicht gehen lassen, nie im Leben. Er würde jeden Morgen laufen, seine Hanteln schwingen und die Boxbirne bearbeiten, bis er tot umfiele. Und dabei dann hoffentlich, mit achtzig oder später, aussehen wie ein Fünfundfünfzigjähriger.

Donovan drückte auf den Schlüssel des Jeeps, und mit leisem Knacken verriegelten sich die Türen des Autos. Im leichten Trab lief er die paar in den Sand gebauten Stufen hinunter, auf das Haus zu. Er liebte Kanyas Duft am Morgen, ihren nackten, schlanken Körper zwischen den Laken. Mike Donovan grinste der azurblauen Pracht vor seinem Domizil ins Gesicht: Es war ein großartiger Morgen, um Kanya gebührend zu wecken.

Als er die Tür aufstieß, wusste er, dass irgendetwas nicht so war wie sonst. Nichts sah anders aus. Nichts roch anders. Es gab keinen ersichtlichen Grund. Die beiden Weingläser vom Vorabend standen noch immer dort, wo er sie hingestellt hatte, auf dem Spültisch direkt vor ihm, und die Kissen auf dem Sofa waren genauso unordentlich wie in dem Augenblick, als er das Haus verlassen hatte. Aber etwas stimmte nicht.

Im nächsten Augenblick wusste Donovan, dass gar nichts mehr stimmte, denn ein schwerer Körper fiel von hinten in seinen Rücken, und instinktiv nahm er wahr, in welcher

Hand sein Angreifer das Messer hielt. Sein rechter Ellenbogen traf den Unsichtbaren mitten im Solarplexus, und der Druck um seinen Hals ließ augenblicklich nach. Donovan drehte sich um, fasste den nach Luft ringenden Mann bei den Schultern, rammte ihn sein Knie in die Weichteile und danach, während der andere in sich zusammensank, unter das Kinn. Dem lauten Krachen, mit dem der Kiefer des Angreifers brach, ließ Donovan einen weiteren schweren Schlag in den Nacken folgen, der den Fremden endgültig außer Gefecht setzte.

Schwer schlug der Körper auf den Holzboden und blieb reglos liegen, ein Messer klapperte aus einer schlaffen Hand, und es war still im Haus, in dem Donovan geglaubt hatte, eine ganze Weile Ruhe zu finden, so nah am Paradies.

Der alte Mann machte auf dem Absatz kehrt und ließ den Angreifer liegen wie eine ausgelesene Zeitung. Mit wenigen Schritten erreichte er die Tür zum Schlafzimmer, stieß sie auf und sah, was er befürchtet hatte.

Warum, fragte er sich, *hast du ihnen nichts gesagt*?

Er trat näher an das Bett heran, in dem seine tote Freundin lag, die blanke schöne Brust blutüberströmt aus durchgeschnittener Kehle. Mit zitternden Lippen küsste er sie sanft auf die Stirn, dann bedeckte er sie mit der Decke aus Satin, behutsam, als könnte er ihr noch wehtun. Donovans Hände zitterten. Hass und wilde Wut überfluteten sein Herz, das geglaubt hatte, alle Regungen zu kennen.

Nicht sie.

Noch einmal küsste er ihre Stirn, strich über ihre wunderbaren schwarzen, glänzenden Haare und versprach, ohne ein Wort zu sagen, dass dies der letzte Tod sein würde, den seine Verfolger auf dem Gewissen hätten.

Danach ging er zurück, zu seinem Angreifer, der bewusstlos auf dem Boden im Eingangsraum lag. Donovan schob ihm einen Fuß unter den Bauch und drehte ihn um. Der

Mann war kein Amerikaner. Inder oder Pakistani, allerdings ausweislich seines Anzugs seit längerem in der Zivilisation unterwegs. Gewesen.

Donovan nahm das Messer seines Angreifers, setzte es dem Bewusstlosen an die Kehle und stach ihm hart und tief in die Schlagader. Es war Jahre her, dass er das getan hatte, im Rahmen eines Survival-Trainings der *Firma*. Damals war sein Opfer ein Kaninchen gewesen, aber diesmal empfand er weniger Skrupel. Donovan empfand gar nichts mehr. In das Röcheln des Verblutenden hinein zog er das Messer heraus aus der Wunde, hob es hoch und rammte es in den Brustkorb von Kanyas Mörder.

Während sein Opfer sich mit einem letzten Zucken in ein besseres Leben verabschiedete, schritt Donovan zur Spüle, öffnete die Tür darunter und zog seinen Notfall-Rucksack hinter dem Mülleimer hervor. Zwei Paar Socken, zwei Unterhosen, eine Jeans, T-Shirts, Zahnbürste, Klinge und Rasierwasser, Laptop, Memory Stick, ein Packen Bargeld und alle Beweise in doppelter Ausführung.

Er beeilte sich, das Haus zu verlassen. Der Inder oder Pakistani war sicherlich nicht allein gekommen. Normalerweise kamen sie zu dritt. So war es auf Hawaii gewesen, so war es in Thailand gewesen. Und die anderen würden auch diesmal wieder nicht weit sein. Er hatte bloß Glück gehabt, dass ihnen das Warten neben Kanyas Leiche offenbar langweilig geworden war.

Donovan spähte aus der Küchentür. Dreißig Meter bis zum Jeep, und es sah nicht so aus, als hockte irgendwer unter den Palmen. Er stieß die Tür auf und rannte wieder mal um sein Leben, zu seinem Jeep, um seinem gemieteten Glück auf den Cayman Islands endgültig den Rücken zu kehren.

Er hatte den Wagen gerade erreicht und die Tür aufgerissen, als er ein vertrautes, an diesem Ort jedoch ungewöhnliches Geräusch hörte: das dumpfe Trommeln der Rotoren eines Hubschraubers, der von der Seeseite her direkt auf sein Haus zuflog.

Donovan zögerte nur einen Sekundenbruchteil. Er schlug die Tür wieder zu und rannte geduckt zum Haus zurück, um das Haus herum, über die hintere Terrasse und durch den kleinen Garten. Mit dem Rucksack in der Rechten flankte über den Zaun, hinunter auf einen kleinen Trampelpfad, der zu den in der zweiten Strandreihe liegenden Häusern führte. Wegen der Büsche und Bäume in seinem Garten und am Wegesrand konnte er den Horizont nicht mehr sehen, aber sein geschultes Pilotenohr sagte ihm, dass der Chopper gerade direkt vor dem Haus zur Landung ansetzte. Donovan rannte den Pfad entlang und dankte der üppigen Vegetation für den Sichtschutz. Schon nach wenigen hundert Metern tauchte zu seiner Linken, zwischen dichten Palmwedeln, die bleiche Yamaha-Fahne auf, die über der Werkstatt von Master Carl wehte, dem Dorfmechaniker, der Touristen mit Geländemotorrädern versorgte. Auch Donovan hatte sich bei Carl gelegentlich eine Maschine geliehen, und wie immer hockte Carl auch an diesem Morgen unter einem Schattendach aus Palmblättern und schraubte an einer angeschlagenen Enduro herum.

Carl sah auf und grinste Donovan an. Es war ein freundliches Grinsen, auch wenn in seinem Mund ein paar Zähne fehlten.

»Morgen, Master Mike – so früh schon …«

Mit leisem Bedauern erstickte Donovan sein letztes karibisches Schwätzchen im Keim: »Sorry, Carl, ich bin ein bisschen in Eile heute Morgen, wir reden später.« Er sah die schwarze XT schräg hinter Carl stehen, direkt vor der Ausfahrt, und deutete darauf. »Ist das die XT, die ich neulich hatte?«

»Ja …?«

»Ist die okay? Vollgetankt?«

»Klar ...«

»Gut.« Donovan war bereits auf dem Weg, zog im Gehen das Bündel Hundert-Dollar-Scheine heraus und drückte Carl zwei in die Hand.

»Du hast doch Kredit«, sagte Carl verdutzt, aber Donovan unterbrach ihn gleich wieder, während er sich auf die Maschine setzte, sie anließ, den Helm vom Lenker nahm und diesen entgegen seiner Gewohnheit nicht Carl in die Hand drückte, sondern aufsetzte. »Du findest die Mühle am Flughafen oder am Hafen. Weiß ich noch nicht. Die zweihundert sind für deine Mühe.«

Carl nickte und sah ihn bekümmert an.

»Schätze, das heißt, ich hab gerade einen Kunden verloren?«

»Ich fürchte, ja. Danke, Carl. Für alles.«

Und mit diesen Worten trat Donovan in den ersten Gang, drehte am Gasgriff und ließ die Maschine vom Hof springen, auf die unbefestigte Straße, die erste Etappe seines nächsten langen Fluchtweges.

Im Wissen, dass alles vorbei war. Dass sie ihn auch hier, im Paradies, wieder aufgestöbert hatten. Dass sie ihn immer jagen würden.

Im Wissen, dass er sich etwas vorgemacht hatte, all die Jahre.

Im Wissen, dass er sie zu einem Remis zwingen musste; dass er nach New York würde zurückkehren müssen, an den Ort, an dem das Verbrechen des Jahrhunderts begangen worden war. Mit seiner unschuldigen Hilfe.

Im Wissen, dass er nur noch eine Chance hatte, zu überleben.

Öffentlichkeit. Berühmtheit. *60 Minutes*.

Max Fuller.

2

»Fuller?«

»Was?«

Max Fuller sah von seinem Monitor auf und blickte über ein Meer aus *Google*-Seiten hinweg mitten ins Gesicht seines direkten Vorgesetzten beim CBS-Format *60 Minutes*. Oliver Bennett war erkennbar schlecht gelaunt, aber das war erstens nichts Neues und zweitens das Einzige, was er und Fuller gemeinsam hatten.

»Hast du das Dossier über Britneys Mutter?«

»Fast«, sagte Fuller und klickte einige seiner offenen Webseiten beiläufig weg. »Fast« war nicht mal direkt gelogen, denn ein gähnend leeres Dokument war ja *fast* alles, was man über eine völlig unwichtige Person wissen musste.

»Wann?«, fragte Bennett.

»Heute Nachmittag«, sagte Fuller.

»Hast du schon mal gesagt, und das war gestern.«

Fuller nickte, brachte ein schiefes Lächeln zustande und seufzte bedauernd. »Ist halt schwer in den Griff zu kriegen, die Mutter.«

Normalerweise reichten Antworten wie diese, um Bennett zu vertreiben. Aber an diesem Morgen hatte Fuller Pech. Nicole, die im Großraumbüro zwei Tische neben ihm hockte, konnte ein Prusten nicht unterdrücken, und Bennett erkannte instinktiv, dass er energisch durchgreifen musste, um seine Position zu behaupten.

»Bullshit«, sagte er, kam um den Tisch herum und setzte sich einfach auf die Kante – auf Fullers Unterlagen.

Fuller sah ihn verblüfft an. Der kleine Scheißer. Dreiunddreißig, teure Hemden, teure Schuhe, teure Frisur. Ein Wichtigtuer vom Scheitel bis zur Sohle, der seinem Boss bis zum Anschlag in den Arsch kroch und Praktikantinnen regelmäßig in Nervenzusammenbrüche trieb. Bennett war, wenigstens in Fullers Augen, weder Journalist noch Mensch, sondern bloß ein aalglattes, karrieregeiles Arschloch. Erschwerend kam hinzu, dass Fuller nicht bereit war, sich von Leuten herumschubsen zu lassen, die zehn Jahre jünger waren als er und zehnmal weniger intelligent.

»Bullshit?«, sagte Fuller mit gut gespielter Entrüstung. »Mann, Oliver – die Frau hat ein *wahnsinnig* aufregendes Leben hinter sich! Töchter in den Frisurensuizid treiben, Tennis spielen, heimliche Schokolade- Entziehungskuren – du musst mir doch erlauben, dass ich das gebührend würdige. Das ginge sonst voll gegen meine Journalistenehre!«

Diesmal prustete nicht nur Nicole. Auch Matt, einen Tisch weiter, ließ ein unterdrücktes Geräusch hören.

Bennetts teuer geölte Frisur kam Fullers Gesicht unangenehm nah, und die Augen darunter verhießen nichts Gutes.

»Pass auf, Fuller«, zischte Bennett, »Du denkst, du bist cool – super. Du denkst, *hey, Oliver ist ein blödes Arschloch, der merkt eh nichts* – auch super. Aber sagen wir's mal so: Ich weiß, dass du da« – er deutete mit dem Daumen auf den Monitor, ohne den Blick von Fuller zu wenden – »nichts als Scheiße baust. Du recherchierst für einen kleinen Scheißartikel, lass mich raten, für die *Gazette*, und das Thema dürfte, wenn ich deinen Cache richtig überflogen habe, ungefähr lauten: Drogendrehscheibe Florida.«

Fullers Miene verfinsterte sich schlagartig. Die Ratte wagte es, in seinen Daten herumzustöbern. Und auch wenn die Ratte das, streng genommen, durfte, da der Rechner CBS gehörte, war es doch eine Sauerei.

»Das«, fuhr Bennett ebenso scharf wie leise fort, »ist aber nicht das, wofür wir dich bezahlen, Max. Anders gesagt: Wir *dulden* das.

Kapiert?«

Er ließ Fuller keine Zeit, wenigstens zu nicken.

»Wir dulden es, weil Ken dich mag. Frag mich nicht, wieso, ist mir ein Rätsel, aber er mag dich. Vielleicht hat er auch bloß Mitleid. Oh, wir wissen alle, dass du mal 'ne große Nummer warst, aber, sorry, Mann, das ist zwanzig Jahre her, und zwanzig Jahre später bist du eben keine große Nummer mehr, sondern einfach Kens alter *Freund* Max, der dafür bezahlt wird, dass er all diese wunderbar formulierten kleinen Dossiers schreibt. *Nicht* dafür, dass er vom zweiten Pulitzer träumt, und schon gar nicht dafür, dass er in seiner von uns bezahlten Arbeitszeit für Artikel recherchiert, von denen wir nichts haben, weder inhaltlich noch finanziell. Ist das angekommen, Max?«

Er wartete, bis Fuller ein Nicken hinkriegte. Dann richtete er sich auf, mit einem Lächeln, das Caligula zur Ehre gereicht hätte, und fügte wesentlich lauter hinzu: »Heute Abend? Wunderbar. Das freut mich.« Und mit einem abschließenden »Gute Arbeit, Max!« ließ er Fuller einfach sitzen und stolzierte weiter.

Fuller sah nach links, wo Nicole sehr entschieden so tat, als hätte sie nichts gesehen oder gehört vor lauter konzentrierter Arbeit. Einen Tisch weiter war auch Matt wieder völlig vertieft in seine Monitor- Recherchen.

Fuller beschloss, gelegentlich herauszufinden, wie lange man für einen Affektmord sitzen musste.

Drei Monate war es her, dass er nach New York zurückgekehrt war, und in diesen drei Monaten war seine Überzeugung, er wäre stark genug für einen neuen Versuch, gehörig ins Wanken geraten. Dass es schwer werden würde, war ihm klar gewesen. Aber die Bennetts dieser Welt, die es schon immer gegeben hatte, waren noch ein ganzes Stück härter geworden im Lauf der Jahre, noch gnadenloser, kompromissloser, kälter; Terminatoren des Alltags. Wer sich die kleinste Blöße gab oder sich von Bennett oder einem seiner Klone auf Glatteis manövrieren ließ, wurde bestraft, zurückgereicht ins letzte Glied oder gleich aussortiert. Und da Fuller bereits im letzten Glied stand, musste er sich gehörig vorsehen. Für Leute wie Nicole oder Matt war das nicht so schwierig. Die waren jung, die fingen gerade an, und die kannten nichts anderes als ihre kleinen Wohnungen und achtzehn Stunden Arbeit am Tag für wenig Geld. Sie träumten vom Erfolg und vom Glück, und sie gaben alles, um diesen Traum wahr werden zu lassen.

Aber Fuller war kein Anfänger, und wer ganz oben gewesen war, wie er, hatte es umso schwerer, wieder von vorn anzufangen. Er wusste nur allzu genau, wie Erfolg schmeckte, inklusive Kaviar, Champagner und exklusiver Einladungen in Häuser, in denen man problemlos Grand-Slam-Turniere veranstalten konnte. Sie hatten ihm die Schultern wund geklopft, damals, vor fast zwanzig Jahren, als er mit seinem ersten großen Artikel über Nacht zum neuen jungen Stern am Himmel des investigativen Journalismus hochgeschossen war. Er hatte den Pulitzer bekommen, im zarten Alter von vierundzwanzig Jahren, *Fuller, Wonderboy*, der *Mozart der Recherche*. Damals hatte er bloß gedacht, *Na, das lässt sich doch ganz gut an!*, und war sicher gewesen, binnen eines Jahres in einem Atemzug mit Woodward, Bernstein und Hersh genannt zu werden. Er hatte nicht im Traum damit gerechnet, dass man ihn einfach aus der Stadt applaudieren könnte. Dass man ihn für eine gute Story nicht befördern, sondern bestrafen würde. Er war so naiv gewesen wie eine Anhalterin aus Oregon.

Er hatte nicht geglaubt, dass der Einfluss derer, über die er geschrieben hatte, so weit reichte. *Die*, das waren Drogen- und Waffendealer gewesen, die damals den Provinzflughafen Mena in Arkansas nutzten, um tonnenweise Kokain einzuführen und den Gewinn aus diesen Geschäften unter anderem dazu verwendeten, eine Terroristentruppe in Nicaragua, die Contras, aufzurüsten. Weil sie außerdem im Auftrag des State Departments Raketen an den islamistischen Ayatollah Khomeini in den Iran lieferten, wurden diese illegalen Geschäfte bei ihrem Auffliegen als »Iran-Contra-Skandal« bekannt – und vom Medien-Mainstream ebenso schnell wieder beerdigt, nachdem ein paar mittlere Chargen aus der Regierung als Bauernopfer verurteilt worden waren.

Fuller, damals noch Journalismus-Student an der *Columbia University*, hatte wegen seiner Abschlussarbeit schwerakademische Themen wie die »Postmoderne Diskrepanz von Medienrealität und Wirklichkeit« ventiliert, bis er auf die Idee kam, einfach an den Schauplatz des Geschehens zu fahren und die Leute zu befragen. Und so hatte er sich für sechs Wochen in Arkansas einquartiert und Interviews geführt. Nicht mit irgendwelchen medial abgerichteten Schlipsträgern, sondern mit den einfachen Leuten aus Mena. Die hatten schließlich auch Augen im Kopf, und da sie Kleinstädter waren, wussten sie, wie alle Kleinstädter, *alles* über ihre Nachbarn: auch über die Nachbarn vom Flughafen, über die Piloten mit Seesäcken voller Dollarnoten und deren Freunde mit den kleinen Lastwagen und den dunklen Brillen; über die Hangars, zu denen der Sheriff und seine Leute keinen Zutritt hatten; über die sechsstelligen Spenden, die aus der lokalen Halbwelt an Demokraten wie Republikaner gegangen waren, in bar …

Fuller hatte aus den Aussagen dieser einfachen Zeugen einen Report montiert, dazu ein paar hilfreiche Erklärungen und Hintergründe geliefert und so dafür gesorgt, dass der staatlich subventionierte Kokshandel, von beiden Parteien stillschweigend gebilligt, ans Licht kam. Die Uni hatte seine Arbeit als Beispiel für journalistische *oral history* mit der Bestnote bewertet – und *Harper's Magazine* hatte freundlicherweise Auszüge daraus in drei Teilen abgedruckt. Es hatte ordentlich gerauscht und gestaubt, es hatte sogar einen Untersuchungsausschuss im Kongress gegeben, und Fuller war sehr zufrieden gewesen mit sich und der Welt. Er hatte damit gerechnet, dass *die* ihm drohen würden; dass er sich für eine Weile einen Leibwächter würde leisten müssen. Dass allerdings *die* seine Karriere beenden würden, bevor sie überhaupt richtig angefangen hatte, und ihm ein Leben bescheren würden, das ihm später manchmal schlimmer vorkommen sollte als der Tod – das hatte er nicht einmal in seinen finstersten Alpträumen kommen sehen.

Er wollte nicht mehr daran denken. Nicht an die vielen Stationen seines Abstiegs, all die Umzüge. Nicht an San Francisco und die Scheidung von Jane, nicht an all die Filmrisse in namenlosen Kneipen im Nirgendwo, nicht an die Schlägereien und die Bullen vom Lande, die härter und präziser zuschlugen als jeder Besoffene. Nicht an die kilometerlangen *Lines*, die er in diesen Jahren weggezogen hatte, nicht an die elenden Entziehungskuren, nicht an seine zweite Scheidung, und erst recht nicht an die letzten fünf Jahre in Florida, wo er über Alligatorfarmen, Rentnerfeste und Speedboot-Rennen geschrieben hatte. Es hatte ihn viel Kraft gekostet, das durchzustehen. Von allem runterzukommen. Spartanisch zu leben. Trocken zu bleiben. Und das intellektuelle Vakuum zu überstehen, in das er geraten war.

Er hatte fünf Jahre gebraucht, um sich endgültig wieder zu erholen. Fünf Jahre, um den Mut zu finden, zurückzugehen. Fünf Jahre, um seine Weggefährten von einst anzurufen, die inzwischen auf wichtigen Posten saßen, und sie um ihre Hilfe zu bitten. Kenneth Wilder, Redaktionsleiter von *60 Minutes*, hatte sich bereit erklärt, ihn als Redakteur zu beschäftigen. Und Jack Slater, inzwischen Chefredakteur der *Gazette*, hatte ihm eine Kolumne zugesagt, wöchentlich. Das musste für den Anfang reichen, und so war Max

Fuller zurück am Ort seines größten Triumphs und seiner größten Niederlage.

Als Erstrundengegner war Oliver Bennett ein ziemlicher Brocken.

Fuller schloss am Computer alle Fenster, die mit der unerlaubten Florida-Recherche zu tun hatten, und entschied sich grimmigen Herzens, die Telefonate in dieser Angelegenheit auf den Abend und seine private Telefonrechnung zu verlegen. Er konnte es sich einfach nicht leisten, seinen Job zu verlieren, und Bennett war imstande, ihn zu feuern – oder feuern zu lassen, denn auch wenn Ken ihn mochte, würde er nicht gegen Bennetts erklärten Willen an ihm festhalten. Schon gar nicht, wenn Fuller seine Arbeit nicht machte.

Britneys Mutter.

Seufzend hackte Fuller ein paar Stichworte in die Lexis-Nexis-Datenbank und nahm mit einem weiteren Seufzer zur Kenntnis, dass es auch zu dieser ungeheuer unwichtigen Person des Zeitgeschehens ein paar hunderttausend Einträge gab. Aus denen er die wichtigsten auszuwählen, zu lesen und zu einem unheimlich relevanten Zehn-Seiten-Dossier zu verdichten hatte, das dann bestenfalls irgendwer lesen würde, um am Ende unweigerlich zu entscheiden, dass man auf diese Infos doch eigentlich ganz gut verzichten konnte.

Wenn Fuller etwas noch mehr verabscheute als Oliver Bennett, dann war es Zeitverschwendung, und genau das verlangte man von ihm; dafür bezahlte man ihn, dafür, dass er seine Zeit verschwendete. Genau genommen war es Schmerzensgeld. Dafür dass er *nicht* als Journalist arbeitete, und schon gar nicht investigativ, sondern dass er die Medienmühle mit unterhaltsamen Pseudo-Nachrichten bediente.

Er klappte *Assorted.doc* auf seinem Desktop an, gab das Passwort ein und notierte unter vielen anderen spontanen

Einfällen den Satz *Manche Menschen sind einfach Hautverschwendung*, ehe er sich in die gesammelten Erkenntnisse der Welt über die völlig unwichtige Mutter eines völlig unwichtigen Popsternchens vertiefte.

Zwei Stunden später, um halb eins, hatte er alles Wichtige gelesen und gerade begonnen, sein Dossier herunterzutrommeln, für das auch begabte Kollegen wenigstens zwei Tage und nicht bloß vier Stunden gebraucht hätten, als das Telefon auf dem Schreibtisch vor ihm einen Anruf von Marla signalisierte, die in der Telefonzentrale vor allem dafür zuständig war, die Redakteure von *60 Minutes* vor unerwünschten Publikumskontakten zu schützen. Widerwillig hob Fuller die Finger von der Tastatur und griff nach dem Hörer.

»Marla, Baby, was kann ich für dich tun?«

»Mich nicht *Baby* nennen, das wär mal das erste, *Schätzchen*. Und zweitens einen Anruf nehmen.«

»Von?«

»Bill Clinton«, sagte sie spöttisch, »aber mindestens. Alias Norton, oder auch Kardinal Oberwichtig. Ich hab den Typ jetzt fünfmal abgewimmelt, aber der lässt nicht locker und will *nur* dich sprechen. Mir schleierhaft, und du weißt, ich bin da *sehr, sehr* klar ... Aber den Typ schickst du mal am besten selbst über den Jordan, Mr Pulitzer.«

»Okay«, seufzte Fuller. »Stell ihn rüber.«

»*Kill, Baby*«, flötete Marla und verschwand aus der Leitung. Ein leises Knacken signalisierte Fuller, dass er mit dem nächsten kritischen Fan der Sendung verbunden war. Es waren immer die gleichen, die sich nicht abwimmeln ließen: Professoren, gebildete Rentner und andere Menschen mit viel zu viel Freizeit, die sich irgendeinen Redakteur aussuchten und solange im Vorzimmer herumlärmten, bis man sie endlich vorließ, um ihre generell fundierte Kritik an der Gesellschaft im Allgemeinen oder, schlimmer noch, an einer längst vergessenen Sendung loszuwerden.

»Fuller«, sagte er, und klang mühelos nach wichtiger Arbeit, die eigentlich keine Unterbrechung vertrug.

»Norton«, sagte eine unangemessen enervierte Stimme. »Herrgott, Sie sind ja schwerer zu erreichen als der Präsident.«

»Wir haben hier alle sehr viel zu tun, Mr Norton«, sagte Fuller, den Blick bereits wieder auf sein fürchterlich wichtiges Dossier gerichtet und die Finger im Anschlag. Er klemmte sich den Hörer auf die Schulter und korrigierte ein Komma im ersten Satz über Britneys Mutter. »Was kann ich für Sie tun, Mr Norton?«

»Gar nichts«, sagte die Stimme, weiterhin unerhört arrogant. »Aber ich kann etwas für Sie tun.«

»Wie schön«, imitierte Fuller den Tonfall. »Und das wäre?«

»Ihnen die Story des Jahrhunderts verschaffen.«

»Aha.« Da war ein doppeltes »hätte« gleich im zweiten Absatz über Britneys *Mom*, stellte Fuller fest. Das musste raus, das sah nicht gut aus. »Worum geht's?«

»Das sollten Sie sich denken können ...«, sagte Norton.

»Michael Jackson?«, fragte Fuller gelangweilt dazwischen, während er den Satz auf seinem Schirm umbaute. »Videobeweise für minderjährige Kamele im Schlafzimmer?«

»Der 11. September«, sagte die Stimme, so bedeutungsschwer, dass Fuller sich mit beiden Ellenbogen auf den Tisch stützte und gebührend entnervt antwortete.

»Okay, *was* diesmal?«, fragte er. »Israel war's? Cheney hat alles gewusst? Bin Laden hat ein Verhältnis mit Laura Bush? Oder bloß: *Das waren gar keine Flugzeuge, das waren alles Raketen*? Nichts für ungut, aber machen Sie's kurz, wir haben wirklich viel zu tun.«

Das beeindruckte seinen Anrufer leider so wenig, wie er befürchtet hatte. Vielleicht sogar noch ein bisschen weniger.

»Ich verstehe Ihre Skepsis«, sagte Norton. »In diesem Fall ist sie gegenstandslos. Mein Mandant hat mich gebeten, mit Ihnen Kontakt aufzunehmen, weil er ihre früheren Arbeiten kennt und schätzt und Sie für den Einzigen hält, der diese Geschichte richtig erzählen kann.«

»Ihr Mandant ist ...?«

»Ich bin, wenn Sie mir die Bemerkung gestatten«, unterbrach Norton ihn, »ganz und gar nicht seiner Meinung, denn meines Wissens liegen Ihre wichtigen Arbeiten schon sehr lange zurück, und – korrigieren Sie mich – seither sind Sie allenfalls durch äußerst mittelmäßige Reportagen sowie unverhältnismäßig lange Kuren auffällig geworden, aber ich bin in diesem Fall nicht als Gutachter gefragt, sondern als Vermittler. Es wäre mir allerdings, offen gestanden, eine Freude, meinem Mandanten mitteilen zu dürfen, dass sein *Favorit* schlicht und ergreifend kein Interesse hat. Wenn Sie mir dies also bitte mit einem klaren *Richtig* bestätigen könnten, täte ich nichts lieber, als mich von nun an um nach meinem Dafürhalten geeignetere Kandidaten zu kümmern.«

Die ganze »Bemerkung« war ein Schlag in die Fresse, inhaltlich wie grammatikalisch perfekt gesetzt, weshalb Fuller tatsächlich seinen Monitor links liegen ließ, sich mit dem Hörer am Ohr umdrehte und auf die Bremse trat.

»Mal langsam. Oder besser: Sie kriegen kein Nein ...«

»Das wäre, in meinen Augen und im Sinn der Sache, bedauerlich«, unterbrach ihn die Stimme. »Denn auch wenn ich verpflichtet bin, Sie zuerst anzurufen, will ich keinen Hehl daraus machen, dass mir Ihre Ablehnung lieb wäre. Ohne Ihnen zu nahe treten zu wollen, Mr Fuller, Sie sind nicht gerade Seymour Hersh, und der wäre auf meiner Liste die Nummer eins ...«

»Okay, dann sagen Sie Ihrem Mandanten doch einfach, ich hätte *ja* gesagt, aber Sie wären trotzdem dagegen«, erwiderte Fuller. »Ansonsten kann ich Ihnen bloß noch einen schönen Tag wünschen.« Er wartete einen Augenblick mit dem Auflegen, und hörte sein unsichtbares Gegenüber tief Luft holen.

»Gut«, sagte Norton nach einer langen Pause. »Dann bleibt mir nichts anderes übrig, als Ihnen ein Treffen anzubieten.«

»Mit Ihrem Mandanten?«

»Mit mir.«

»Was ist die Story?«

»Darüber reden wir nicht am Telefon.«

Fuller hörte sich spöttisch lachen. »Hey, kommen Sie! Kein Informant, keine Story – bloß lässig *11. September* hinwerfen, ist das nicht ein bisschen arm?«

»Keineswegs«, sagte die Stimme, und sie klang so selbstsicher, dass Fuller sich endgültig den Schneid abkaufen ließ. »Wenn Sie die Güte besäßen, mir Ihre Handynummer mitzuteilen, würde ich Sie bitten, sich den morgigen Abend freizuhalten. Haben Sie ein Auto?«

»Ja.« Das stimmte nicht, aber er musste Norton nicht erklären, dass er sich bei seinem Nachbarn Pete eins leihen würde

»Tanken Sie«, sagte Norton, »und richten Sie sich auf ein paar Umwege ein. Wir treffen uns an geeignetem Ort, und Sie werden einsehen, dass sich die Mühe gelohnt hat.«

Fuller diktierte seine Mobilnummer und versprach, am kommenden Abend erreichbar zu sein. Dafür kriegte er ein trockenes *Danke sehr* und direkt danach ein leeres Rauschen in seinem Ohr, und als er sich kopfschüttelnd wieder seinem Monitor und Britneys Mom zuwandte, redete er sich erfolgreich ein, es gerade mal wieder mit dem hunderttausendsten Verschwörungsidioten zu tun gehabt zu haben, der außer paranoiden Wahngebilden nichts am Start hatte.

Er würde hingehen, sicherheitshalber.

Im Wissen, dass auch Norton ihn enttäuschen würde.

Wie Bennett. Wie Dick und Richard, wie Miles und Patrick. Wie Lara, Sheila, Catherine und Jane.

Das war sein Leben. Hochfliegende Hoffnungen, die als Bauchlandungen endeten, aller sicheren Gefühle zum Trotz.

Norton war bloß eine von vielen Gelegenheiten, Zeit zu verschwenden und sich zu blamieren. Und Fuller ahnte, wieder mal, dass er im Begriff war, etwas völlig Nutzloses zu tun.

Immerhin, diesmal würde es ihn bloß ein paar Stunden kosten, nicht sein halbes Leben.

Dass er zwei Stunden später, am Feierabend, ein brillantes Dossier über Britneys Mutter abgeliefert hatte, interessierte ihn nur noch am Rande.

Dass man all seine elegant aufbereiteten Informationen vier Tage darauf, bei der abschließenden Redaktionskonferenz, als irrelevant verwerfen würde, sollte ihn zu diesem Zeitpunkt schon längst völlig kalt lassen.

Max Fuller war, ohne es zu wissen, als er an diesem Abend seinen Rechner herunterfuhr, die längste Zeit Mitarbeiter bei *60 Minutes* gewesen.

3

Elizabeth Brokaw verlangsamte ihre Schritte, als sie in die East 63 Street einbog, und stoppte die Uhr an ihrem Handgelenk. *52:11* zeigte das große Display an, und Liz nickte zufrieden. Eine mehr als anständige Zeit für ihre Runde durch den Park. Alles zwischen 50 und 55 bedeutete, dass sie gut in Form war. Alles unter 50 war rekordverdächtig, alles über 60 besorgniserregend.

Sie konnte sich nicht erinnern, wann sie zuletzt länger als 55 Minuten gebraucht hatte.

Sie ging die letzten paar Schritte zum Haus, atmete tief durch und spürte, wie ihr Puls sich rasch normalisierte. Es war kurz nach 17:00 Uhr, und New York präsentierte sich im stahlklaren Licht eines wolkenlosen Augusttages. Während Liz die Stufen hinaufging und das Halsband mit dem Schlüssel unter ihrem Sweatshirt hervorzog, wurde ihr bewusst, welches Glück sie hatte. Nicht, dass sie das normalerweise nicht gewusst hätte, beileibe nicht; sie hatte im Verlauf ihres Lebens zu viel Kummer erlebt, um die Geschenke des Schicksals gleichgültig entgegennehmen zu können. Aber an diesem Nachmittag, in diesem Moment, als sie die Tür des Hauses aufschloss und über die Treppe in den ersten Stock ging, zu ihrer Wohnung, fühlte sie sich förmlich überrollt von einer Welle des Glücks. Natürlich hatte das, wie sie sehr wohl wusste, auch mit den Hormonen zu tun, die ihr Körper zur Belohnung für die gelungene Runde durch den Park ausschüttete, aber das war nicht alles.

Sie betrat die Wohnung, ihre drei Zimmer auf hundert Quadratmetern, die sie sich zwei Jahre zuvor gekauft hatte. Die Anschaffung des kleinen Schmuckstücks hatte sie obszön viel Geld und noch viel mehr Überwindung gekostet, aber sie hatte gewusst, dass sie es sich würde leisten können. Sie war zweiunddreißig gewesen, mit einem Doktortitel in der Tasche und einem Arbeitgeber, der es nicht erwarten konnte, ihr ein wahrhaft unanständiges Monatsgehalt für ihre Erkenntnisse über neuronale Transmitter und körpereigene Drogen zu zahlen. *Blisspharm* hatte richtig eingeschätzt, woran sie arbeitete, auch wenn sie in Ihrer Dissertation über die Synthetisierung von Anandamiden nur die Spitze des Eisbergs geschildert hatte, und *Blisspharm* wusste, dass sich mit der Glückspille, die daraus entstehen konnte, ein Milliardenmarkt auftun würde. Seit dem gigantischen Erfolg von Viagra war überall in der Branche eine Art Goldrausch ausgebrochen – mit verhaltens- und stimmungsverändernden Präparaten, hatten die Pharmabosse erkannt, ließ sich schneller und leichter Geld machen als mit Heilmitteln gegen Krankheiten. Die immer genauere Erforschung des Netzwerks von Rezeptoren im Gehirn und des Cocktails körpereigener Chemikalien, die daran andockten, um bestimmte Bewusstseinszustände oder Körpergefühle auszulösen, würde bald zur Entwicklung völlig neuer Präparate führen, mit denen die verschiedensten emotionalen oder körperlichen Empfindungen gezielt beeinflusst werden könnten. So gesehen, war Dr. Elisabeth Brokaw vielleicht sogar unterbezahlt, aber daran dachte sie nicht. Sie war einfach dankbar. Dankbar für die Chance, dankbar für die vierzigtausend, die man ihr monatlich zahlte, dankbar für ihre Unabhängigkeit und die schöne Wohnung. Dankbar, dass der Himmel sie mit einem hübschen Gesicht ausgestattet hatte und einer Figur, die Frauen neidisch machte und Männern gefiel (auch wenn sie selbst einiges nicht perfekt fand, natürlich nicht); dankbar für alles. Es entschädigte für vieles.

Der Anrufbeantworter auf dem antiken Sekretär vor dem Fenster blinkte, und Liz drückte auf den Wiedergabeknopf.

Mona, ihre Assistentin, bat um einen Rückruf bis achtzehn Uhr, klang dabei aber sehr entspannt. Der zweite Anrufer auf dem Band war Morgan, und Liz tippte sofort auf »nächster Anruf«, als sie seine Stimme hörte. Nummer drei auf dem Band war Carla, die einzige Person, die Liz als gute Freundin betrachtete; auch sie bat um einen Rückruf, »zum Quatschen«.

Liz ging ins Bad, zog sich das Sweatshirt und den Laufdress vom Körper, verstaute alles sofort im Wäschekorb und stieg unter die Dusche. Das heiße Wasser schoss aus den zahlreichen Düsen des Duschpaneels, eine Instant-Entspannung für die Muskulatur.

Liz hielt ihr Gesicht in den warmen Wasserstrahl und dachte, ohne es zu wollen, an Morgan. Sie würde nicht zurückrufen. Wieder nicht. Irgendwann würde er einsehen, dass es vorbei war. Er benahm sich wie ein dummer Junge. Oder wie ein dummer Enddreißiger. Damit hatte sie nicht gerechnet, als sie sich auf ihn eingelassen hatte. Morgan war, wie all ihre kurzzeitigen Begleiter in den letzten Jahren, mindestens fünfundzwanzig Jahre älter als sie, und all seine Vorgänger hatten es mit Fassung getragen, dass sie sich nach kurzer Zeit wieder verabschiedete. In dem Alter war man doch Realist; schätzte sich glücklich, eine Weile mit einer schönen Frau Anfang dreißig zusammen sein zu dürfen, und fing nicht an zu heulen, wenn sie die Affäre beendete.

Morgan war der Erste, der das nicht sofort einsah. Der ihr, nachdem sie Schluss gemacht hatte, weiterhin Briefe schrieb. Blumen ins Büro schickte. Und hinter ihr her telefonierte. Unglaublich. Ein neunundfünfzigjähriger Bankdirektor in der Pubertät.

Liz schüttelte den Kopf. So etwas hatte gefälligst nicht zu passieren. Da hätte sie sich ja auch gleich mit Männern in ihrem Alter einlassen können; Typen, die binnen kürzester

Zeit merkwürdige Besitzvorstellungen entwickelten und die, wenn man sich nicht vorsah, anfingen, einen festen Platz im Terminplan zu fordern. Wozu Liz weder Zeit noch Lust hatte. Eine feste Beziehung, das bedeutete bestenfalls Unordnung im eigenen Leben und in der eigenen Wohnung, schlimmstenfalls Abhängigkeit, wenn nicht materiell, dann doch mental. Daran war ihre Mutter gestorben, und sie hatte nicht vor, es ihr gleichzutun.

Liz trat aus der Dusche, cremte sich ein und ging zurück ins Wohnzimmer. Sie fragte sich, ob sie Richard anrufen sollte, um einen Termin zu vereinbaren. Sie war lange nicht bei ihm gewesen, weil es ihr inzwischen sinnlos erschien, einem Therapeuten Geld zu zahlen, der mit seiner Analyse ihrer Schwächen und Macken nicht halb so weit war wie sie selbst. Sie wusste, warum sie tat, was sie tat. Weshalb sie ältere Männer bevorzugte. Weshalb sie keine Beziehung wollte. Weshalb sie so unglaublich effizient war und allergisch auf jede Form von Zeitverschwendung reagierte. Sie wusste das alles, kannte die Erklärungen, die Gründe, ihre eigenen Motive.

Aber sie hatte nicht vor, etwas daran zu ändern.

Nach ihrem Dafürhalten war alles in Ordnung. Sie hatte ihre Macken, klar. Aber es waren Macken, die zu ihr passten. Und das Einzige, was ihr Sorge bereitete, war, jemand könnte ihr diese Macken wegtherapieren.

Liz zog sich eine Jeans und ein T-Shirt an und wählte die Nummer ihres Vorzimmers. Mona war sofort dran.

»Hallo, Mona«, sagte Liz. »Was gibt's?«

»Hiii, Liz! Nichts Weltbewegendes«, klang Monas permanent fröhliche junge Stimme durch die Leitung, »Olson wollte dich sprechen, wegen dieser letzten Testreihe mit den Mäusen …«

»Sind die Ergebnisse da?«

»Vorhin gekommen. Als du gerade raus warst.«

Liz runzelte die Stirn. Das war nicht in ihrem Sinn. Sie hatte mit dem Labor vereinbart, dass die Ergebnisse nicht vor dem nächsten Tag vorliegen würden und zuerst auf ihrem Tisch landeten. Sie würde sich Inglewood vornehmen müssen, ganz gleich, ob der Junge sich als Intrigant versuchte oder bloß einen Ohrenarzt brauchte.

»Gut«, sagte sie. »Na schön, das war so nicht geplant. Hatte Olson sein *Dringend*-Gesicht auf?«

Mona lachte. »Nein, absolut nicht. Eher undringend und gut gelaunt. Ich hab ihm gesagt, dass du heute Nachmittag zu Hause Papierkram erledigst, und er hat bloß genickt und gesagt, dass du morgen früh kurz hochkommen möchtest.«

»Okay«, sagte Liz, fast beruhigt, als es an der Tür klingelte. »Augenblick mal, Mona …«

»Kein Problem.«

Sie stand auf, den schnurlosen Hörer am Ohr, ging zur Tür und drückte auf den elektrischen Türöffner. Während sie die Wohnungstür öffnete, hörte sie unten die Haustür aufklappen.

»Oh, Mona?«

»Ja.«

»Hat die Werkstatt sich gemeldet?«

Auf dem Treppenabsatz erschien ein Mann in braunem Overall und kam lächelnd auf sie zu. Der UPS-Kurier hielt ein kleines Paket in der Hand.

»Ja«, sagte Mona. »Gerade eben. Du kannst dein Baby abholen, die Tür ist wieder drin. Oder soll ich Randy schicken – der freut sich bestimmt.«

»Mach das, ja. Aber sag ihm, dass er keine Umwege fahren soll.«

Sie nahm das Paket, ohne auf den Absender zu schauen, unterschrieb auf dem Touchpad des Boten und bedankte sich mit einem Lächeln. Er deutete eine kleine Verbeugung an und machte auf dem Absatz kehrt.

»Mach ich«, sagte Mona. »Sonst noch was, Chef?«

»Danke, nein. Alles weitere morgen ...« Liz hatte die Tür geschlossen, ging zurück zum Sofa und sah auf das Paket. Ihre gute Laune war schlagartig dahin. »Oh, bitte«, sagte sie leise.

»Was?«

»Ich meinte nicht dich. Sorry. Wir sehen uns morgen. Ciao, Mona.«

Sie legte auf, ohne eine Antwort abzuwarten, und starrte das Paket an. Es war schwer, in mehrere Lagen braunes Packpapier geschlagen und mit Unmengen Klebeband umwickelt. Ihr Name und Ihre Adresse standen in korrekten kleinen Druckbuchstaben im vorgesehenen Feld, aber dort, wo eigentlich der Absender stehen musste, stand bloß ein einziges Wort.

Dad.

Liz atmete tief durch. *Schmeiß es einfach weg*, hörte sie ihre innere Stimme sagen. *Mach es gar nicht erst auf. Schmeiß es weg.* Aber Spontaneität hatte noch nie zu ihren Stärken gehört, und so stand sie einen Augenblick einfach nur da und wägte ab. Chancen und Risiken, Versuchsanordnungen, *best case, worst case*. Es wäre, auch im besten Fall, kein Ersatz für die Geburtstagsgeschenke, die er in den vergangenen zwanzig Jahren nicht geschickt hatte. Es wäre, auch im schlimmsten Fall, keine Bombe.

Am Ende siegte ihre Forscherneugierde über den skeptischen Lärm, den die inneren Stimmen verursachten.

Sie ging in die Küche, nahm die Schere aus dem Messerblock und schnitt die Konstruktion aus Papier und Klebestreifen an einem der Enden auseinander. Eine schwarze Metallkassette kam zum Vorschein, so groß wie ein DIN-A4-Blatt und fünf Zentimeter hoch. Sie zog sie heraus und sah, dass oben auf der Kassette ein verschlossener Briefumschlag befestigt war, durch dessen Vorderseite sich ein kleiner Schlüssel abzeichnete. Liz riss den Umschlag von der Kassette, öffnete ihn und las, was ihr Vater ihr nach fast zwanzig Jahren des Schweigens mitzuteilen hatte.

Es war nicht viel, aber es war deprimierend.

Liebe Elizabeth,

ich bin wieder in New York. Wo, kann ich Dir derzeit nicht mitteilen, es tut mir leid. Aber ich werde mich bei Dir melden. Innerhalb von zehn Tagen, nachdem Du meine Sendung erhalten hast. Sollte ich mich nicht melden, öffne bitte die Kassette (Schlüssel liegt bei) und folge den Anweisungen, die Du darin findest.

Sprich mit niemandem über mich oder diese Sendung. Lagere die Kassette so sicher wie irgend möglich, am besten in einem Schließfach.

Verzeih mir nun auch noch dies. Dass ich Dich damit belästige. Ich würde es nicht tun, wenn es nicht wirklich wichtig wäre.

Lass mich alles erklären. Ich melde mich in den nächsten Tagen.

In Liebe, Dad

Fassungslos betrachtete Liz den Brief, dann die Kassette und wieder den Brief. Sie las ihn noch einmal. Das war alles? Nach all der Zeit? *Verzeih mir nun auch noch dies?* Wollte er ihr nicht wenigstens Gelegenheit geben, ihm vorher all die anderen Dinge zu verzeihen, die er ihr angetan hatte? Wäre das nicht das Mindeste gewesen, ehe man sich die nächsten Dinge leistete, die wieder verziehen werden mussten?

Liz spürte, wie ihr die Tränen in die Augen stiegen. Die wollte sie nicht. Nicht auch noch weinen wegen dieses Verräters. *In Liebe …* Wütend zerknüllte sie den Brief und warf ihn in den Mülleimer. Sie nahm die Kassette, warf sie auf das Sofa und ließ sie liegen. In den Safe. Ja, sicher. Klar, Paps.

Du hast meine Mutter auf dem Gewissen, dachte sie. *Du hast uns verlassen. Nicht wegen einer anderen Frau, sondern wegen vieler anderer Frauen.*

Liz dachte an ihre Mutter; Nina. Sie hatte ihn geliebt. Was Liz nicht verstanden hatte, nicht verstehen konnte, mit dreizehn, vierzehn. Drei Jahre lang hatte sie ihrer Mutter beim Verwelken zusehen müssen, beim Sterben an einem gebrochenen Herzen. Nina hatte bis zuletzt gehofft, er würde zurückkommen. Aber er war nicht zurückgekommen. Er war nicht zur Beerdigung gekommen. Er war nicht gekommen, um Liz zu sich zu holen, seine Tochter, die damals siebzehn gewesen war. Hatte bloß seine Schwester gebeten, sich um sie zu kümmern.

Was sie getan hatte. Tante Joan. Bei ihr und ihrem Mann, Bob, hatte Liz gelebt, und sie liebte ihre Pflegeeltern dafür, dass sie ihr ganzes kinderloses Leben auf den Kopf gestellt hatten, um ihr zu helfen.

Ihr Vater hatte sich nicht um sie gekümmert. Nicht angerufen. Keine Karten geschickt. Liz hatte immer wieder zufällig miterlebt, wie Joan im Flur stand, das Telefon am Ohr, und zwischen Wut und Tränen schwankend auf ihren Bruder eingeredet hatte. Aber es hatte nichts genützt. Joan hatte ihn in Schutz genommen, vor Liz, vor Bob. Angeblich überforderte es ihn emotional, seine Tochter zu sehen. Es erinnerte ihn zu sehr. An Nina.

Liz hatte ihr kein Wort geglaubt, von Anfang an.

Er hatte sie verraten und verkauft.

Und jetzt tauchte er wieder auf. Jetzt, da sie alles allein geschafft hatte. Wo war er gewesen, als sie ihn gebraucht hatte? Er war rund um die Welt geflogen, immer in der Luft, zu den schönsten Stränden und den schönsten Mädchen der Welt. Ihr Vater, der lausigste Vater aller Zeiten, *Mike the Man*. Seit ihre Mutter gestorben war, trug sie deren Mädchennamen.

Liz schüttelte wütend den Kopf und griff nach dem Telefonhörer, um Clara anzurufen. Um zu plaudern. Über Gott-weiß-was. Über Morgan. Über Carlas Probleme mir Rick. Über die Beule in der Tür des neuen Prius. Aber garantiert nicht über ihren Vater. Ihr Vater war längst gestorben, jedenfalls für sie.

Elizabeth Brokaw war schon lange keine Donovan mehr, und sie beabsichtigte nicht, jemals wieder eine zu werden.

4

Schon vor dem ersten Anruf von *Mister Norton* war Fuller genervt gewesen. Die Heizung in seinem kleinen Zimmer im Village hatte ihm die halbe Nacht mit lautem Pfeifen in den Ohren gelegen, er war am Morgen unausgeschlafen in die Redaktion gefahren und hatte den Fehler gemacht, Bennetts Komplimente wegen des Dossiers nicht mit einem devoten Nicken zu beantworten, sondern mit einem trockenen »Das hätte sogar ein Orang-Utan hinbekommen«. Sowie einem Blick, den Bennett leider richtig gedeutet hatte.

Daraufhin hatte er vier Stunden an einem weiteren Orang-Utan- Dossier basteln müssen, diesmal an einem, das definitiv niemand jemals brauchen würde, weil es bis zum jüngsten Tag keine Sendung über *Die Haustiere der Prominenten* geben würde, jedenfalls nicht bei CBS. Oliver Bennett wusste wahrlich genau, wie man Menschen bestrafte, die nichts schlimmer fanden als Zeitverschwendung.

Entsprechend geladen war Fuller, als er abends das Büro verließ. Um acht hatte er eine Flasche Chablis fast geleert und war trotzdem keinen Millimeter weitergekommen mit seinen Nachforschungen über potentielle Drogenkurierflugplätze im Süden Floridas, und als sein Handy klingelte, hatte er Norton fast vergessen.

»Was?«, blaffte er in den Hörer.

»Kennen Sie den Tomkins Square Park?«, fragte die unterkühlte Stimme.

»Ja«, sagte Fuller.

»Rufen Sie mich an, wenn Sie da sind.« Norton diktierte ihm eine Handynummer, dann legte er einfach auf.

Fullers Laune verschlechterte sich weiter. Er griff nach seiner Jacke, schnappte sich den Schlüssel und fühlte das Nikotinmonster von innen gegen seine Zellenstäbe klopfen.

Unmittelbar vor New York hatte er sich das Rauchen abgewöhnt, nach zwanzig Jahren unter Dampf. Es hatte bereits einen Haufen guter Gründe gegeben, wieder anzufangen, aber nie in all den Monaten war er so dicht dran gewesen wie an diesem Abend.

Eine Viertelstunde später erreichte er in Petes rotem Nissan den Tomkins Square Park im East Village. Er parkte am Straßenrand, nahm sein Handy heraus und wählte Nortons Nummer.

»Gute Zeit«, begrüßte ihn die viel zu gelassene Stimme.

»Wo sind Sie?«

»Fahren Sie rechts runter bis zur Avenue A. Die restlichen Anweisungen bekommen Sie per SMS. Halten Sie an, um sie zu lesen. Einen Unfall können wir heute nicht brauchen.«

»Norton ...«

Klick.

»Du Arschloch!«, brüllte Fuller sein Handy an. »Mann, wehe, die Geschichte ist nicht wenigstens *gut erfunden*!«

Er legte den Gang ein, gab Gas und fragte sich, während hinter ihm irgendein Fahrschüler scharf bremste und zu hupen anfing, ob es in New York inzwischen auch schon verboten war, im eigenen Auto zu rauchen.

Im Verlauf der kommenden halben Stunde tat Norton alles, um ihn zurück in die Sucht zu treiben. Von der Avenue A lotste er ihn per SMS auf die Lower East Side, von dort über den FDR Drive wieder hoch ins Village, und von dort aus wieder zurück nach Greenwich. Je näher Fuller seinem Startpunkt kam, desto schlechter wurde seine Laune, und als Norton ihn schließlich anwies, in die Christopher Street zu fahren und in Höhe der Hausnummer 68 zu warten, tippte Fuller eine Antwort.

Endstation. Ansonsten: Fuck you, mate.

Er erhielt keine Antwort.

Dafür rief Norton ihn an, nachdem er fünf Minuten vor der angegebenen Adresse herumgestanden hatte.

»Sehr gut«, sagte er. »Niemand folgt Ihnen.«

»Das hätte ich Ihnen sagen können.«

»Sie hätten es nicht gemerkt. Besser gesagt, Sie *haben* es nicht gemerkt. Schauen Sie in Zukunft öfter in den Rückspiegel.«

»Danke für den Tipp. Hören Sie, Nor ...«

»Gehen Sie nach rechts. Hundert Meter weiter finden Sie einen kleinen Laden im Souterrain, *Angie's Antiques*. Gehen Sie einfach rein und fragen Sie nach mir.«

Klick.

Fuller klappte sein Handy zu, stieg aus und stampfte los. Er hatte keine Lust mehr. Null. Nada. Gar keine. Natürlich kannte er das. Die üblichen Spielchen der üblichen Verdächtigen. Vorsichtsmaßnahmen. Manchmal waren die sogar begründet, manchmal hatte er sie sogar selbst verlangt und die Routen geplant. Aber in all diesen vergangenen Fällen hatte er gewusst, dass sich der Aufwand lohnte. Oder wenigstens lohnen könnte. In diesem Fall war er lediglich davon überzeugt, dass er seine Zeit verschwendete. Und das war, nach einer schlaflosen Nacht mit der pfeifenden Heizung und einem nutzlosen Tag in Bennetts Strafbatallion, fast unerträglich. Er würde die ganze Nacht wach bleiben und irgendetwas fürchterlich Sinnvolles tun müssen, um diesen Tag per Saldo noch in einen wenigstens halbwegs gut genutzten zu verwandeln.

Hinter dem kleinen Verkaufstresen von *Angie's Antiques*, einer stramm gepackten Trödelsammlung aus aller Herren Länder und Zeiten, stand eine etwa fünfzigjährige kleine Frau, die die weißen Haare hochgesteckt hatte und ihn anlächelte wie einen wehrlosen Kunden.

»Norton?«, knurrte Fuller.

Das Lächeln fiel der kleinen Frau aus dem Gesicht. Sie zuckte kurz mit dem Kopf in Richtung einer Tür, die zwischen zwei Schrankungetümen nach hinten führte.

»Danke, Angie«, sagte Fuller und öffnete die Tür. Hinter sich hörte er die Frau klarstellen, sie sei überhaupt nicht Angie, aber das war ihm ungefähr so egal wie die paar hundert Fahrräder, die in diesem Moment von Holland bis China umfielen.

Der Mann, der an dem kleinen antiken Holztisch in Angies Küche saß, sah so aus, wie er geklungen hatte. Groß, elegant und unangenehm selbstsicher. *Falls ich mich je wieder scheiden lassen*, dachte Fuller, *weiß ich, wen ich engagiere.*

»Schön, dass sie hergefunden haben«, sagte Norton und wies einladend auf den zweiten verschnörkelten Stuhl am Küchentisch. Fuller ging um den Tisch herum und ließ sich entnervt fallen. Der Stuhl knackte.

»Vorsicht«, lächelte Norton.

»Das Ding sollte siebzig Kilo aushalten, sonst gehört es eh in den Kamin«, erwiderte Fuller mit einem Lächeln, das nicht so gemeint war. »Also, was gibt´s, *Norton*? Ich gehe davon aus, dass das ein Künstlername ist.«

»Wie Sie möchten.« Norton beugte sich vor und lächelte. Fuller schätzte ihn auf Mitte fünfzig. Eine veritable Stirnglatze zwischen zwei Streifen schwarzer kurzer Haare, buschige Augenbrauen in einem keilförmigem Geiergesicht, schmale Lippen, glattrasierte Haut. Sowie eisgrüne Augen, mit denen man Bilderhaken hätte einschlagen können.

»Anwalt?«, fragte Fuller.

Norton verzog amüsiert das Gesicht, aber mit den Augen würde ihm nie ein warmes Lächeln gelingen. In diesem Fall bemühte er sich aber auch gar nicht darum. »Weder meine Person noch meine Profession tun hier zur Sache, Mister Fuller.«

»Okay. Ich dachte nur, ich frage vorher mal nach Ihrem Leumund. Sagen wir einfach für alle weiteren Veröffentlichungen: keiner.« Es war provozierend gemeint, aber Norton erwiderte lediglich ein beifälliges Nicken.

»Sehr gern. Zur Sache?«

»Klar. Legen Sie los.«

»Mein Mandant ist daran interessiert, binnen relativ kurzer Zeit öffentlich aufzutreten, und zwar bevorzugt im Rahmen des Fernsehformats, für das Sie tätig sind ...«

»Tja«, nickte Fuller. »Wer will das nicht?«

Norton legte die Stirn in leicht verärgerte Falten. »Ist es Ihnen möglich, ein Gespräch ohne diese Bemerkungen zu führen?«

»Klar. Aber versuchen Sie's mal mit der Eins-dreißig-Version. Wer ist ihr Mandant, was ist die Story?«

»Geben Sie mir zwei Minuten, Fuller.« Nortons Lächeln war zurück, breiter und noch weniger ehrlich gemeint als vorher. »Und danach sagen Sie bitte einfach *Nein.*«

»Könnte sein, dass Sie als Hellseher ,ne Bombenkarriere vor sich haben.«

»Mein Mandant«, sagte Norton unbeeindruckt, »wird den Zeitpunkt, an dem er sich an die Öffentlichkeit begibt, selbst bestimmen. Er wird bis dahin ausschließlich mit Ihnen sprechen und erst unmittelbar vor der Ausstrahlung einen Kameramann und gegebenenfalls einen anderen Interviewer als Sie an sich heranlassen.«

»Wieso einen anderen Interviewer?«

»Meinen Sie, dass man Sie das Interview führen lässt?«

»Könnte eine Bedingung Ihres Mandanten sein.«

»Könnten Sie das durchsetzen?«

Fuller zuckte die Achseln. »Können Hunde bellen?«

»Sehr beruhigend«, nickte Norton. »Ich hatte eher den Eindruck, dass Sie bei *60 Minutes* nicht direkt entscheiden, was gesendet wird. Aber umso besser.«

Fuller verkniff sich weitere Kommentare. Der Mann war viel zu gut informiert.

»Mein Mandant«, fuhr Norton fort, »braucht ein bisschen Geld. Nicht viel, zunächst, mehr als symbolische Bekundung Ihres Interesses – respektive ihrer Vorgesetzten.«

»Wie viel?«

»Hunderttausend.«

Fuller lachte, aber Norton unterbrach ihn mit einer kurzen, entschiedenen Handbewegung. »Sie werden sehen, dass das eine ausgesprochen moderate Forderung ist. Darüber hinaus erwartet mein Mandant, mit fünfzig Prozent an allen Einnahmen beteiligt zu werden, die Sie mit seiner Geschichte und dem Material, das er Ihnen liefert, erzielen werden. Das dürften dann fünfzig Prozent Ihres Jahreseinkommens in den kommenden Jahren sein, aber Sie sollten dennoch jährlich bis zu einer Million behalten können.«

»Glauben Sie mir, ich bin jetzt *sehr* neugierig«, grinste Fuller spöttisch.

»Verständlich«, erwiderte Norton. »Ich werde Ihre Neugierde allerdings nicht vollständig befriedigen können, denn vorher möchte ich das Geld sehen. Als Zeichen Ihres Interesses.«

»Cool. Woran?«

»An der Wahrheit über den 11. September.«

Fuller seufzte. »Ja. Das sagten Sie schon. Und was ist die Wahrheit? Wusste die Regierung alles? Oder gibt's noch ein bisschen mehr? Hat der Präsident die Maschinen von seiner Playstation aus selbst gesteuert?«

Wieder legte sich Nortons Stirn in tiefe Falten. »Sie kennen das Thema?«

»Klar«, sagte Fuller. »Bis zum Erbrechen.« Was nur bedeutete, dass er das Thema so gut kannte wie jeder andere, und dass er es, wie jeder andere, schon lange nicht mehr hören konnte. Wer ihm mit irgendwelchen neuen

Verschwörungstheorien kam, konnte sich darauf gefasst machen, entweder ignoriert oder mit einem Eimer Ironie übergossen zu werden.

»Gut«, sagte Norton. »Sie wissen von den Übungen?«

»Wer nicht?«, fragte Fuller, ohne zu wissen, welche Übungen Norton meinte. Er erinnerte sich, irgendwo irgendetwas darüber gelesen zu haben, aber das war lange nach dem Abschlussbericht der offiziellen *9/11*-Kommission gewesen, und es hatte ihn nicht mehr wirklich interessiert.

»Sehr erfreulich«, sagte Norton. »Dann muss ich wenigstens diesbezüglich nicht nachhelfen, was mich sehr freut. Ich hatte meinem Mandanten gegenüber die Befürchtung geäußert, sogar diese Tatsache könnte ihrer geschätzten Aufmerksamkeit entgangen sein, aber dem ist ja offenbar nicht so – was das betrifft, will ich also gern einräumen, dass ich Sie unterschätzt habe.«

Fuller nickte bloß. Was sollte er auch sagen? Er hatte keine Ahnung, von welcher Übung Norton genau sprach. Geschweige denn, welchen *Übungen.*

»Die Tatsache, dass es diverse Luftwaffen-Manöver im Vorfeld gab und gleich acht am tragischen Tag selbst, hat bekanntlich nicht nur die Verrückten irritiert, die sich immer wildere Theorien über den Hergang des Tages zurechtgesponnen haben, sondern auch den einen oder anderen ernst zu nehmenden Kollegen von Ihnen. Aber auch eine massive Häufung von Zufällen ist natürlich kein Beweis für gar nichts.« Norton unterbrach sich selbst, als hätte er sich bei einem überraschenden Gedanken ertappt. »Hat es Sie denn nie irritiert, was im *Commission Report* über Flug 11 zu lesen war?«

Fuller fühlte das dünne Eis unter seinen Füßen knacken. Es war ein bisschen wie früher, in der Schule, wenn man den ganzen Tag vor der Klausur auf dem Footballfeld verbracht hatte, statt zu büffeln. »Doch«, sagte er ausweichend. »Da waren schon einige Fragezeichen dabei.«

»Eben«, sagte Norton. »Und diese Fragezeichen verschwinden jetzt. Sie haben ein Puzzle mit vielen, vielen Teilen, von denen mindestens die Hälfte nicht ins Bild passt. Vieles davon ist Desinformation, von allen Seiten. Was Ihnen fehlt, ist die Vorlage. Und wenn Sie die kennen, wissen Sie, welche Teile zu ihrem Puzzle passen. Sie sind alle da. Mein Mandant hat sie.«

»Was genau?«

»Die Geschichte, die die Ungereimtheiten verschwinden lässt. Die beweist, dass nicht nur die Maschinen entführt wurden, sondern, wenn sie so wollen, alle Militärübungen gleich mit.«

Fuller konnte sich einen skeptischen Blick nicht verkneifen.

Norton lächelte müde und stand abrupt auf.

»Sie kennen die Fakten, ich erzähle Ihnen nichts Neues. Sie kennen *Tripod 2*, die *NRO-Übung*, *Vigilant* und *Northern Warrior* und die dazugehörigen Abwehrmanöver unseres und des kanadischen Militärs. Sie kennen die zahlreichen Diskrepanzen in den Berichten der Lotsen und des NEADS. Sie haben, wie alle anderen, eine Menge unbeantworteter Fragen. Was ich Ihnen liefere, ist die eine Story, die alle Fragen beantwortet. Sowie den Kronzeugen dazu, live und exklusiv.«

Norton machte ein paar langsame Schritte auf die Tür zu. Dann blieb er stehen, und sah Fuller an, mit einer Mischung aus Neugierde und Skepsis. Fuller verfluchte sich selbst. Es war der falsche Augenblick, vor lauter Verwirrung den Zugriff auf alle lässigen Bemerkungen zu verlieren.

In der endlosen Sekunde, die Fuller sprachlos dasaß, veränderte sich Nortons Gesichtsausdruck zu reinem Mitleid. »Denken Sie drüber nach«, sagte er und griff nach der Türklinke.

»Norton«, sagte Fuller und verfluchte sich gleich noch einmal, weil er sich räuspern musste.

Norton öffnete die Tür und sah über die Schulter zurück, fragend, aber nicht mehr wirklich interessiert.

»Sie wissen selbst, dass ich für die Nummer keine Hunderttausend von meinem Sender kriege.«

»Ihr Pech«, sagte Norton achselzuckend. »Wie ich Ihnen bereits sagte, waren Sie nie mein Favorit.«

»Verdammt«, sagte Fuller und stand auf, »geben Sie mir irgendwas. Wer ist ihr Mandant? Und wenn Sie mir das nicht sagen wollen, okay, dann: Was hat er gemacht? Wo war er am 11. September?«

Norton schob kurz die Unterlippe vor, schon halb durch die Tür. Dann nickte er langsam. Nachdenklich, mehrmals. »Ich weiß nicht, ob ihm das recht wäre, aber andererseits hält er ja offenbar große Stücke auf Sie. Nicht wer, aber was, das kann ich Ihnen sagen. Ihr Schweigen vorausgesetzt, in jedem Fall.«

Fuller nickte.

»Er war der Pilot der fünften Maschine«, sagte Norton und wandte sich ab. Im Gehen, ohne sich noch einmal umzudrehen, fügte er hinzu: »Und ich will Ihre Antwort bis morgen, 17:00 Uhr. Ich rufe sie an.

5

Nachdem Fuller sich entnervt in die nächstgelegene Sportsbar begeben und ein Bier bestellt hatte, disponierte er kurzerhand um und entschied sich in einem Anfall von Vernunft für einen Espresso. Das wirre Gerede des Wichtigtuers hallte in seinem Kopf, und auf dem großen Plasmaschirm an der gegenüberliegenden Wand hatten die New York Jets gerade das 0:23 von den New England Patriots kassiert. Es sah wieder einmal nicht nach einer Riesensaison für seine Mannschaft aus.

Er rieb sich müde die Augen, schüttelte den Kopf und beschloss, den ganzen Mist zu vergessen. Mit dieser windigen Geschichte zur Chefredaktion zu gehen und hunderttausend Dollar zu verlangen, schien ihm ungefähr so aussichtsreich wie ein Millionengewinn auf einem Rubbellos. Nicht zuletzt, weil ihm der schneidige Vortrag Nortons wieder zu Bewusstsein gebracht hatte, dass er in Sachen 9/11 schlicht ein schwarzes Loch im Gehirn hatte. Klar, irgendwo hatte er von diesen Militärübungen etwas gelesen, aber letztlich gehörte das alles zu den Konturen hinter jenem wattigen Nebel, in den man ihn am 10. September 2001 in der Detox-Klinik gepackt hatte. Dem Tag, an dem er seine letzte große Entziehungskur angetreten hatte und ihm gegen die manische Unruhe eine schwere Ladung Psychopharmaka verpasst worden war.

Was am nächsten Morgen auf den Fernsehern in den Aufenthaltsräumen lief, hatte Fuller wie die meisten anderen Patienten sehr wohl gesehen, doch war es nicht wirklich zu ihm vorgedrungen. Er hatte Stunden gebraucht, um wenigstens zu kapieren, dass er keinen endlos gebuchten Trailer für Bruckheimers neuen Action- Schocker sah, sondern Bilder aus der Wirklichkeit, aus dem echten New York.

Das Verbrechen des Jahrhunderts versetze die ganze Welt in einen apokalyptischen Schockzustand, doch selbst das reichte an diesem Tag nicht, um den einstigen Starreporter und Super-Rechercheur Max Fuller wenigstens zu wecken. Seine Wahrnehmung war von einem pharmazeutischen Schleier mit einer Art Rundum-Isolierung blockiert, einer nicht direkt unangenehmen, aber dumpfen Trance, in der auch das Wachsein einer Art Halbschlaf glich.

So hatte Fuller die Berichte über die Terroranschläge und ihre Folgen in den Wochen danach zwar im Fernsehen verfolgt und auch die Zeitungen gelesen – doch die Downer und Antidepressiva hatten sein Interesse und seinen kritischen Verstand weitgehend abgeschaltet. Und als er nach zwei Monaten die Klinik wieder verlassen durfte – nüchtern, wohlgenährt und zumindest halbwegs guter Dinge –, musste er sich mit Idiotenjobs abrackern, um das Loch wieder aufzufüllen, das die acht Wochen Auszeit und die Kosten für die Klinik auf seinem Konto hinterlassen hatten.

Im darauf folgenden Jahr hatten ihn zwar verschiedene Freunde und alte Kollegen angerufen, ihn auf haarsträubende Ungereimtheiten in der offiziellen Darstellung der Ereignisse aufmerksam gemacht und ihm lange E-Mails mit entsprechenden Artikeln und Links geschickt, doch er war darauf nicht einstiegen. »Hey, Alter«, hatte ihn zum Beispiel sein alter Freund und Kollege Joe Crackton angeraunzt, »es geht hier um die Wahrheit und den mörderischsten Beschiss des Jahrhunderts. Wenn es je etwas gab, was wirklich wichtig ist für einen wirklichen Journalisten, dann das. Und du sagst, du hast keine Zeit?« – »Ich hab keine Zeit, weil ich pleite bin und Geld verdienen muss«, hatte Fuller erwidert, »bring mir einen vernünftigen Vorschuss für einen Buchvertrag oder für eine TV-Doku, und ich fange morgen damit an.«

So oder ähnlich hatte er auch allen anderen Kollegen geantwortet, die seinen Jagdinstinkt wecken wollten – und weil keiner sich mit einem Vorschussangebot wieder meldete, bearbeitete er inzwischen Schnepfen wie Paris oder Britney. Und konnte noch froh darüber sein, denn er hatte einen passabel dotierten Hilfsjob bei *dem* journalistischen Format, immerhin fünf journalistische Klassen über dem PR-Dreck, den er in Florida über Alligatorenfarmen und Everglades fabriziert hatte, um die Detox-Klinik abzubezahlen. Aber spätestens als er in *Harper's Magazine* – in »seinem« Magazin von einst – den Report eines Professors gelesen hatte, der die Parallelen der offiziellen 9/11-Untersuchungskommission mit der Warren- Kommission aufzeigte, die einst die CIA-Hintergründe des Kennedy- Mordes vertuscht hatte, ahnte Fuller, dass sein Freund Joe Recht gehabt haben könnte. Und er wusste, welche Halle von Spiegeln ihn erwartete, wenn er in diese Recherche einstieg – mal ganz abgesehen von dem Risiko, mit Norton einem smarten Hochstapler aufzusitzen, der wertloses Material für teures Geld verscherbelte.

Ein kollektives, depressives Raunen ging durch die Sportsbar, als Tom Brady, Quarterback der *Patriots*, unter massivem Druck der Jets- Verteidigung einen 56-Yard-Touchdown-Pass warf.

Nichts Neues unter der Sonne, dachte Fuller. Geniestreiche von anderen. Gegen seine Mannschaft. Er winkte der Kellnerin, einem energiegeladenen, blonden jungen Wesen, auf dessen Brust ein Schild behauptete, sie heiße *Sandee*. Fuller lächelte sie an und wollte sie gerade fragen, ob er ihr zu Hause seine Rechtschreibsammlung zeigen solle, als sein Handy klingelte.

Jamal, behauptete das Display, und Fuller zog erstaunt die Augenbrauen hoch. Das war alles Mögliche zugleich. Überraschend, überholt, lange her und irgendwie passend.

»Zahlen«, sagte er zu Sandee, mit leisem Bedauern, und nahm das Gespräch an. »Jake, alter Kurvenwerfer, sag nicht, dass du in der Nähe bist.«

»Doch«, lachte die vertraute Stimme von Jamal Williams, der seinen Vornamen unmittelbar nach dem Studium seinen beruflichen Zielen angepasst hatte. Fuller war nie dazu gekommen, den Eintrag in seinem Adressverzeichnis zu ändern. Er hatte es auch nie vor gehabt.

»Gerade angekommen«, sagte Williams, »gerade den Fernseher angeschmissen und gesehen, dass deine Jets wieder einen Mordsstart in die neue Saison erwischen.«

»Danke, Mann.« Fuller zahlte, lächelte Sandee noch einmal vergeblich an und ging Richtung Tür, während im Hintergrund die Jets tatsächlich ein neues erstes Down zustande brachten und mit etwas Glück noch in diesem Leben auf 3:30 würden verkürzen können. »Wolltest du nur kondolieren oder reicht's für einen Drink?«

»Ich könnte sogar was zu essen vertragen. Hier, wenn's recht ist, ich muss morgen extrem früh raus.«

»Kein Problem. Wenn du mir sagst, wo *hier* ist.«

»Im Carlton.«

»Okay, wenn das ein Geschäftsessen auf deine Kosten wird. Ansonsten gibt's da diesen echt leckeren China-Imbiss zwei Straßen weiter.«

Jake Williams lachte. »Zahlt alles die Firma. Sogar den Rotwein.«

»Ich bin in zehn Minuten bei dir.«

Eine halbe Stunde später ließ Fuller sich seinem Freund gegenüber auf die lederbezogene Bank in der hintersten Ecke von Geoffrey Zakarians *Country* fallen und nahm erfreut zur Kenntnis, dass der Rancia bereits dekantiert war.

»Ich entnehme dem«, sagte er zur Begrüßung, »dass es dir blendend geht.«

Jake grinste. Seine Zähne waren verblüffend weiß, was wegen seiner schwarzen Hautfarbe noch erfolgreicher wirkte, als es bei einem *Weißbrot* wie Max je hätte wirken können. Sein Anzug saß perfekt, seine Haare waren perfekt, seine Rasur war perfekt. Fuller schaute ihm auf die Hände. Perfekte Nägel.

»Die Manschettenknöpfe finde ich echt übertrieben.«

»Geburtstagsgeschenk von Lauren. Was soll ich machen?«

»Zum Pfandleiher bringen und einen Plasmafernseher dafür kaufen.«

»Hab ich schon.«

Fuller lachte. »Schön, dich zu sehen.«

Er meinte es so. Er freute sich wirklich. Sein Weg und der von Jake, damals noch Jamal, hatten sich im wahrsten Sinn des Wortes gekreuzt, damals auf der Columbia. Max war von oben gekommen, Jamal von unten. Max war nach unten marschiert, Jamal nach oben. Freunde waren sie trotzdem geworden, nicht zuletzt durch ihre Leidenschaft für ihr Spiel, Football, durch das Team, in dem sie zusammen gespielt hatten. Max als Running Back, jedenfalls dann, wenn die besseren Spieler verletzt ausgefallen waren, Jamal als Quarterback. *Mystic Williams*, der präziseste College-Passwerfer seit Joe Montanà persönlich, die schwarze Gefahr, schöner, besser und vor allem schlauer als Warren Moon.

Als Fullers Abschlussarbeit für den Master ihm den Pulitzerpreis und den ersten Job bescherte, hatte es noch so ausgesehen, als würden beide schnurstracks weiter nach oben klettern auf der Karriereleiter. Jamal hatte noch eine Weile länger an der Uni verbracht und seinen PhD gemacht. Er hatte eine Dozentenstelle an der Universität bekommen (während Max abgestürzt war), war dann zum Vizechef eines größeren Meinungsforschungs-Instituts aufgestiegen (während Max sich hatte scheiden lassen) und hatte einige Politiker und Kongresskandidaten so erfolgreich auf Kurs gebracht, dass er sich bald als Politikberater selbstständig machte (während Max versuchte, sich von einigen Drogen zu emanzipieren). Max war Jakes Trauzeuge gewesen, als der 1993 Lauren Coller geheiratet hatte, ein fast klinisch schönes WASP-Mädchen aus Boston, das als Lektorin für Doubleday arbeitete. Ihr erster Mann, Captain Douglas Coller, war zwei Jahre zuvor im ersten Irakkrieg ums Leben gekommen, drei Monate nach der Geburt ihres Sohnes Marlon.

Jamal, inzwischen nur noch »Jake«, gab nach der Hochzeit die Selbstständigkeit wieder auf, nahm einen Job bei einem *Think Tank* mit Sitz in Washington und Florida an und kaufte ein angemessen großes Haus für seine neue Frau, seinen neuen Sohn und sich.

Max schaffte es nicht, ihn zu beneiden, dazu mochte er ihn zu sehr. Er bewunderte ihn einfach aus der Ferne, seinen Freund, der seinen Job als Vater und Familienmensch mit einer steilen Karriere als Politikberater und *Spin Doctor* spielend unter einen Hut brachte. Der gelegentlich einen Drink nahm oder zwei, aber immer nur abends und nie einen zu viel; der auf den Partys mal einen Joint mitgeraucht hatte oder zwei, wenn der Abend länger wurde, aber nie ein Gramm Koks und eine halbe Flasche Whisky in zwei Stunden weggezogen hatte, wie Fuller in seinen Turbo-Zeiten. Der mit seinem weißen Stiefsohn zum Football ging und am Wochenende mit wichtigen weißen Leuten zum Segeln, während Fuller seinen Absturz mit immer mehr Uppern und Komaräuschen besiegelte.

Jake hatte sich vieles erarbeiten müssen, was dem begabten Wirbelwind Max einfach zugefallen war. Max hatte sich gestattet, vieles wegzuwerfen, Jake hatte eingesammelt und behalten. Max hatte sich mit der ganzen Welt angelegt, um sie zu verbessern. Jake hatte sich mit der Welt arrangiert, um sich zu verbessern. Max war grandios gescheitert, Jake hatte es geschafft.

»Was machst du in New York?«, fragte Fuller.

»Ob ich dir das erzählen kann, wo du doch jetzt wieder an den Schalthebeln bei CBS sitzt?«, antwortete Jake und entblößte wieder seine beängstigend blanken Zahnreihen.

»Schalthebel ist gut. Ich würde eher sagen, Maschinenraum, Heizkeller, Kohlenhalde. Aber ich beklag mich nicht, sie bezahlen mich halbwegs ordentlich für die Praktikantenarbeit, die ich da mache. Also, wenn du mal wieder in diskreter Mission für irgendeinen *Bigshot* aus Washington unterwegs bist, kannst du's mir ruhig erzählen – in der Sendung landet von meinen Informationen garantiert nichts.«

»Klingt nicht so gut«, sagte Jake und nickte dem Kellner zu, der daraufhin dezent Fullers Glas wieder füllte.

»Aber der Wein ist gut«, sagte Fuller, griff nach dem Glas und erhob es in Jakes Richtung. »Und jetzt du. Immer noch bei dieser fetten *Federal Freedom Foundation* auf der Gehaltsliste?«

Jake Williams nickte. »Auch. Zwei, drei Studien für die FFF im Jahr zahlen Miete, Auto, Familienkosten. Den Rest verdiene ich auf eigene Rechnung – Medienanalysen, Kampagnenstrategien, politische PR, Consulting, das Übliche.«

»Ich hab dich neulich auf CNN gesehen. Du berätst jetzt auch den Vizepräsidenten?«

»Nein, nicht direkt. Aber die FFF hat eine Studie für das Büro des Vizepräsidenten gemacht, an der ich mitgearbeitet habe, und nur weil der Pressesprecher krank war, haben sie dann mich zu dieser Sendung geschickt. Ich mag das immer noch nicht und bleibe lieber im Hintergrund, aber dieses Mal konnte ich mich nicht drücken.«

»Ja, ja – der *Spin doctor* operiert eben lieber diskret, und wenn der Patient stirbt, war er halt einfach nicht mehr zu retten.« Fuller grinste.

Der dezente Kellner hatte sich unbemerkt angeschlichen und setzte Fuller einem Teller mit *Steak Frites* vor die Nase. Fuller sah Jake an, der das Gleiche vorgesetzt bekam. »Scheiße, hab ich einen Hunger.«

Der Kellner tat nicht mal so, als habe er die Bemerkung überhört. Er wechselte einen Blick mit Jake, als kondolierte er ihm zu seinem Gast.

»Guten Appetit, Max«, sagte Jake.

Fuller schnitt nickend sein Steak an. »Gleichfalls.«

»Kann ich was für dich tun?«

»Was?« Fuller sah auf. Das ging eindeutig zu weit. Sie waren Freunde, und unter Freunden war es zulässig, dass derjenige mit der temporär dickeren Brieftasche das Essen zahlte, aber mehr nicht.

»Ich wollt's nur gesagt haben.« Jake hielt seinem Blick stand. »Einmal, und nie wieder. Falls du je meine Hilfe brauchst, ruf mich an. Du bist schnell, du bist brillant, und es gibt da draußen einen Haufen Jobs für dich.«

»Klar. Weiß ich doch. Ist nur nicht mein Ding. Falsche Seite. Nichts für ungut.«

»Kein Problem.«

»Außerdem …« Fuller kaute begeistert. »Ich will doch meinen zweiten Pulitzer, weißt du doch. Bin ich gerade dran.«

»Tatsächlich?«

»Tatsächlich.«

»Erzähl.«

»Kann ich nicht. Zu groß. 9/11.«

»Oh. Ist das nicht durch?«

Die Frage war höflich gemeint, aber in Jakes Tonfall meinte Fuller einen Hauch Herablassung zu hören, und das konnte er in diesem Moment absolut nicht brauchen.

»Nope.« Er schüttelte den Kopf. »Im Gegenteil. Neue Fakten. Neuer Informant. Hat mich per Handy durch die halbe Stadt gelotst, Hinterzimmertreffen und *wichtig, wichtig*. Story des Jahrhunderts. Militärübungen.«

»Welche?«

»Welche?«

»Ja, ich meine ... dass es welche gab, weiß ja jeder. Acht, oder? Neun.«

»Äh, neun, ja.«

»Headline?«

»Topsecret«, log Fuller.

»Na, komm. Headline?«

»Ähm. Der Pilot der fünften Maschine packt aus.«

»Welcher fünften Maschine?«

»Willst du mir die Story klauen?«

»Quatsch. Im Gegenteil. Ist ja interessant, das Ganze. Ich habe das durchaus verfolgt, mit großem Interesse. *Loose Change*? Netter Film, wirklich. Toll gemacht. Auch der Umstand, dass diese ganzen Übungen nicht im Untersuchungsbericht erwähnt sind, mit keinem Wort, war ja auffällig. Der Essay im *Harper's* war gut.«

Fuller nickte zustimmend und kaute weiter.

Jake zuckte die Achseln. »Aber gut, wenn man dem folgt, war die ganze Ermittlung bloß eine Weißwaschoperation, um die Versäumnisse der Regierung zu vertuschen. Denkbar. Schade nur, dass die Beweise fehlten – aber für so was ist ja Max Fuller zuständig.«

Fuller hörte auf zu kauen und sah Jake in die Augen.

»Du verarschst mich.«

»Absolut nicht.«

Fuller starrte ihn weiter an.

»Nein«, sagte Jake und schüttelte den Kopf. »Wenn die Quelle zuverlässig ist, nichts wie hinterher. Spekulationen will keiner mehr hören, aber wenn du wirklich was Beweisbares hast – genial. Die Kerry-Kommission hat doch damals auch ziemlich schnell die Segel gestrichen, nachdem unter anderem der Columbia-Absolvent Max Fuller die Drogengeschäfte der guten alten CIA und des Weißen Hauses aufgedeckt hatte, oder? Mit 9/11 ist es nicht anders – keiner will sich vorwerfen lassen, die Sicherheit des Landes vernachlässigt zu haben und für den Tod von dreitausend Menschen verantwortlich zu sein. Also wird getarnt und getäuscht, was das Zeug hält. Für die peinliche Schlappe, dass wir von 19 Studenten mit Teppichmessern aufs Kreuz gelegt worden sind, will niemand die Verantwortung übernehmen, schon gar nicht die für die Landesverteidigung zuständigen Behörden und die Herrn im Pentagon und im Weißen Haus …«

Fuller legte die Serviette neben seinen leer gegessenen Teller. Das Ganze wurde ihm zunehmend unangenehm, denn er hatte weiterhin nicht das Gefühl, Almosen zu brauchen. Weder in Form von Jobangeboten, noch in Form von allzu überschwänglicher Lobhudelei.

»Andererseits«, sagte Jake, »ist das ja nicht verwunderlich.«

»Was?«

»Dass sich Politiker und Institutionen nach einer solchen Katastrophe möglichst im bestem Licht darstellen. Niemand will sich die Schuld in die Schuhe schieben lassen. Und natürlich werden die Kommissionen, die das untersuchen, entsprechend besetzt. Woher kommt dein Informant – aus dem Kommissionsumfeld?«

»Keine Ahnung«, sagte Fuller. »Ich rede bisher nur mit seinem Anwalt, und der nennt sich Norton, was vermutlich nicht stimmt. Verdammt selbstsicher, der Typ, zum Kotzen – aber ich hab mich mit dem ganzen Fall einfach noch nicht genug beschäftigt, um ihm wirklich auf den Zahn fühlen zu können. Das Einzige, was er bisher rausgerückt hat, war der Hinweis, sein Mandant sei der Pilot der fünften Maschine …«

»Der Pilot?«

Fuller nickte.

»Mh«, machte Jake und zerlegte den winzigen Rest seines Filets in zwei gleich große Teile. »Welches fünfte Flugzeug?«

»Keine Ahnung, bisher.«

Jake kaute. Geduldig und genießerisch.

»Araber?«

Fuller zuckte die Achseln. »Frag mich nicht. Eher nicht, vermute ich. Genaueres sag ich dir, wenn ich die ganze Story kenne.«

»Na«, sagte Jake. »Das wär ja was. Aber den müsstest du dann schon haben, diesen Piloten.«

»Klar.«

»Sonst wäre das bloß eine weitere Verschwörungstheorie.«

»Auch klar.«

»Ich drück dir die Daumen.«

»Danke.« Fuller hielt sein Weinglas hoch, und der Kellner tauchte auf, als hätte er sich aus dem Nichts materialisiert. »Und damit zu den wirklich wichtigen Dingen im Leben: Welchen Quarterback müssten wir entführen, damit die Jets endlich wenigstens mal wieder in die *Playoffs* kommen?«

Als Fuller wesentlich später einigermaßen orientierungslos in den Dateien auf seinem Laptop stöberte, fragte er sich vage, ob seine Wahl »Chablis. Rancia. Bier. Bier. Bier« nicht auch nur wieder eine von diesen auf den ersten Blick vernünftigen Ideen gewesen war, die sich am nächsten Morgen als totaler Schwachsinn entpuppten. Oder sogar schon vorher. Wie die meisten seiner Schnapsideen.

Warum hatte er Jake nicht einfach klipp und klar mitgeteilt, dass er die ganze Pilotenkiste für bescheuert hielt? Was hatte ihn geritten, so anzugeben?

Er öffnete ein paar Ordner, wahllos. Alte Dateien. Ebenfalls wahnsinnig viel versprechend. Storys, die er nochmal machen würde, irgendwann. *File Reagan.* 1986. Reagan, Bush senior, nicaraguanische Terroristen, Finanzierung mittels Kokainimport. Große Story. Toter Protagonist. In zehn Jahren noch mal draufschauen und dem *Discovery Channel* anbieten.

File Skyway-Air. Eine kleine, regionale Fluggesellschaft in Florida. Frisch. 20 Kilo Heroin im Heck, drei Monate her. Das Ganze roch verdächtig nach einer Neuauflage von Barry Seals Aktivitäten und dem Mena-Skandal, nach einer neuen Frontcompany der CIA. Im Regionalverkehr hatten die Airline-Betreiber im letzten Jahr keine hundert Tickets verkauft, aber wöchentlich schipperten kleine Skyway-Jets angeblich religiöses Material und Bibeln nach Südamerika. Herrlich. Große Story. Sofort machen.

Nur, dass sie niemand bringen würde. Schon gar nicht, wenn Max Fuller sie schrieb.

Er legte einen Ordner an. File *Fifth Plane.*

Er klickte den Ordner an, warf ihn in den Papierkorb und öffnete das Google-Fenster.

Er gab »Jets« und »Playoffs« ein, dann löschte er die Eingabe wieder und versuchte es mit »Fifth Plane«.

Ergebnisse 1–10 von ungefähr 13 300 für »5th Plane« (0.04 Sekunden). Die interessanteren Seiten beschäftigten sich mit esoterischen Erkenntnisständen; mit der fünften Ebene der Weisheit. Und dem Weg dahin. Ohne Straßenkarten.

Fuller engte die Suche ein. »5th Plane« und »9/11«.

Ergebnisse 1 – 10 von ungefähr 2240 für »5th Plane« 9/11. (0,07 Sekunden).

Fuller starrte benommen auf den Schirm.

Cleveland. Richard Reid. Moussaoui, The Dark Doppelganger of Delta 1989. White Plane. Pentagon Plane.

Executive Jet. E4-B. Bumble Bees. Operation Pearl. Die doppelte 11. Doppelte 93. Doppelte 77. Doppelte 175.

Phantastisch.

Zum Kotzen.

Zweitausend Dokumente?

Er brauchte dringend Hilfe. Am besten einen aus der Dokumentation, einen Recherche-Helfer. Er würde Ken Wilder fragen müssen, ob der ihm, dem Praktikanten, einen Praktikanten zur Seite stellen konnte. Das war immerhin besser, als den Boss um hunderttausend Dollar zu bitten.

6

Zehn Sekunden lang hatte Fuller wieder an einen Gott geglaubt. »Okay? Einfach so?« Er hatte Wilder verdutzt angesehen. »Fehlt dir was?«

»Wenn du erst noch auf dem Boden rumrutschen willst, mach es.«

»Muss nicht sein, ist ja alles sauber hier.

Ken Wilder lachte dröhnend.

»Danke«, sagte Fuller. »Und ... Danke.«

»Kein Thema. Sag Nick, du hast meinen Segen.«

»Nick? Nicht Nick Larson.«

»Doch.«

Fuller hörte wieder auf, an Gott zu glauben. Deutlicher als mit dieser Personalzuteilung konnte ihm Wilder nicht klarmachen, welche Relevanz der Fall für die Chefetage hatte. Außer, wenn er ihm gleich den Aushilfshausmeister an die Seite gestellt hätte.

Unterste Schublade. Das unterstrich auch der Weg in das Kellerbüro, in dem Nick Larson als Assistent der Dokumentationsabteilung hauste. Aus jenem knappen Dutzend von *Fact-Checkern*, die Namen, Daten und Hintergründe in jedem Bericht oder Artikel, der die Redaktion verließ, auf ihre Richtigkeit überprüften, aus dieser Mannschaft von Hiwis und Datensammlern ragte Larson unübersehbar heraus. Nicht nur, weil er jung und schlaksig war, verfilzte Rastazöpfe trug und die langen Flure im Archiv bevorzugt auf seinem Skateboard zurücklegte, sondern weil er sich mit seinem ständigen Postings im hausinternen Nachrichtensystem in der gesamten Redaktion einen Namen gemacht hatte, wenn auch einen wenig schmeichelhaften, nämlich *Nick the Nut*.

Über den »Flurfunk« genannten Nachrichtenverteiler kommunizierten die einzelnen Abteilungen untereinander,

Programmänderungen oder Renovierungsarbeiten in den Büros wurden hier ebenso mitgeteilt wie Wohnungsgesuche, geplante Autoverkäufe von Mitarbeitern oder die Tagesmenüs der Kantine – sowie vor allem Kommentare und Kritik zu den gesendeten Beiträgen. Was das betraf, war Nick einer der fleißigsten Autoren, und so schräg und *off topic* seine Anmerkungen oft waren, so witzig und intelligent waren sie auch. Zudem bestückte er seine Kommentare meist mit aktuellen Zitaten oder Web-Links und untermauerte die besonders schrillen Aussagen, wie es sich für einen soliden Fact-Checker gehört, mit einer zweiten Quelle. Was das Handwerk betraf, vor allem die Web-Recherche, konnte Nick so schnell niemandem etwas vormachen, und eingedenk dieser Stärken sah man ihm seine missionarische Macke gern nach.

Denn eine Macke hatte Nick zweifelsohne. So locker und offen er mit seinen 26 Jahren war, so dogmatisch war er auch und so felsenfest davon überzeugt, dass nur dreierlei die Welt noch retten konnte: Jesus, Solarenergie und Hanf. Mochte das Thema seines täglichen Flurfunk- Kommentars auch noch so weit abgelegen sein, um ein »ceterum censeo« oder ein »PS.«, das mindestens eine dieser drei Säulen des Weltrettungsprogramms in Erinnerung brachte, war Nick nie verlegen. Schon gar nicht, wenn ein neues Stück der Schriftrollen von Nag Hammadi, des nach Nicks Ansicht einzig wahren Thomas- Evangeliums, neu übersetzt oder interpretiert worden war, oder wenn ein Unternehmen große Effizienzsteigerungen bei Sonnenkollektoren meldete, oder wenn in einem Bundesstaat über Marihuana als Medizin abgestimmt wurde – bei solchen Gelegenheiten lief *The Nut* zur Höchstform auf und bombardierte die Redaktionen im Haus mit voluminösen Dossiers, die er unaufgefordert in freiwilligen Nachtschichten zusammenstellte. Dass die Redakteure sie in aller Regel ignorierten, konnte an Nicks

Zuversicht und seiner notorisch lässigen Haltung nichts ändern, *Hang Loose!* waren all seine Postings unterschrieben.

Der gleiche Spruch stand an der Tür zu seinem Büro, und die war zu.

Fuller klopfte. Niemand bat ihn herein. Also drückte er die Tür einfach auf. Aus dem iPod-Dock neben dem Rechner sang Bob Marley *Stir it up, little darling*. Zuhörer hatte er keine, der zellenartige, fensterlose Raum war leer. Abgesehen von einem extrem unordentlichen Schreibtisch mit zwei Computerbildschirmen, auf denen psychedelisch animiert die Worte tanzten *Wer die Welt erkennt, aber sich selbst verfehlt, verfehlt das Ganze*, sowie vier Wänden voller Regale, die von oben bis unten mit Tapes, DVDs und Ordnern vollgepfropft waren.

Fuller wollte gerade auf dem Absatz kehrt machen, als Nick Larson mit einem dampfenden Becher in der Hand eintrat. Auf dem Teebeuteletikett, das über den Becherrand hing, war ein Mädchen abgebildet, das nach Fullers Geschmack mindestens vier Arme zu viel hatte.

»Hey«, sagte Nick erfreut, »Master Fuller, was verschafft mir die Ehre?« Er grinste und hielt Fuller eine große, knochige Hand hin. Fuller drückte sie kurz.

»Auch ´n Tee? Hab neuen gekauft, Yogi, in der Küche, direkt neben dem Honig.«

»Ich muss noch fahren«, murmelte Fuller und deutete vage auf Nicks Monitore. »Ken meinte, du könntest mir vielleicht helfen.«

»Klar. Wobei?« Nick stellte seine Tasse ab und rieb seine Hände aneinander, als freute er sich tatsächlich, die Idiotenarbeit machen zu dürfen.

»11. September. Geht um einen Informanten ...«

»Du siehst echt gut genervt aus, Max. Stress mit Ken? Der meint das nicht so«, unterbrach ihn Nick und schlürfte an seinem Tee. Dabei schaute er so entwaffnend freundlich, dass Fuller ihn am liebsten erwürgt hätte. Aber das würde ihn nicht nennenswert weiterbringen, also ließ er es bleiben und zwang sich zu einem geknurrten »Alles gut. Nur schlecht gepennt«.

»Doch einen Tee?«

»Nein. Das fünfte Flugzeug. Sagt dir das was?«

»Klar.« Die Rastalocken wippten. Nick pustete über seinen Teebecher und wartete auf mehr.

»Ich habe einen Informanten, der behauptet, den Piloten zu kennen.«

»Welchen?«

»Welchen Informanten?«

»Nein, welchen Piloten? Von welchem fünften Flugzeug?«

»Von dem fünften Flugzeug, das die ganze offizielle Darstellung zum Einsturz bringt.«

»Okay. Sorry, falls ich dir auf die Nüsse gehe: welchem?«

»Du gehst mir auf die Nüsse, und, wieso welchem? Wie viele fünfte Flugzeuge kann es geben?«

»Streng genommen nur eins, aber wer nimmt's schon streng?«

Fuller verdrehte die Augen. Aber noch ehe ihm eine passende Antwort eingefallen war, hatte Nick ein Bildschirmfenster geöffnet, dessen Überschrift signalisierte, dass er die Arbeit bereits aufgenommen hatte: *9/11 – unbeantwortete Fragen.*

»Pass auf, Max, in diesem File sind, Moment ... acht Ordner, die könnte ich dir ausdrucken, es gibt zur Zeit ...« Nick klickte mit der Maus in ein Dateiverzeichnis, »278 Unterordner, das sind ausgedruckt knapp zweitausend Seiten. Aber das ist nur die erste Ebene – daran hängen dann noch mal Berge von Quellen und Dokumenten, gespeicherten Webseiten ... Hat dein Pilot einen Namen, dann kann ich das mal schnell alles durchsuchen?« Nick sprach ebenso schnell, wie er mit den Fingern der rechten Hand über die

Tastatur raste und die Maus bediente, während er in der Linken den Teebecher hielt und in Pausen, wie sie jetzt entstanden waren, daran nippte.

»Ich habe noch keinen Namen ...« sagte Fuller.

»Okay, Suche: fünftes Flugzeug. Warte, ich zeig dir mal, was ich meine«, unterbrach ihn Nick. Er hatte das Stichwort in die Suchroutine eingeben, und auf dem Schirm erschien eine lange Liste. »Also, da hätten wir natürlich erstmal die Cleveland-Maschine, von der wirst gehört haben ...? Meint dein *Informant* die? Das wäre cool.«

»Hilf mir mal auf die Sprünge.«

»Wie viel weißt du?«

Fuller entschied sich für offene Karten. »Wenig. Aber gib mir die Kurzfassung.«

»Okay. Die Cleveland-Maschine. Angeblich dort gelandet, mit den Passagieren von Flug 11 und Flug 175 an Bord, weil die beiden Kisten nie in Boston gestartet sind ...«

»Was?«

»Alles getürkt. Die sind nie gestartet.«

»Die beiden, die die Türme getroffen haben?«

»Theorie.«

»Schwachsinns-Theorie. Erspar mir das Zeug live aus dem Irrenhaus, geht das? Nächste.«

Nick zog kurz die Augenbrauen hoch, dann lächelte er wieder. »Okay. Nächster Kandidat, die Frachtmaschine oder die fliegende Kommandozentrale, eine C-130 oder E-4B. Militär. War nachweislich in unmittelbarer Nähe des Pentagon, als Flug 77 reingenagelt ist, und vermutlich ganz zufällig später genau dort, wo Flug 93 abstürzte, eine halbe Stunde später. Trotz Flugverbot.«

»Schon besser. Noch eine?«

»Eine?«

Nick fasste sich kurz, aber auch das dauerte eine Weile. Nach einer Viertelstunde kam Fuller auf das Angebot zurück und holte sich tatsächlich einen Tee aus der Küche. Nach einer halben Stunde schwirrte ihm der Kopf, aber das lag nicht an den Süßwurzeln, sondern an den vielen Informationen, von denen er sich zu merken versuchte, was ihm relevant erschien. Es gab diverse fünfte Maschinen, so weit, so schlecht. Einige erschienen ihm frei erfunden, wie die, die angeblich in Cleveland gewesen sein sollte. Die Militärmaschine, eine C-130, konnte Norton eigentlich auch nicht meinen, denn deren Existenz schien festzustehen, also musste man den Piloten ohne große Probleme ausfindig machen können. Auch wenn es merkwürdig war, dass die Maschine bei gleich zwei Abstürzen am 11. September in der Nähe gewesen war, strich Fuller sie zunächst von seiner Liste. Die nächste »fünfte Maschine« war ein weißer Learjet, dessen Pilot den Absturz von Flug 93 in Pennsylvania per Funk bestätigt hatte. Angeblich wusste niemand, wer der Mann war, und die Maschine gehörte einer Firma, die zu Warren Buffetts Imperium gehörte, also streng genommen jenem Milliardär, der ausgerechnet an diesem Morgen ein Charity-Treffen auf ausgerechnet jener Luftwaffenbasis veranstaltet hatte, auf der das STRATCOM zu Hause war, das strategische Oberkommando der US-Streitkräfte. Ausgerechnet in Offutt, Nebraska, wohin George W. Bush überraschend von Florida aus geflogen war, statt nach Washington zurückzukehren. All das war sehr sonderbar, da musste Fuller Nick Recht geben, dennoch erschien es ihm im Zusammenhang mit *seinem* fünften Piloten zu vernachlässigen. Der Pilot des Firmenjets würde, ganz gleich, wer sein Arbeitgeber war, keine Jahrhundertstory zu erzählen haben. Er hatte bestenfalls einen Absturz beobachtet, mehr vermutlich nicht. Es gab aber noch einen zweiten weißen Jet, der ebenfalls in Pennsylvania gesichtet worden war, nicht nach, sondern unmittelbar *vor* dem Absturz. Den fand Fuller schon interessanter.

»Könnte das ein Kampfjet gewesen sein?«

»Der United 93 abgeschossen hat?«

»Ja?«

»Keine schlechte Theorie. Stehen viele drauf. Hat ja sogar Rumsfeld mal versehentlich gesagt, dass das ein Abschuss war.«

»Tatsächlich?«

»Ja. Versprecher. Mit oder ohne Freud, das ist die Frage.«

»Aber wäre das eine Jahrhundertstory?«

»Der Pilot des Kampfjets?«

Fuller nickte.

Nick schüttelte skeptisch den Kopf. »Eher nicht. Würde ja eigentlich nur bestätigen, was schon viele vermuten. Wäre aber im Großen und Ganzen nichts Neues. Dein Informant hat doch was von den Übungen gemurmelt, oder?«

»Yup.«

»Würde mich wundern, wenn er den Jäger meint.«

»Nächste.«

»United 175, die zweite. Theorie: Die Originalmaschine ist nie nach New York geflogen, sondern auf dem Weg ersetzt worden. Das Original war laut Fluggesellschaft bis gegen Mittag irgendwie verschollen, aber garantiert nicht in New York.«

»Ja. Auch eine schöne Idee, aber der Pilot dieser fünften Maschine wäre dann doch wohl ins World Trade Center gerauscht, also könnte er nicht mehr viel erzählen.«

»Wahr. Davon abgesehen, dass gar kein Pilot drin saß, die Kiste war nämlich ferngesteuert.«

Fuller hob abwehrend beide Arme. »Erspar mir den Scheiß. Keine Fernsteuerungen, keine Hologramme, okay? Ich will nur die Fakten. Die fünfte Maschine. Hast du noch welche, oder war's das?«

»Na ja. Die, die ins Pentagon geflogen ist, weil das ja angeblich nicht United 77 war.«

»Nächste.«

»Es gab noch eine andere. Warte mal.« Nick klickte ein bisschen in seinen Dateien herum, bis ein Bild auf dem Monitor erschien, das eine weiße Maschine am blauen Himmel zeigte, von unten aufgenommen, aus der Nähe des Capitols. »Die«, sagte er. »Aufgenommen am 11. September, angeblich. Die Todesmaschine im Anflug auf das Pentagon. Problem ist, das Ding da«, er deutete auf die winzige Silhouette, »hat vier Triebwerke, und die Boeing, die das Pentagon getroffen hat, hatte nur zwei.«

Fuller runzelte die Stirn. »Kann doch irgendwas x-Beliebiges sein. Wer sagt, dass das die Pentagon-Maschine sein soll?«

»Die Nachrichten. Jedenfalls zuerst. Gab sogar ein Video. Dann allerdings nicht mehr, ist nur einmal gesendet worden, warte, hab ich hier irgendwo ...«

»Danke. Nächste. *Mann.*«

»Nicht so schnell. Die zeitlichen Zusammenhänge sind echt mehr als merkwürdig. Also, in Sachen United 77 und American Airlines 11, obwohl die ja angeblich schon um viertel vor neun in New York gecrasht ist. Trotzdem taucht um kurz vor halb zehn, nach einer halben Stunde ›unsichtbar sein‹, die United-Maschine wie Kai aus der Kiste wieder auf, offenbar war noch eine andere Maschine mit derselben Kennung in der Luft. Könnte United 93 gewesen sein, aber das passt zeitlich hinten und vorne nicht.«

Fuller unterbrach ihn mit einer energischen Handbewegung. »Stopp. Nick. So geht das nicht. Kannst du mir einen Gefallen tun?«

»Klar.«

»Ein Dossier? Mit den wichtigsten Infos?«

»Zu allem?«

»Was?«

»Zu den Entführern, zu den Übungen, zu den Routen, zu den Maschinen?«

»Die Entführer kannst du weglassen.«

»Da gibt's aber 'ne Masse echt wichtiger Dokumente. Wusstest du, dass Atta nachweislich dauernd an zwei Orten gleichzeitig war, laut FBI?«

»Nee. Will ich auch nicht wissen. Ich will erst mal nur wissen, welche Maschine dieser Penner meint, verdammt.«

»Okay.«

»Dossier? Wargames, zivile Übungen und der Luftverkehr an dem Morgen?«

»Ausgedruckt oder auf CD, ich kann es auch einfach ins Intranet stellen, wenn dir das erstmal reicht.«

»Das reicht für's erste. Bis wann? Es eilt ziemlich ...«

»Die Zusammenstellung der Dokumente und Links aus unserer Datenbank hast du in 'ner halben Stunde, dann werd ich noch mal ein paar externe Checks durchführen, die liefere ich nach, bis gegen 16:00 Uhr. Ist das okay?« Fuller nickte.

»Oh, falls dir noch irgendwelche Namen oder Begriffe einfallen, mit denen wir die Suche verfeinern können, sag mir Bescheid«, fügte Nick hinzu, als Fuller zur Tür ging.

Er murmelte einen Dank, während Nick seine Rastazöpfe zurückschlug und ihn anstrahlte. Fuller machte sich auf einen fröhlichen Jesus-Spruch gefasst, aber Nick überraschte ihn.

»Wär echt geil.«

»Was?«

»Wenn da was dran wäre.«

»Was wäre daran *geil*? Dass wir uns 'ne neue Identität zulegen müssten?«

Nick lachte. »Nee. Weißt du, ich mach das jetzt seit vier Jahren, mehr aus akademischem Interesse an der Sache, und da ist ja echt 'ne Menge, was einen irritiert. Aber diese

Verschwörungstypen, na ja, die wissen *alles*, und *bewiesen* haben sie eigentlich auch alles, meinen sie, nur haben sie dummerweise keinen einzigen Zeugen. Weil die ja – *claro* – angeblich alle umgebracht worden sind. Oder untergetaucht. Was extrem dumm ist, weil, Mann, du kannst alles mit Logik nachweisen, aber das nützt dir am Ende gar nichts. Drauf geschissen, wenn du keinen Zeugen hast. Du kannst richtig harte Fragen stellen – drauf geschissen, wenn du keinen Zeugen hast. *Wenn* du den hast, hast du die größte Story aller Zeiten. Sonst hast du gar nichts.«

»Wäre dieser Zeuge 'ne Million wert?«

Nick gluckste. »Das wär echt ein Schnäppchen.«

Und mit einem letzten extrem freundlichen Grinsen wandte *Nick the Nut* sich wieder seinem Bildschirm zu, sackte leicht vornüber und begann mit Feuereifer zu klicken und zu klappern.

Fuller nickte bloß. Dann war ja alles gut. Dann musste er sich das Schnäppchen ja nur noch auf Kredit besorgen, ohne dass der Verkäufer es vorzeitig merkte.

7

Fuller lächelte spöttisch, als die Uhr auf seinem Desktop auf 17:04 Uhr sprang. Na, bitte. So wichtig war das alles offenbar doch nicht. Ein Wichtigtuer, der sich einen Tag lang über einen dämlichen kleinen Journalisten lustig machte, das war Norton. Mehr nicht.

Britneys Mutter. Orang-Utan-Babys. Stadtteilfest in Queens. College- Football.

Sein Telefon klingelte.

»Ja.«

»Norton für dich«, sagte Marla, und es knackte in der Leitung.

»Und?«, fragte der Anwalt.

»Uhrenvergleich?«, fragte Fuller zurück. »Gut, dass sie keine Wargames planen, da wär ja alles schief gegangen.«

Für einen Augenblick herrschte Stille.

»Sie haben in der Tat Probleme«, sagte Norton dann. »Mit Alkohol, mit Drogen, mit der Sprache. Und mit dem Timing im Allgemeinen. Da ich davon ausgehe, dass sie auch mit Geld nicht umgehen können, darf ich meinem Mandanten mitteilen, dass Sie kein Interesse haben, richtig?«

»Falsch.« Fuller gab seine lässige Körperhaltung auf und setze sich zur Abwechslung aufrecht an seinen Schreibtisch. »Sagen Sie Ihrem Mandanten, ich bin interessiert.«

»Haben Sie das Geld?«

»Ja. In unsortierten und nicht nummerierten Scheinen. Den Koffer kriegen Sie dazu, ist echtes Leder. Können Sie alles haben, ich will die Story. Aber.« Fuller machte eine Pause, aber Norton tat ihm nicht den Gefallen, sorgenvoll nachzufragen. »Aber«, sagte Fuller noch einmal. »Ich brauche was dafür.«

»Sie kriegen die Story, von meinem Mandanten. Sobald er den Vorschuss hat.«

»Das reicht nicht. Hören Sie, ich lehne mich hier schon ziemlich weit aus dem Fenster, und Hunderttausend nehmen wir hier nicht aus der Portokasse. Könnte ja auch sein, dass Sie die Kohle einfach einsacken und verschwinden. Also brauche ich was, vorher.«

»Was?«

»Na, was? Beweise, Mensch. Fotos, Bänder, Dokumente, ein Kleid mit 'nem Fleck drauf. Da draußen laufen Hunderte von Spinnern rum, die alle *ganz genau* wissen, was wie passiert ist. Dick Cheney hat die Pentagon-Maschine selbst geflogen, okay. Und der Yeti kann *Photoshop*. Geben Sie mir irgendwas in die Hand, und ich bin dabei.«

Für einen langen Augenblick schwieg Norton.

»Gut«, sagte er schließlich. »Nachvollziehbar.«

»Prima«, sagte Fuller überrascht.

»Ich rufe Sie nachher an, um sieben. Tanken Sie vorher voll.«

Und damit war die Leitung tot.

Fuller legte auf und rieb sich nachdenklich die Stirn. So weit, so gut. Jetzt brauchte er nur noch das Geld, das er Norton versprochen hatte.

Oliver Bennett sah ihn an wie etwas, das gerade aus seinem Salat gekrabbelt war.

»Du willst *was*?«

»Ich brauche keine Hunderttausend. Aber irgendwas muss ich ihm geben, sonst macht der seinen Koffer garantiert nicht auf. Oliver, ich will das Zeug nur sehen – wenn es nichts taugt, bringe ich die zehn wieder mit, keiner merkt was. Und wenn es viel versprechend ist, dann wird Ken auch den Rest rausrücken …«

»Keine Chance.«

»Oliver.«

Bennett beugte sich vor, über seine Schreibtischplatte, und schüttelte den Kopf wie ein Lehrer, der seinem Sonderschüler zum hundertsten Mal erklärt, wo sein Bus nach Hause abfährt. »Du warst doch mal … intelligent, Max.«

Fuller träumte von einer AK-47.

»Denk mal nach. Ein windiger angeblicher Anwalt. Du sitzt da gerade an deiner schönen, schwierigen Recherche wegen Florida – auch wenn wir davon offiziell nichts wissen, das ist dein Privatvergnügen. Und dann kommt dieser Typ und ködert dich mit einer völlig absurden Konspirologenkiste. Und was machst du? Wo hast du dein Gehirn gelassen, an der Garderobe?«

»Oliver …«

»Nein, Mann. Konzentrier dich erstens auf das, wofür wir dich bezahlen, und zweitens, wenn du darüber hinaus noch Energie hast, auf die echten Stories, nicht auf die Nebelkerzen. Und, Herrgott, erwarte nicht, dass ich dich auch noch unterstütze, wenn du den Rest deiner Karriere in den Gully treten willst.«

Fuller nickte. Ein Satz fehlte noch, und wenn Bennett den noch draufsetzte, würde er ihn einfach erwürgen.

»Ich bin dein Freund, Max.«

»Cool«, sagte Fuller und stand auf. »Dann kann ich ja endlich mal Ordnung in meinem Filo schaffen.«

»Was?«, rief Bennett ihm nach.

»Keine Zeit, Mann, muss alle Feinde von der Liste streichen. Wozu brauch ich die noch?«

Bennett setzte seinen Konter mitten in das aufkommende Giggeln der anderen Mitarbeiter. »Reiß die eine Seite einfach raus! Die Nummer deiner Mutter weißt du ja wohl auswendig!«

Fuller marschierte weiter, als hätte er nichts gehört. Weder die Bemerkung noch das anerkennende Trappeln von Fingerknöcheln auf den Schreibtischen, mit denen die Belegschaft Bennett zum klaren Sieger dieses Duells kürte.

8

Sie hatten tatsächlich zu bauen begonnen, nach all den Jahren. Mike Donovan stand am Rand der riesigen Baustelle im Herzen von New York, einen Pappbecher Kaffee in der Hand, und schaute den Hunderten von Arbeitern zu, die über Ground Zero wimmelten und die Fundamente für die neuen Türme errichteten. Fünf statt sieben, mit dem Freedom Tower, dem Fanal, als südlicher Spitze. Wo die Twin Towers gestanden hatten, würden *footprints* bleiben, Abdrücke, um für immer an den 11. September zu erinnern, das größte Verbrechen aller Zeiten.

Als er die Stadt zuletzt überflogen hatte, um viertel vor neun an jenem schwarzen Dienstag, hatten die Türme noch gestanden. Er hatte sie gesehen, aus fast dreißigtausend Fuß Höhe, winzige glitzernde Streichhölzer, die sich unschuldig und zugleich majestätisch aus dem Geflecht der Straßen gen Himmel reckten. Er hatte nicht damit gerechnet, sie nie wiederzusehen.

Donovan trank einen Schluck Kaffee. Er trug einen Hut gegen die Sonne und eine Sonnenbrille, dazu eine Kamera um den Hals. Er war ein Tourist, Teil der Masse, Teil der Besucherströme, die diese junge New Yorker Attraktion auf dem Weg von einer Sehenswürdigkeit zur nächsten besichtigten. Ohne noch Fragen zu stellen, wie das eigentlich damals genau gewesen war. Die Flugzeuge waren in die Türme geflogen, die Türme waren eingestürzt, man hatte den Schutt weggeräumt, und nun wurde wieder aufgebaut. Basta.

Als er am 12. September 2001 geflüchtet war, hatte er nicht nur Angst davor gehabt, dass sie ihn finden und töten würden. Er hatte auch Angst davor gehabt, dass sie sich umso intensiver um ihn bemühen würden, je drängender die Fragen der Öffentlichkeit wurden, je mehr ans Licht kam, je klarer wurde, dass die ganze Angelegenheit zum Himmel stank.

Aber das war nicht passiert.

Er war in Mexiko gewesen, als Larry Silverstein, der Pächter der Türme, seinen legendären Kommentar in die Kameras gesprochen hatte, und er war direkt danach weitergereist, sicherheitshalber.

Aber nichts war geschehen, danach.

Donovan hatte die Welt nicht mehr verstanden.

Silverstein hatte das World Trade Center drei Monate vor dem Anschlag für 99 Jahre gemietet. So weit, so zufällig. Der dritthöchste der Türme, World Trade Center 7, war am Nachmittag des 11. September in sich zusammengestürzt, obwohl kein Flugzeug das Gebäude getroffen und es lediglich in den unteren Stockwerken gebrannt hatte. Niemand konnte sich den Einsturz erklären, denn noch nie in der Geschichte war eine Stahlkonstruktion wie dieses Hochhaus nur wegen eines Brandes kollabiert. Und dann kam Silverstein und sagte vor laufender Kamera: »We decided to pull it.«

Es war eine schockierend einfache Aussage gewesen, die in der Tat alles zu erklären schien. Das Gebäude war nicht wegen des Brandes eingestürzt und auch nicht wegen irgendwelcher explodierenden Dieseltanks in den mittleren Stockwerken, die verstärkt worden waren, um dem New Yorker Bürgermeister in Krisenzeiten als Hauptquartier zu dienen. Nein, es war einfach geschehen, was jeder sehen konnte, der sich die Aufnahmen vom Einsturz zu Gemüte führte. Das Penthouse auf dem Dach sackte als erstes weg, dann stürzte WTC 7 sauber in sich zusammen, als hätte man im Keller die tragenden Pfeiler weggezogen.

We decided to pull it.

Seltsamerweise hatte niemand nachgefragt. Zum Beispiel, wie das praktisch vor sich gegangen war. Denn um die

Entscheidung zu treffen, die Pfeiler wegzuziehen, also zu sprengen, musste man das Gebäude ja vorher präpariert haben. Die Frage lag auf der Hand, aus welchem Grund man das vor dem 11. September für notwendig gehalten hatte. Und daran schlossen sich einige andere Fragen an.

Aber niemand hatte sie gestellt.

Niemand außer ein paar Studenten, die im Internet ihre Theorien verbreiteten.

Donovan erinnerte sich an seine Ankunft in Thailand. An seine Verblüffung, dass der Skandal ausblieb. Die Medien hatten sich kurz geräuspert und Silverstein nicht mit Nachfragen behelligt. Die Untersuchungskommission zum 11. September hatte das Thema nicht einmal angerissen. Es interessierte offenbar keinen.

Zunächst hatte Donovan nicht gewusst, was das bedeutete. Er konnte sich keinen Reim darauf machen. Aber merkwürdigerweise empfand er es als beruhigend. Niemand jagte seine Jäger, also konnten die sich Zeit lassen mit ihm und seiner Auslöschung. Für eine Weile hatte er sogar geglaubt, sie würden ihn leben lassen. Wenn schon Silversteins Versprecher niemanden weckte, würde man vielleicht auch ihn für harmlos halten.

Er hatte schon damals gewusst, dass er sich etwas vormachte.

Er hatte ja nicht nur die Story. Er war der lebende Beweis.

»Sorry, haben Sie Feuer?«

Die Stimme, die das fragte, war jung, cool und sehr nah. Donovan machte hastig einen Schritt zurück, während er sich umdrehte, und im nächsten Augenblick war ihm klar, dass er einen Fehler gemacht hatte.

Der Junge trug ein T-Shirt mit dem Aufdruck *Hardrock Café Stockholm* und machte eine entschuldigende Handbewegung.

»Whoa! Wollte Sie nicht erschrecken.«

»Kein Problem«, murmelte Donovan. »Kein Problem.«

»Feuer?«, wiederholte der Junge seine Frage und deutete auf die Zigarette in seinem Mundwinkel.

»Nein.« Donovan schüttelte den Kopf. »Aber Sie dürfen hier draußen sowieso nicht rauchen. Sie sind in Amerika, mein Freund.«

Donovan zwang sich zu einem freundlichen Lächeln, wandte sich ab und ging weg, ohne sich noch einmal umzusehen. Es war nichts. Ein schwedischer Junge auf Studienreise, mehr nicht. Einer von *denen* würde ihn nicht vorher ansprechen und um Feuer bitten. Er versuchte, ruhig zu atmen. Nicht umdrehen. Du bist Tourist, sagte er sich. Ein älterer Herr. Etwas sonderbar vielleicht, aber nicht auffällig. Du bist nicht schreckhaft.

Im Gehen leerte er seinen Kaffeebecher und blinzelte in die spätherbstliche Sonne. In drei, vier Jahren würden hier herrliche neue Türme glänzen. Silverstein hatte von den ausländischen Versicherungen fast viereinhalb Milliarden bekommen, und deren Vorwürfe, der Pächter würde sich an der Tragödie bereichern, interessierten in New York niemanden. New York wollte seine Türme. Silverstein war der einzige, der sie New York zurückgeben konnte. Alles andere spielte keine Rolle. Alles andere war verjährt. Alles andere war vorbei.

Donovan dachte an seine Tochter – und wie sie auf das Lebenszeichen von ihm wohl reagiert hatte, nachdem es ihr am Vortag zugestellt worden war. Er versuchte, sich in Liz' Lage zu versetzen, aber das Ergebnis dieser Überlegung verhieß nichts Gutes. Von Schlägertypen und Kinderschändern einmal abgesehen, konnte er sich einen schlechteren Vater als sich selbst kaum vorstellen. Aber er würde es ihr erklären können – seinen Verrat, sein abschiedsloses und spurloses Verschwinden, sein Versagen als Vater und Ehemann. Er hatte es nicht *gegen* Liz und ihre Mutter getan, sondern *für* etwas, das ihm damals als höhere, übergeordnete Verpflichtung schien: für sein Land, für seine Fahne als Pilot der Air Force, für die Vereinigten Staaten von Amerika. Jedenfalls hatte er das gedacht.

Der Pager in seiner Tasche brummte, Donovan zog ihn heraus und schaute auf Nortons Nummer. Ohne nachzudenken, nahm er sein Handy und wollte die Nummer wählen, dann fiel ihm ein, wo er war, wer er war und was er alles nicht durfte.

Mike Donovan sah sich nach einer Telefonzelle um.

9

Als Max Fuller sich um 22:54 Uhr dem inzwischen dritten menschenleeren Parkhaus in den nordwestlichen Randbezirken von Philadelphia näherte und sein Handy auf dem Beifahrersitz wieder einmal spöttisch klingelte, verlor er die Nerven und schnauzte Norton an, ohne dessen weitere Befehle abzuwarten.

»Endstation oder Feierabend. Entweder Sie sind jetzt da drin, oder ich fahre nach Hause und mach was vergleichsweise Sinnvolles, ein Kreuzworträtsel, oder vielleicht guck ich einfach den Jalousien beim Grauwerden zu.«

»Lassen Sie Ihren Wagen auf der dritten Ebene stehen und kommen Sie zu Fuß hoch aufs Dach. Im Treppenhaus ist ein Baustellenschild, lassen Sie die Absperrung hängen.«

Und schon war die Leitung wieder tot.

Fuller schaute hoch zum Dach des Parkhauses. Kein Licht, kein Mensch. Norton hatte offensichtlich eine Vorliebe für sonderbare Treffpunkte, und Fuller fragte sich nicht zum ersten Mal, ob er nicht im Begriff war, etwas sehr Dummes zu tun. Nicht, weil in seinem Lederkoffer mangels echter Tauschware nur löchrige Socken waren, sondern weil Norton das nicht wissen konnte.

Er war im Begriff, mit einem geliehenen Auto im Wert von zirka zehntausend Dollar sowie potentiell hunderttausend Dollar Cash einen Unbekannten – oder mehrere – in einem Parkhaus zu treffen, das so dunkel und abgelegen war, dass man ihn nicht mal würde schreien hören.

Fuller disponierte um.

Er parkte den Wagen auf der Straße vor dem Parkhaus, etwa fünfzig Meter entfernt, startklar, mit dem Heck Richtung Treffpunkt, deponierte den Schlüssel auf dem Weg hinter einem Busch und den Koffer hinter dem verlassenen Kabuff des Wachmanns, unten, neben dem Durchgang zum Treppenhaus und zum Fahrstuhl.

Dann stieg er die Treppen hoch.

Als er das Dach erreichte, war niemand zu sehen. Keine Bande grinsender Schläger, aber auch kein rattenartiger Anwalt.

»Norton?« Seine Stimme klang auf dem leeren Dach lauter, als er wollte.

»Herrgott«, zischte die Stimme des anderen, »schreien Sie nicht so.«

Fuller drehte sich um, und Norton trat aus dem Schatten neben dem kleinen Turm, der das Ende des Treppenhauses bildete.

»Das Geld«, fragte der Anwalt, als er ihn fast erreicht hatte.

»Unten«, sagte Fuller. »Haben Sie die …«

»Unten?«

»Unten.«

»Fuller, dieses Spiel findet nach meinen Regeln …«

»Von mir aus, ja. Die Kohle ist unten, das sind Ihre Regeln. Ich will nur sehen, was ich dafür kriege.«

Norton schwieg. Und rührte sich nicht. Obwohl Fuller das Gesicht des Anwalts kaum erkennen konnte, sah er dessen Gesichtsausdruck klar und deutlich vor sich.

»Sie halten das immer noch für ein Spiel, und ich …«

»Alles ist ein Spiel, Norton. Zeigen Sie mir, was ich kriege.« Wieder schwieg Norton lange. Dann sagte er, »Ich habe mit meinem Mandanten gesprochen. Er versteht ihre Skepsis. Meine Meinung dazu ist irrelevant …«

»Wahre Worte.«

»Mein Mandant denkt, dass dies hier Sie überzeugen sollte.«

Der braune Umschlag, den Norton ihm reichte, war verblüffend leicht. Fuller sah staunend auf.

»Was ist das?«

»Ein Appetizer.«

Fuller zog die Lasche heraus und fühlte in den Umschlag. Drei Fotos, mehr nicht. Relativ dickes Papier, glatte Oberfläche. Er zog die Bilder heraus und kippte das zuoberst liegende Richtung Mondlicht, um überhaupt etwas erkennen zu können.

Ein Mann, Anfang, Mitte fünfzig, in Pilotenuniform, mit Sonnenbrille, im Gespräch mit drei anderen Männern, einer davon ebenfalls in Pilotenuniform, die anderen beiden in dunklen Anzügen, korrekt frisiert, ebenfalls mit Sonnenbrillen. Auf einer Landstraße. Einer sehr breiten Landstraße. Einer Landebahn?

Mit den Fingerspitzen schob Fuller das Foto hoch und betrachtete das zweite. Wieder die vier Männer, diesmal aus minimal veränderter Perspektive und mit weniger Zoom aufgenommen. Die vier standen vor einem großen Flugzeug, von dem man nur die untere Hälfte der Spitze und einen Teil der Einstiegstreppe sah, auf einer Landebahn. Keine Landstraße. Bäume und Wiesen im Hintergrund.

Bild drei. Praktisch dasselbe wie Bild eins. Abgesehen von einem *Time Stamp* unten rechts. 9/11/01. 07:26 Uhr.

Fuller ließ die Bilder sinken.

»Sie müssen doch echt den Arsch offen haben.«

Norton sagte nichts, und Fuller konnte sich ein spöttisches Grinsen nicht verkneifen, obwohl er jetzt nicht nur ein bisschen sauer war, sondern tierisch genervt, und merkte, wie ihm die Wut Richtung Kragen stieg.

»Was soll das sein? Hunderttausend für die Urlaubsfotos von Ihrem schwulen Pilotenfreund? Junge, du hast doch echt nicht alle Tassen im Schrank ...«

Er wurde unterbrochen. Allerdings nicht von Norton, sondern von einem lauten Knall von der Straße her. Es klang nach Blech und splitterndem Holz. Und danach klang es nach quietschenden Reifen. Sowie einem sehr guten Fahrer, denn so schnell konnte man unmöglich die engen Kurven eines Parkhauses hochjagen ohne umgehend einen Vollkaskofall zu produzieren.

»Was kommt jetzt?«, fragte Fuller verärgert, »Doch noch deine Freunde mit den Baseballschlägern?«

Aber Norton reagierte völlig anders, als er erwartet hatte. Der Anwalt bestätigte keineswegs mit souveränem Nicken Fullers Vermutung, dass sie ihn nur aufs Glatteis geführt hatten und nun umbringen sowie um seine Hunderttausend beziehungsweise seine alten Socken erleichtern würden.

Norton wirbelte herum, schnappte nach Luft und rannte.

»Hey!«

Fuller hatte das Gefühl, das sich plötzlich alles verlangsamte. Wie immer bei Unfällen, wenn man sie im Nachhinein Revue passieren ließ. Nur dass dieser Unfall noch gar nicht stattgefunden hatte.

Norton rannte auf das Treppenhaus zu.

Das Quietschen der Reifen war sehr nah, das Geräusch eines Achtzylinders echote laut dröhnend durch die Auffahrt näher und erfüllte urplötzlich, wie losgelassen, die Luft über dem Parkhausdach. Fuller wandte den Kopf nach rechts, unendlich langsam. Schwarze Türen mit schwarzen Scheiben flogen auf, und der SUV spuckte Typen in schwarzen Anzügen aus, mit schwarzen Waffen in den Händen.

Weiß und fast geräuschlos das kurze Feuer aus der Mündung.

Mitten im Lauf nickte Norton scharf, allerdings in die falsche Richtung, nach hinten. Beide Kugeln trafen ihn in den Kopf, und der Anwalt hörte mitten in der Bewegung auf, sich zu rühren, und fiel auf das Dach wie ein Sack Kartoffeln.

Zeit, die Beine in die Hand zu nehmen, dachte Fuller.

Aber das hatte er schon getan, wie er erstaunt feststellte.

Er meinte, eine Kugel über seinen Scheitel zischen zu spüren, als er über Nortons Leiche hechtete und sich am oberen Treppenabsatz die Schulter prellte. Er jaulte auf, nicht nur, weil er keine Zeit hatte, sich zu bedauern, rappelte sich auf und stolperte die Treppe hinunter, zwei, drei Stufen auf einmal nehmend, die Hand am Geländer, die Zwischenabsätze überspringend.

Sie waren oben, sie hatten die Treppe erreicht.

Die nächsten Kugeln verfehlten seine linke Hand nur um Haaresbreite. Er ließ das Geländer los und hastete an der Außenwand weiter nach unten.

»Er kommt runter!«, rief jemand von oben. Eine sehr souveräne Stimme. Jemand, der wusste, was er tat. Auf den man sich verlassen konnte. Was der anpackte, das brachte er auch zu Ende.

Fuller erreichte das dritte Parkdeck. Sie kamen von oben und von unten, also wich er nach rechts aus. Über das leere Parkdeck, Richtung Brüstung. Wie tief ging es da runter? Drei Meter? Fünf? Und wo stand sein Auto?

Im Laufen steckte er sich Nortons Umschlag in die Jacke. *Nicht nachdenken. Wenn du die Brüstung erreichst, einfach drüber. Wenn du nachdenkst, bist du tot.*

Er erreichte die Brüstung mit beiden Händen gleichzeitig und setzte zum Sprung an. Als er halb drüber war, sah er, dass er einen Fehler gemacht hatte. Er befand sich nicht auf der Straßenseite des Parkhauses, sondern auf der Rückseite. Knapp vier Meter bis zum Boden des Erdgeschosses, schlimm genug. Aber die sechs Meter Gefälle darunter würden ihm alle Knochen brechen.

Fuller klammerte sich ans Geländer und klatschte wenig elegant gegen die Außenwand des Gebäudes. Ein stechender Schmerz schoss durch seine Schulter, und unter allen anderen Umständen hätte er nach einem Arzt sowie einer Auszeit gerufen. So aber zappelte er mit den Zehenspitzen im Dunkel herum wie ein Kandidat für eine Ritalin-Überdosis und bekam tatsächlich Halt unter den Füßen; das musste die Brüstung der Parkebene unter ihm sein.

Er hatte keine Zeit, darüber nachzudenken. Er ließ los, schaffte es, auf der Brüstung stehen zu bleiben und sprang einen Stock tiefer wieder ins Dunkel. Wie in einem Scheißvideogame, dachte er. *Next Level.* Sieht genauso beknackt aus. Finde die Gegner, ehe sie dich finden. *Game over* ist *Game over*. Keine Reset-Taste.

Fuller rannte.

Er hörte sie, oben, auf Ebene drei. Im Treppenhaus. Irgendjemand rief etwas, und es klang nicht mehr ganz so zuversichtlich.

Kommt, Jungs, dachte Fuller, ohne es zu wollen, *ihr seid Profis. Den kleinen Penner werdet ihr doch wohl kriegen. Der hat doch nicht mal 'ne Knarre.*

Die nächste Brüstung schaute er sich an, bevor er sprang. Diesmal war er auf der richtigen Seite und in der richtigen Höhe. Fünfzig Meter weiter, schräg unter sich, sah er Petes Nissan stehen, unschuldig und reiselustig im Mondlicht. Fünfzig Meter. Zu seiner Highschoolzeit hätte er das in sechs Sekunden geschafft, aber seine Highschoolzeit war lange her.

Er hörte sie im Treppenhaus.

Er drehte sich nicht um.

Er sprang, flog und landete.

Und unterdrückte einen Schrei, als sein Knöchel förmlich explodierte. Fluchend humpelte er weiter, auf den Wagen zu. Er hatte sich in drei Minuten mehr schwere Blessuren zugezogen als in den zehn Jahren zuvor, und er konnte sich nicht mal hinlegen und jammern wie ein Mann; es war zum Kotzen.

Niemand schoss auf ihn, als er den Schlüssel aus dem Gebüsch fingerte. Niemand schoss auf ihn, als er den Wagen aufschloss. Niemand schoss auf ihn, als er den Wagen startete.

Einen Sekundenbruchteil danach ging die Heckscheibe zu Bruch, als hätte jemand mit einem Hammer draufgeschlagen. Einen weiteren Sekundenbruchteil später zerbröselte die Seitenscheibe mit einem Knall, und tausende von Glaskrümeln rieselten auf Fullers Schoß.

Aber der Nissan fuhr bereits. Mit einem tief in den Sitz gekauerten Max Fuller am Steuer, der Schlangenlinien und Haken fuhr wie ein Geisteskranker, die nächste Linkskurve scharf nahm und mit Vollgas das Weite suchte.

10

Erst in Woodstown, fast hundert Kilometer südlich, fuhr er vom Highway 40 ab und parkte seinen Wagen am Rand des Parkplatzes eines Motels, das schlicht und ergreifend *Dan´s Motel* hieß und vergleichsweise teuer aussah. Falls sie ihn suchten, würden sie annehmen, dass er im Rahmen seiner Möglichkeiten wohnte, also in einem billigen Loch. Fuller war finster entschlossen, sich so unberechenbar wie möglich zu verhalten. Jedenfalls solange, bis er irgendwas begriffen hatte.

Der Mann an der Rezeption, möglicherweise Dan, stellte keine Fragen, als Fuller sich als »Seymour Hersh« eintrug. Das Zimmer, das Dan ihm zuwies, war sauber und auf dem denkbar kleinsten gemeinsamen Kundennenner freundlich eingerichtet, so nichtssagend wie eine Prime-Time-Show. Fuller ließ das Zimmer links liegen und humpelte ins Bad.

Sein rechter Knöchel war geschwollen, aber es schien nichts gebrochen zu sein. Solange er seinen Fuß nicht bewegte, waren die Schmerzen auszuhalten. Er setzte sich rittlings auf den Badewannenrand und hielt den lädierten Fuß unter den kalten Wasserstrahl – die Kälte schmerzte, aber wenn er einige Zeit aushielt, würde die Unterkühlung ein weiteres Anschwellen des Knöchels verhindern.

So saß er etwa zehn Minuten. Danach duschte er lange und heiß, den Fuß auf den Rand der Wanne gestellt. Er stand fast völlig bewegungslos unter der Brause, ließ sich das Wasser über den Kopf und über den Körper rinnen und versuchte zum hundertsten Mal seit seiner Flucht aus dem Parkhaus das Wesentliche vom Unwesentlichen zu trennen.

Was war überhaupt passiert – vom Offensichtlichen abgesehen, dass drei Typen in Schwarz Norton erschossen und versucht hatten, auch ihn umzulegen? Und was war jetzt wichtig?

Fest stand, dass seine Einschätzung, die Fotos seien belanglos, vollkommen falsch gewesen war. Die Fotos waren immerhin so wichtig, dass irgendwer dafür Norton umgebracht hatte. Fuller sandte eine stumme Entschuldigung – Richtung nirgendwo, da es mit seinem christlichen Glauben nicht weit her war.

Wer die Typen gewesen waren, würde er nicht ohne weiteres herauskriegen können, und wenn er sich hunderttausend Liter Wasser über das Gehirn rauschen ließe. Die waren zunächst mal die anderen. Die Bösen. Lebensgefährlich und offenbar hinter ihm her.

Oder auch nicht. Denn wenn sie hinter Norton her gewesen waren und dessen Spur erst unmittelbar vor dem Anschlag gefunden hatten, dann standen die Chancen ganz gut, dass sie noch gar nicht wussten, wer er, Fuller, war. Oder?

Oder waren sie *ihm* gefolgt, um Norton zu kriegen? Dafür sprach einiges, denn im Gegensatz zu Norton hatte er kein großes Geheimnis aus dem Kontakt gemacht. Dumm. Nicht zu ändern. Aber falls sie über ihn auf Norton gekommen waren, mussten sie mit einem von denen gesprochen haben, mit denen er selbst über Norton gesprochen hatte. Das war ausgesprochen unwahrscheinlich. *Nick the Nut* als Spitzel? Ken? Oliver? Fuller konnte sich ein Grinsen nicht verkneifen. Niemand würde Bennett als Agenten anheuern, der Trottel hörte sich viel zu gern reden.

Nick schied ebenfalls aus, das stand für Fuller fest. Dazu war der Junge zu irre. Kein noch so perfekter Agent packte sich in mühevoller Kleinarbeit einen ganzen Rechner voll mit absurden Theorien, dazu hätten ein paar Dutzend Alibi-Files gereicht. Außerdem hockte Nick so weit unten in der Nahrungskette, dass er bei jedem erwartbaren Verlauf der

Dinge nie im Leben etwas Relevantes mitkriegen würde. Nein, Nick musste sauber sein. Außer, Nick hatte Freunde, die wiederum Freunde hatten …

Fuller drehte das Wasser ab und schüttelte den Kopf. Es ging so weiter wie schon auf der ganzen Fahrt hierher, er kriegte keinen klaren Gedanken zu fassen. Er hatte versucht, Nick auf dem Handy zu erreichen, ohne Erfolg. Er hatte ihm nicht aufs Band gesprochen. Er hatte auch Joyce und Pete nicht aufs Band gesprochen. Er brauchte das Auto noch ein bisschen länger, aber das wollte er Pete lieber persönlich sagen. Dessen Begeisterung würde sich in Grenzen halten, sowieso.

Das Badehandtuch um die Hüften geschlungen, ging Fuller zurück in sein Zimmer, setzte sich aufs Bett und zog sein Handy aus der Jackentasche. Keine Anrufversuche. Immerhin. Seine Nummer hatten sie offenbar nicht, das sprach gegen seine Vermutung, dass sie über ihn auf Nortons Spur gekommen waren.

Er wählte die Nummer von Pete und wartete.

»Hallo?«

»Pete?«

»Hat gerade keine Zeit. Soll ich ihm was ausrichten?«

»Ja. Sag ihm, Max hat angerufen. Wegen seines Autos. Ich brauche die Kiste noch ein paar Tage länger, er soll zurückrufen, wenn er …«

»Moment«, unterbrach ihn die Stimme, und Fuller wartete, dass Pete persönlich an den Apparat kommen und ihn wortreich zusammenfalten würde. Selbst wenn er ihm zunächst nichts von den zerschossenen Scheiben erzählte.

Die Stimme in seinem Ohr war tief und souverän, und er hatte das dumme Gefühl, sie schon einmal gehört zu haben.

»Guten Abend, Mister Fuller. Gut, dass Sie sich melden.«

»Wer sind Sie?«

»Unerheblich. Ihr Nachbar war so freundlich, uns Auskunft zu geben. Ob Sie wohl so nett wären, uns zurückzugeben, was uns gehört?«

»Das wäre was?«

»Das wissen Sie.«

»Die Fotos? Helfen Sie mir mal weiter, die gehören Ihnen? Soweit ich weiß, gehörten sie jemand anderem, und ich hab sie gekauft.«

»Wir sind gern bereit, Ihnen die Auslagen zu ersetzen.«

»Die Socken waren eh nicht mehr so gut. Ich behalte lieber die Bilder.«

Der Besitzer der souveränen Stimme ließ sich nicht anmerken, ob er den Scherz für gelungen hielt. »Sie können mit den Bildern nichts anfangen.«

»Ich ...«

»Wir schon. Und wir sind bereit, dafür zu bezahlen. Zweihundertfünfzig, wenn sie uns einfach die Bilder übergeben und versprechen, das Ganze zu vergessen. Das Doppelte, wenn Sie so freundlich wären, uns einen sachdienlichen Hinweis auf den Aufenthaltsort von Nortons Klienten zu geben.«

Fuller schwieg. In seinem Gehirn versuchten Synapsen, nach irgendetwas zu schnappen.

»Eine halbe Million?«

»Ja.«

»Das ist ein Haufen Holz.«

»In der Tat.«

»Ich denke mal drüber nach«, sagte Fuller. »Wo erreiche ich Sie?«

Er war fast erfreut, dass er dem anderen damit die Stimmung versaut hatte. Sowie die Stimmlage. »Pass auf, Junge«, sagte der Exsouveräne, jetzt deutlich unfreundlicher. »Das hier ist keine Stand-Up-Show. Dein Autovermieter ist bedauerlicherweise gestorben, und du hast noch genau sechs Sekunden, um laut und deutlich *Ja, Sir, so machen wir das* zu sagen.«

Fuller schwieg.

Der andere wartete sechseinhalb Sekunden.

»Gut«, sagte er dann, wieder sehr souverän und vertrauenerweckend. »Vielleicht ging das zu schnell. Ich rufe dich nachher noch mal an und freue mich, dann von dir etwas Positives zu hören, *Max*. Bis später.«

Klack.

Fuller ließ das Handy sinken.

Er hatte schon häufiger bös in der Klemme gesteckt, aber meistens hatte er wenigstens gewusst, wie er hineingeraten war, und manchmal sogar, was er tun konnte, um alles wieder einzurenken. Zum ersten Mal in seinem Leben hatte er nicht den blassesten Schimmer, was eigentlich los was und was er tun sollte.

Und das war eine Erfahrung, auf die er rasend gern verzichtet hätte.

Er blieb noch eine ganze Weile sitzen, bis ihm allmählich kalt wurde. Dann zog er sich an und vermerkte auf seinem internen »Erledigen«- Zettel die Positionen »Zahnbürste, Unterhosen, Schmerztabletten«. Er stellte sich ans Fenster und schaute durch die Jalousien nach draußen, auf den dunklen Parkplatz. Sie wussten also, wer er war. Sie kannten seine Adresse und seine Handynummer. Sie hatten Pete umgebracht, nur weil der ihm sein Auto geliehen hatte, sie hatten Norton umgebracht, weil der ein paar Fotos hatte. Das alles war schlecht. Entsetzlich schlecht.

Sie wussten offenbar nicht, wer Norton beauftragt hatte. Das war gut. War das gut? Inwiefern? Was nützte es ihm?

Sie wussten nicht, wo er war. Noch nicht. Er war weit weg von New York und weit weg vom Parkhaus in Philadelphia, also würden sie eine ganze Weile brauchen, um auf allen Parkplätzen im Nordwesten die Nummernschilder zu überprüfen. Außer, wenn sie sehr viel Glück hatten. Oder hunderttausend Angestellte.

Sie wollten den Namen. Einen Namen, den Fuller nicht kannte.

Konnte er den herauskriegen? Anhand der Fotos?

Kannten *die* Nick?

Fuller griff zum Handy und wählte die Nummer des Irren. Ob das eine gute Idee war, wusste er nicht genau. Es war seine einzige.

And, Missus Brown, your son is dead.

Der Lärm war ohrenbetäubend. Fuller hielt sich das Handy vom Ohr weg und hörte mitten in Jimmy Cliffs lautem Gesang ein Stimmchen, das »Hallo?« rief.

»Mach mal leiser«, brüllte Fuller das Handy an.

And it came from Vietnam. Vietnam. Viet … krrrt.

»Hallo?«

»Nicht dein Ernst«, sagte Fuller. »Das hast du auf *Platte*?«

Nick lachte. »Ich bin sentimental, Alter.«

»Unglaublich.«

»Was führt dich zu mir, so spät? Das sechste Flugzeug?«

»Immer noch das fünfte. Notier dir mal 'ne Nummer.«

»Schieß los.«

Fuller diktierte ihm die Nummer des Anschlusses in seinem Hotelzimmer, dann legte er auf, schaltete das Handy aus und wartete auf den Rückruf.

»Cool«, begrüßte Nick ihn. »Gibt's einen Grund für die Agentennummer?«

»Ne Leiche ist doch wohl einer.«

»Was?«

Fuller erklärte ihm möglichst sachlich, dass der Vermittler nicht mehr lebte und dass die Typen, die ihn gekillt hatten, offenbar auch seinen Nachbarn ermordet hatten. Erst als er es erzählte, begriff er es. Er merkte, wie ihm die Luft wegblieb.

»Scheiße«, sagte Nick. »Hör zu, Max. Rühr dein Handy nicht mehr an.«

Fuller nickte wie betäubt. Als hätte man ihm die Beine weggezogen. »Ist wahrscheinlich schlauer.«

»Nee, garantiert. Und du schaltest das Ding aus und nimmst die SIM- Karte raus und den Akku. Ohne Scheiß. Außerdem solltest du da abhauen, egal, wo du bist. Check aus, direkt nach unserem Telefonat, und such dir 'ne neue Bude. Von dort aus rufst du mich wieder an. Notier dir die Nummer.«

»Ja«, sagte Fuller gedämpft und schrieb die Handynummer mit, die Nick ihm diktierte.

»Die Nummer können die nicht orten, frag mich später, wieso. Ruf mich an, wenn du dir 'ne neue Bude gesucht hast. Wo bist du jetzt?«

»Woodstown.«

»Nie gehört. Kannst du dir ein neues Handy besorgen?«

»Bestimmt.«

»Hast du die Bullen angerufen?«

Fuller sah erstaunt auf. An der Wand hing ein Bild, das drei sympathische Sonnenblumen zeigte. Wieso musste ihn Nick Larson auf die einzig nahe liegende Idee bringen? Nur, dass es eine blöde Idee war.

»Nein«, sagte er.

»Gut. Sonst wären die wahrscheinlich auch schon da.«

»Die sahen nicht aus wie vom FBI.«

»Nee. Aber geh mal davon aus, dass die alles mitschneiden. Sicherheitshalber.«

Fullers Lebensgeister kehrten langsam zurück. Die niederschmetternde Erkenntnis, dass er in Lebensgefahr schwebte, machte praktischen Erwägungen Platz. Nick hatte Recht. Er musste doch noch einmal umziehen, ob er wollte oder nicht. Er hatte mit dem Handy telefoniert und wenn die Typen ihr Handwerk verstanden, konnten sie ihn vermutlich orten.

»Kann man ein Handy auch orten, wenn es aus ist?«

»Sekundenschnell. Aber wenn du den Akku raus hast, geht das nicht mehr. Ruf mich an, wenn du ein neues hast. Und mach dich vom Acker.«

»Okay. Gleich.«

»*Jetzt*, Max.«

»Du kannst in der Zwischenzeit was für mich tun.« Fuller griff nach dem Umschlag und nahm die Fotos heraus. »Norton hat mir drei Fotos gegeben, und die Dinger müssen irgendwas bedeuten, jedenfalls wollen die 'ne halbe Million dafür hinlegen.«

»Ich spiele jedenfalls nicht den Kurier.«

»Wollte ich dich auch nicht drum bitten.« Fuller betrachtete die Fotos. »Pass auf, vielleicht sagt dir das was, vielleicht kennst du die Dinger aus einem deiner Verschwörer-Foren. Auf dem ersten vier Männer, alle mit Sonnenbrillen, einer mit Pilotenuniform, drei mit Anzügen. Alle auf einer Landebahn, im Hintergrund ein kleiner alter Kontrollturm oder so was, anscheinend schon länger außer Betrieb. Zweites Foto: dieselben vier Typen vor einem größeren Flugzeug, könnte eine Boeing sein, keine Ahnung, steht auf der gleichen Landebahn wie auf dem ersten Bild. Das dritte Bild, wie Nummer 1, mit digitalem Stempel, 11. September, halb acht.«

»Na das haut ja hin, Zeit und Datum. Und der Ort? Irgendeine Idee?«

»Keine. Bevor Norton dazu was sagen konnte, war er schon tot ...« Fuller kniff die Augen zusammen. »Warte mal, an dem Gebäude im Hintergrund der Bilder ist kein Schriftzug oder so etwas, auf dem Flugzeug auch nicht. Kein Fluggesellschafts-Logo oder Aufschriften – an der Seite unter dem Cockpit-Fenster ist irgendein Wappen oder Siegel, aber zu klein, um irgendetwas genauer zu erkennen.«

»Ist die Tail-Number der Maschine zufällig zu sehen?«, fragte Nick.

»Die was …?«

»Die Tail-Number ist die Registrierungsnummer, muss auf jedem zugelassenen Flugzeug sichtbar angebracht sein, und wenn die zufällig auf dem Foto zu sehen wäre, wüssten wir, wem die Maschine gehört. Steht meistens unter der hinteren Tür …«

»Fehlanzeige«, grunzte Fuller, »keine hintere Tür, keine Nummer, nirgendwo.«

»Oder an der Schwanzflosse hinten, dem Querruder?«

»Nein. Nur die Spitze der Maschine ist auf den Bildern.« Er schaute noch genauer hin und entdeckte etwas, das er vorher nicht gesehen hatte – weil es ihm völlig unbedeutend erschienen war, denn das gab es überall. »Hier, am rechten oberen Bildrand ist der Zaun des Flughafens, und dahinter scheint eine Straße zu sein, jedenfalls steht da ein grünes Schild. Verdammt, ich brauchte 'ne Lupe …«

»Wir können das einscannen und vergrößern, bring die Bilder morgen einfach mit … ach, nee, das geht ja nicht.«

In der Tat. Auch das wurde Fuller erst jetzt richtig bewusst. Er würde nicht ins Büro zurückkehren, nicht so bald. Ebenso wenig wie in seine Wohnung. Was bedeutete, dass er nicht nur von seiner Sammlung vertrockneter Pflanzen getrennt war, sondern auch von seinem Rechner. Sowie seinen Klamotten und seinem Rasierer.

»Ich überleg mir was«, sagte Nick.

»Ja, ich auch«, murmelte Fuller.

»Notfalls kommst du zu mir. Aber erst mal haust du da ab. Besorg dir ein neues Handy und ruf mich wieder an. Und lass dich nicht erwischen. Obwohl …«

»Obwohl, was?«

»Also, ich denk mal, auf deinen Kopf und den von dem Typ, der die Bilder gemacht hat, darauf müssten ein paar Millionen Dollar gesetzt sein, mindestens.«

»Und?«

»Vergiss nicht, ich bin hier nur der Archivkasper, und die zahlen echt scheiße …«

»Ich lach dann nächste Woche.«

»Ich bitte darum. Du lachst nämlich zu wenig, und Lachen macht die Chakren frei.«

»Trotzdem danke.«

»Nichts zu danken. Und jetzt sieh zu, dass du da wegkommst. Viel Glück.«

»Danke«, sagte Fuller, und nachdem er aufgelegt hatte, fragte er sich ernsthaft, ob er noch alle Tassen im Schrank hatte. War er tatsächlich schon so tief gesunken, dass der einzige Mensch, mit dem er noch existenzielle Fragen besprach, ein Spinner aus dem *60-Minutes*-Keller war, der Yogi-Tee gegen spirituelle Verstopfung empfahl?

Er sparte sich eine Antwort. Schon die Frage war entschieden zu deprimierend.

Mit einem angewiderten Seufzer packte Max Fuller seine Sachen.

11

Keine Sonnenblumen. Sondern zwei weiße Liegestühle am Strand. Vor blauem Himmel. Fuller fragte sich, wieso. Es mussten Sonnenblumen sein, oder? Wer hatte das Bild an der Motelwand abgehängt und das neue hingehängt? War jemand in seinem Zimmer gewesen, während er schlief? Schlaftrunken drehte er sich nach rechts, wo der Wecker behauptete, es sei Viertel nach neun. Den Nachttisch hatten sie ebenfalls ausgetauscht, gegen ein besonders hässliches Exemplar mit blauen Schubladen. Was waren das nur für merkwürdige Killer, die Nachttische wegtrugen?

Der Umschlag mit den Fotos lag immer noch da, auf dem Nachttisch. Irgendetwas stimmte nicht. Er überprüfte seine Prämisse und begriff. Niemand hatte irgendwas weggetragen. Niemand hatte Bilder ausgetauscht. Er hatte das Motel gewechselt, das war alles.

Die Decke, an die er starrte, hatte feine Risse. Straßen in der Wüste, von ganz weit oben gesehen, aus einem hoch fliegenden Flugzeug. Keine Häuser, keine Städte. Wie orientierte man sich eigentlich in der Höhe, wenn man einen bestimmten Ort anfliegen wollte und keinen Fluglotsen per Funk fragen konnte? Das hatte er nie verstanden.

Fuller sah wieder nach rechts, zu dem hässlichen Nachttisch. Neben dem Umschlag mit den Fotos lagen sein Handy und der Akku. Hatte er nicht beides zurücklassen sollen, in dem anderen Motel? Doch. Aber offenbar hatte er es mitgenommen.

Langsam kehrte die Erinnerung an seinen nächtlichen Umzug zurück. Er hatte das Handy mitgenommen, weil es ihm absurd erschienen war, es dort liegen zu lassen. Richtig. Weil er das Gefühl gehabt hatte, ohne Handy wehrlos zu sein. Ein halber Mensch. Wieder richtig. Und so lange er den Akku ausgebaut ließ, konnten sie ihn garantiert nicht orten. Richtig?

Er brauchte jedenfalls ein neues, das stand fest. Eins, dessen Nummer sie gar nicht kannten, nicht kennen konnten. *Prepaid. Go-sim. Pay as you go.* Punkt eins auf seiner To-do-Liste für den Tag. Punkt zwei waren Unterhosen, Socken, ein T-Shirt, eine Zahnbürste, Waschzeug und eine Tasche, um alles zu transportieren. Punkt drei war ein neues Auto, ein Mietwagen. Den Nissan würde er einfach stehen lassen. Sollte er Joyce anrufen und ihr sagen, wo sie das Auto abholen konnte? Dass er die Scheiben bezahlen würde? Vielleicht.

Pete war tot.

Stimmte das, oder hatten die nur geblufft? Es hatte nicht so geklungen.

Vielleicht sollte er doch mit Joyce telefonieren.

Anrufliste, Platz 3: Joyce. Vorher würde er Nick anrufen müssen. Platz 1. Und Ken. Platz 2. Sobald er ein neues Handy hatte. Nicht mit dem alten Handy.

Was würden eigentlich die Bullen sagen, wenn sie Norton fanden? Gab es eine Verbindung zu ihm? Ja, über die Redaktion. Marla würde ihnen verraten, dass er mit Norton telefoniert hatte. Aber weshalb sollten sie Marla fragen? Weil auf Nortons Handy unter »getätigte Anrufe« seine Nummer registriert war? Wäre? Würde Norton sein Handy noch bei sich haben, wenn sie ihn fanden?

Falls sie ihn fanden.

Herrgott.

Fuller stand auf und beeilte sich, unter die Dusche zu kommen. Eins nach dem anderen.

Anderthalb Stunden später hatte er fast alle unwichtigen Dinge erledigt und parkte seinen frisch gemieteten Honda Civic am Rand eines riesigen und fast leeren Parkplatzes einer Mall zwischen Philadelphia und New York. Der Knöchel tat zwar noch weh, aber die Kaltwasser-Kur am Vorabend hatte Wunder gewirkt, er konnte wieder halbwegs schmerzfrei auftreten. Fuller stieg aus, ging den langen Weg zur Mall, kaufte sich einen Donut, einen Kaffee und eine Zeitung und zog sich 400 Dollar Bargeld aus dem Automaten. Dann ging er zurück zu seinem Auto, entdeckte eine offenbar noch nie benutzte Parkbank, sinnlos weit vom Eingang der Mall entfernt, aber keine zwanzig Meter von seinem Auto, und schlug dort sein erstes Hauptquartier für den Tag auf. In der Zeitung stand nichts, was ihn weiterbrachte. Die Jets hatten 3:38 verloren. Der Donut war zu trocken, der Kaffee passabel.

Fuller zog sein Handy heraus. Das war der komplizierteste Teil seines bisherigen Vormittagsprogramms gewesen und hatte ihn fast eine Stunde gekostet. Dafür besaß er jetzt ein neues, GSM-1900- kompatibles Gerät und eine neue, im Voraus bezahlte Karte. Er wählte die Nummer, die Nick ihm gegeben hatte.

»Hallo?«

»Max.«

»Hey, Mann! Gut, von dir zu hören! Lebst du noch?«

»Offensichtlich.«

»Neues Handy?«

»Und neue Karte.«

»Gut. Pass auf, ich war fast die ganze Nacht online und hab gelesen. Ziemliche Nerverei, du kannst dir gar nicht vorstellen, wie viele Irre da mittlerweile das Netz verstopfen.«

»Doch. Deshalb mach ich die Recherche ja nicht selbst.«

»Oh, das klingt schon wieder viel besser! Fast wie der alte Max.«

»Was hast du gefunden?«

»Viel. Ich bin aber noch nicht sicher, was das mit deinen Fotos bedeutet. Gehen wir's mal der Reihe nach durch, im

Sinne von *Welche Geschichte wäre die größte*? Am besten wär's natürlich, wenn du den Piloten der Maschine hättest, die die Passagiere von Flug 11 und Flug 175 eingesammelt hat …«

»Das hatten wir doch schon. Das ist Quatsch, Nick.«

»Na ja. Es gibt aber eine ganze Reihe von Ungereimtheiten. Eine der beiden Maschinen ist laut BTS gar nicht abgeflogen.«

»BTS ist was?«

»*Bureau of Transportation Statistics*. Die erfassen elektronisch jeden Abflug und jede Landung, auf jedem Flughafen, inklusive Wegrollen vom Gate und Abhebezeitpunkt, für jede Linienmaschine. Elektronisch, automatisch, nicht manipulierbar. Datenbasis für die Fluggesellschaften, wegen Pünktlichkeit und so weiter. Und nach deren Daten ist American Airlines 11 am 11. September nie gestartet. Dazu passt – oder eben auch gar nicht –, dass es angeblich gleich zwei Abfertigungsgates in Boston für ein- und denselben Flug gab, 26 und 32 …«

»Gut. Aber was hat das mit unserem Piloten zu tun?«

»Na, wenn die Passagiere in Boston gleich alle zusammen in eine fünfte Maschine gesetzt worden wären …«

»Schöne Theorie, falsche Spur. Wie soll denn dieser Mini-Flugplatz dazu passen?«

Nick schwieg einen Augenblick. Dann sagte er heiter: »Stimmt.«

»Noch eine Theorie?«

»Flug 93.«

»Die Pennsylvania-Maschine?«

»Ja.«

Fuller grunzte unzufrieden. »Wo gibt's denn dazu Fragen? Die ist doch von den Passagieren zum Absturz gebracht worden, wo soll da der fünfte Pilot reinpassen?«

»Das ist die offizielle Version.«

»Bisschen mehr. Ich hab den Film im Kino gesehen.«

»Na, und? Ich hab *Pearl Harbor* im Kino gesehen.« Fuller grinste. »Touché. Weiter.«

»Okay. Bei Flug 93 gibt es so viele Ungereimtheiten, darüber könntest du 'ne ganze Doku-Serie machen. Keine Flugzeugtrümmer, monatelang keine Leichenteile, kein Blut am Absturzort und so weiter und so fort. Aber entscheidend ist, dass es den Flug *zweimal* gegeben haben muss. Weil ...« Fuller hörte, wie Nicks Finger über die Tastatur klickten und klapperten. »Warte ... laut *Commission Report* ist die Kiste um 8:42 Uhr gestartet, aber laut BTS war's um 8:28 Uhr, also vierzehn Minuten früher. Dafür gibt's sogar einen echten Zeugen, also, einen nichtelektronischen, einen gewissen ... LaRosa. Der war Pilot der Maschine, die direkt hinter United 93 auf der Startbahn saß, und er bestätigt die Abflugzeit – zwei Minuten vor halb neun.«

»Und?«

»Was, und? Rechnen für Anfänger, Mann. Wenn United 93 schon vierzehn Minuten vorher gestartet war, dann befand sich die Maschine längst ganz woanders, als dieser ganze verwirrende Funkverkehr mit der offiziellen United 93 anfing. Damit wäre plötzlich auch klar, wieso United 93 schon um viertel nach neun als vermisst galt – darauf haben die Lotsen und die Typen vom Militär all die Jahre bestanden, aber die Kommission hat in ihrem Abschlussbericht einfach behauptet, da hätten die sich alle geirrt. Ohne Erklärung, ohne Kommentar, ohne Fußnote.«

Fuller beugte sich vor. »Okay, das klingt schon besser.«

»Allerdings. Denn die Zeiten passen auch auf dem restlichen Weg nicht zusammen. Die Diskrepanz, die man wegschummeln muss, beträgt immer 14 Minuten. Sowohl bei den Evakuierungen der Flughäfen auf dem Weg, als auch bei den Aussagen der Zeugen, die die Maschine gesehen haben wollen. Jedenfalls bis halb zehn. Zu dem Zeitpunkt gibt´s dann nur noch eine United 93, die aus völlig anderer Richtung nach Shanksville fliegt und dort in den Boden kracht, ohne Trümmer zu hinterlassen.«

»Und unser Pilot wäre der, der die erste United 93 geflogen hat?«

»Exakt.«

»Schon wieder ’ne schöne Theorie. Aber das Flugzeug auf unserem Bild ist nicht United 93, oder?«

»Nein«, räumte Nick ein.

»Scheiße«, sagte Fuller.

»Ich sag ja, ich hab´s noch nicht kapiert. Irgendwas passt da nicht.«

Fuller zerquetschte seinen Kaffeebecher und sah sich nach einem Mülleimer an. Daran hatte offenbar auch keiner gedacht. »Eben«, sagte er. »Das passt zu allem Möglichen, aber nicht zu unseren Fotos. Vor allem, was soll das mit den Übungen zu tun haben? Norton hat mich derartig genervt mit dem Zeug … irgendwie muss unser Pilot da drin hängen, mit der Maschine.«

»In welcher Übung?«

»Keine Ahnung.«

»Hast du mein Dossier überhaupt gelesen?«

»Wenn das pünktlich auf meinem Rechner war, also um sechs …«

»Halb sechs.«

»Halb sechs war ich auf dem Weg zu Norton, und seitdem war ich dezent verhindert. Also hilf mir auf die Sprünge. Gab´s Übungen in Cleveland?«

»Nicht direkt.«

»Also?«

»Es gab eine ganze Reihe Militärübungen am 11. September. Die größte war *Vigilant Guardian*, davon hast du wahrscheinlich gehört.«

»Ja. Irgendwo.«

Nick seufzte. »Nichts für ungut, Mann, aber das ist echt so was wie Allgemeinwissen. Danach könnten die dich sogar bei *Wer wird Millionär* fragen …«

»Ich hab ja meinen Telefonjoker.«

Nick seufzte wieder, diesmal freundlicher. »Na schön, also: Die Prämisse bei *Vigilant Guardian* war, dass böse russische Nuklearbomber über Kanada weg auf die USA zufliegen.«

»Wie realistisch.«

»Langsam. Das Ganze war natürlich koordiniert mit den Kanadiern, deshalb gehören dazu noch ein paar Sub-Übungen dazu, zum Beispiel *Vigilant Warrior*, *Northern Vigilance* und *Northern Guardian*. Soweit wir wissen, haben jedenfalls unsere Jets und die der Kanadier simuliert, dass da was Fieses von Norden her angeflogen kommt, über Alaska weg.«

»Was erklären würde, weshalb wir keine Jets für den US-Luftraum hatten.«

»Ja. Diese Konspirologen spinnen. Es hätte überhaupt keiner *Stand Down Order* für die Kampfjets bedurft, von niemand. Das ist Quatsch. Die waren einfach alle mitten in ihrer Riesenübung und haben gar nicht so schnell kapiert, was wirklich passiert. Aber jetzt kommt´s – das war nämlich nicht alles. Es gab eine weitere Übung, in Washington, im *National Reconaissance Office*, dem NRO. Die machen keine PR, die kennt keiner, aber die sind groß. Das NRO überwacht nämlich all unsere Spionagesatelliten draußen im Orbit, die kriegen jeden Pool von New York bis L. A. granatenscharf ins Bild, inklusive Starlets am Rand. Eigentlich. Nur war am 11. September eben – Übungstag. Simuliert wurde, dass – halt dich fest – ein Flugzeug ins NRO kracht, deshalb sind die dreitausend Angestellten allesamt evakuiert worden. Passenderweise gerade zu der Zeit, als sie auf ihren Satellitenschirmen endlich mal was wirklich Interessantes hätten sehen können.«

»Ist nicht wahr.«

»Doch. Bestreitet auch keiner. Ein bizarrer Zufall, sagt das FBI.«

»Allerdings.«

»So, und dann gab's noch ein paar Beilagen. Eine geplante Übung in New York. Szenario: ein Biowaffenanschlag auf die Stadt. Das Ganze hieß *Tripod 2* und sollte am 12. September stattfinden, ist also ausgefallen.«

»Das dürfte allerdings frei erfunden sein, Nick, bei aller Liebe.«

»Meinetwegen. Aber wenn, dann vom New Yorker Bürgermeister selbst, dem guten Rudy Guiliani. Der hat's vor der Kommission unter Eid erzählt. Ist aber im Abschlussbericht mit keinem Wort erwähnt worden, war ja nicht so wichtig. Immerhin war aber zur Vorbereitung der Übung alles, was man so braucht für viele Verletzte, auf dem Pier 92 rangeschafft worden – Medikamente, Zelte und militärische Ordner. Die Katastrophenschutzteams der FEMA sind am Abend vorher in Manhattan eingetroffen, so hatte man morgens am 11. September praktischerweise gleich alles da. Und Guiliani hatte einen Ausweich-Kommandostand, nachdem sein normalerweise fest gebuchter Bunker mit dem WTC 7 zusammengekracht war.«

Fuller spürte, wie sein Schwindel wieder zunahm. »Wird ja immer komischer.«

»Oder auch seltsamer. Keine Sorge, ich bin fast durch. Dann ... ja, dann gab´s noch ein paar informelle Trainingsflüge der Kampfjets, die eigentlich für Washington zuständig waren. Die hingen an diesem Morgen ganz woanders in der Luft, nämlich in North Carolina. Auch sehr praktisch.«

»Ist das alles?«

»Reicht das nicht?«

»Doch.«

»Einen hab ich noch. Nur für dich.«

»Ich höre«, ächzte Fuller.

»Die ganzen Militärübungen waren nicht zufällig auf den 11. September gelegt. Also, damit wir uns nicht missverstehen, nicht im Sinne von ›Weil das Militär weggucken *wollte*‹, ganz im Gegenteil. Die haben das wegen der Russen gemacht.«

»Der simulierten Russen.«

»Nee, der *echten* Russen. Glaub mal nicht, dass nur wir Übungen veranstalten. Unsere Übung war eine Antwort. Auf eine Militärübung der Russen, denn die hatten an dem Tag tatsächlich Langstreckenbomber in der Luft, allerdings über Ostsibirien, nicht über Kanada. Kapiert?«

»Ja. Nein. Ich meine, und?«

»Russische Bomber mit scharfen Nuklearwaffen.« Fuller schüttelte den Kopf. »Und?«

»Denk´s mal zu Ende, Max. Nuklearmacht 1 spielt Ernstfall. Nuklearmacht 2 spielt daraufhin ebenfalls Ernstfall. Jeder für sich, auf seinem Terrain. Und nun passiert mittendrin was ganz, ganz Komisches. Nuklearmacht 2 – wir – geht mitten in der Übung auf DEFCON 3, also ernsten Ernstfall, Alarmzustand, höchste Bereitschaft, Krieg. Was denkt sich Nuklearmacht 1? Oha, die *spielen* gar nicht. Das ist ja gar keine Übung! Das können wir auch. Also geht auch Nuklearmacht 1, die Russen, ebenfalls auf DEFCON 3. Finger auf den roten Knopf. Mann, das ist genau die Situation, vor der alle Militärs immer den größten Schiss gehabt haben: eine scheinbare Übung des Gegners, die plötzlich zum Ernstfall wird, zum Angriffsfall. Verstehst du jetzt, wieso Bush nicht nach Washington zurückgeflogen ist?«

Fuller hatte das Gefühl, dass jemand ihm eine eiskalte Hand in den Nacken drückte. »Weil er Schiss hatte, dass ihm jemand eine Atombombe auf den Kopf wirft?«

»Eben! Bush ist nicht geflüchtet, wie wir alle dachten, nein, der musste nach Offutt, Nebraska, weil da unsere oberste Heeresleitung sitzt, im Bunker. Das war der Ernstfall, Mensch. Zu dem Zeitpunkt ging es schon lange nicht mehr darum, ob da noch irgendein weiterer Passagiervogel irgendwo reinknallt, es ging darum, den Dritten Weltkrieg zu verhindern. Bush hat nicht an seiner Rede an die Nation gefeilt, und er hat sich auch nicht versteckt. Er musste Putin klarmachen, dass unser DEFCON 3 nicht bedeutete, dass wir sie angreifen.«

Fuller schwieg lange. Dann sagte er: »Ziemlich weit hergeholt.«

»Ach, ja? Einfacher geht´s doch gar nicht.«

»Eben. So einfach kann das nicht sein.«

»Du liest zu viel Zeitung.«

»Mag sein. Aber was soll das mit unserem Piloten zu tun haben?«

»Keine Ahnung.«

»Toll.«

»Ich bin nur die Rechercheabteilung. Du bist das Genie.«

»Ja, schön wär´s.« Fuller kratzte sich am Kopf, aber das brachte ihn auch nicht weiter.

»Max? Bist du noch da?«

»Ja. Ja, Nick, hör zu, ich hab keine Ahnung.«

»Vielleicht finden wir noch irgendwas auf den Fotos. Vielleicht kriegen wir irgendwie raus, wer die Typen sind.«

»Ich bin nicht direkt online im Moment.«

»Dann schick mir die Fotos rüber, per Kurier. Wo bist du eigentlich?«

»Auf dem Weg nach New York.«

»Komm doch einfach zu mir, wenn du wieder da bist.«

»Wo bist du? Ich denke, in der Redaktion.«

»Nein, ich hab mir frei genommen. Hab mich sogar abgemeldet. Das gefällt zwar keinem, aber die werden mich nicht feuern. Ich bin billiger als jeder Illegale, das können die sich überhaupt nicht leisten.«

Fuller ließ sich die Adresse diktieren, dankte und legte auf.

Und jetzt?

Er kramte in der Tasche seiner Jacke und zog seine alte SIM-Karte heraus. Galt Mailbox-Abhören als Telefonat? Vermutlich. Aber sofern er die Karte danach wieder herausnahm, konnte ihm nichts passieren. Falls sie die Karte tatsächlich orten konnten, würden sie in einer halben Stunde auf dem Parkplatz stehen und könnten den Rest seines Donuts aufessen. Er selbst wäre zu dem Zeitpunkt längst zurück in New York.

Fuller wechselte die Karte aus und rief seine Mailbox an. Sicherheitshalber.

Der erste Anruf war von Joyce, Petes Freundin. Sie schluchzte, er verstand nur die Hälfte, aber klar war, dass Pete tatsächlich tot war. Von Einbrechern erschlagen, wie die Polizei meinte.

Fuller beschloss, seinen Rückruf bei Joyce noch eine Weile aufzuschieben.

Der zweite Anrufer auf dem Band war Ken Wilder. Er wollte wissen, wo Fuller steckte und bat um einen Rückruf. Die Anfrage klang unschuldig und war doch, in Fullers Augen, mehr als merkwürdig. Er hatte das Büro am Vortag verlassen und Feierabend gemacht. Ken wusste nichts von seinem Plan, Norton zu treffen, und nur, weil er heute Morgen nicht pünktlich gewesen war, entdeckte Ken plötzlich seine väterliche Ader? Warum jetzt, nachdem er in den vergangenen Monaten dutzendfach Gelegenheit dazu gehabt hatte?

Der dritte Anrufer machte es kurz.

»Mister Fuller, unser Verbindungsmann, Mister Norton, ist offensichtlich ausgefallen. Treffen Sie mich um 14:30 Uhr im Central Park, am Karussell. Ich erkenne Sie, ich werde Sie ansprechen und nach der nächsten Sushibar fragen. Sollten Sie nicht da sein, betrachten Sie die Angelegenheit als erledigt.«

Fuller tauschte die SIM-Karte erst wieder aus, als er an der nächsten roten Ampel halten musste.

12

Um drei Minuten nach halb drei stellte Fuller seinen Mietwagen einfach auf dem Gehweg ab und rannte in den Park. Abgeschleppt zu werden war jetzt seine geringste Sorge.

Als er das Karussell erreichte, war niemand da. Außer ein paar jungen Müttern, die ihre Kinder beaufsichtigten, und einem Bilderbuchvater, der auf der Wiese mit einem Bilderbuchretriever und einem Bilderbuchsohn Frisbee spielte. Sowie einer Joggerin, die nicht aussah, als könne die Stimme vom Telefon zu ihr gehören. Und einem Mann in beiger Lederjacke und Baseballmütze, der gerade von einer Bank aufstand und sich über einen der Wege entfernte. Fuller sah sich um, nach links und nach rechts, fand keine weiteren Kandidaten und eilte dem Mützenträger hinterher.

Der Mann drehte sich um, als Fuller ihn fast erreicht hatte. Das Logo der *Giants* auf der Kappe, darunter graue kurze Haare, eine elegante Nase und ein markanter Schmiss auf der linken Wange. Mit dem Blick aus seinen blauen Augen hätte er ohne Spezialeffekte bei den X-Men mitspielen können.

»Entschuldigung«, keuchte Fuller. »Blöde Frage vielleicht, aber gibt´s hier irgendwo eine Sushibar?«

Der andere musterte ihn wie etwas, das er gerade von seiner Sohle gekratzt hatte. Dann sagte er: »Sie sind zu spät.«

»Ich weiß«, sagte Fuller.

»Was ich vor allem brauche, ist Verlässlichkeit, Fuller.« Der Mann wandte sich ab und ging weiter.

»Kriegen Sie«, sagte Fuller.

»Scheint mir nicht so«, sagte der andere über die Schulter. Und ging weiter.

Fullers Geduldsfaden riss ohne Vorwarnung. »Sie bleiben jetzt mal stehen«, sagte er laut. Und als der Grauhaarige ihm den Gefallen nicht tat, obwohl er so nett und laut darum gebeten hatte, fügte er noch etwas lauter hinzu, »Meine letzten zwei Leichen, Meister, gehen auf Ihre Kappe!«

Der Bilderbuchvater auf der weit entfernten Wiese verpasste den von seinem Sohn nicht allzu scharf geworfenen Frisbee und starrte für den Rest des Satzes in Fullers Richtung.

»... und wenn Sie nicht stehen bleiben, geht Ihre auf meine!«

Der Mann blieb stehen und drehte sich um.

Zuerst sah er den Bilderbuchvater so lange an, dass der sich wieder seinem Sohn und seinem Hund zuwenden musste, dann widmete er sich Fuller, und seinem Blick nach zu urteilen schwebte nur einer der beiden in der Gefahr, die dritte Leiche zu werden.

Der Grauhaarige kam näher, bis er nur noch wenige Zentimeter von Fuller entfernt war. Der Atem des Mannes roch vordergründig nach Pfefferminze, aber darunter entweder nach Alter oder nach reinem Verderben.

»Der Deal ist einfach, Fuller.«

»Ich höre.«

»Sechzig Minuten. Ein Interview. Sie und ich. Ausstrahlung morgen.«

Fuller wusste, dass man Irren nicht widersprechen soll, also nickte er. »Okay. Aber Sie wissen, dass ich das nicht entscheiden kann.«

»Sie sprechen mit Ihrem Boss.«

»Ja. Und was sage ich dem? Schmeiß den Report über Pfizer raus, an dem zwanzig Leute ein Jahr gearbeitet haben, ich hab Mister ... Keineahnung, und der hat ... keine Ahnung, was er hat?«

Das Gesicht des Mannes verzog sich zu einem Lächeln, das nicht so gemeint war. »Sie haben den Piloten, der die Maschine geflogen hat, die am 11. September 2001 auf den Radarschirmen der FAA und von NORAD zu sehen war. Der Maschine, die man von 8:26 Uhr bis 9:21 Uhr für American Airlines 11 hielt.«

»American 11 ist um Viertel vor neun ins World Trade Center geknallt.«

»Sie hören im Interview von mir, was da reingeknallt ist. Es war jedenfalls nicht die American 11, die die Lotsen gesehen haben wollen. Ich war Teil der Übung, Fuller. Machen Sie Ihre Hausaufgaben, und machen Sie sie schnell. Dass American 11 um zwanzig nach neun noch in der Luft war, können Sie sogar im Commission Report nachlesen.«

»Und das waren Sie?«

Der Mann nickte.

»Die Maschine, die im Commission Report steht?«

Der Mann nickte erneut.

»Und Sie können es beweisen.«

»Lückenlos.«

»Und Sie kennen die Namen?«

»Genügend Namen, um dieses Land in eine veritable Führungskrise zu stürzen. Die es allerdings überstehen wird, um anschließend mit neuer Kraft wieder aufzuerstehen.«

Diesmal nickte Fuller zu kurz.

»Fuller«, sagte der Mann mit leiser, scharfer Stimme. »Mir ist scheißegal, ob Sie Patriot sind. Ich bin es, aus ganzem Herzen. Aber wenn ich jetzt nicht an die Öffentlichkeit gehe, bin ich tot. So tot wie Norton. So tot wie ein Dutzend anderer Leute, die man aufgespürt hat.«

Fuller sah dem Grauhaarigen in die Augen und nickte weiter, diesmal überzeugender. Der Mann meinte es vollkommen ernst. Entweder war er komplett verrückt, oder er hatte tatsächlich die Story des Jahrhunderts zu erzählen. Dass jemand Norton und Pete getötet hatte, sprach eindeutig für Letzteres.

»Okay«, sagte Fuller. »Wir machen das Interview.«

»Heute.«

»Heute.«

Im Geiste ging Fuller sekundenschnell die Liste der Locations durch, die in Frage kamen, und blieb beim Namen Woolsey hängen. Wools schuldete ihm noch etwas und würde seine großformatigen Bilder eben für eine Stunde an die andere Wand stellen müssen.

»94 Mc Dougal Street. Im West-Village. Bei Woolsey.«

Der Grauhaarige nickte und wiederholte Straße und Hausnummer.

»17:00 Uhr«, sagte Fuller. »Bis dahin hab ich das Team da.«

»Das Team und das Geld.«

»Wie viel?«

»Zweihundertfünfzig«, sagte der Grauhaarige. »Den Rest nach der Ausstrahlung.«

»Zweihundertfünfzigtausend? Ich …«

»Sie haben das Geld, wir machen das Interview. Wenn nicht, dann nicht. Aber glauben Sie nicht, dass Sie eine zweite Chance kriegen.«

Der Grauhaarige wandte sich ab und setzte sich in Bewegung.

»Hey«, sagte Fuller. »Kriege ich einen Namen?«

Die Baseballmütze drehte sich ein letztes Mal halb in Fullers Richtung. »Charles Lindbergh«, sagte der Mann und ging weiter, während Fuller konstatierte, dass er wirklich nichts an dem Typen mochte, weder seine Manieren noch seinen Blick noch seine Art von Humor.

13

Das Auto stand noch immer dort, wo es nicht hingehörte. Fuller stieg ein, holperte vom Gehweg in den Verkehr und versuchte, sich einen Plan zurechtzulegen, der möglichst effizient wäre und gleichzeitig möglichst unauffällig. Obwohl es ihm nicht wahrscheinlich erschien, musste er damit rechnen, dass *sie* Ken abhörten. Sein neues Handy wollte er nur im Notfall benutzen, das alte sowieso nicht, deshalb fuhr er in die Mall, denn dort würde er von einem der letzten Münztelefone aus telefonieren können.

Trotzdem würde er nicht zuerst bei Ken anrufen.

Er erreichte das Telefon fünfzehn Minuten später, gegenüber einem Parkplatz in der Greenwich Street, mit ausreichend Kleingeld in den Taschen und reichlich Zuversicht im Gepäck. Sein Plan war erstklassig. Er würde es *denen* zeigen. Und ab dem nächsten Abend, nach der Sendung, wären er und *Charles Lindbergh* so bekannt, dass man sie einfach nicht mehr würde umbringen können.

Jedenfalls hoffte er das.

Außerdem hatte er nicht das Gefühl, eine Alternative zu haben. Er konnte *denen* seine Bilder verkaufen, aber er konnte nicht hoffen, das Geld ausgeben zu können.

Zuerst rief er einen Fahrradkurier an, nannte dem Jungen in der Zentrale seinen Aufenthaltsort und wies ihn an, sofort einen Fahrer zu schicken. Dann rief er Nick an und teilte ihm mit, der Kurier mit den Bildern werde in spätestens einer halben Stunde bei ihm sein.

Anschließend telefonierte er mit Woolsey und erklärte seinem erfolglos malenden Freund aus dem Village, es sei ihm so zirka scheißegal, ob er an diesem Nachmittag die Antwort auf *Guernica* zu Ende malen müsse, weil Schulden nun mal Schulden seien. Woolsey kündigte ihm die

Freundschaft und versprach, zu Hause zu sein und die entsprechende Wand seines Ateliers rechtzeitig freigeräumt zu haben.

Zuletzt rief Fuller Ken Wilder an und erklärte ihm bündig und ohne eine Unterbrechung zu dulden, er brauche ein Team – einen Kameramann, Harold, einen Tonmann, Steve, einen Lichtmann, George, und jemand zum Schminken, Don oder Charlotte, und darüber hinaus den Sendeplatz am nächsten Abend. Ach ja, und einen Schnittplatz, ab 19:00 Uhr, sowie sehr viel Kaffee.

»Sonst noch was?« fragte Wilder.

»Ja, zweihundertfünfzigtausend Dollar«, sagte Fuller. »In einem unauffälligen Koffer.«

Kenneth Wilder gehörte zu den weltweit höchstens drei Chefredakteuren, die selten oder nie laut wurden, aber als er antwortete, platzte Fuller fast das Trommelfell.

»Hör zu, Ken«, sagte Fuller, nachdem das Schlimmste vorbei war. »Ich erspare dir die Klage wegen Ehrabschneidung, und du lässt mich ausreden.«

»Vergiss es, Max. Du hast endgültig den Verstand verloren.«

»Ach, ja? Weil ich den Beweis habe, dass 9/11 ein *fake* war? Ein Manöver unserer eigenen Leute? Ein *inside job* – mit Beteiligten bis in die höchsten Kreise?« Damit versprach er seinem Boss etwas mehr, als Lindbergh ihm versprochen hatte, aber irgendwie musste er verhindern, dass Ken einfach auflegte.

»Das hast du, ja«, kam es unverhohlen spöttisch aus dem Hörer zurück.

»Ja.«

»Wer ist dein Interviewpartner? Tenet oder Cheney?«

»Bin Laden. Ken, kriege ich das Team, ja oder nein? Wenn du das Ding nicht willst, mach die Leitung frei, dann muss ich jemand andern finden.«

Für ungefähr zehn Jahre war es still in der Leitung. Dann sagte Wilder: »Du kriegst dein Team. Und den Koffer. Aber ich entscheide, ob er den Koffer kriegt. Und zwar *nach* dem Gespräch.«

Fuller gab ihm die Adresse von Woolsey.

Als er gerade aufgelegt hatte, tippte ihm jemand auf die Schulter.

Fuller machte einen Satz zur Seite und wirbelte herum, bereit, sich teuer zu verkaufen, bis zum letzten Augenblick seines kleinen und schon seit längerem unbedeutenden Lebens.

Der Fahrradkurier hob die Arme und machte ein beruhigendes Geräusch, als wollte er ein Pferd vom Scheuen abhalten. Er arbeitete in New York, er hatte schon weit Schlimmeres erlebt als Männer, die einen zum Abholen eines Briefumschlags in Einkaufszentren bestellten und dann anschauten, als wäre man Kim Jong-Il persönlich.

Um zwei Minuten vor fünf hatte Max Fuller die arbeitsreichsten und härtesten Stunden seines bisherigen Lebens hinter sich, sofern er die Zeit seiner Scheidung außen vor ließ. Um zwei Minuten vor fünf saßen Woolsey und er in der Küche; die beiden von Wilder geschickten Gorillas hatten den Geldkoffer gebracht und waren, nachdem Fuller den Empfang quittiert hatte, wieder verschwunden. Sein Team – Harold, Steve, George und Charlotte – hatte sauber und schnell gearbeitet, die Atelierwand war von einem schwarzen Molton- Vorhang verdeckt, Ton und Licht standen, und Fuller war auf die Minute pünktlich geschminkt.

Diesmal würde *Lindbergh* sich nicht beschweren können.

Fuller sah auf die Uhr, atmete tief durch und trat ans Fenster, das aus Dutzenden kleiner Scheiben bestand sowie einem Netz aus Metallstreben, die allesamt irgendwann mal weiß lackiert gewesen waren, aber inzwischen fast nur noch aus Rost und weißen Schnipseln bestanden. Er klappte eines der kleinen Fenster auf, fragte sich, ob so was im Haus eines Malers eigentlich vorkommen durfte, und verwarf den Gedanken im gleichen Augenblick als albern.

Als er den Rauch seiner Zigarette in die warme Nachmittagsluft strömen ließ, dachte er zum ersten Mal an die anderen. An sein Team und an Wools. Er war so beschäftigt damit gewesen, alles rechtzeitig hinzukriegen, dass er keinen Gedanken darauf verschwendet hatte, dass er sie alle in Lebensgefahr brachte.

Fuller rauchte. So setzte er sich wenigstens einer zusätzlichen Lebensgefahr aus. Und er dachte an Norton. Ken Wilder hatte ihn noch einmal angerufen, mitten in den Vorbereitungen, und wissen wollen, wie er überhaupt an seinen Lindbergh herangekommen war. Fuller hatte es ihm erzählt, kurz und ohne Schnörkel. Vom Anruf, vom ersten Treffen, vom zweiten, vom Mord auf dem Parkdeck. Ken Wilder hatte aufgelegt und ihn zwanzig Minuten später erneut angerufen. Er hatte in der Zwischenzeit mit Nortons Kanzlei telefoniert und herausbekommen, der geschätzte Anwalt sei vor wenigen Stunden erschossen aufgefunden worden, vor seiner Haustür in Staten Island. Die Polizei ginge, so Wilder, von einem Raubmord aus.

Fuller schnippte seine Zigarettenkippe aus dem Fenster und sah zu, wie sie nach unten segelte und aus seinem Blickfeld verschwand. Es gab keinen Fall. Norton war einem Raubmord zum Opfer gefallen, Pete ebenso. Das passierte. Häufiger, trotz der seit Giulianis Amtszeit deutlich geschönten New Yorker Kriminalitätsstatistik. Zwei Tote mehr. Sehr schade. Trauernde Familien. Keine große Sache.

Fuller sah auf die Uhr.

Um viertel nach fünf holte er sich einen Kaffee aus der Küche und ging dann zurück ins Atelier. Er las sich seine

Fragen noch einmal durch, seinen roten Faden für das Gespräch.

Um halb sechs haute Steve, der Tonmann, ihm jovial auf die Schulter und meinte, unter diesen Umständen hätten sie sich vielleicht doch ein bisschen mehr Zeit lassen können. Und fragte, ob jemand sich eine Pizza mit Thunfisch, Zwiebeln und Kapern mit ihm teilen wolle. Fuller sagte dankend nein.

Um sechs schaute er mit einem weiteren Kaffee in der Hand sehr lange aus dem Fenster, und um sieben machte er sich endgültig unbeliebt, indem er dem Team nach der kollektiven Pizza auch das Abbauen verweigerte.

Um sechs, halb sieben, sieben, zehn nach sieben und zwanzig nach sieben vertröstete er Wilder. Um Viertel vor acht rief er ihn selbst an.

»Okay, wir bauen ab.«

»Das ist nicht dein Ernst, Max.«

»Er ist nicht da.«

»Er hat dich verarscht, ja? Und dafür mach ich diesen Riesenzirkus? Für erfundene Zeugen und Anwälte, die ganz woanders erschossen worden sind als du sagst? Von 'ner *Bande*, genau wie dein Freund? Wenn ich dich nicht so gut kennen würde, würd ich denken, das ist *deine* Bande, Max.«

»Ken.«

»Deine Bande, mit der du vielleicht irgendein Problem hast? Der du vielleicht Geld schuldest, lass mich raten, vielleicht genau zweihundertfünfzig Riesen?«

»Ken.«

»Nein, nichts *Ken*. Es reicht, Max. Alles hat Grenzen, irgendwo ist Schluss. Und versuch ja keinen Scheiß, bring die Kohle schleunigst zurück.«

Klack.

Fuller spürte die mitleidigen Blicke des Lichtmanns auf seinem Rücken. Er drehte sich um und sah den Jungen an. Schiefe Zähne, schlechte Haut, hängende Schultern, Muskeln wie ein Flamingo, vermurkstes Drachen-Tattoo auf dem Oberarm. Auf seiner Stirn stand in unsichtbaren Lettern groß und leuchtend geschrieben: Alleinerziehende Mutter mit Alkoholproblem, bin bei einer Tante aufgewachsen, neurotisch, leicht drogenabhängig und Bassist in einer garantiert bis kurz nach dem jüngsten Tag erfolglosen Grunge-Band.

Und *der* schaute *ihn* mitleidig an.

Fuller schminkte sich selbst ab, in Wools kleinem und unprofessionell gestrichenem Badezimmer, während das Team abbaute. Er wusste, dass sie über ihn herzogen, hinter seinem Rücken, aber es war ihm egal. Er war nicht in der Stimmung für Erklärungen, zumal er selbst keine hatte.

Aber Lindbergh war ihm nicht wie ein Mann erschienen, der bluffte oder schlechte Scherze machte. Davon abgesehen, war Norton nicht wegen der alten Socken in Fullers Koffer gestorben.

Fuller wählte O´Briens Nummer und betete um zweierlei. Erstens, dass sein bester Informant bei der New Yorker Polizei an diesem Abend die Arschkarte gezogen und Nachtdienst hätte, und zweitens, dass er ihm nicht würde weiterhelfen können.

»Was«, bellte O´Brien in die Leitung, und Fuller ertappte sich bei dem Gedanken, dass er rasend gern für das Wie-zufrieden-waren-Sie-mit-dem-Service-unserer-Behörde-Callcenter arbeiten würde.

»Shaun, Max hier.«

»Was willst du?«

»Danke, und dir?«

»Leck mich am Arsch, du rufst mich nicht an, um zu fragen, wie´s mir geht. Was willst du?«

»Einfache Übung. Mann, kaukasisch, eins achtzig bis

eins zweiundachtzig, zwischen Mitte fünfzig und sechzig. Graue Haare, kurz, blaue Augen, auffällige Narbe auf der rechten Wange. Eingang bei euch zwischen 15:00 Uhr und jetzt, Gerichtsmedizin.«

»Weißt du eigentlich, wie viel du mir inzwischen schuldest?«

»Sechs Kisten Tullamore. Ich pack 'ne Kiste Malt drauf, damit du mal was Anständiges zu trinken kriegst.«

»Oder eben auch nicht. Du bist immer gut im Versprechen aber sehr schlecht beim Liefern «, knurrte O´Brien und legte einfach auf.

Als er eine Viertelstunde später zurückrief, waren Fuller und Woolsey allein im Atelier, und der Maler bestand auf einer schriftlichen Bestätigung, dass er Fuller hiermit definitiv nichts mehr schuldete. So gesehen kam O´Briens Anruf Fuller gerade recht. In jeder anderen Hinsicht nicht.

»Könnte passen«, sagte O´Brien. »Jedenfalls deine Beschreibung. Willst du ihn identifizieren?«

»Er ist tot?«

»Was soll er sonst in der Leichenhalle?«

Fullers Knie wurden überraschend weich und er musste sich in einen von Woolseys versifften Sitzsäcken sinken lassen.

»Sicher, dass das mein Mann ist?«

»Deine Beschreibung passt. Und damit mal zum dienstlichen Teil, Max. Wer ist der Mann?«

»Das fragst du mich?«

»Wen sonst? Hast du einen Namen?«

»Seit meiner Geburt.«

»Witzig. Versuch´s mal mit Comedy. Wer war der Typ?«

»Keine Ahnung.«

»Max.«

»Er wollte mir 'ne Story verkaufen. Ist nicht erschienen, also dachte ich, da horcht Mutter mal bei der Polizei nach.«

O´Brien schwieg eine Weile, während Fuller sich fragte, ob er noch einen Flug nach Nordkorea kriegen würde. Dann lachte der Polizist.

»Okay, ich glaub´s dir, Alligatorfarmjäger. Und weißt du was, ich schenk dir noch was obendrauf gegen die Kiste Malt. Lagavulin, wenn ich bitten darf.«

»Darfst du.«

»Nützt ja eh nix, oder was?«

»Doch. Schieß los.«

»Ich hab noch nicht alles, aber das, was ich habe, ist wieder mal Schlamperei pur. Oder eben was für bekloppte Journalisten wie dich.«

»Weil?«

»Der Typ ist hinüber. Okay? Vor dem *Hayden* in der 79. Straße überfahren, von einem Kleinlaster. So weit, so normal. Der Typ in dem Kleinlaster begeht Fahrerflucht. Auch noch normal. Der Witz ist erstens, der Tote hat nichts bei sich. Keinen Ausweis, keinen Schlüssel, nichts. Der zweite Witz ist, es gibt einen Zeugen, der einen Schock hat. Am Unfallort. Warte ...«

Fuller hörte O´Brien durch Papier rascheln.

»Nicolas Herndon. Mitte fünfzig. Diktiert dem zuständigen Beamten in den Block, warte ... Der war blond *und hatte keine Augen.*« O´Brian lachte schallend. »Also, der Fahrer von dem Kleinlaster hatte keine Augen. Zum Schreien. Aber auch kein Wunder, dass der dann einen überfährt. Der dritte Witz: Zwei Minuten nach dieser Aussage ist der Zeuge weg. Vermutlich nach Hause gegangen, wie der Beamte vermerkt, ohne Erlaubnis. Und der nächste Witz: Das Ganze passiert direkt vor dem Hayden Hotel, also geht unser Kumpel, der Streifenmann, da mal rein und hält dem Portier ein Foto von deinem zermatschten Kumpel vor die Nase, und der sagt, ja, der wohnt hier. Unter dem Namen *Charles Lindbergh*. Und jetzt kommt der letzte Witz: In seinem Zimmer war auch nichts, Max. Kein Ausweis. Nur ein Kulturbeutel. Was sagste dazu? Wir haben *Charles Lindbergh* wiedergefunden – und dann ist er schon tot.«

Fuller nickte, während O´Brien weiterlachte. »Es gibt diese Momente, Shaun, in denen ich selbst gern irische Vorfahren hätte. Ihr habt einfach einen Mordssinn für Humor. Sieh mir einfach nach, dass ich bei meiner Herkunft aber auch nichts damit anfangen kann. Den Malt kriegst du trotzdem.«

»Das wüsst ich aber!«, waren O´Briens letzte Worte, und weder er noch Fuller hätten beschwören können, wer direkt danach zuerst auflegte.

Fuller sah aus dem Fenster, hinaus in das unschuldige Treiben auf den Straßen. Er wusste, dass er auf dem Weg ins nächste Motel an die Flasche Whisky denken würde. Er würde sie sogar kaufen, aber nicht für O´Brien. Und er hoffte wider besseres Wissen, dass ihm nach dem vierten oder sechsten Glas eine wahnsinnig positive Betrachtungsweise der ganzen beschissenen Situation in den Sinn käme. Nüchtern betrachtet, hatte er weniger als nichts. Einen toten Anwalt und einen toten Piloten, dessen Namen er nicht kannte. Zweihundertfünfzigtausend Dollar, die ihm nicht gehörten. Und eine Story, die er garantiert für exakt null Dollar irgendwo ins Netz stellen konnte: *Der Mann, der zu viel wusste – Charles Lindbergh und 9/11.*

Was von seinem Ruf noch übrig war, war im Eimer.

Was er dafür hatte, waren ein paar Feinde mehr. Feinde, die ihn finden würden, irgendwann. Und die nicht mal wussten, dass er zu wenig wusste, um ihnen gefährlich zu werden. Sie würden ihn einfach sicherheitshalber umbringen.

Max Fuller brauchte dringend den einen oder anderen Whisky.

Zweiter Teil

Die Tochter

14

Mit dreiundzwanzig war Liz Brokaw in London gewesen und hatte sich nach vier Stunden Schlangestehen die Wachsfiguren in *Madame Tussaud's* Kabinett ansehen dürfen. Sie hätte dem Beamten, der das Tuch vom Kopf der Leiche ihres Vaters zog, gern gesagt, er würde bei *Tussaud's* nie im Leben einen Job kriegen. Stattdessen nickte sie.

Obwohl das, was vor ihr lag, nur entfernte Ähnlichkeit mit dem Mann hatte, den sie vor fast zwanzig Jahren zum letzten Mal gesehen hatte. Auch, weil ihr Vater älter geworden war. Auch, weil man die Kopfverletzungen nur sehr notdürftig hatte kaschieren können. Auch, weil er tot war.

Der Coroner deckte Mike Donovan pietätvoll wieder zu, nickte mit professioneller Betroffenheit und führte Liz aus dem kalten Raum zurück in den Flur, wo zwei Officers des NYPD auf sie warteten.

Jedenfalls dachte sie das, denn dort waren die beiden stehen geblieben, die sie angerufen, abgeholt und hierher begleitet hatten. Sie war überrascht, dass jetzt zwei andere Männer auf sie warteten. In schwarzen Anzügen, elegant, aber unauffällig, sehr gepflegt und glatt rasiert. Der jüngere der beiden, den sie auf Ende zwanzig schätzte, hielt ihr die Hand hin, und Liz ergriff sie, ohne nachzudenken. Die Hand war warm, und der Blick des Mannes war mitfühlend.

»Miss Brokaw, Detective Lard, FBI. Mein Beileid.«

»Ja«, sagte Liz.

Der andere Mann stellte sich nicht vor. Er war größer, älter und dicker als Lard, und seine Augen waren braun und trotzdem kalt. Liz sah ihn nur sehr kurz an.

»Miss Brokaw«, sagte Lard. »Gestatten Sie, dass wir Ihnen ein paar kurze Fragen stellen?«

Liz nickte benommen.

Lard wies auf eine trostlose Bank, die irgendwer an die Wand des trostlosen Korridors gestellt hatte, aber diesmal schüttelte Liz den Kopf.

»Es geht schon«, sagte sie, obwohl sie sich nicht sicher war.

Lard nickte, zuerst in ihre Richtung, dann in die seines Partners, der einen Notizblock herauszog und einen Kugelschreiber.

»Miss Brokaw, Mike Donovan war ihr Vater?«

»Ja.«

»Wann hatten sie zuletzt Kontakt zu ihm?«

»Wir hatten keinen Kontakt.«

»Seit wann?«

»Solange ich denken kann.«

Kontakt, dachte sie. Zwei Tage zuvor war ihr plötzlich schlecht geworden, aus heiterem Himmel. Sie hatte das auf das Sushi geschoben, dass sie und Mona sich mittags bestellt hatten. Aber sie hatte sich übergeben müssen, im Gegensatz zu Mona. Und hatte sich den ganzen restlichen Tag gefühlt, als hätte jemand ihr die Beine weggeschlagen. Aber sie hatte keinen *Kontakt* zu ihrem Vater gehabt, nein.

Lard nickte.

»Er hat sich nicht bei Ihnen gemeldet, seit er hierhergekommen ist, nach New York?«

Liz war benommen und hatte noch nicht den blassesten Schimmer, was sie empfinden sollte. Ihr Vater war tot, und das hatte sie bis vor drei Minuten nicht geglaubt. Aber trotz ihrer Verwirrung und des diffusen Kummers, den sie mit Macht in sich aufsteigen fühlte, war ihr Verstand nicht außer Gefecht gesetzt.

»Mein Vater ist überfahren worden«, sagte sie. »Was hat das mit dem FBI zu tun?«

»Routine«, sagte Lard sanft.

»Sie kümmern sich routinemäßig um Verkehrsunfälle?«, fragte Liz.

Eine Art Lächeln zuckte für Sekundenbruchteile über das Gesicht des Agenten, allerdings nur zwischen seinem rechtem Mundwinkel und dem rechten Ohr. »Sagen wir mal so, Miss Brokaw – wir wüssten gern, was Ihr Vater in New York wollte.«

»Ich auch.«

»Sie haben keine Ahnung?«

»Nein. Wie ich schon sagte, ich hatte keinen Kontakt mehr zu ihm. Seit meinem dreizehnten Geburtstag. Darf ich fragen, woher Sie so schnell wussten, dass er mein Vater ...«

»Und er hat sie nicht angerufen?« Lard sah sie an. Und machte nicht den Eindruck, als hätte er ihre Frage hören wollen. »Miss Brokaw?«

Liz überlegte nur einen Sekundenbruchteil, ob sie Lard von dem Paket erzählen sollte.

»Nein.«

Lard nickte. Sein Partner sah von seinem Block auf, ratlos, wie Liz schien, aber auch skeptisch.

»Wissen *Sie*, was er hier wollte?«, fragte Liz.

»Nein«, sagte Lard.

»Und warum ist mein Vater ein Fall für das FBI?«

Sie sah, dass dem FBI-Mann die Antwort *Wir stellen die Fragen* auf den Lippen lag, aber er erinnerte sich rechtzeitig, dass sie trauerte.

»Miss Brokaw, ihr Vater hat früher für die Regierung gearbeitet, und wir sind gebeten worden, uns darum zu kümmern.«

»Worum zu kümmern? Mein Vater ist überfahren worden. Oder deuten Sie gerade an, dass das kein Unfall war?«

»Wir deuten gar nichts an. Wir wollten nur wissen, ob Sie etwas über die Gründe wussten, die ihren Vater nach all den Jahren zurück nach New York geführt haben. Da Sie das nicht wissen, haben wir keine weiteren Fragen. Es tut mir sehr leid, Ma´m.«

Lard griff in seine Jacke und zauberte eine Visitenkarte hervor.

»Falls sich noch irgendetwas ergibt«, sagte er mit perfektem Lächeln, »also, falls sich aus dem Nachlass ihres Vaters oder aus anderen Gründen irgendwelche Fragen ergeben, rufen Sie mich einfach an.«

Liz nahm die Karte und nickte fragend.

»Wir sind für Sie da, Miss Brokaw«, sagte Lard, wandte sich zum Gehen und winkte seinen Partner mit einer kurzen Geste hinter sich her.

Liz sah den beiden kurz nach, sah dann auf die Karte und fragte sich, während die Buchstaben F, B und I groß vor ihren Augen tanzten, weshalb sie nicht einfach gesagt hatte, *O ja, Officer, mein Vater hat mir ein Paket geschickt.*

Was war schon dabei? Sie hatte ihren Vater nicht gemocht. Sie hatte ihn gehasst, oder? Und da sich das FBI für ihn interessierte, sogar noch nach seinem Tod, war er offensichtlich nicht nur ein beschissener Vater gewesen, sondern zudem ein Verbrecher.

Wieso hatte sie nichts gesagt?

Die Tränen stiegen ihr in die Augen, und die Frage wurde fortgetragen von einer einfachen Wahrheit. Sie hatte ihn immer vermisst, sie würde ihn von nun an immer wieder vermissen, endlos, und alles, was sie noch von ihm hatte, war sein Vertrauen. Ganz gleich, was er ihr anvertraut hatte, sie würde sein Vermächtnis in Ehren halten.

Ganz gleich, was es war.

15

Liz fuhr direkt nach Hause. Sie rief Mona an, sagte die wenigen, sowieso nicht allzu wichtigen Meetings des Tages ab und musste sich nicht entschuldigen. Ihr Vater war gestorben, das war Grund genug. Mehr als Grund genug.

Zu Hause angekommen, ließ sie die Tür ins Schloss fallen, suchte und fand die Kassette auf dem Sofa. Sie wusste nicht, was sie erwartete, aber sie erwartete viel. Erklärungen für seinen Verrat, Entschuldigungen, Staatsgeheimnisse, die ihn daran gehindert hatten, ein guter Vater zu sein; *unser ganzes Land wäre draufgegangen, wenn ich euch wieder gesehen hätte, dich und deine Mutter, denn …*

Aber als sie die Kassette öffnete, lagen vor ihr nur ein paar Dutzend bedruckte Seiten, teilweise eng beschrieben mit Zahlenkolonnen, Kürzeln und langen Mitschriften von Gesprächen zwischen zwei oder drei Personen, deren Identität nirgendwo angegeben war, dazu eine unbeschriftete DVD und ein USB-Stick. Sowie eine Visitenkarte der Kanzlei Haring, Zulaw & Norton in New York, auf deren Rückseite zwei Namen und zwei Telefonnummern gekritzelt standen. *Jonathan R. Norton.* Einer der Anwälte. Sowie *Max Fuller, CBS.*

Und ein großer Post-it-Zettel, auf den Boden der Schatulle geklebt.

Im Falle meines Todes umgehend an Norton/Fuller weiterzugeben. Mike Donovan.

Das war alles.

Liz´ Entschlossenheit, den Ruf ihres heldenhaften Vaters gegen alle Feinde zu verteidigen, schlug binnen Sekundenbruchteilen in Wut und Verachtung um. Das war alles?

Im Falle seines Todes?

Sie klammerte sich an den letzten Strohhalm, nahm die DVD aus der Plastikhülle und schob sie in den DVD-Player.

Ihr Vater erschien auf dem Bildschirm. Allein. An einem Schreibtisch sitzend, vor einer weißen Wand, in Pilotenuniform. Und begann zu reden.

Liz wartete auf ein persönliches Wort, das nicht kam. Es ging um das *Verbrechen des Jahrhunderts* und ihr Vater klang wie der Präsident bei seiner Rede zur Lage der Nation. Sie spulte ein Stück vor, er redete von Flugschreibern, Militärübungen und verdeckten Operationen der Geheimdienste. Alles, was er sagte, war Liz egal. Sie war mit dem, was ihr Vater da erzählte, nicht gemeint. Er redete fast zwanzig Minuten, sie spulte immer wieder und immer weiter vorwärts, in der Hoffnung, doch noch angesprochen zu werden. Dies waren die letzten Worte ihres Vaters, aber sie, seine Tochter, kam darin nicht vor. Als die DVD endete, brach Liz Brokaw endlich in Tränen aus.

Sie brauchte fast zwei Stunden, um ihren Vater zu beerdigen. Als das, was er immer gewesen war, als egoistisches Arschloch und Verräter. Aber als sie die letzte Schaufel Erde geworfen hatte, beschloss sie, auch weiterhin die Tochter ihrer Mutter zu sein, nicht die von Mike Donovan, und sich anständig zu verhalten. Immer. Und wenn Mike Donovan, der gnadenlose, kalte Egoist, einen letzten Wunsch geäußert hatte, wollte sie nicht einmal ihm diesen Wunsch abschlagen. Nicht um seines Seelenfriedens willen, denn den würde er nie finden.

Um ihres eigenen Friedens willen rief sie die Nummer der Kanzlei Haring, Zulaw & Norton an und bat darum, zu Mister Norton durchgestellt zu werden. Die Sekretärin schien einen Augenblick zu zögern und bedauerte dann, das sei nicht möglich. Liz bestand darauf, und die Sekretärin verkündete nach nochmaligem Zögern, sie stelle sie zu Mr Haring durch.

Liz wiederholte ihre Bitte. Mr Haring fragte sie mit ruhiger Stimme, in welcher Sache sie anrufe; ob sie eine Mandantin von Norton gewesen sei. Liz verneinte. Es sei allerdings wichtig, denn ihr am Vortag verstorbener Vater sei Nortons Mandant gewesen und habe sie dringend gebeten, im Fall seines Todes umgehend mit dem Anwalt Kontakt aufzunehmen.

Haring schwieg einen sehr langen Augenblick, ehe er Liz kondolierte und bedauernd hinzufügte, auch Mr Norton sei verstorben, am Vortag.

Liz war bis zu diesem Zeitpunkt in ihrer Wohnung auf- und abgegangen, zunehmend ungeduldig, das schnurlose Telefon am Ohr. Jetzt musste sie sich setzen.

Sie fragte Haring nach den Umständen von Nortons Tod und erfuhr, es habe sich um einen Raubüberfall gehandelt. Jedenfalls sei das der Ermittlungsstand der Behörden. Er selbst wisse nichts Genaues.

Als Haring die höfliche Gegenfrage stellte, woran denn ihr »Herr Vater verschieden« sei, entschuldigte Liz sich mit Hinweis auf ihren Zustand und legte auf, ohne Harings Verabschiedung abzuwarten.

Sie starrte auf die Visitenkarte, die ihr Vater seinem Vermächtnis beigelegt hatte. Zwei der drei Männer, die sie hätte fragen können, was das alles zu bedeuten hatten, waren tot.

Liz wählte die verbleibende Nummer und hatte Marla, die Assistentin der Redaktion, am Apparat.

»Mr Fuller ist heute leider nicht im Haus. Möchten Sie eine Nachricht für ihn hinterlassen?«

Liz antwortete, dass sie ihn umgehend erreichen müsse und setzte hinzu: »Mein Name ist Dr. Elizabeth Brokaw, ich habe eine sehr wichtige Mitteilung für Mister Fuller, die ich ihm dringend persönlich übermitteln muss. Es geht um meinen verstorbenen Vater. Wären Sie bitte so freundlich, mir seine Handynummer zu geben.«

»Es tut mir sehr leid, Dr. Brokaw«, antwortete Marla routiniert, »aber es ist uns nicht gestattet, die privaten Telefonnummern unserer Mitarbeiter herauszugeben. Wir informieren Mister Fuller aber noch heute über alle eingegangen Anrufe. Wenn Sie mir Ihre Nummer geben, wird er sicherlich zurückrufen. Ein Stichwort, worum es geht, wäre allerdings hilfreich.«

Liz atmete hörbar unmutig aus. Sie diktierte der Sekretärin ihre Handynummer und als Stichwort »Mike Donovan« mit dem Zusatz »Dringend«, bedankte sich und legte auf.

16

Max Fuller war auch am Morgen des zweiten Tages nach seinem Tête-à-tête mit einer ganzen Flasche Lagavulin noch immer nicht wieder ganz lebendig.

Dass der kleine Liquor Store an der Straße, den er auf dem Weg in sein Motel angesteuert hatte, tatsächlich einen Lagavulin im Regal stehen hatte, war ihm wie ein Zeichen des Himmels vorgekommen. Sein Lieblings-Whisky, der so schwer zu kriegen war und den er sich in den letzten Jahren vor dem Entzug nur noch selten hatte leisten können, weil sechzig Dollar für die Flasche einfach nicht mehr drin gewesen waren. Und den er seither, wie alle harten Sachen, nicht mehr angerührt hatte. Aber wenn es einen Grund gab, diese Abstinenz aufzugeben, dann die Blamage, die er erlebt hatte; und wenn es einen Stoff dafür gab, dann diesen 16-jährigen *classic malt.* Fuller hatte die Flasche, einen Sixpack Wasser und zwei Schachteln Lucky Strike gekauft und hätte am liebsten noch im Auto einen großen Schluck genommen. Aber er hatte gewartet, bis er in seinem Zimmer gewesen war, auf dem Sofa, Beine auf dem Couchtisch.

Er hatte sich ein Glas drei Finger breit gefüllt, er hatte daran gerochen und genippt, den alten Geschmack von Rauch, Torf, Malz, Holz und einem Hauch Vanille gespürt, noch einmal genippt und dann die Augen geschlossen und das ganze Glas auf einen Schluck heruntergespült. *Fang nicht wieder an mit der Sauferei. Lass es. Sei nicht bescheuert. Es ging doch gut in den letzten Jahren. Es geht wieder aufwärts. Du schaffst es auch ohne.* Fuller hatte die Abteilung Gewissensbisse, die sich mit diesen Vorhaltungen meldete, mit einem diktatorischen *Ist doch sowieso alles Scheiße, da wird man sich doch wohl EINMAL betrinken dürfen* zum Schweigen gebracht und ein zweites Glas, dieses Mal vier Finger breit gefüllt, hinterhergekippt. Es brannte in der Kehle, wurde heiß im Magen und warm im Kopf.

Wieder mal war er ambitioniert gestartet und beinhart abgestürzt, wieder mal war er unten durch, diesmal bei Ken und CBS, und musste sich damit abfinden, als Sklave für gegelte junge Arschkriecher sein Gnadenbrot zu fressen; er war wieder mal gescheitert.

Das nächste Glas. Die Story des Jahrhunderts. Fuller grunzte. Garantiert. *Aber es ist die Story des Jahrhunderts*, erwiderte eine andere innere Stimme, trotzig und leicht lallend. Der Whisky befeuerte jetzt Fullers Synapsen, das Gehirn arbeitete auf Hochtouren, reibungslos, schnell, klar. Diese frühe Phase des Rausches hatte er früher gesucht, den Punkt, an dem er angeturnt, euphorisiert, befeuert war und das Denken wie von selbst lief, logisch und stringent – ehe dann die Nebenwirkungen diese Phase der Klarheit und Wahrheit wieder eintrübten. Was sie immer schneller getan hatten, weil das Maßhalten Fullers Sache nicht war. Und so waren seine von Lagavulin oder Glenlivet befeuerten Produktivitätsphasen des klaren, wahren, brillanten Wortes immer kürzer geworden und die der Eintrübung, der Desorganisation, des Komas und des Katers immer länger.

So war er dann irgendwann beim Kokain gelandet, jenem Wunderpulver, mit dem man diesen Zustand der wachen, wohligen Klarheit wie auf Knopfdruck herstellen konnte; des Wunderpulvers, das Hunger und jegliche Sorgen vertrieb und einem am Ball bleiben ließ, egal ob beim Denken, beim Diskutieren oder beim Sex. Das Dumme war nur, dass die Zeitspanne, in der man sich in diesem wunderbaren Zustand befand, gleichfalls immer kürzer wurde, dass man sich daran im schlechten Sinne gewöhnte, wie an den Malt. Dass ihn eine einzige Linie einmal einen halben Abend lang beflügelt hatte, konnte sich Fuller zwei Jahre nach dem Beginn seiner Edeljunkie- Karriere gar nicht mehr vorstellen, als sein Hirn alle Viertelstunde nach Nachschub schrie. Nicht, um damit ein besonderes *high* zu erreichen, sondern nur einen halbwegs erträglichen Normalzustand.

Als er an diesem Punkt angelangt war, hatte Fuller die Reißleine gezogen – die keulenartige Wirkung seiner ersten Crackpfeife war ihm Offenbarung und Erlösung zugleich: wenn er von *dem* Zeug abhängig würde, wäre er bald auch so weit wie die verelendeten Kids, die für den nächsten *hit*, für einen kleinen Klumpen mit Backpulver aufgebackenen Kokains, notfalls die eigenen Geschwister umbrachten.

Nach der Entgiftung und einer anschließenden Therapie hatte Fuller kein Kokain mehr angerührt, *das* Thema war wirklich erledigt, und Alkohol war es drei Jahre lang auch gewesen. Dann hatte er begonnen, ab und zu wieder Bier oder Wein zu trinken, ein, zwei Mal die Woche – das hatte er im Griff. Der Whisky aber, das merkte er nach den drei gut gefüllten Gläsern, war ein anderes Kaliber.

Was ihn nicht daran hinderte, weiterzutrinken.

Bis zum Boden der Flasche.

Den Tag danach hatte er bis auf einen langen Ausflug unter die Dusche im Bett verbracht und den Fernseher in seinem Motelzimmer förmlich leergeguckt, soweit er sich erinnerte.

Erst am Morgen des zweiten Tages konnte er wieder einigermaßen geradeaus denken und sprechen. So klar jedenfalls, dass er zunächst Nick anrief und nicht Ken, weil er auf eine laute Kopfwäsche noch eine Weile warten konnte.

Nick fragte, wie es gelaufen sei, und war entsetzt, als er von »Lindberghs« Tod erfuhr. Allerdings nur für Sekunden.

»Haben wir mehr als die Fotos?«

»Was?«

»Von Lindbergh.«

»Nein.«

»Keine weiteren Informationen?«

»Nein«, brummte Fuller.

»Na, komm. Wir wissen, dass er Pilot war, und die Karriere können wir uns zusammendenken, wenn er nicht gelogen hat. Zuerst beim Militär, dann vermutlich ’ne Weile zivil, dann wieder beim Militär. Mach dir mal keine Sorgen, Max. Jedenfalls nicht darüber.«

»Nee, ich hab auch so schon genug. Hast du den Flugplatz?«

»Nein.«

»Ach, ich dachte, das wäre auch leicht?«

»Danke, Mann. Ja, dachte ich auch. Ist aber nicht. Die Straßenschilder kriege ich mit keinem Programm lesbar, und die Sehenswürdigkeiten in der Nähe könnten so zirka überall sein. Verlassene Kontrolltürmchen gibt´s nun mal ’ne Menge zwischen New York und dem ewigen Eis.«

»Scheiße. Das heißt, wir haben gar nichts.«

»Doch. Du hast zweihundertfünfzigtausend Dollar. Aber ich kann dir sagen, dass unser Boss das alles andere als witzig findet. Und ich würde ihn schleunigst mal anrufen, sonst hast du nämlich nicht nur diese Typen am Arsch, die dich killen wollen, sondern auch noch die Bullen.«

»Die schießen ja wenigstens nicht auf mich.«

»Weiß nicht. Wenn Ken denen steckt, dass du bei Norton warst, als der erschossen wurde?«

»Danke, Nick, du bist ein Kumpel.«

»Stimmt. Melde dich. Bis später.«

Fuller legte auf und wählte Kenneth Wilders Nummer. Dessen Assistentin Cheryl war so nett, ihn durchzustellen, bevor er seinen Namen zu Ende ausgesprochen hatte, und Wilder fing ohne Umschweife an, ihn zusammenzubrüllen. Fullers Kater kam sofort zu sich und schlug ein paar Krallen von hinten in die Augen seines Besitzers.

Fuller wartete, bis Wilder Luft holen musste.

»Ich haue weder mit dem Geld ab, noch habe ich die Story erfunden. Norton ist tot, Lindbergh ist tot, und ich werde einen Teufel tun, in die Stadt zurückzukommen …«

»Oder dein Handy anzuschalten, du Idiot, wir haben die ganze Zeit versucht …«

»Oder mein Handy anzuschalten, genau. Vielleicht habe ich ja auch ein neues.«

»Wo bist du jetzt?«

»Im …« Fuller unterbrach sich. »Wen interessiert das? Du wirst wahrscheinlich abgehört, und ich will noch mal in Ruhe duschen, bevor ich hier wieder ausziehen muss.«

»Ich will nur nicht, dass mein Geld auf einmal weg ist.«

»Vielen Dank für deine Anteilnahme. Ich werd's den Jungs sagen, falls die mich kriegen – *erschießt mich, aber schickt den Koffer bitte meinem alten Kumpel Ken Wilder*. Mach dir keine Sorgen um deine Kohle, ich nehme höchstens was für Spesen raus, wenn ich länger brauche. Ich melde mich, schönen Tag …«

Fuller wollte auflegen, aber Wilder war noch nicht fertig.

»Weißt du, für einen Journalisten ist es vergleichsweise wichtig, dass man ihn erreichen kann.«

»Klar, aber wenn man auf der Flucht ist oder sonst wie *embedded*, dann hat man halt manchmal kein Netz. Ciao …«

»Kennst du eine Brokaw? Elizabeth Brokaw?«

»Nein.«

»Hat versucht, dich zu erreichen. Gestern Nachmittag.«

»Wegen?«

»Ihres Vaters. Mike Donovan. Der ist offenbar gestorben, und die wollte dich dringend sprechen.«

Fuller brauchte nicht mal einen Sekundenbruchteil, um sich auf die beiden Namen, die er noch nie gehört hatte, einen Reim zu machen. Er griff nach dem Notizblock und dem Stift auf dem Nachttisch und fluchte. »Und das sagst du mir erst jetzt?« Im nächsten Moment fluchte er innerlich weiter, denn Wilder schwieg einen Augenblick zu lange.

»So wichtig?«, sagte Wilder dann. »Ich dachte, das wär vielleicht nur irgendeine Exfreundin, wegen 'ner Beerdigung.«

»Ja. Ja, was denn sonst?«

Wilder lachte schallend. »Okay, du meinst, das ist Lindberghs Frau? Schwester? Tochter?«

»Nein. Quatsch. Wie kommst du darauf? Das ist ... Liz. Tochter, ja. Tochter meines ehemaligen Dozenten, geborene Liz Trench, ich hatte nur vergessen, dass sie geheiratet hat ... Gib mir die Nummer!«

»Vergiss es. Die Tochter der mysteriösen Alias-Leiche? Hey, das riecht ja *tatsächlich* nach 'ner Story, und ich hab hier 'ne Menge Leute, die nicht genug zu tun haben ...«

»Ken.«

»Okay, es ist deine Geschichte. Aber wenn du sie für mich machst, bist du ständig für mich erreichbar, Ende der Durchsage. Nummer gegen Nummer. Deine neue Handynummer gegen die von Brokaw.«

Fuller schloss die Augen, zählte bis drei und gab dann zähneknirschend seine Nummer preis, im Wissen, dass er sie ohnehin bald wieder ändern würde. Er nahm Ken Wilder das Versprechen ab, sie niemandem, und zwar wirklich niemandem mitzuteilen, und notierte sich dann die Handynummer von Dr. Elizabeth Brokaw.

17

Liz Brokaw machte eine Ausnahme. Normalerweise nahm sie nie einen Anruf entgegen, wenn sie die Nummer auf dem Display nicht kannte, aber diesmal hatte sie das unbestimmte Gefühl, dass sie den Anruf erwartete.

»Brokaw.«

»Fuller. Hallo, Miss Brokaw. Sie hatten versucht, mich zu erreichen.«

Sie mochte seine Stimme nicht. Er klang, als kurierte er gerade einen Kater aus.

Vor ihrem geistigen Auge erschien das Bild eines kleinen dicken Mannes, der sich zu selten rasierte und beige Cordhosen trug.

»Ja, gestern«, sagte sie.

»Ich bin im Moment schlecht zu kriegen.«

»Aha.«

»Es geht um ihren Vater?«

»Augenblick«, sagte Liz, stand von ihrem Schreibtisch auf und schloss die Tür zum Flur. »Sie kannten sich?«

»Ja«, sagte Fuller.

»Darf ich fragen, woher?«

Für einen Augenblick herrschte Stille in der Leitung.

»Sie dürfen. Aber das würde ich Ihnen lieber persönlich erklären. Vielleicht sind Sie vorher so nett und erzählen mir, was ich für Sie tun kann?«

»Ich habe Ihre Nummer auf einer Visitenkarte gefunden, Mister Fuller. Direkt unter der eines Anwaltes, eines Jonathan Norton, der, wie ich höre, ebenfalls überraschend verstorben ist, wie mein Vater. Und jetzt erklären Sie mir bitte, was dahinter steckt.«

»Wir sollten nicht telefonieren.«

»Wir …«

»Haben Sie ein Auto?«

»Ja. Aber ich habe nicht vor ...«

»Ich schicke Ihnen eine SMS, eine Adresse. Tun Sie mir den Gefallen und kommen Sie dorthin. Sie können mir vertrauen, Miss Brokaw.«

Liz war im Begriff, das entschieden in Frage zu stellen, als die Stimme in ihrem Ohr mit sanft hinzufügte: »Ich fürchte, Sie müssen.«

18

Sie verfluchte Fuller während der gesamten Fahrt. Er hatte ihr per SMS die Adresse eines Hotelrestaurants in Red Bank zukommen lassen, und sie brauchte wegen des starken Verkehrs in Richtung Süden mehr als anderthalb Stunden, um von Manhattan an die Küste von New Jersey zu kommen. Nachdem sie hinter der Brücke über den Navesink River, der hier in einer kleinen Bucht ins Meer mündete, links abgebogen war, erreichte sie das Oyster Point Hotel, einen hässlichen Kasten aus den späten Siebzigern. Auch der in schwarz- weißem Blumenmuster marmorierte Teppichboden, die türkis überzogenen Stühle und die neo-barocken Lampen des Restaurants hätten bei jedem Designwettwerb die rote Laterne gegen stärkste Konkurrenz verteidigt; die Aussicht durch die große Fensterfront auf die lauschige Bucht mit ihren Segelbooten und Motoryachten allerdings war großartig.

Den einzigen Gast zu finden, auf dessen Tisch wie versprochen ein Buch von Greg Palast lag, war für Liz kein Problem, denn außer einem älteren Ehepaar saß nur noch eine weitere Person an einem der Fenstertische. Der Mann war weder klein noch dick, aber tatsächlich unrasiert. Und er sah ziemlich verkatert aus.

Liz setzte sich auf den freien Stuhl ihm gegenüber und nickte. »Fuller?«

»Max«, sagte Fuller und hielt ihr die Hand hin. Sie nahm sie und drückte sie kurz. Etwas zu fest für seinen Geschmack, aber andererseits passte das zu ihr. Strenge Frisur, strenges Gesicht, strenger Händedruck; eine smarte, weiße Karrierefrau, Condoleeza in blond. Fuller lächelte trotzdem. Zum Glück war dies ein geschäftliches Blind Date.

»Was ist so geheimnisvoll am Tod meines Vaters?«

Fuller sah sich kurz um, aber abgesehen von dem Rentnerpaar an einem der hinteren Tische war das Restaurant leer.

»Alles«, sagte er. »Warum sollten Sie mich anrufen? Hat er ihnen irgendwas dagelassen, was Sie mir geben sollten – im Fall seines Todes?«

»Langsam«, sagte Liz.

Der Kellner trat an ihren Tisch, und sie bestellte einen Latte Macchiato und ein Stück Kuchen, was Fuller überraschte. In seinen Augen war sie eher der Typ Frau, die einmal täglich ihre Salatblätter über den Teller schob und ansonsten zwanghaft joggte.

»Sie werden verstehen«, sagte sie kühl, »dass ich … irritiert bin. Mein Vater ist überfahren worden, und der Anwalt, den ich anrufen sollte, ist ebenfalls tot. Und nun sitze ich hier mit Ihnen, nach einer stundenlangen Fahrt, für die ich keine Zeit hatte. Ich habe viel zu tun, Mister Fuller, und sie haben besser einen sehr, sehr guten Grund für diese Geheimniskrämerei.«

»Okay«, sagte Fuller und ließ beide Handflächen ganz leicht auf die Tischplatte fallen. »Tacheles. Der Anwalt, von dem Sie sprechen, hat mich vor ein paar Tagen genauso geheimnisvoll durch die Gegend geschickt wie ich Sie gerade. Dann hat er mir erzählt, er hätte die Geschichte des Jahrhunderts – den Piloten der fünften Maschine, die am 11. September 2001 in der Luft war.« Er ignorierte ihr Stirnrunzeln und fuhr fort. »Ich habe ihm nicht geglaubt, aber er hatte ein paar Köder – Fotos. Also habe ich einen weiteren Termin mit Norton vereinbart, aber bei dem Treffen hat man ihn leider erschossen. Und mich beinahe auch. Daraufhin hat ihr Vater Kontakt mit mir aufgenommen und sich als Charles Lindbergh vorgestellt. Obwohl er Mike Donovan hieß, wenn ich Sie richtig verstehe.«

Liz nickte.

»Wir hatten ein Interview für CBS vereinbart, vor laufender Kamera, er wollte auspacken. Die ganze Wahrheit. Aber zu dem Termin ist er dann leider nicht mehr erschienen.« Fuller drehte seine Hände so, dass sie seine leeren Handflächen sehen konnte. »Mit anderen Worten, ich habe nichts. Nur ein paar Fotos, den Wunsch eines Toten und das Gefühl, dass Sie haben, was ihr Vater mir geben wollte.«

Liz schwieg lange. Und sie sah ihn an, mit forschenden Augen. Fuller hielt ihrem Blick lächelnd stand, denn er hatte nichts zu verbergen.

Als der Kellner Kaffee und Kuchen servierte, beendete sie ihre Prüfung, trank einen Schluck Kaffee und tupfte sich eine Spur Milchschaum mit der Serviette von den Lippen.

»Gab es einen Deal?«, fragte sie.

Fuller ließ leise lachend Luft ab. »Ja«, sagte er. »Zweihundertfünfzigtausend sofort und einen Haufen Tantiemen, Anteile an allem, was ich mit der Story verdiene.«

»Und der Deal gilt?«

»Klar. Sofern Sie was zu verkaufen haben.«

Sie zog ihre Aktentasche unter dem Tisch hervor, ein schmales, dunkelbraunes Designerstück aus Leder, nahm einen Stapel Papier heraus und schob ihn über den Tisch.

Fuller nahm die Papiere und blätterte. Es waren Fotokopien, Briefe und Memos sowie Transkripte aus irgendeinem Cockpit, zwischen zwei Personen, sowie der gelegentliche Funkverkehr mit einem Sender am Boden, der sich hinter dem Kürzel CR54 zu verbergen schien. Hinzu kamen haufenweise Graphiken, in denen Höhen-Geschwindigkeits- und diverse andere Daten als Kurven dargestellt waren. Flugschreiberinformationen, wie es aussah. Sofern die echt waren, musste der Pilot auch nach seiner Landung exzellente Kontakte gehabt haben. Die Flugroute, grob eingezeichnet auf einer grau gesprenkelten Kopie mit vielen Vierecken und Vektoren, führte von einem Flughafen im

Norden, irgendwo in New Hamsphire oder Vermont, nach Washington.

Fuller blätterte weiter, mit gerunzelter Stirn. Am Ende des Stapels fanden sich weitere Fotos, und diesmal war der Fotograf so nett gewesen, nicht nur die Startbahn abzulichten, sondern auch den kleinen Kontrollturm des Flughafens, von dem aus die Maschine offenbar gestartet war. An dem zweistöckigen Gebäude neben den Kontrollturm war ein großes Schild zu sehen, auf dem der Name des Flugplatzes geschrieben stand, doch die verwitterten Buchstaben waren zumindest in dieser Vergrößerung nicht zu erkennen.

Fuller sah auf.

»Ist das alles?«, fragte er.

»Nein. Nur der Papierkram. Interessant?«

»Ja. Was haben Sie noch?«

»Eine DVD und einen USB-Stick. Ich habe beides kopiert, genauso wie diese … kryptischen Zettel. Die Originale liegen in meinem Safe.«

»Und die Kopien?«

»In meinem Auto. Ich dachte nur, das sollten wir uns vielleicht nicht hier ansehen.« Sie warf den Rentnern am anderen Ende des Raums einen kurzen Blick zu. »Auch wenn die nicht aussehen, als würden sie uns beobachten.«

Fuller war überrascht, dass sie lächelte. »Was ist so komisch?«

»Jetzt werde ich schon angesteckt von Ihrer Geheimagentennummer. Ich meine, nichts für ungut, aber …« Sie deutete vage auf die Zettel vor Fuller. »Glauben Sie das? Mein Vater war … na ja, soweit ich mich erinnere, war er ziemlich egozentrisch. Hauptdarsteller in der *Story des Jahrhunderts* zu sein, das hätte ihm bestimmt gefallen. Auch wenn die Story nicht stimmt.«

Fuller zahlte ihr das spöttisch-freundliche Lächeln mit gleicher Münze zurück. »Dachte ich auch, Miss Brokaw, am

Anfang. Der nächste Vollidiot, der auf den längst abgefahrenen Verschwörungszug und dieses *Loose-Change*-Zeug aufzuspringen versucht. Noch ein World- Trade-Center-Hausmeister, der sich fünf Jahre später erinnert, *Oh, ich hab da doch Explosionen gehört.* Der nächste, der gesehen haben will, dass bloß eine Rakete oder ein Pizzalaster ins Pentagon geknallt ist. Nur sind inzwischen nicht nur ihr Vater und Norton ermordet worden, sondern auch mein Nachbar, der mir sein Auto für das Treffen mit Norton geliehen hat, und das nur, weil er mir helfen wollte. Dass ich noch lebe, hat nur einen Grund: Die Typen haben mich noch nicht gefunden. Aber an Ihrer Stelle würde ich das Ganze ernst nehmen. Und ein bisschen vorsichtig sein, wenn ich die Straße überquere.«

Das Lächeln war aus Liz Brokaws Gesicht verschwunden. Sie steckte ihre Unterlagen wieder in die Tasche, sagte: »Sie zahlen, ich warte im Auto«, und war bereits nach draußen verschwunden, ehe Fuller auch nur den Arm heben konnte, um nach der Rechnung zu winken.

19

Fuller hatte auf Lexus getippt. Oder einen offenen BMW. Der Prius, dessen Beifahrertür sie für ihn geöffnet hatte, passte zu ihrem toughen Business-Look wie Vanilleeis auf ein T-Bone-Steak.

»Wählen Sie diesmal nicht Nader«, sagte er beim Einsteigen. »Hillary braucht jede Stimme.« Er schloss die Tür und klickte seinen Rucksack auf.

»Wenn Hillary kandidiert, kann ich auch Nader wählen«, sagte Liz, während Fuller seinen Laptop herauszog und aufklappte.

»Obama?«, sagte er.

Sie öffnete das Handschuhfach und reichte ihm eine unbeschriftete DVD in Papierhülle. »Gegenvorschlag?«

»Marvin Bush.«

Sie schüttelte den Kopf. »Nicht direkt nacheinander. Immer kurz ein Demokrat dazwischen.«

»Ach, kommen Sie. Dick Cheney würd's schaffen.« Die DVD verschwand im Laufwerk. »Wir wählen einfach neodemokratisch. *Okay, Leute, Stimmabgabe! Wer für Dick ist, kann die Hände runternehmen und von der Wand wegtreten.*«

»Und Sie hat mein Vater ausgesucht?«, fragte sie skeptisch.

Ehe Fuller etwas erwidern konnte, sprang das Bild auf den Schirm. Mike Donovan, überkorrekt gekleidet in Air-Force-Uniform, die Pilotenmütze vor sich auf einem hellen Holztisch. Die Wand hinter ihm war mit Molton abgehängt, und der Pilot war professionell ausgeleuchtet. Das Ganze sah nicht aus wie ein Bekenner-Video, sondern wie ein Zeitzeugen-Zuspieler aus einer teuren Dokumentation. Fuller hob anerkennend die Augenbrauen, während der Pilot zu sprechen begann.

»Meine Damen und Herren, amerikanische Mitbürger«, sagte Mike Donovan mit sehr viel Pathos in der Stimme. »Ich bin mit ganzem Herzen Patriot. Ich habe meinem Land gedient, mein Leben lang, offiziell wie inoffiziell. Und ich habe nie damit gehadert, dass unsere Einsätze teilweise Menschenleben gekostet haben. Wir sind eine große Nation, wir sind Gottes auserwähltes Land, und nicht zuletzt deshalb haben wir viele Feinde. Und es ist gerechtfertigt, dafür Kollateralschäden in Kauf zu nehmen. Aber was am 11. September geschehen ist, fällt nicht in diese Kategorie. Der 11. September war ein Verbrechen an unseren Idealen und an unseren eigenen Landsleuten, und die Verantwortlichen befinden sich hier, auf amerikanischem Boden. Diesen Verbrechern und Landesverrätern muss das Handwerk gelegt werden, und ebenso jenen, die die wahren Hintergründe dieser Tat bis heute vertuschen. Deshalb wende ich mich heute an Sie, die amerikanische Öffentlichkeit. Und wenn es auf diesem Wege geschehen muss, dann weil die Feinde unseres Volkes mich eingeholt haben, bevor ich persönlich zu Ihnen sprechen konnte. Wenn Sie dies sehen, bin ich tot.«

Donovan gönnte sich eine winzige dramatische Zäsur, und Fuller bemerkte aus den Augenwinkel, dass die Miene seiner Begleiterin sich verfinsterte. Gereizt, wie ihm schien. Er stoppte die DVD.

»Sie haben das schon gesehen?«

»Teilweise, ja. Ich dachte, ich kriege eine Erklärung. Für irgendwas. Aber er redet nur von … Flugzeugen, ab hier.«

»Sie dachten …?«

»Es wäre für mich, ja. Was sonst? Immerhin war er mein Vater …«

Fuller nickte. Dann deutete er in Richtung des eingefrorenen Bildes. »Darf ich …?«

»Nur zu. Sie müssen doch wissen, was Sie kaufen.«

Fuller ließ die DVD weiterlaufen.

»Aber auch wenn mein Tod, historisch gesehen, von geringer Bedeutung ist, sollte das, was ich Ihnen mitzuteilen habe, von Belang sein. Und es sollte Folgen haben, denn ich war beteiligt an jenem Verbrechen, das die Welt als größtes Verbrechen aller Zeiten bezeichnet – an den Anschlägen des 11. Septembers 2001. Damit wir uns nicht missverstehen: Ich gehörte nicht zu den Tätern und nicht zu den Feinden unseres Heimatlandes, die diese Verbrechen geplant und begangen haben. Aber ich war, ohne es zu wissen, Teil dieser mit militärischer Präzision geplanten Tat.«

Wieder ließ Donovan eine kurze Pause entstehen. Wieder sah Fuller kurz nach links, und diesmal erwiderte sie seinen Blick. Kurz, aber gelangweilt. Doch dann starrte Liz wie gebannt auf den Bildschirm; diese Stelle musste sie bei ihrem Schnelldurchlauf übersehen haben. Ihr Vater erzählte, dass er 1986 in Honduras mit zwei Tonnen Kokain an Bord, die er im Auftrag der CIA transportiert habe, notgelandet und verhaftet worden war. Wie ihm danach zwar die Flucht gelang, aber er seitdem sowohl von Interpol als auch von den Killern der Koksgroßhändler des Cali-Kartells gejagt wurde:

»Unsere Jungs hatten ihnen die Koks-Ladung nämlich gestohlen. Meine Auftraggeber besorgten mir neue Papiere, ich verließ meine Familie und lebe seitdem unter dem falschen Namen Ron Albert. Nur so war ich meines Lebens sicher, konnte meine Familie schützen und meine Arbeit fortsetzen, von der ich überzeugt war, dass sie dem Wohle unseres Landes dient. Seit ich das Desaster in Vietnam miterlebt habe, das fünfzigtausend unserer Soldaten das Leben kostete, weiß ich, dass unsere verdeckten Operationen sicherer und meist wirkungsvoller sind als offene militärische Aggression – und ich war stolz, ein wichtiger Teil dieser Missionen zu sein. Bis zum 11. September 2001.«

Liz starrte immer noch Bildschirm, und – Fuller betrachtete sie wieder von der Seite – es sah aus, als ob ihre Augen feucht wären.

»Ich habe«, fuhr Donovan fort, »im Laufe meiner Karriere an etlichen verdeckten Operationen des Militärs und der Geheimdienste teilgenommen. Derjenige, der Ihnen diese Aufzeichnung zukommen lässt, verfügt über alle diesbezüglichen Informationen, von denen die meisten der höchsten Geheimhaltungsstufe unterliegen.«

Liz deutete auf das Handschuhfach, und Fuller öffnete es und zog einen USB-Stick heraus, während der Pilot weitersprach.

»Am 11. September waren mein Copilot Jackson Sheen und ich Teil einer solchen Übung. Genauer gesagt, einer verdeckten Operation, die im Rahmen einer offiziellen Übung stattfand, um die Verteidigungsbereitschaft der amerikanischen Luftraumüberwachung im Ernstfall zu testen. Die mehr oder weniger offiziell bekannten Übungen dieses Tages liefen unter diversen Codenamen ab, Sie werden davon gehört haben: *Vigilant Guardian* und *Vigilant Warrior* waren Teilübungen auf unserer Seite, die flankiert wurden von den kanadischen *Northern-Guardian-* und *Northern Warrior*-Übungen, hinzu kamen die Bereitschaftsübung für die New Yorker Behörden unter dem Codenamen *Tripod 2* sowie die *Cassandra*-Übung des für die Satellitenüberwachung zuständigen National Reconaissance Office in Langley und diverse kleinere Übungen der einzelnen Jagdbombergeschwader im Osten der USA. Sowie diverse zivile Katastrophenschutzübungen.«

Fuller lauschte und verstand immer mehr, weshalb die Tochter neben ihm enttäuscht gewesen war. Er hingegen war inzwischen mehr als gespannt auf das, was dieser besondere Vater zu gestehen hatte.

»Mein Copilot und ich waren Teil der Übung *Nemesis*, die als flankierende verdeckte Operation ablaufen sollte.

Wir wussten nichts Genaues, wir hatten lediglich einen simplen Einsatzbefehl, der lautete, eine vierstrahlige Maschine von New Hampshire nach Virginia zu fliegen und in Charlottesville zu landen, sechzig Meilen südwestlich von Washington. Die verdeckte Übung wurde, wie wir glaubten, von der CIA durchgeführt, mit offiziellem Mandat; unser Verbindungsoffizier war Agent William Rickler, den ich auch unter dem Namen »Bud« kenne. Als er mir zum ersten Mal unsere Mission schilderte, beschwerte ich mich und fragte, ob sie keine Praktikanten hätten, die Flugstunden sammeln müssen und derart läppische Aufträge erledigen könnten. Darauf antwortete mir Agent Rickler, unser Flug sei Teil einer geheimen Anti-Terror-Übung, die an diesen Tagen durchgeführt werde. Meine Fluganweisungen für den bewussten Tag kämen nicht von offizieller Stelle und auch nicht vom NEADS, der für den Nordosten zuständigen militärischen Luftraumüberwachung. Rickler sagte, er habe gegen diese doppelte Geheimhaltung protestiert, aber die Verantwortlichen aus dem Pentagon hätten darauf bestanden. Ich und noch einige weitere Piloten mit Top-Secret-Clearance sollten deshalb am 11. September Zivilflüge simulieren. Ich hatte zum damaligen Zeitpunkt keinen Grund, an der Authentizität von Ricklers Einsatzbefehl zu zweifeln, seine Autorisierung kam von höchster Stelle – oder schien zumindest von dort zu kommen. Rickler war persönlich vor Ort, als wir an jenem Morgen auf dem Lebanon Regional Airport starteten, mit einem seiner Männer – davon sind, auf meine Veranlassung hin, Aufnahmen erstellt worden, die Ihnen der Überbringer dieser Aufzeichnung zugänglich machen wird. Ebenso wie alle Daten und Aufzeichnungen, die das beweisen, was ich nun schildere.«

Wieder gönnte Donovan sich eine Zäsur, aber diesmal schaute Fuller nicht nach links.

»Wir starteten um 8:12 Uhr und begaben uns auf direkten Kurs nach Süden. Um 8:26 Uhr wechselten wir auf Anweisung Ricklers unseren Transpondercode und schalteten den Transponder drei Minuten später aus. Beim Weiterflug nach New York blieben wir wie angewiesen auf 28 000 Fuß Höhe, verlangsamten jedoch gegen 8:40 Uhr auf etwa 320 Meilen pro Stunde. Um 8:47 wechselten wir auf Befehl von Rickler erneut den Transpondercode, und das zweimal binnen zwei Minuten, zuletzt auf Code 3321. Diesen Code behielten wir bis 9:04 Uhr bei, um ihn danach erneut zu wechseln. Um 9:24 Uhr wurden wir ein letztes Mal angewiesen, einen neuen Transpondercode einzustellen. Wir leisteten dem Folge und landeten um 9:35 Uhr auf dem Flughafen Charlottesville.«

Donovan gönnte sich eine weitere Pause.

Fuller hörte Liz neben sich entnervt seufzen. Und nahm irritiert zu Kenntnis, dass er abgelenkt war. Von ihrem Parfüm. Und der Tatsache, dass er auf dem Beifahrersitz saß. Das war völlig falsch. Das Mädchen hatte zu seiner Rechten zu sitzen, und die Leinwand war zu nah und zu klein. Andererseits war ihr Vater dabei, und das war erst recht falsch.

»Diese Schilderung«, sagte Donovan, »wird für Sie zunächst so nichts sagend wirken wie unser damaliger Übungsflug uns selbst erschien. Im Nachhinein aber mussten wir, das heißt, musste ich erkennen, dass die Code-Wechsel meiner Maschine nur einem Zweck gedient hatten, nämlich unsere Luftabwehr, die zivilen Lotsen und das militärische NORAD zu verwirren. Meine Maschine wurde für alle, die am Boden versuchten, Klarheit zu gewinnen, um 8:26 zu American 11, der Maschine, die angeblich den ersten Turm des World Trade Center traf. Um 8:47 Uhr wurde meine Maschine wegen des erneuten Transponderwechsels auf Code 1470 zu United 175, kurz danach zum Phantom mit dem Code 3321, und um 9:04, kurz nach dem Einschlag der angeblichen United 175, erneut zu American 11. Um 9:24 schließlich musste ich den Transponder-Code der dritten Maschine eingeben, die an diesem Tag, bis zu diesem Zeitpunkt, als in Kentucky verschollen galt. Auf dem Weg nach Washington wurde meine Maschine so für die Fluglotsen und die Luftabwehr zu American 77, also zu jener Maschine, die angeblich das Pentagon traf. Wir, Jackson Sheen und ich, hatten ganze Arbeit geleistet. Aber wir wussten es nicht.«

Wieder eine Zäsur. Diesmal atmete Liz tief durch.

»Um 9:36 Uhr erreichte mich meine damalige Lebensgefährtin, Miss Janet Miller, auf dem Handy, das ich unmittelbar nach der Landung eingeschaltet hatte, einer Eingebung folgend. Ich war überrascht, Janets Stimme zu hören, und noch überraschter, als sie mir mitteilte, es sei ein Flugzeug in einen der Twin Towers gerast und kurz darauf ein zweites Flugzeug in den zweiten Turm. Die Zeitpunkte der Einschläge waren identisch mit den Wechseln des Transpondersignals, die wir auf unserem Flug vorgenommen hatten. Doch als ich meinem Copiloten dies mitteilte, meinte er, ich sehe Gespenster und meine Freundin sei – verständlicherweise – überspannt. Dennoch habe ich mich direkt nach der Landung zur Fahnenflucht entschlossen, gegen den Protest von Jackson meine Maschine verlassen und bin … tatsächlich geflüchtet, es gibt wohl keinen anderen Ausdruck. Über das Rollfeld, unwürdig für einen verdienten Agenten und Offizier, ohne Frage, aber im Nachhinein durchaus vertretbar.«

Wieder setzte Donovan eine Pause, blickte kurz auf den profanen Schreibtisch vor sich und fuhr dann, den Blick fest in die Kamera gerichtet, fort: »Mein Copilot Jackson Sheen wurde am zwölften September 2001 tot aufgefunden, am Strand von Santa Monica, weit weg von

Washington. Offiziell hat er nie an einer Übung teilgenommen. Offiziell hatte er am 11. September dienstfrei. Er soll im Beisein einer bezahlten Liebesdienerin ums Leben gekommen sein, weshalb seine Frau zu dem ganzen Vorfall schweigt. Meine damalige Lebensgefährtin Janet Miller wurde am 13. September 2001 tot in der Garage ihres Exmannes gefunden. Laut offizieller Darstellung hat sie Selbstmord begangen, mittels seines Autos und eines Staubsaugerschlauchs.«

Liz´ mimische Reaktion erinnerte Fuller daran, dass er sich Träumereien, was ihre Person betraf, besser verkniff und dass er drauf und dran war, Sheen und Miss Miller zu folgen.

»Ich war in den Jahren nach diesen Vorfällen ständig auf der Flucht. Allerdings konnte ich mich nie dazu durchringen, die Öffentlichkeit von meinem Wissen in Kenntnis zu setzen, denn ich war und bin der Meinung, dass wir die Welt von Saddam Hussein befreien mussten, koste es, was es wolle. Die Ereignisse der letzten Jahre und der Verlauf des Bürgerkrieges dort, der von unseren eigenen Geheimdiensten weiterhin angeheizt wird, haben mich allerdings umdenken lassen, deshalb erreicht Sie diese Aufzeichnung. Die Wahrheit über den 11. September ist vertuscht worden. Im Interesse unseres Landes, wie ich zunächst glaubte. Im Interesse der Feinde unseres Landes, wie ich inzwischen weiß. Es liegt mir fern, Anschuldigungen gegen Einzelne erheben zu wollen, da ich nicht im Besitz von Beweisen für die Schuld Einzelner bin – abgesehen von Agent Rickler. Ich kann nicht ausschließen, dass Mitglieder unserer Regierung wussten, was geschehen würde. Sicher bin ich, dass wir erpresst worden sind, wir, mein Land, das Land, für das ich immer gelebt habe und für das ich gestorben bin. Ein großes Land. Ein freies Land. Ein Land, das nicht erpressbar ist. Oder es wenigstens nicht sein sollte.«

Das Nicken, das Fuller direkt neben sich wahrnahm, war schlimmer als die Erkenntnis, dass er tatsächlich eine *Story* hatte. Jenseits ihrer abgrundtiefen persönlichen Enttäuschung stimmte Liz, einfach so, diesem Typen zu, der ihr beschissener Vater gewesen war. Und Fuller, der sich zeitlebens für alles andere als einen Patrioten gehalten hatte, lief mit fliegenden Fahnen zu ihr über. Nicht nur, aber auch wegen ihres Parfüms.

»Sie werden meine Angaben bestätigt finden, wenn sie die Protokolle lesen, über die der Überbringer dieser Aufzeichnung verfügt. Sie werden meine Angaben sogar im offiziellen Report der Untersuchungskommission bestätigt finden. American 11, angeblich um 8:47 in den ersten Turm abgestürzt, war um 9:21 noch in der Luft, wie Sie nachlesen können. Das war meine Maschine. Was tatsächlich in den ersten Turm eingeschlagen ist, weiß ich nicht. Spekulationen sind nicht meine Sache. Ich bin erstens Patriot. Und zweitens nur der Überbringer von Fakten. Tatsache ist, dass wir, mein verstorbener Copilot Jackson Sheen und ich, am 11. September Teil einer angeblichen Übung waren, die von Feinden unseres Landes initiiert wurde. Mit dem Ziel, unser Land zu einem anderen Land zu machen. Das kann nicht unser Ziel sein. Nicht Ihres, wenn Sie Amerikaner sind. Und es war nie meines, denn ich bin – ich war – von ganzem Herzen Amerikaner. Lassen Sie uns die Verbrecher, die diese Tat begangen haben, aus ihren Verstecken jagen und sie an den Pranger stellen. Gott segne unser Land.«

Und während Mike Donovans ernstes Gesicht in einem eleganten *fade-out* ins Schwarz verschwand, wusste Max Fuller ganz genau, dass er diesem Mann bei der anstehenden Wahl seine Stimme gegeben hätte.

Wäre er nicht tot gewesen. Und im Leben bloß ein Agent, Pilot und lausiger Vater.

Fuller sah nach links, in Richtung der Quelle des Parfüms, das ihn beim Zuschauen abgelenkt und auf eher abwegige Gedanken gebracht hatte. Für einen sehr kurzen Augenblick sah er ein sehr hübsches und verletzliches Mädchen, das allerdings unter seinem Blick binnen Sekundenbruchteilen wieder zu einer sehr kontrollierten Frau wurde.

»Und?«, sagte sie.

»Und?«, echote er. »Für das ganze Kauderwelsch brauche ich einen Übersetzer, aber den habe ich, zum Glück. Und für den Rest brauche ich nichts, außer meinen Augen, Ohren und meinem Resthirn. Auch wenn der Typ ein Scheißvater war – sorry; wenn das nicht tatsächlich eine Riesenstory ist, dann fresse ich Ihr voll korrektes Biomobil.«

Liz Brokaw brachte tatsächlich ein Lächeln zustande. Kein großes Lächeln, aber immerhin. »Ich spende meinen Teil der Einnahmen an Greenpeace.«

»Von mir aus.«

»Haben Sie meine Kontonummer?«

»Noch nicht. Aber tun Sie mir mal einen Gefallen.«

»Der wäre?«

»Ich weiß, sie sind keins von diesen Mädchen. Kommen Sie trotzdem mit mir ins Motel?«

Das Lächeln, das er sich daraufhin einfing, war noch ein ganzes Stück spöttischer als die Varianten davor. Aber das kümmerte ihn nicht, denn das Lächeln war ein Ja.

20

Da der Prius über ein Navigationssystem verfügte, musste Fuller seiner Fahrerin nur die Adresse seines Motels verraten und konnte sich danach sofort entschuldigen und Nick anrufen.

Er fasste den Inhalt der DVD kurz zusammen und hörte, dass Nick die ganze Zeit mitkritzelte.

»Könnte das hinhauen?«, fragte Fuller.

»Soweit ich die Zahlen im Kopf habe, ja.« Nick ächzte. »Gib mir 'ne halbe Stunde Zeit, um wenigstens mal Grund reinzubringen. Und dann schau ich mir das am besten mal selbst an, die DVD.«

»Würde ich dir ungern in die Redaktion schicken.«

»Dachte ich mir. Aber da gehe ich momentan eh nicht hin. Die kennen dich, die suchen dich, und die wissen, dass wir geredet haben.«

»Dann wissen die aber auch, wo du wohnst.«

»Was glaubst du, wieso ich nicht zu Hause bin?«

»Wo bist du dann?«

»Im Moment am Straßenrand. Ich bin zwar ein verdammtes Genie, aber gleichzeitig fahren und mitschreiben kann ich nicht.«

»Okay. Aber du kannst die Sachen überprüfen? Und am besten gleich mal checken, was Donovan so getrieben hat in den letzten Jahren?«

»Alles drahtlos«, sagte Nick. »Aber um die DVD anschauen zu können, müsste ich zu dir kommen.«

Fuller zögerte.

»Hey, Max«, sagte Nick. »Wir sitzen in einem Boot.«

»Sicher«, sagte Fuller.

Er sah Liz an, die seinen Blick fragend erwiderte. Wenn jemand sie und ihn zusammen erwischte, mit Donovans

Unterlagen, war nicht nur die Geschichte tot, sondern auch sie selbst.

»Nichts für ungut, Nick«, sagte er. »Aber wir sind 'ne Menge Kohle wert, und obwohl ich dich extrem schätze ...«

»Pass auf, Fuller, bevor du mich beleidigst, denk nach. Überleg's dir. Ohne mich wirst du aus dem ganzen Mist sowieso nicht schlau, und wenn du nicht bald ein sicheres Handy hast, haben die Typen dich demnächst am Arsch. Also: Ruf mich wieder an, entschuldige dich, und dann komm ich und helfe dir. Bis dann.«

Klack.

Missmutig sah Fuller sein Handy an.

»Stress?«, fragte Liz.

»Ich glaub, es hackt«, sagte Fuller und klappte das Handy zu. Er wandte sich ihr zu und schüttelte den Kopf. »Nur ein Mitarbeiter, der ... sich ein bisschen überschätzt.«

»Klang eher so, als würden Sie dem auch nicht trauen.«

»Zeigen Sie mir jemand, der für 'ne Million nicht seine Großmutter verkauft.«

Sie zuckte die Achseln, dann nickte sie. »Wenn Sie Ihren Mitarbeiter nicht brauchen, halten Sie ihn raus.«

Fuller nickte ebenfalls und verlegte sich dann für ein paar Sekunden darauf, seine Unterlippe mit den Zähnen zu bearbeiten. Er klappte das Handy wieder auf und drückte auf die Taste für Wahlwiederholung.

»Okay«, sagte er, als Nick abnahm, und nannte ihm die Adresse des Best-Western-Motels, das sie gerade ansteuerten. »Ich bin in zirka zehn Minuten da. Wie lange brauchst du?«

»Zwanzig«, erwiderte Nick lässig, und Fuller war ihm dankbar, dass er nicht auf einer Entschuldigung bestand.

Als er aufgelegt hatte, schüttelte Liz den Kopf. »Woher der Sinneswandel?«

»Das war leicht. Ohne ihn kommen wir wirklich nicht weiter. Ich kann nirgendwo hin, ich weiß nicht, wie lange ich dieses Handy noch benutzen kann, und ich habe keine Ahnung von diesem ganzen Transponder-Schwachsinn. Ich brauche einen Übersetzer. Und einen Techniker.«

»Aber schreiben können Sie die Story notfalls selbst?«

Fuller sah sie an und fragte sich ernsthaft, wie er kurzzeitig seinen spontanen Eindruck hatte revidieren können, sie sei bloß eine smarte Karriere-Zicke.

»Keine Sorge«, sagte er.

»Na, Sie sind gut«, erwiderte sie mit perfektem Spott.

»Ziel erreicht«, sagte das Navigationssystem mit wesentlich netterer Stimme. Fuller deutete in die nordöstliche Ecke des Parkplatzes, um den die Motelzimmer in einem Karree kleiner Bungalows angeordnet waren.

»Da hinten rechts, Nummer siebzehn«.

Das Hybrid-Auto hatte auf den kaum hörbaren Elektroantrieb umgeschaltet und schnurrte auf den mit »17« nummerierten Parkplatz.

»Mein Übersetzer müsste in einer Viertelstunde da sein«, sagte Fuller, nachdem sie ausgestiegen waren. »Sie haben also reichlich Zeit, mir Ihr ganzes Leben zu erzählen. Oder wenigstens die wesentlichen Teile aus dem Ihres Vaters.«

Liz sah ihn kühl an, obwohl er den ersten Teil seiner Bemerkung mit einem breiten Grinsen als scherzhaft unterstrichen hatte.

»Wesentlich?« Sie zuckte die Achseln. «Im Wesentlichen war er ein Mistkerl. Er hat meine Mutter und mich vor zwanzig Jahren verlassen, von einem Tag auf den anderen, das hat ihr das Herz gebrochen, und ich habe ihn dafür gehasst. Mir war dabei ziemlich egal, ob er sich als Super-Patriot und Super-Pilot in den Dienst seines Landes gestellt hat. Er hätte genauso gut Drogendealer werden können; er war einfach weg, das war entscheidend, und das fand ich mit dreizehn beschissen, und finde es immer noch.«

Fuller schloss die Tür auf, warf einen Blick ins Zimmer und trat zurück, um sie vorgehen zu lassen. Sie dankte mit einem Nicken. »Egal«, sagte sie dabei. »Und obwohl ich seine Gene habe: Ich bin nicht wie er, ich werde meine Familie nicht verraten. Er war mein Vater, also erfülle ich ihm seinen letzten Wunsch.«

Fuller wies auf die Sitzecke, und Liz Brokaw legte ihre Handtasche ab und setzte sich, während er zur Minibar ging und zwei Dosen Mineralwasser herausnahm. Ihm lag eine süffisante Bemerkung über den Vaterkomplex, den jedermann und jede Frau mit sich herumschleppte, auf den Lippen. Doch der entschlossene Ton, in dem Liz gesprochen hatte, und der ernste Blick, mit dem sie ihn jetzt ansah, belehrte ihn eines Besseren.

»Dann wollen wir ja dasselbe«, sagte er und reichte ihr eine der Wasserdosen. »Und wenn die Öffentlichkeit nicht mitkriegt, was für ein Arsch er war – umso besser. Die Geschichte gehört jedenfalls erzählt, und wenn mich mein Eindruck bis hierher nicht täuscht, wird sie dieses Land gehörig erschüttern. Das wird kein Spaß – wir müssen extrem vorsichtig sein. Ist ihr Handy aus?«

Sie gab einen belustigten Laut von sich. »Wieso sollte es?«

»Machen Sie´s aus und nehmen Sie den Akku raus. Kein Scherz.«

Sie schüttelte den Kopf, aber sie zog ihr Handy heraus und tat, was er verlangt hatte.

»Wir brauchen beide neue Geräte und Chipkarten«, sagte Fuller. »Nur mein Partner und mein Boss kennen diese Nummer hier«, Fuller deutete auf sein Handy, das vor ihm auf dem Tisch lag, »Und das ist schon mindestens einer zu viel.«

»Ja, sicher«, sagte sie, und lächelte wie eine Krankenschwester. »Erzählen Sie doch mal was von sich – haben Sie das schon länger, dieses Gefühl?«

Fuller sah sie einen Augenblick lang an, dann nickte er nachdenklich. »Meine Mutter hat mein Jets-Trikot zum Schuheputzen zerschnitten und behauptet, sie wüsste nicht, wo es ist. Ich hab einen der Ärmel gefunden, drei Jahre später. Seitdem weiß ich, dass man niemandem trauen kann.«

»Drei Jahre«, nickte Liz. »Lange Leitung.« Sie trank einen Schluck Wasser.

»Schuheputzen war nie so mein Ding«, sagte Fuller und grinste, als sie sich einen halben Mund voll Wasser durch die Nase prustete. »Taschentuch?«

Sie lachte, kopfschüttelnd, und er genoss es. So unpassend es auch war, es gefiel ihm.

Als er aufstand, um ihr ein Taschentuch zu holen, klopfte es an der Tür. Er legte einen Finger auf den Mund und bedeutete Liz, sich ruhig zu verhalten, dann spähte er durch die Jalousie nach draußen.

Nick war schneller gewesen, als er angekündigt hatte.

Als Fuller öffnete und Nick Liz Brokaw mitten im Raum stehen sah, sagte der Junge nicht mal guten Tag. Er zog bloß entsetzt die Augenbrauen hoch und fragte fassungslos: »Sag nicht, dass das die Tochter von dem Typ ist!«

»Liz Brokaw«, sagte Liz und stand auf. »Freut mich auch.«

»Du hast sie mitgenommen?«

»Sie mich«, sagte Fuller. »Und jetzt benimm dich. Nick, Liz, Liz …«

»Sie dich? In *ihrem* Auto?«

»In …«

»Im gleichen Auto, mit dem sie von New York hier runter ist? Wer weiß alles, dass du hier bist?«

»Gut«, sagte Liz zu Fuller. »Max. Hat mich gefreut. Machen Sie die Story, wir haben unseren Deal.« Sie hielt ihm die Hand hin, ohne Nick eines Blickes zu würdigen.

»Hey«, sagte Fuller und hob die Arme. »Jetzt mal langsam, Kinder.« Er sah beide an, zuerst Liz, dann Nick. »Dass du mit den Nerven runter bist, okay, verstehe ich – ist aber kein Grund, hier solchen Wind zu machen.«

Nick grunzte bloß, wandte sich ab, ging zum Fenster und spähte durch die Jalousie nach draußen. »Ist euch jemand gefolgt?«

»Nein«, sagte Fuller.

»Und ich dachte, *Sie* wären paranoid«, sagte Liz.

Nick wandte sich wieder den beiden zu, unwesentlich ruhiger. »Donovan war kein Angeber, Max. Der Mann hat eine unnatürlich weiße Weste, nach 1987 findest du gar nichts mehr über den, jedenfalls nicht auf die Schnelle. Und die Daten, die du mir durchgegeben hast, ergeben einen Höllensinn, das passt alles, zeitlich. Das heißt, wir sitzen hier auf einer Bombe. Und sie«, er deutete auf Liz, »dürfte diese Kerle, die ihren Dad umgenietet haben, direkt zu dir geführt haben.«

Nick ging auf die Tür zu und öffnete sie.

»Mein Wagen steht um die Ecke. Reden wir da weiter.«

»Ich hab noch was im Safe«, sagte Fuller. »Außerdem übertreibst du. Ich war bis eben auch hypernervös, aber sie …« Er zuckte die Achseln und lächelte Liz kurz an. »Wenn´s so wäre, wieso sind die dann noch nicht hier?«

»Okay, dann bleibt eben, wo ihr seid. Ich verschwinde wieder. Hab nämlich so ganz und gar keinen Bock, in den kalten Wandschrank neben Norton und Donovan zu ziehen.«

Nick schlug seine Rastazöpfe nach hinten und wandte sich zum Gehen. Fuller sah ein, dass er nicht ganz Unrecht hatte.

»Ich glaube, wir hören mal auf den wütenden jungen Mann«, wandte er sich an Liz, »besprechen wir alles Weitere in seinem Auto.«

Liz zog die Augenbrauen zusammen und schüttelte den Kopf.

»Bedenken Sie die alte Weisheit, Miss Brokaw«, setzte Fuller hinzu, bevor sie etwas sagen konnte, »selbst wenn du nicht paranoid bist, heißt das nicht, dass sie nicht hinter dir her sind. Also springen Sie mal über Ihren Schatten und seien Sie übervorsichtig.«

21

Nicks Auto stand etwa dreihundert Meter entfernt vom Motel auf der rechten Straßenseite, in einer Parkbucht. Von außen wirkte der schrill lackierte GMC Van wie ein bulliger Mini-Enkel von Ken Keseys *Magic Bus*, aber als sie durch die Schiebetür an der Seite in den Innenraum traten, staunte Fuller erst recht.

»Hast du auf dem Weg 'ne *Radio-Shack*-Filiale überfallen?«

Der Bus war vollgestopft mit Elektronik und sah aus wie der Kommandostand eines Atom-U-Bootes. Aus zwei Blechregalen auf der linken Seite blinkten ein halbes Dutzend Mini-Macs, Laptops und weitere Gerätschaften, die teilweise verdächtig nach Radarschirmen aussahen, und gegenüber der zum Bett ausklappbaren Polsterbank befand sich ein großer Flachbildschirm.

»Mobiler Zweitwohnsitz«, sagte Nick. »Und mein Arbeitsplatz, wenn ich nicht gerade im Keller für verpeilte CBS-Gurken als Recherche- Sklave ackern muss.« Er machte sich an der Schubfächer-Batterie im hinteren Teil des Wagens zu schaffen.

»Die Karre gehört dir?« Fuller staunte. »Nicht schlecht, Herr Praktikant. Da hat *Paps* aber ziemlich in die Tasche gegriffen für das Spielzeugauto von Sohnemann.«

»Im Gegenteil. Paps hat sich ein drittes Ei in den Sack geärgert, als ich mir die Kiste gekauft und aufgemotzt hab«, sagte Nick. »Die Kohle war von meiner Oma, und die hat ihn und meine Mutter vorher enterbt. Oma war *Woodstock*, für die waren meine Alten Neo-Spießer – und Oma war für die nur die alte Hippieschlampe.«

»Klingt nach 'ner harmonischen Kindheit.«

»Absolut. Ich war ja meistens bei der *alten Hippieschlampe.*« Nick grinste breit. »Dass die aus ihrer ersten

Ehe ein feines Mietshaus in Presidio und ein noch feineres Aktienpaket mitbekommen hatte, wussten meine Alten aber nicht, sonst hätten die sich die fiesen Bemerkungen natürlich verkniffen. *C'est la vie.*« Er zuckte die Achseln. »So hab ich geerbt, und meine Eltern gucken in die Röhre.« Er drehte sich kurz zu Liz um und lächelte sie an. »Ist aber inzwischen Plasma, hab ich ihnen zu Weihnachten geschenkt, bin ja kein Schwein.«

»Und warum machst du dann den Hiwi bei CBS?«, fragte Fuller.

Nick zuckte die Achseln. »Weil's mir Spaß macht, und weil ich lerne, wie Medien funktionieren – oder eben auch nicht. Und wie verkrachte Pulitzerpreisträger ticken. Aber jetzt, zugegeben, geht mir der Arsch doch leicht auf Grundeis, denn das ist kein Spaß mehr. Und deshalb«, Nick beförderte zwei kleine Kartons aus dem Schubfach, »benutzt ihr beide ab sofort nur noch diese Handys.« Er wandte sich an Liz.

»Wenn Sie mir Ihre Telefonkarte geben, kopiere ich Ihr Adressbuch. Dann können Sie wieder telefonieren, bis der Arzt kommt, ohne mit ihren elektronischen Blutstropfen gleich die Killerhaie anzulocken.«

Obwohl Nick verglichen mit seinem ignoranten Auftritt im Hotelzimmer nun mindestens drei Gehaltsklassen freundlicher war, blieb Liz Brokaws Blick eisig wie ein wolkenloser Januarmorgen.

»Was soll das werden?«, sagte sie zu Fuller und reichte Nick teilnahmslos die Karte. »Unser Deal steht, Sie haben das Material, ich habe wichtige Termine und muss dringend zurück. Mein Vater hat seinen letzten Willen, Sie haben Ihre Unterlagen. Und wenn hier jemand in Gefahr ist, dann sind das Sie beide. Aber das ist ihr Job, sie wollen die Story, und jetzt können Sie sie machen. Ihre Paranoia in allen Ehren, aber ich weiß wirklich nicht, was mir jetzt noch Schlimmes zustoßen soll. Und falls mit irgendetwas Merkwürdiges auffällt, habe ich hier« – sie griff in ihre Jackentasche und förderte eine Visitenkarte zu Tage – »eine Telefonnummer, an die ich mich wenden kann. Ein freundlicher FBI-Mann hat sie mir gestern im Leichenschauhaus überreicht.«

Fuller sah sie erstaunt an. »FBI? Was haben die mit einem Verkehrsunfall in New York zu tun?«

Liz zuckte die Achseln. »Da mein Vater früher für die Regierung gearbeitet hat, sind sie vermutlich gebeten worden, sich um alles zu kümmern.«

Mittlerweile hatte Nick die Chipkarte in einen Kartenleser eingeführt, eines der Handys mit dem Computer verbunden und nach kurzer Zeit und ein paar Mausklicks wieder abgehängt. Er reichte Liz das Gerät.

»Alle Ihre Eintragungen sind drauf, Anrufe auf Ihre alte Nummer werden weitergeleitet; die neue Nummer steht hinten auf dem Aufkleber, falls Sie zwischendurch Alzheimer kriegen. Das Ding ist praktisch nicht zu orten, wechselt ständig den Code.« Er grinste breit, aber kurz. »Und ich würde Ihnen gern viel Spaß damit wünschen, aber wenn Sie jetzt abhauen, werden Sie in diesem Leben vermutlich nicht mehr allzu viel telefonieren.«

»Das lassen Sie mal meine Sorge sein«, sagte Liz, »Sie haben genug eigene.« Sie wählte eine Nummer aus der Liste, hielt sich das Handy ans Ohr und strich sich mit der anderen Hand eine kaum vorhandene Haarsträhne so gekonnt aus der Stirn, dass Fuller sich für Sekundenbruchteile wie in einem Werbespot fühlte.

»Mona«, sagte sie, abgewandt von den beiden Männern, mit völlig veränderter, freundlicher Chefinnenstimme, »ich bin's, ich bin aufgehalten worden, privat. Mein Vater hatte ... einen Unfall. Ich bin in etwa zwei Stunden wieder im Büro, aber die Unterlagen der letzten THC-Studie müssen bis 14:00 Uhr bei Gentova sein, schick die bitte raus. Aus dem Labor müssten heute früh noch ein paar Datenbögen gekommen sein, die gehen mit raus, an Harris, persönlich, per Kurier.« Sie hörte kurz zu und nickte. »Ja«, sagte sie. »Aber das besprechen wir gleich.«

»Gentova«, grunzte Nick und pfiff anerkennend, während er sich weiter an Fullers Handy zu schaffen machte. »Cool. Der Alte fliegt Koks für die CIA durch die Gegend und die Tochter vertickt genetisch manipuliertes Marihuana. Großeltern Drogisten?« Sein breites Grinsen wäre von zwei feindlichen Cruise Missiles getroffen worden, wenn Augen solche Geschosse hätten abfeuern können. So traf ihn nur ein vernichtender Blick.

»Tschuldigung, Miss«, lächelte Nick, »nicht, dass Sie mich falsch verstehen, die Nutzpflanze Hanf kann zusammen mit der Sonne das Weltklima retten. Und THC ist einer der segensreichsten Wirkstoffe, den die Natur hervorbringt. Fuller wird Ihnen bestätigen, dass ich diesbezüglich ganz auf Ihrer Seite bin – falls er die Info-Mails gelesen hat, mit denen ich die Kollegen bei CBS regelmäßig klüger mache.«

Fuller unterbrach ihn. »Lass mal den Missionar für die nächsten zehn Jahre stecken.« An Liz gewandt, fuhr er fort: »Nichts gegen Ihren Schaffensdrang in Sachen chemische Waffen, aber Sie sollten Ihre Wohnung und Ihr Büro in den nächsten Tagen wirklich meiden. Dieser FBI-Mann oder angebliche FBI-Mann wird Ihnen garantiert nicht helfen ...«

Nick grunzte zustimmend. »Die haben 9/11 *aufgeklärt*, nicht vergessen.«

»Wenn die Geschichte ihre Vaters stimmt – und dass er dafür ermordet wurde, ist ein Wink mit einer ganzen Zaunpfahlfabrik –, dann hat das FBI zumindest geschlampt. Oder bewusst vertuscht. Auch wenn die Jungs in ihren feinen Florsheimer Schuhen nicht selbst Hand anlegt haben bei den Anschlägen.«

Fuller hatte gehörige Vehemenz und Eloquenz in seine kleine Ansprache gelegt, aber Liz Brokaw blieb gänzlich unbeeindruckt.

»Mein Vater hat seinen letzten Willen. Er wird mir nicht auch noch als Leiche das Leben schwer machen. Also, wenn irgendetwas sein sollte, Fuller« – sie hielt ihr Handy in die Luft – »Sie wissen ja, wie sie mich erreichen.«

Damit erhob sie sich, öffnete die seitliche Schiebetür des Vans und verschwand mit einem lässigen »Ciao« nach draußen.

Fuller sah ihr verdutzt nach.

Nick zuckte die Achseln.

»Was willste machen? Sie ist erwachsen.«

»So erwachsen will ich nie werden.«

Nick hielt ihm die geöffnete Rechte hin und klappte auffordernd die Finger in Richtung Handfläche. »Komm, Max, wir haben wenig Zeit. Gib mir die DVD, und du bekommst dafür den Ausdruck des Dossiers, das ich zusammengestellt habe. Danach weißt du alles über die vier Flüge an diesem Morgen, was du wissen musst, und ich guck mir in der Zwischenzeit den Film von diesem Bruchpiloten an. Vielleicht passt ja wirklich alles.«

Nick winkte mit einem dicken Stapel Papier und hielt Fuller weiter die geöffnete Hand hin, in Erwartung der Silberscheibe.

»Alle Zeiten, alle Flugbewegungen, alle nicht oder zu spät erfolgten Alarmierungen – Merkwürdigkeiten im Dutzend billiger. Und ich hoffe, dass dein Mister Donovan wenigstens einige davon aufklärt.«

Fuller drückte auf die Auswurftaste seines Notebooks und hielt Nick die Scheibe zwischen Daumen und Zeigefinger hin.

»Mach am besten gleich mal eine Kopie von dem Ding, falls ihm was zustößt. Oder uns.«

Nick nahm die DVD, drehte sich um und schob sie ins Laufwerk eines der Mini-Macs, Fuller nahm die Ausdrucke an sich und begann zu blättern. Er hatte mit einer angemessen kurzen Zusammenfassung gerechnet, aber das in großen Lettern bedruckte Titelblatt des Dossiers entpuppte sich als Bluff. Auf den Seiten dahinter hatte Nick eine 9-Punkt-Schrift gewählt. Einzeilig und holzsparend, unter Ausnutzung fast der gesamten Papierbreite, gespickt mit Links, Abkürzungen und gefetteten Zitaten.

Fuller überflog die ersten Seiten, auf denen Nick referierte, weshalb die »offizielle Verschwörungstheorie« jeder Grundlage entbehrte. Es wimmelte nur so von Verweisen auf Webadressen und die gedruckten Werke von Thompson, Griffin, Tarpley, Ruppert, Meyssan, Ahmed, Hopsicker, Buelow, Broeckers, Walther, Valentine, Dewdney, Jones, Zwicker und einem halben Dutzend anderer, deren Namen Fuller noch nie gehört hatte, aber unterm Strich waren sich offenbar alle Skeptiker einig, zumindest darin, dass ausreichend Beweise gegen die offizielle Darstellung vorlagen, um diese ein für alle Mal ins Reich der Legende zu verabschieden. Weniger einig waren sich die Experten, wie Fuller beim Weiterblättern feststellte, was denn nun tatsächlich geschehen sein sollte. Verdächtig waren nämlich alle: sämtliche Geheimdienste von MI6 bis Mossad, der Secret Service, die Bilderberger, Cheney, Rumsfeld, Wolfowitz und Bush, FBI, NSA, CIA und die Saudis. Dumm nur, dass für sämtliche Theorien die eindeutigen Beweise fehlten. Und erst recht die Zeugen.

Ab Seite fünf des Dossiers hatte Nick ausführlich dokumentiert, was die Skeptiker an der *timeline* des 11. Septembers am meisten irritierte, die Flugzeuge und ihre Manöver betreffend. Von der ersten Kursabweichung der ersten Verkehrsmaschine bis zum Absturz der letzten waren fast zwei Stunden vergangen, aber kein Abfangjäger war während dieser zwei Stunden in der Nähe einer der entführten Maschinen aufgetaucht. Und das, obwohl an jedem Tag, rund um die Uhr, Abfangjäger im *Quick Reaction Alert*-Status auf verschiedenen Militärbases bereitstanden, Jäger, die innerhalb von 15 Minuten nach einem Alarm in der Luft hätten sein müssen. Nick zitierte einen Oberst Marr, der dies vor der Untersuchungskommission bestätigt hatte: »Wir hatten 14 Flugzeuge in Alarmbereitschaft, sieben Flugplätze, auf jedem zwei.«

Aber aus unerfindlichen Gründen hatte zunächst niemand das Militär informiert, und als das dann endlich, nach zwanzig Minuten Warten, doch geschehen war, um 8:37 Uhr, war offenbar nicht allen sofort klar gewesen, dass es sich nicht um eine Übung handelte, sondern um eine Flugzeugentführung. Erst nach dem Crash der ersten Verkehrsmaschine waren Jäger aufgestiegen, die dann allerdings aus irgendwelchen Gründen nicht nach New York geflogen waren, um wenigstens die zweite Verkehrsmaschine abzufangen.

Offensichtlich hatte gehörige Verwirrung geherrscht, und Fuller begann, während er weiterblätterte, zu begreifen, dass Donovans Aussage diese Verwirrung der Lotsen und der Flugabwehr tatsächlich erklären konnte.

Nick hatte dem »Transponderrätsel« gleich drei Seiten gewidmet, inklusive einiger Graphiken und technischer Anmerkungen zur löchrigen Radarabdeckung im Norden des Landes, aber Fuller traute sich, dieses Detail links liegen zu lassen; die Transponder, so viel hatte er verstanden, lieferten ein zweites Radarsignal. Während die Lotsen am Boden aufgrund des Primärsignals, des »grünen Punktes«, nur sehen konnten, dass etwas durch ihren Luftraum flog – irgendetwas –, lieferte erst das zweite, entscheidende Signal, das des Transponders, einen Code, sozusagen das amtliche Kennzeichen des Flugobjektes sowie dessen Flughöhe und Geschwindigkeit.

Fuller blätterte verwirrt vor und zurück.

Alle entführten Verkehrsmaschinen hatten an diesem Morgen ihre Transponder abgeschaltet, mitten im Flug. Allerdings hatte United 175, die zweite Maschine, den Transponder zwischendurch wieder eingeschaltet, mit einem unbekannten Code, und dann wieder aus. Und dann wieder ein, wieder mit einem anderen Code – 3321. Das hatte offenbar auch die vierte Maschine getan, United 93, die in Shanksville abgestürzt war. Zudem waren diverse andere Objekte gesichtet worden, die mit an diesem Tag gar nicht vergebenen Codes unterwegs gewesen waren. Bis zu elf Maschinen waren gleichzeitig vorübergehend als vermisst gemeldet worden, und überall schienen *intruder* auf den Radarschirmen gesichtet worden zu sein, Flugzeuge mit unbekannter Kennung.

Er tippte Nick auf die Schulter. Der Junge betätigte eine winzige Fernbedienung und drehte sich um. Er sah nicht besonders gut gelaunt aus.

»Lass mich das mal eben gucken«, sagte er mit einem energischen Nicken in Richtung des eingefrorenen Piloten auf dem Bildschirm. »Das ist der Hammer.«

»Wie genau ist das Primärradar?«

»Was?«

»Zeigt das zwei Punkte an, wenn zwei Maschinen in unterschiedlicher Höhe übereinander fliegen?«

Nick grinste. »Nein. Du lernst aber schnell.«

Und damit wandte er sich wieder dem Geständnis Donovans zu.

Fuller runzelte die Stirn und blätterte weiter, fand aber keine Antwort auf seine Frage. Wenn die vier angeblich entführten Maschinen gar keinen Transpondercode gesendet hatten, diverse andere Maschinen mit diversen unbekannten Codes unterwegs gewesen waren – war dann Donovan der Pilot des »fünften Flugzeugs« gewesen oder des sechsten oder siebten? Wie viele Maschinen waren außerdem in der Luft gewesen, und mit welchem Ziel, welchem Auftrag?

Er blätterte ratlos weiter und überflog Nicks Anmerkungen zu den einzelnen *timelines* der entführten Maschinen. Nichts schien zusammenzupassen, weder bei United 175 und 93, noch bei American 77 und 11. Aber American 11 war, nach Donovans Aussage, die interessanteste von allen. Und Nicks Sammlung bestätigte das. Kaum jemand hatte offenbar bemerkt, dass sich American 11 nach New York bewegte. Die Lotsen in Boston schienen sogar bis zum Crash keinerlei Kursabweichung bemerkt zu haben, so jedenfalls hatten die Medien noch am 12. September berichtet. Erst später war die Geschichte korrigiert worden, dann aber wurde bestätigt, dass die Lotsen sogar um 9:20 Uhr, mehr als eine halbe Stunde *nach* dem Crash, American 11 noch als in der Luft befindlich registriert hatten.

Es ergab keinen Sinn. Außer man wusste, dass Donovans Maschine in der Luft gewesen war und diverse abgeschaltete Transpondercodes immer wieder auf den Schirmen aufblitzen hatte lassen. Lange genug, um jeden Fluglotsen zu verwirren.

Fuller blätterte ans Ende des Dossiers, zu den vierfarbigen Ausdrucken, die die Flugrouten der entführten Maschinen zeigten, basierend auf Daten, die an dem Tag selbst in Echtzeit an die Betreiber des *Flight Explorer* gesendet worden waren.

Neben dem Flugzeug-Icon, das American 11 symbolisierte, standen an verschiedenen Stellen des Kurses Flughöhe und Geschwindigkeit. Unmittelbar vor dem Einschlag war die Maschine langsamer geworden, allerdings auf Reiseflughöhe, auf 29 000 Fuß.

Ungefähr 28 000 Fuß zu hoch, um den Nordturm treffen zu können.

Aber woher stammten die Daten, wenn der Transponder abgeschaltet gewesen war?

Hatten sie Donovans Maschine schon lange *vor* dem Crash mit American 11 verwechselt?

»Wir müssen nach Vermont, Max.«

Fuller sah auf. Nick hatte die DVD herausgenommen und schwenkte einen von oben bis unten vollgekritzelten Notizblock.

»Laut Donovan war dieser Rickler beim Start der Kiste vom Lebanon Airport dabei, was das Foto ja auch beweist. Aber genau das, das Foto, das muss ja auch jemand gemacht aber, und es wird keiner von Ricklers Leuten gewesen sein. Genauso wie die Fotos, die Donovan seiner Tochter geschickt hat. Dieser Jemand, der das Foto gemacht, weiß, was an dem Morgen passiert ist. Es gibt einen Zeugen, Max.«

Fuller nickte nachdenklich.

»Suchen wir ihn«, sagte er. »Aber selbst wenn wir ihn finden – er wird uns kaum Ricklers private Adresse verraten können.«

»Eher nicht, nein. Aber ich dachte, du wärst Journalist.«

»Soweit ich weiß, ja. Aber ich hab keine Freunde bei der CIA. Jedenfalls nicht direkt …« Fuller verstummte und lächelte kurz, weil endlich mal etwas passte. »Aber wozu hat man Freunde von Freunden von Freunden?«

»Für genau solche Fälle. Hast du Freunde?«

»Wenige. Aber einen, der an der Quelle sitzen könnte.«

Nick beugte sich nach links und drückte auf einen Knopf an einer Halterung unter der Dachluke, die sich daraufhin nach außen öffnete und einer kleinen schwarzen Antennenschüssel den Weg ins Freie bahnte.

»Falls du 'ne Mail schicken willst, einen Netzzugang haben wir, via Satellit.« Er zog eine drahtlose Tastatur heran, und mit einem Klick zeigte der Bildschirm das Symbol von Google.

»Ich hole meine Sachen aus dem Zimmer«, sagte Fuller und öffnete die Tür, »Schau mal nach, ob was über diesen Rickler findest.«

»Wenn der wirklich Sachen wie 9/11 organisiert hat, kannst du Google oder LexisNexis vergessen. Und dass wir ihn bei der Army finden, ist auch unwahrscheinlich.«

Unwahrscheinlich war vorgestern auch, dass ich in eine solche Scheiße gerate, dachte Fuller, als er aus dem Van stieg und zum Motel hinüberging. Er zog sein neues Handy heraus, wählte die Nummer der Leihwagenfirma und bat darum, man möge seinen Honda vor dem Oyster Point Hotel abholen und die Mehrkosten seinem Kreditkartenkonto belasten. Er hatte nicht vor, sich noch einmal in der Nähe des Autos blicken zu lassen oder weitere Spuren zu hinterlassen, aber er wollte erst recht keine Anzeige wegen Mietwagen-Diebstahls riskieren.

Auf dem Weg über den Parkplatz zur Rezeption beschloss er, das Zimmer für drei weitere Tage zu mieten. Er würde es vermutlich nicht mehr benutzen, aber Kens Geld im Safe lassen können. Er ging in sein Zimmer, packte seine Sachen und ging dann zurück, über den Parkplatz, zur Rezeption.

Hinter dem Tresen stand ein Mitarbeiter, den er noch nie gesehen hatte, ein junger, dürrer Mann mit Mittelscheitel und Brille. Fuller wedelte mit dem Schlüssel zum Hotelsafe, und der junge Storch drückte auf einen Summer, der den Raum neben der Rezeption öffnete. Fuller ging hinein, öffnete sein Schließfach und entnahm der Aktentasche einen größeren Stapel mit Fünfzigern und Hundertern und verschloss das Fach wieder.

Als er seine Rechnung für die kommenden drei Tage im Voraus bezahlte, hatte er das dumme Gefühl, dass der Storch ihn merkwürdig ansah. Genauer gesagt, ängstlich. Da Fuller sich nicht erinnern konnte, im Hotelzimmer randaliert zu haben, fand er das ausgesprochen unpassend. Aber da er sich an praktisch nichts von dem erinnern konnte, was er in der vorletzten Nacht getan oder gesungen hatte, fragte er doch lieber nach.

»Alles gut?«, sagte Fuller freundlich.

»Bitte?«

»Irgendwas nicht in Ordnung? Hab ich die Handtücher nicht richtig aufgehängt?«

»Doch.« Der Junge lächelte. »Alles in Ordnung, Mr Fuller.«

Fuller lächelte weiter und nickte. Er hob die Hand zum Abschied, während er auf die Tür zuging. »Fein. Bis später, schönen Tag.«

Er schlenderte nach draußen und dort gemütlich weiter, bis er außer Sichtweite des Jungen war.

Dann rannte er los.

Laut seiner eigenen Angaben im Gästebuch war er Philipp Roth.

Nach einem olympiaverdächtigen 300-Meter-Sprint riss er die Tür des Van auf, hechtete hinein und keuchte Nick ein atemloses »Fahr los« in den Nacken. Nick sah ihn fragend an, und Fuller sagte: »Jetzt.«

»Was ist denn?«

»Nichts.« Fuller sah aus dem kleinen Heckfenster des Van, während Nick den Wagen in Bewegung setzte und sich in den fließenden Verkehr einordnete.

Wie weit waren sie weg?

Er konnte nur hoffen und beten, dass der Storch sie weggeschickt hatte. War der schon an der Rezeption gewesen, als er an der Seite von Liz und Nick das Motel verlassen hatte? Konnte der *ihnen* gesagt haben, wo Fuller war? Nein. Was dann? Hatten sie mit seinem Vorgänger an der Rezeption telefoniert? Kannten sie das Kennzeichen seines Honda? Um wie viele Minuten hatten sie einander verpasst?

Hatten sie das Kennzeichen des Prius?

»Verfolger?«, fragte Nick in den Rückspiegel.

»Scheint nicht so«, sagte Fuller. Zumindest war ihm nichts aufgefallen, nachdem sie losgefahren waren. Kein Wagen hatte sich scheinbar zufällig ebenfalls in Bewegung gesetzt, sie befanden sich zwischen lauter Autos, die bereits auf der Reise gewesen waren, als der Van sich in den Verkehr sortiert hatte.

»Nein«, sagte Fuller. »Aber der Typ an der Rezeption hatte meinen Namen. Meinen richtigen.«

»Ja«, sagte Nick. »Von mir.«

»Was?«

»Dieser Spargel?«

»Ja.«

»Hatte keinen Fuller auf der Liste. Und du hattest mir keine Zimmernummer gegeben. Also hab ich dich kurz beschrieben, und ich glaube, du bist der einzige schlanke, leicht abgewrackte alleinreisende Weiße in der Bruchbude.«

»Ist nicht dein Ernst.«

»Doch. Sorry.«

»Du kannst doch nicht irgendeinem Penner meinen Namen sagen.«

»Stimmt«, sagte Nick, endlich kleinlaut. »Aber du bist nicht der Einzige, der manchmal nicht nachdenkt.«

Fuller seufzte, warf seine Tasche auf den Boden und ließ sich auf der Sitzbank zurücksinken.

»Mann«, sagte er. Er wollte erleichtert klingen, aber er schaffte es nicht. Die Vorstellung, dass nicht nur Nick, sondern auch andere nach ihm gefragt hatten, ließ ihn nicht los. Und die Vorstellung, dass sie die Nummer von Liz Brokaws Prius hatten, erst recht nicht.

Nick räusperte sich verlegen. »Ähm. Ich hatte übrigens Recht, zu Rickler finden die Suchmaschinen mal exakt gar nichts«, sagte er über die Schulter. »LexisNexis hat auch nichts, weder in irgendeiner Zeitung noch in einem Vorstrafenregister.«

Fuller knurrte Zustimmung. »Flieg du weiter, ich kümmere mich um den Rest.«

»Ja, Chef.« Nick musste vor einer roten Ampel halten und wandte sich zu seinem Fahrgast um: »Eins noch, Max, weil´s mir nicht so ganz in den Kopf geht: Warum hat Donovan die Bilder überhaupt machen lassen?«

Fuller runzelte die Stirn und sah ihn an. Die Frage hatte er sich bisher weder gestellt, noch hatte er eine Antwort parat.

»Ich meine«, fuhr Nick fort, »das ist 'ne geheime Operation, und er lässt Fotos machen? Und wenn nicht er, wer hat sie dann machen lassen?«

Fuller lehnte sich zurück und kratzte sich im Nacken. Dass jemand anders die Bilder in Auftrag gegeben hatte, war unwahrscheinlich. Doch dafür, das Donovan sie hatte machen lassen und sie aufbewahrt hatte, gab es einen überzeugenden Grund. Denselben Grund, den Barry Seal, der einstige Chefpilot der Iran-Contra-Drogenflotte gehabt hatte, der zwar im Namen von Bush senior unterwegs gewesen war, aber im Fall seiner Festnahme mit zwei Tonnen Koks immer nur als einfacher Krimineller gegolten hätte, ohne jede Chance, dass die Dienste oder gar der Vizepräsident persönlich ihn aus dem Bau holten. Deshalb hatte auch Seal haufenweise Fotos machen lassen. Und diese Bilder seiner Frau anvertraut.

»Lebensversicherung«, sagte Fuller, »Vorsichtsmaßnahme, falls dein Auftraggeber dich plötzlich nicht mehr kennt. Oder dich zu gut kennt – und killen will. Denk mal nach: Vermutlich hat er sogar den Funkverkehr selber mitgeschnitten, mit einem Diktiergerät oder so was, er konnte ja nicht davon ausgehen, dass jemand ihm nach der Aktion den Cockpit- Voice-Recorder ausleiht.«

»Stimmt«, sagte Nick. »Zumal der eh immer nur die letzte halbe Stunde speichert.« Er zuckte die Achseln. »Lebensversicherungen waren noch nie mein Ding. Hab ich nie kapiert, schon semantisch – da kriegt man doch wohl kein neues Leben, wenn das alte kaputtgeht, oder?«

»Grün«, sagte Fuller, nickte nach vorn. Es war eindeutig nicht der richtige Moment für philosophische Spitzfindigkeiten. Während der Van sich wieder in Bewegung setzte, zog er sein Handy heraus und legte sich ein paar pathetische Sätze zurecht, in denen das Wort Freundschaft möglichst oft vorkam; dann wählte er die Nummer von Jake Williams.

Jake war sofort dran, und Fuller brachte nach dem kurzen einstudierten Vorspann sein Anliegen vor: »Deshalb brauche ich deine Hilfe. Ich brauche Informationen über einen gewissen Rickler, Vorname William oder Bud. Er war oder ist immer noch bei der CIA, und wenn da einer überhaupt etwas herausfinden kann, bist du das. Tu mir den Gefallen. Ist der wichtigste, um den ich dich je gebeten habe.«

Jake murmelte etwas, das nach dem Auftakt für einen Widerspruch klang, aber Fuller setzte sofort nach.

»Ich schicke dir ein Foto von Rickler rüber, per E-Mail, er steht neben einem Piloten, Mike Donovan, aber der lebt nicht mehr. Und ich bald auch nicht mehr, wenn du mir nicht hilfst. Ich verlasse mich auf dich, Jake. Rette mir den Arsch, Quarterback, ich melde mich in zwei Stunden wieder.« Mit diesen Worten legte er auf, schnappte sich die drahtlose Tastatur und hängte das inzwischen eingescannte Bild von Rickler und Donovan an eine schlichte »Danke«-Mail, die er an Jakes Adresse bei der FFF schickte.

»Du hast deinem Kumpel doch hoffentlich nicht gesteckt, wo wir hinfahren?«, fragte Nick.

Fuller schüttelte den Kopf und kletterte auf den Beifahrersitz.

»Gut«, sagte Nick wie ein zufriedener Lehrmeister in Sachen Geheimhaltung. Fuller sah ihn an und verzog verächtlich das Gesicht.

»Wer hat dem Storch meinen Namen verraten?«

»Ja, und wer hat die Frau Doktor gehen lassen?«

»Wir.«

»Nee, das war deine Freundin.«

»Ich kannte die gerade mal ’ne Stunde länger als du.«

»Immerhin. Dein Job.«

»Was hätte ich denn machen sollen? Sie entführen? Hinten auf deiner Pritsche festbinden?«

»*Na, soo* war sie nun auch wieder nicht mein Typ.«

Fullers Handy klingelte mitten in die Bemerkung hinein. Er sah aufs Display, dann zu Nick. »Kann ich das nehmen?«

»Wer?«

»Hab die Nummer noch nie gesehen.«

»Ist noch keiner durchs Handy erschossen worden. Kann nur ’ne Weiterleitung von deiner letzten Nummer sein, die neue hier kennt noch niemand.«

Fuller drückte auf das grüne Hörersymbol und meldete sich mit einem »Hallo.«

»Max«, sagte Wilder, und er klang ganz anders, als Fuller erwartet hatte. Nämlich so, als hätte er die Bürotür zugezogen und sich hinter der Yuccapalme versteckt, damit niemand bemerkte, dass er telefonierte. »Pass auf, Junge, ich will eigentlich wissen, wo du bist. Aber in deinem eigenen Interesse sagst du mir das nicht, ich singe nämlich sofort, wenn mir jemand die Fingernägel rauszieht.«

»Was ist los?«, fragte Fuller.

»Das FBI. Die waren hier und haben deinen Rechner konfisziert. Und deine Schubladen. Außerdem wollten sie wissen, wo du bist, was ich ihnen nicht verraten konnte, weil ich es nicht weiß. Was die wussten war, dass wir gestern zweihundertfünfzigtausend Dollar abgehoben haben, und obwohl wir nicht direkt ein Bankgeheimnis haben, geht mir das ein bisschen zu schnell.«

»Sag nicht, dass du jetzt von deinem Bürotelefon sprichst.«

Nick sah Fuller an, die Augenbrauen fast bis zum Himmel des Van hochgezogen.

»Nein«, sagte Ken Wilder, »vom Handy unserer neuen Praktikantin, die jetzt vermutlich dem Journalismus verloren geht, weil da sogar die Chefredakteure komplett paranoide Spinner sind. Wird aber kein großer Verlust sein. Hör zu, Max, die Typen hatten alles, was man braucht – Marken, Stempel vom Richter, Gesichtslähmung –, aber wenn das das FBI war, fress ich Al Gore.«

»Weil?«

»Weil ich's dir sage. Glaub mir einfach, ich hab meine Nase. Das waren keine großen Jungs, die cool spielen, das waren coole Jungs. Und ich möchte keinem von denen nachts im Parkhaus begegnen.«

Fuller nickte und vermutete, dass er dieses zweifelhafte Vergnügen bereits gehabt hatte.

»Scheiß auf die Kohle«, sagte Wilder, unterbrach sich dann aber selbst und sagte mit veränderter Stimme, »also, momentan. Du weißt hoffentlich, wo die ist?«

»Ja«, sagte Fuller.

»Gut. Du erreichst mich jederzeit, auf dieser Nummer …«

»Bleibst du heute Nacht bei der Praktikantin?«

»Nein, aber ihr Telefon bleibt bei mir.«

»Beantworte keine SMS, sonst verliert sie auch noch ihre Verehrer.«

»Versuchs mal mit Stand-up. Aber zieh vorher zurück zu deiner Mutter, für die Miete wird's nicht reichen.«

Fuller konnte nicht anders, er musste lachen. Was Nick veranlasste, sich erneut die Augenbrauen unter die Rastalocken springen zu lassen.

»Ist deine Leitung sicher?«, fragte Wilder.

»Ja.«

»Okay. Dann bring mich mal auf Stand. Wo bist du, was hast du vor, wer hilft dir – und wer verfolgt dich?«

Fuller war versucht, Wilder die Wahrheit zu sagen, überlegte es sich aber dann anders. »Ich bin allein, auf dem Weg nach Washington.«

»Was willst du da?«

»Einer Spur nachgehen.«

»Und was ist aus dieser Tante geworden, dieser Brokaw?«

»Nichts. Hat mich versetzt.«

Wilder schwieg eine ganze Weile in die Leitung.

»Was wird das, Max? Du vertraust mir nicht?«

»Klar vertraue ich dir. Würde ich dir sonst sagen, wo ich bin?«

Wieder herrschte längere Zeit Schweigen.

»Gut«, sagte Wilder schließlich. »Ruf mich an, wenn du was Neues hast. Oder meine Hilfe brauchst. Oder wenn du tot bist und noch irgendwas Verwertbares in deiner Zahnfüllung steckt.«

»Mach ich«, sagte Fuller.

»Pass auf dich auf«, sagte Wilder. Und legte auf. Fuller klappte das Handy zu und sah nach vorn.

»Die haben meinen Rechner.«

»Wird ihnen nichts nützen, da ist ja nichts drauf.«

»Eben.«

»Außer irgendwelchem Alligator-Quatsch.«

»Und ’ner sauberen Recherche über Britneys Mom.«

»Du traust Ken nicht?«

»Ich traue niemandem.« Nick sah ihn einladend an.

»Anwesende ausgenommen«, fügte Fuller hinzu. »Sowie unsere kleine Freundin und Jake. Wobei ich denke, dass der uns jetzt am ehesten weiterhelfen kann. Wüsste nicht, wer sonst.«

22

Jake Williams fragte sich nicht zum ersten Mal, seit er den Anruf seines alten Freundes Max entgegengenommen hatte, wieso das hatte passieren müssen. Ausgerechnet heute. Er fragte sich auch nicht zum ersten Mal seit dem Auflegen, wozu Altruismus gut sein sollte. Altruismus brachte gar nichts. Außer den Altruisten in Teufels Küche. Oder zumindest in gefährliche Nähe des Kücheneingangs.

Dabei hatte Fullers Wunsch so vollkommen harmlos geklungen. Jake war sicher gewesen, binnen drei Minuten und mittels sieben Tastenklicks an die Informationen heranzukommen, die sein längst gescheiterter Journalistenfreund aus unerfindlichen Gründen benötigte. Mehr Zeit hatte er auch nicht, denn zum einen musste er weiter im *Gossip*-Dreck wühlen, um endlich irgendwas Verwertbares gegen Barack Obama auszugraben, den saubersten und somit nervtötendsten Demokraten aller Zeiten, und zum zweiten, weit wichtigeren, musste er pünktlich zu Hause sein und vorher noch einen Haufen Dinge erledigen.

Lauren war generell penibel in Sachen Geburtstage, aber betreffend ihres eigenen war sie so humorvoll wie ein afrikanischer Putschist auf dem Weg zum Parlament. Zum Glück war das bestellte Diamantarmband am Vortag eingetroffen, Jake musste es nur noch abholen – und es würde bereits kunstvoll verpackt sein, auch daran hatte er gedacht. Um die Verpflegung der mehr als dreißig Gäste kümmerte sich gottlob ein Catering-Service; die bestellte Band wusste schon seit längerem, welchen Song der Hausherr seiner wunderbaren Gattin vor versammelter Mannschaft vortragen würde. Der Song war Tradition, und Jake wusste schon seit langem, dass er Traditionen hasste.

Aber jetzt ging sein ganzer schöner und enger Terminplan den Bach herunter, und schuld daran war Max. Denn die einfache Aufgabe hatte sich zunächst als schwierig, dann als heikel und inzwischen als ausgesprochen verwirrend entpuppt.

Zunächst hatte Jake Williams das Naheliegendste getan und auf seinem Rechner die Suchmaske aufgerufen. Die *Federal Freedom Foundation* war einer jener Denkfabriken, die in den letzten Jahrzehnten die Politik übernommen und jene Zeiten beendet hatten, in denen Gouverneure und Präsidenten von beamteten Sekretären und Ministern beraten wurden. Natürlich gab es noch Staatssekretäre und Minister, doch was sie sagten, vorschlugen und beschlossen, war zuvor in Instituten wie der FFF erdacht und vorbereitet worden. Die Think Tanks lieferten die Drehbücher, die die gewählten Volksvertreter dann nur noch herunterspielen mussten. Seit in den Achtzigern ein mittelmäßiger Schauspieler mit mittelmäßigem Highschool-Abschluss Präsident geworden war und auf der historischen Beliebtheits- und Erfolgsskala all seine Vorgänger mit Ausnahme des unschlagbaren JFK weit hinter sich gelassen hatte, war die »private« Politikberatung endgültig etabliert und unvermeidlich. Die entsprechenden Institute hatten sich seither von akademischen Ein-Mann-Betrieben zu personalstarken Full-Service-Agenturen entwickelt, die ihrer Klientel von schlichten Beileidsadressen zum Tod der Sekretärin bis zu weltweit übertragenen Reden vor dem Forum der Vereinten Nationen sämtliche Skripte lieferten. Der Lebenssaft von Think Tanks wie der FFF mit ihrem Hauptsitz in Washington und der beschaulichen Filiale auf Longboat Key, in der Jake Williams arbeitete, waren Informationen, die dem Normalsterblichen nicht zugänglich waren. Daher waren die Datenbanken, auf die Jake über das FFF-Intranet zugreifen konnte, der Traum jedes Journalisten oder Staatsanwaltes. Ein Traum, der für diese Leute allerdings niemals in Erfüllung gehen würde.

Verglichen mit Jakes Zugang zu den wichtigen Daten dieser Welt war LexisNexis ein Taschenrechner, daher war er sicher, sehr schnell Informationen über den mutmaßlichen CIA-Mitarbeiter Rickler zu finden.

Aber er irrte sich.

Er fand gar nichts.

Das konnte nicht stimmen, denn niemand hinterließ keinerlei Spur in diesem System. Also versuchte Jake es erneut, diesmal quer durch die Personalfiles der Dienste, von der NSA über die CIA, vom Secret Service zum NRO. In den CIA-Akten fand er tatsächlich einen William Rickler, allerdings war dieser Rickler am 12. Dezember 2000 gestorben und zuletzt bei der Deutschen Bank beschäftigt gewesen. Über seine Tätigkeiten für die Agency schwieg sich das System aus.

Er hatte offensichtlich den falschen Mann.

Und die Zeit lief ihm davon. Er musste ein Armband abholen, er wollte nicht mitten in den Feierabendverkehr geraten, denn er musste geduscht sein und in seinem Smoking stecken, wenn die ersten Gäste eintrafen.

Andererseits konnte er Max auch nicht hängen lassen.

Also entschloss Jake sich, einen letzten Versuch zu unternehmen. Er legte das JPEG, das Fuller ihm gemailt hatte, auf das Scanner-Symbol auf seinem Bildschirm, verknüpfte drei Suchmasken und ließ die Programme auf Hochtouren sämtliche Bilddatenbanken durchkämmen.

Das Ganze dauerte eine Weile, und er konnte sich wenigstens für fünf Minuten wieder der angeblich verschwundenen angeblichen Exgeliebten des demokratischen *Meister Proper* widmen. Aber als das Programm mit einem leisen akustischen Signal das Ende der Suche verkündete, sah Jake auf und war noch ein bisschen überraschter als vorher.

Auf dem Schirm stand in bescheidenen Lettern, dunkelgrau auf hellgrauem Grund: *Access denied. Classified Documents. Search restricted.*

Das konnte schon wieder nicht stimmen. Mit seiner Kennung und seinem Passwort verfügte Jake über den *Top Priority Status* im System und damit über uneingeschränkten Zugang zu allen Daten der FFF.

Und während er sich noch wunderte, klingelte das Telefon auf seinem Schreibtisch.

Jake saß noch einen Augenblick da, mit offenem Mund, und war sicher, dass zwischen dem einen Ereignis und dem anderen kein Zusammenhang bestand. Auf dem Display leuchtete die Nummer der Zentrale, und er hoffte wider jede bessere Ahnung, dass Lauren sich gerade durchstellen ließ, um ihm noch irgendwas kolossal Wichtiges für den Nachhauseweg aufzutragen. Aber als er den Hörer nahm und sich meldete, sagte niemand »Denk an die Schlagsahne«.

Eine Stimme, die er noch nie gehört hatte, sagte: »Mr Williams?«

»Ja«, sagte Jake.

»Irwin Weller, Security, Zentrale. Mister Williams, Sie haben gerade eine Anfrage ins System eingegeben?«

»Ja«, sagte Jake verdutzt.

»Verraten Sie mir den Hintergrund.«

Der Ton war höflich, aber es war keine Frage, sondern ein Befehl.

Jake kam wieder zu sich. »Verraten Sie mir, woher Sie das wissen?«

Als Weller antwortete, war das Höfliche aus seiner Stimme verschwunden. »Mister Williams, der Hintergrund Ihrer Recherche?«

Jake seufzte. Es erschien ihm nicht sonderlich klug, sich wegen Max´ dummer Frage mit den FFF-Sicherheitsleuten anzulegen. Dass die schnell und wachsam waren, hatte er geahnt. Dass sie *so* schnell waren, überraschte ihn. Aber es lohnte sich nicht, deshalb Fragen zu stellen.

»Privat, Sir«, sagte Jake. »Ein Freund von mir, der einen ... Freund sucht und mich gefragt hatte, ob ich ihm helfen könne.«

»Einen Freund.«

»Ich kenne ... die genauen Hintergründe nicht.«

»Der Name ihres Freundes?«

»Max ... Max Fuller«, sagte Jake.

»Danke. Wir melden uns, falls wir weitere Fragen haben.«

Klack.

»Schönen Tag noch, Mr Oberwichtig«, sagte Jake zum Hörer und legte mit Wucht auf. Er sah auf die Uhr. Eine knappe Stunde Zeit, um weiter in Obamas alten Unterhosen nach Dreck zu suchen. *Fuck*. Wozu hatte man Freunde? *Ja*, fragte er sich, *wozu eigentlich*?

Er verließ sein Büro, ging in die Kaffeeküche am Ende des Korridors und ließ sich einen frischen Espresso in die Tasse brühen. Auf die vier Minuten kam es jetzt auch nicht mehr an.

Als er sich gerade wieder an seinen Rechner gesetzt hatte, klingelte das Telefon erneut, und diesmal verriet das Display, dass Harold Keller, sein Boss und Leiter der floridianischen FFF-Dependance, ihn zu sprechen wünschte.

»Harold.« sagte er.

»Was kann ich ...«

»Jake, Sie haben eine Anfrage wegen William Rickler eingegeben?«

»Ja, Sir, aber wie ich der Security schon sagte ...«

»Max Fuller, ja. Jake.« Keller verstummte, und Jake hörte ihn durch die Nase ausatmen. »Jake. Ich vertraue Ihnen, wir kennen uns schon sehr lange, und ich habe Sie immer gefördert, weil ich Sie für einen sehr guten Mitarbeiter und vor allem sehr, sehr loyalen Mann halte.«

Keller verstummte erneut, und Jake wartete fassungslos auf den nächsten Satz. Irgendeine Variante von: *Wie lange arbeiten sie schon hier, morgen nicht mitgezählt?* Träumte er das, was hier gerade passierte?

»Ich gehe daher davon aus«, sagte Keller, »dass Sie sauber spielen.«

»Harold, Sie ... was ist los? Natürlich spiele ich sauber, genauer, ich spiele gar nicht, ich ...«

»Max Fuller. Jake, Max Fuller ist ein Mörder.«

»Was?«

»Wir wissen bisher nur mit Bestimmtheit – von verschiedenen offiziellen Stellen –, dass er einen New Yorker Anwalt umgebracht hat. Und wir vermuten, dass er über Informationen verfügt, die die nationale Sicherheit gefährden könnten. Wir wussten aber bislang nicht, dass er schon so weit in unser System eingedrungen ist, dass er unsere eigenen Leute als Maulwürfe zu instrumentalisieren versucht.«

Jake war sprachlos. Max war *was*? Ein Mörder? Ein Staatsfeind? Harold Keller musste betrunken sein, aber er klang komplett nüchtern. Er war nüchtern. Irgendwas passte nicht zusammen, besser, alles.

»Ich ...«, sagte Jake. Und verstummte, weil ihm nichts einfiel.

»Wir kriegen ein Problem«, sagte Keller. »Wir müssen dringend mit Mister Fuller sprechen. Vielleicht lässt sich das Ganze aufklären, die New Yorker Behörden sind nicht komplett sicher, was dahinter steckt. Aber es gibt, das wissen sie genauso gut wie ich, Namen und Informationen, die öffentlich nicht gehandelt werden sollten.«

Jake war fast empört, dass Keller ihn daran erinnerte. Das war sein Job, verdammt noch mal. Er war einer der Besten, wenn es darum ging, Nebelkerzen zu zünden. Und nun musste er, der jede brodelnde Gerüchteküche im Handumdrehen zu einem schlecht laufenden Sushi-Service machen konnte, sich erklären lassen, worin sein Job bestand?

Offensichtlich.

»Was will dieser Fuller von Rickler?«, sagte Keller.

»Ich weiß es nicht, Sir. Mir hat er gesagt, er recherchiere irgendeine ... Drogengeschichte – das ist sein Job, und er macht ihn nicht mal besonders gut. Ich dachte, ich ...«

»Wissen Sie, wo er ist?«

Jake zögerte einen Sekundenbruchteil. Aber nicht länger.

»Nicht genau. Er hat mich von unterwegs angerufen, irgendwo aus der Nähe von New York, glaube ich.«

»Er hat nicht gesagt, wohin er fährt?«

Wieder zögerte Jake. Diesmal zu lange, jedenfalls für den Geschmack seines Vorgesetzten.

»Jake«, sagte Keller. »Wir brauchen alles, was Sie wissen. Das hier ist nicht der Moment für Pfadfinderloyalität.«

»Sir, ich weiß es wirklich nicht.«

»Haben Sie seine Nummer?«

»Ja, Sir.« Jake Williams gab »Max Fuller« in seinen Blackberry ein und verriet seinem Vorgesetzten Fullers Handynummer.

»Ich meinte die Nummer, von der aus er sie angerufen hat«, sagte Keller.

»Nein, Sir«, sagte Jake, und spürte einen eisigen Windhauch im Kragen, obwohl alle Fenster und Türen geschlossen waren.

»Eine Beschreibung seines Wagens?«

»Nein. Nein, Sir.«

Keller schwieg. Unzufrieden, wie Jake deutlich aus seinem Schweigen heraushörte.

»Wir hören Ihr Handy ab. Falls er sich wieder bei Ihnen meldet, versuchen sie ihn hinzuhalten, so lange es geht, und versprechen Sie ihm die Information, die er braucht. Aber sie sagen ihm, dass Sie ihm das alles nur persönlich sagen können. Er soll zu Ihnen kommen, hierher.«

»Ja, Sir«, sagte Jake. »Ich …«

Und wieder wollte er fragen: *Was soll das alles? Das kann doch alles nur ein Missverständnis sein?*

Aber Keller gab ihm dazu keine Gelegenheit. Immerhin sagte er Danke und bat ihn, Lauren zu grüßen. Dann legte er auf.

Und Jake Williams saß vor seinem Rechner und bemerkte, dass ihm das Hemd am Rücken klebte. Für Sekundenbruchteile war er wieder *Jamal*, acht Jahre alt, der fürchterliche Dresche von seinem Vater bezogen hatte, weil Tyrone gelogen und behauptet hatte, er, Jamal hätte den Football durch die Kinderzimmerscheibe geschmissen.

Jake hatte Tyrone, seinen großen Bruder, dafür gehasst, und für Max hatte er in diesem Augenblick noch viel weniger übrig.

Er würde keinen Augenblick länger die Dresche beziehen. Nicht für diesen verrückten Exjunkie, der ihn in Teufels Küche brachte.

Jake sah auf die Uhr.

Das Armband.

Das war wichtig. Er hatte eine Frau, eine Familie. Das war wichtig. Nicht Max Fuller.

23

Liz Brokaw verfluchte sich selbst. Je näher sie New York gekommen war, desto mehr verabscheute sie Fuller und dessen komplett paranoiden Freund. Beide brauchten einen Arzt, aber das Schlimmste war, dass sie ansteckend waren. Liz hatte sich den Verfolgungswahn eingefangen wie Kinder die Windpocken: schnell und ohne Körperkontakt, es hatte nicht mal einer der Kranken laut husten müssen.

Auf dem Weg nach New York hatte sie ständig in ihrem Rückspiegel nach schwarzen Limousinen Ausschau gehalten, nach Männern in schwarzen Anzügen, mit Sonnenbrillen und finsterem Blick. Die gab es zuhauf, und sie saßen nicht alle in schwarzen Limousinen. Was vermutlich clever war, denn schwarze Limousinen kannte jeder aus dem Kino, also würden die wirklichen Agenten vermutlich helle Autos fahren und aussehen wie braungebrannte Surfer. Oder wie ganz normale Angestellte. Oder Mütter auf dem Weg zum Kindergarten.

Damit war praktisch jeder, der in ihrer Nähe auf dem Highway unterwegs war, verdächtig.

Und jeder, dem sie auf dem Weg zu ihrem Büro begegnete. Außer den Kollegen, die sie schon länger kannte. Obwohl …?

Sie blieb nicht lange in ihrem Büro. Sie riss sich zusammen, führte ein paar kurze Telefonate mit der Forschungsabteilung, wies ihre Sekretärin an, ihr alles Wichtige per Mail zukommen zu lassen und meldete sich für ein paar Tage ab. Kaum jemand fragte nach den Gründen. Man sah sie mitfühlend an und dachte sich den Rest. Sie hatte ihren Vater verloren. Sie trauerte. Und sicherlich musste sie viel erledigen. Papierkram. Die Beisetzung.

Liz war froh, dass sie nicht lügen musste.

Auf dem Weg nach Hause hielt sie weiter nach Verfolgern Ausschau. Sie fuhr langsam an ihrem Apartment vorbei und sah sich nach Autos um, die sie noch nie hier gesehen hatte. Und obwohl ein Parkplatz fast unmittelbar vor ihrem Haus frei war – was noch nie vorgekommen war –, fuhr sie fast einen Block weiter und ging zu Fuß zurück nach Hause, wieder wachsam, wieder nach allen Seiten schauend, ob ihr jemand folgte.

Sie blieb eine ganze Weile an der Wand vor ihrer Apartmenttür stehen und lauschte angestrengt. Aber außer den üblichen Geräuschen von draußen hörte sie nichts.

Sie betrachtete das Türschloss, ausgiebig und genau.

Und als sie vollkommen sicher war, dass niemand ihr gefolgt war und dass niemand in der Wohnung auf sie wartete, schloss sie die Tür auf und trat ein.

Niemand erwartete sie auf dem Flur.

Liz atmete tief durch, schloss die Tür, verriegelte sie, und ging durch den Flur ins Wohnzimmer.

Sie brauchte dringend einen Kaffee.

Als sie durch die geöffnete Tür ins Wohnzimmer trat, hatte sie Zeit genug zu erkennen, dass der Mann, der rechts von der Tür an der Wand lehnte, groß und schlank war, graue Haare hatte und sehr schlecht gelaunt wirkte. Das Gesicht des anderen, der ihr von hinten eine schwarz behandschuhte Hand rabiat über den Mund legte und ihre Hände mit Klebeband zusammenkettete, sah sie zunächst nicht. Sie spürte nur, dass er mindestens dreimal so breit war wie sie und wesentlich stärker.

Sie schnappte Luft für einen lauten Schrei und hatte im nächsten Augenblick ein viel zu großes Tuch im Mund, das jedes Geräusch erstickte.

Der Grauhaarige zog ihr einen breiten Klebestreifen von der linken zur rechten Wange. Er drehte sie lässig um und stieß sie wie eine zu groß geratene Puppe auf einen der vier Essstühle, die um den massiven Eichentisch herumstanden.

Sein Begleiter war kleiner. Aber was ihm an Länge fehlte, holte er in der Breite auf, und seine Laune war genauso mies wie die des Grauhaarigen. Seine Haare waren kurz geschoren, in seinem Kopf war eine hässliche Delle, zehn Zentimeter über der Stirn.

»Gut«, sagte der Grauhaarige und atmete kurz, aber deutlich gereizt aus. »Das wurde aber auch Zeit.«

24

»Radar kaputt?« Nick lachte schallend, und Fuller hörte in aller Ruhe zu, während er eine weitere Dose 7Up leerte und zerknüllt in den Fußraum vor dem Beifahrersitz fallen ließ. Sie rollten seit inzwischen anderthalb Stunden und hatten kaum siebzig Meilen zurückgelegt, auf der Interstate Richtung Norden war viel Verkehr, und sie kamen nur langsam voran. Wenn es in diesem Tempo weiterginge, würden sie erst spät in der Nacht ankommen. Aber Fuller hatte keine Langweile, denn das Programm auf dem Nebensitz sendete ohne Unterbrechung Fakten. Fuller brauchte seinem Fahrer nur Stichworte zuzuwerfen, um alle Informationen zu bekommen, die er zum Vervollständigen seines persönlichen 9/11-Puzzles brauchte. Und nachdem Nick betont hatte, die US-Luftraumverteidigung NORAD hätte nach eigener Aussage keines der am 11. September 2001 vom Kurs abgekommenen Passierflugzeuge auf ihren Radarschirmen auch nur *gesehen*, bot Fuller spaßeshalber die einfachste Erklärung an, die ihm einfiel.

»Ist doch plausibel«, sagte er. »Wenn dein Navi im Arsch ist, dann weißt du ja auch nicht mehr, was Sache ist.«

»Mein Navi kostet keine paar Milliarden Dollar.«

»Sieht auch nicht so aus.«

»Max. Jetzt komm! Dazu, und eigentlich *nur* dazu, ist NORAD da: unser schönes und wunderbares Land zu beschützen, wenn was angeflogen kommt, was nicht angeflogen kommen soll.«

»Ja. Von außen, übers Meer. Raketen aus Kuba. Bomber aus Russland. Aber nicht von innen.«

Nick zog anerkennend die Augenbrauen hoch. »Sauber! Du klingst ja schon wie die NORAD-Typen. Genau das haben die auch gesagt: *Unser Radar ist nach außen gerichtet.*«

»Dann hast du doch deine Erklärung.«

»Ne Supererklärung, ja. Heißt das, wenn eine Maschine auf dem Weg von den Bahamas nach Europa entführt wird und zu uns abbiegt, wenn die Kiste erst mal unsere Grenze überflogen hat, dann *sehen* die die nicht mehr? Wen schicken sie dann hinterher, 'ne Motorradstreife?«

Fuller lachte. »Reg dich nicht auf, Nick. Ich mach nur Spaß.«

»Ja, du. Aber andere nehmen das ernst, ich meine, die glauben das. Ist doch unglaublich, für wie blöd man die Leute verkaufen kann. Vor allem Journalisten.« Er äffte einen besonders ernsten und seriösen Militärsprecher nach: *»Ladies und Gentlemen von der Presse, unser Equipment war total veraltet. Die FAA, also die zivilen Lotsen, die haben das* alles *gesehen, die haben gute neue Geräte. Und die haben uns angerufen. Aber wir haben auch danach nichts gesehen. Bis zum Schluss. Unsere Radare waren zu alt.* Ohne Scheiß, das ist deren Aussage.«

»Und wenn's stimmt?«

»Dann gab es die Flugzeuge nicht.«

»Schwachsinn.«

»Eben. Also haben sie sie gesehen. Aber weißt du, Mann, je tiefer du einsteigst in die Story, desto wilder und verrückter wird das alles. Am Anfang, am Tag danach, da haben sie gesagt, sie hätten gar keine Abfangjäger hochgeschickt – wäre ja auch logisch, wenn sie die Flugzeuge gar nicht auf dem Schirm hatten. Aber dann, nach zwei, drei Tagen, ist ihnen eingefallen, dass das nicht sooo gut aussieht, so gar keinen Plan gehabt zu haben, also haben sie sich eine neue Story ausgedacht: Sie hätten *doch* Abfangjäger gestartet, aber die wären … zu spät gekommen. Gut. Schwamm drüber, kann ja mal vorkommen. Aber daraufhin kam irgendein Klugscheißer mit Taschenrechner und hat denen vorgerechnet: Wenn eure Zeiten stimmen würden, also die Startzeiten eurer supergeilen Abfangjäger, dann wären die doch wohl rechtzeitig in New York und Washington gewesen, und zwar lässig. Hm. Das stimmte nun leider auch wieder, in dem Fall hätten die Jäger ungefähr so langsam unterwegs sein müssen wie ... na, wie wir gerade, ungefähr. Das konnte ja nun auch nicht stimmen, also: Nachsitzen für NORAD, neue Erklärung suchen. Die haben sie dann gefunden, für die Untersuchungskommission, und die geht ungefähr so, das glaubst du aber jetzt wirklich nicht ...«

Fuller grinste und nickte seinem in Rage geratenen Fahrer aufmunternd zu. »Sag schon.«

»Na jaaaaa«, sagte Nick. »Also: Die Abfangjäger von der Otis Base, oben bei Boston, die nach New York fliegen sollten?«

Fuller nickte.

»Die sind zwar gestartet, und auch rechtzeitig, und die waren auch tierisch schnell unterwegs, mit Nachbrenner und wie die gesengten Säue, aber dann, kurz bevor sie in den New Yorker Luftraum einfliegen und die Stadt hätten sichern konnten ... hat die FAA sie rausgewinkt, also die *zivile* Kontrolle. *Hey, Sie, Sie in der F-16 da, mit den Aufklebern! Fliegen Sie mal rechts ran!* Und warum? Weil die Abfangjäger keine *Erlaubnis* hatten. Ich meine, einfach so in den Luftraum fliegen? Da kann ja jeder kommen! Zum Beispiel eine entführte 767 – aber ganz bestimmt kein dahergeflogener Abfangjäger, den die FAA selbst gerufen hat.«

»Du verarschst mich.«

»Nee, ich nicht. NORAD verarscht dich. Das ist die offizielle Version: Die Jäger mussten abdrehen, raus auf den Atlantik fliegen und Warteschleifen drehen, sehr, sehr lange. So lange, bis auch United 175 in den zweiten Turm geknallt war, und danach ... rate.«

»Sind sie runtergebrettert nach Süden, um American 77 abzufangen.«

»Nee. Danach mussten sie zurück nach Hause und landen. Weil sie keinen Sprit mehr hatten.«

Fuller lachte schallend über den Einfallsreichtum des Irren neben ihm. Er deutete mit einem pendelnden Zeigefinger auf Nick, mit Tränen in den Augen.

Und hörte wieder auf, als er dessen ernsten Blick bemerkte.

»Ohne Scheiß?«

»Ohne Scheiß.« Nick schüttelte vergrätzt den Kopf. »Weißte, das ist echt was für Gehirnamputierte, aber irgendwann steigt ja jeder mal aus. Diese Typen! Und am Ende kommen sie dann doch wieder mit Version A: Wir haben nichts gesehen, also konnten wir keine Jäger schicken. Womit sie wieder den ganzen Untersuchungsbericht auf den Kopf stellen, aber scheiß drauf. Zum Irrewerden. Als hättest du vier Kinder, die alle lügen wie gedruckt, wer nun die Scheibe eingeschossen hat, und du sollst dir aus dem ganzen komplett widersprüchlichen Dreck die Wahrheit zusammenbasteln. Es passt hinten und vorne nicht, aber am Ende sind sogar die Leute ausgestiegen, die wirklich versucht haben, dem Unsinn zu folgen, und haben sich gesagt: *Okay, wenn die Untersuchungskommission denen diese Version jetzt abnimmt, dann wird das schon stimmen*. Aber es stimmt eben nicht. Und bei den anderen Jägern, denen, die nach Washington sollten, haben sie´s echt übertrieben.«

»Wieso? Musste einer von denen umkehren und die Kinder von der Schule abholen?«

»Nee. War ja morgens.«

»Okay. Also?«

»Na ja, erst hieß es, die wären rechtzeitig gestartet. Gleiche Story wie bei den New Yorker Jägern. Dann kam der Taschenrechner, wie bei den anderen Jets – wieso sollen die so langsam geflogen sein? Und schon kam die nächste Story.

Sie wären zwar *eigentlich* auf dem Weg nach Washington gewesen, dann aber doch Richtung New York geflogen, und dann wieder zurück und raus auf den Atlantik, weil sie dachten, das Ganze wäre eine Übung, in der ein Angriff von Osten her simuliert werden sollte …«

Nick verstummte mitten im Satz.

Fuller sah ihn fragend an.

»Und genau hier«, sagte Nick, »kommt unser Freund Donovan ins Spiel. Um zwanzig nach neun melden nämlich die Lotsen aus Boston, American Airlines 11 wäre noch in der Luft, Richtung Washington. Die Maschine also, die eigentlich ja schon um 8 Uhr 47 in den ersten Turm geknallt war. Daraufhin fliegen also die Jäger aus Washington Richtung Norden, dieser zweiten American 11 entgegen, kehren aber nach wenigen Minuten wieder um, weil irgendwer ihnen sagt *ist nur 'ne Übung – raus mit euch, auf den Atlantik*. Warum?«

»Weil diese angebliche American 11 Donovans Maschine war. Auf dem Weg nach Washington.«

»Exakt.«

Beide schwiegen längere Zeit die Windschutzscheibe an.

»Steht alles im Commission Report«, sagte Nick achselzuckend. »Eigentlich steht es echt genauso drin. Wenn man weiß, dass Donovan da war.«

Fuller dachte den Gedanken zu Ende. Sofern Nick Recht hatte, ergab das alles tatsächlich Sinn. Aber ein paar Probleme blieben. Denn selbst wenn Rickler es geschafft hatte, sich als CIA-Mann auszugeben, Piloten in die Übung zu schicken und ihnen zu diktieren, wann sie welchen Codewechsel vornehmen sollten, konnte er nicht mitten in der Befehlskette gestanden und die Abfangjäger aus dem Weg dirigiert haben. In diesem Fall musste Rickler noch wesentlich besser vernetzt sein, als sie bisher angenommen hatten.

»Gefällt mir nicht«, sagte Fuller.

»Ja, was willst du machen? Für Unschuld ist es zu spät.«

»Na, wenigstens kann ich doch noch 'ne Weile dran glauben, dass die uns beim Spielen in der Sandkiste in den Arsch getreten haben.«

»Die?«

»Al Kaida. Die wussten von den Übungen, die haben Rickler irgendwie eingeschleust, der hat mitgeholfen, alle zu verwirren, und damit war alles zu spät.«

»Ja. Okay. Genau. Genau so war das.«

Wieder schwiegen beide.

»Und deshalb«, sagte Nick, »wirst du von Al Kaida von Parkhäusern gejagt. Von Al-Kaida-Agenten, die sich rasiert haben und ungefähr so arabisch aussehen wie Donald Duck. Und wir ignorieren mal ganz gepflegt, dass auch die ganzen Leute, die an dem Tag ›krank‹ waren, all die Leute, die an entscheidenden Stellen in der Befehlskette gefehlt haben oder auf ihrem Gehirn saßen, keine Araber waren.«

»Ja.«

»Wir waren verwirrt. Und sind überrumpelt worden. Und nachher ... haben wir dann alles vertuscht, weil uns das echt total peinlich war.«

»Richtig.«

»Das ist alles.«

Fuller nickte, seufzte und schüttelte dann bedauernd den Kopf.

»Teppichmesserterroristen, unsere Jäger«, nickte Nick. »Kein FBI. Keine CIA. Keine US-Verschwörerbande. Dann müssen wir uns ja keine Sorgen machen.«

Fuller griff mit gerunzelter Stirn zu seinem Handy und begann, Liz Brokaws Nummer einzutippen.

»Aber«, sagte Nick. »Du machst dir Sorgen.«

Das Signal ertönte. Er nickte und wartete.

Es klingelte lange.

Dann sagte sie »Hallo?«

»Liz, hier ist Max.« Er wartete nicht auf eine Erwiderung und übersprang auch die Frage, ob er sie schon vor dem ersten Glas Rotwein duzen dürfe, »Pass auf, ich weiß, du hältst uns für komplett durchgeknallt, aber überleg´s dir noch mal. Ich war am Anfang genauso skeptisch wie du, aber je mehr mir unser Freund Nick hier die Augen öffnet, desto klarer wird mir, dass wir es hier nicht nur mit irgendwelchen Al Kaida-Sympathisanten zu tun haben, die mit Rickler ein bisschen an der Übung gedreht haben. Dahinter steckt wesentlich mehr, und mir wäre erheblich wohler, wenn du dich aus New York verziehen würdest. Du hast doch garantiert irgendwelche reichen Managerfreunde, die eine teure Hütte mit Heizung am Stand herumstehen haben.«

Sie schwieg lange in die Leitung.

»Ja«, sagte sie dann, und obwohl er sie erst ein paar Stunden kannte, merkte er am Klang ihrer Stimme, dass etwas nicht stimmte. »Ja, ich denke ... ich denke mal drüber nach, Max.«

»Liz, wo bist du?«

»In meiner ... in meiner Wohnung.«

»Alles in Ordnung?«

»Ja. Ja, klar.«

Sie klang nicht so. Ganz und gar nicht.

Fuller versuchte sich vorzustellen, was los war. Aber wenn er mit seinem paranoiden Gefühl Recht hatte, durfte er ihr nicht mehr allzu viele Fragen stellen, um sie nicht weiter zu gefährden. In dem Fall musste er schleunigst telefonieren. Aber nicht mit ihr.

»Okay«, sagte er. »Okay. Ich meine, ich weiß, dass du absolut nichts weißt, so gesehen könntest du ja auch niemand was verraten, so gesehen bist du auf der sicheren Seite. Und da du mir das komplette Material gegeben hast, sowieso.«

Er wartete.

Sie korrigierte ihn nicht. Sie sagte: »Ja, das stimmt«, und er wusste im gleichen Moment, dass sie neben ihr standen. »Aber ich … ich denke trotzdem mal drüber nach …«

»Okay«, sagte er. »Mach dir keine Sorgen. Und ich kümmere mich um das, was wir besprochen hatten. Ciao, Liz.«

Er legte auf, ohne ihr eine Chance zu geben, sich zu verabschieden. Er wollte dem Typ, der zuhörte, keine Gelegenheit geben, sie zu einer Frage in seine Richtung zu zwingen.

»Was ist?«, fragte Nick. »Du bist weiß wie die Wand.«

»Die haben Liz.«

»Sagt wer? Sie?«

»Nein. Weiß ich«, sagte er, während er O'Briens Nummer eintippte und sich den Hörer ans Ohr hielt.

»Was wird das?«

»Ein Freund mit Sirene.«

»Praktische Freunde hast du.«

Fuller grunzte. Er würde O'Brien schon davon überzeugen, dass sie Freunde waren. Er würde dafür sorgen, dass binnen fünf Minuten ein jaulender Streifenwagen vor Liz Brokaws Tür stand. Und wenn er dem Polizisten dafür die gesamten Malt-Vorräte Schottlands versprechen müsste. Und sobald das in die Wege geleitet war, würde er Jake wegen Rickler in den Arsch treten müssen. Sie hatten definitiv keine Zeit mehr zu verlieren.

25

Der Grauhaarige lächelte nicht, als er ihr das Handy vom Ohr nahm und es auf den Esstisch legte. Er setzte sich auf die Tischkante, direkt vor ihr, und sah sie ernst an. Sein Begleiter blieb stehen, neben ihr, und zog den Schalldämpfer ein Stück von ihrer Schläfe weg.

Seit sie die Waffe am Kopf hatte, brauchte sie den Knebel nicht mehr. Sie hatte bloß genickt, als der Grauhaarige sie fragend angesehen hatte. Ja, sie hatte verstanden. Kein Geschrei. Keine falschen Bemerkungen am Telefon. Ihre Wangen brannten wie Feuer, nachdem sie ihr das Pflaster abgerissen hatten, und in ihrem Kopf drehte sich alles.

Fuller hatte gemerkt, was los war. So viel wusste sie.

Aber was konnte er tun? Er war weit weg.

Und was konnte sie selbst tun?

»Wo ist er?«, fragte der Grauhaarige.

»Wer?«, fragte Liz.

Der Schlag kam ansatzlos. Sein Handrücken erwischte sie voll auf der rechten Wange, und als sie den Kopf wieder nach vorn zurückpendeln ließ, schmeckte sie das Blut in ihrem Mund.

Der Grauhaarige lächelte ein dünnes Lächeln.

»Beantworten Sie einfach meine Fragen.« Er sah sie fragend an.

Liz nickte.

»Wo ist er?«

»Auf dem Weg nach Norden.«

»Wohin?«

»Ich weiß es nicht genau.« Sie sah ihm an, dass er nicht sicher war, ob sie log. Und während sie weiter fieberhaft nach einer Taktik suchte, um heil aus dieser komplett surrealen Situation herauszukommen, fuhr sie fort, so überzeugend sie konnte. Sie bemühte sich, noch ein bisschen ängstlicher zu klingen, als sie war. Das Ergebnis klang mehr als überzeugend. »Wirklich nicht«, sagte sie, und schaffte es, eine Träne aus ihrem Auge rollen zu lassen. »Irgendein Flughafen, ich habe keine Ahnung.«

»Warum?«

»Weil er … ich glaube, er sucht irgendwelche Beweise.«

»Für die Geschichte Ihres Vaters.«

»Ja.«

»Was haben Sie von ihm bekommen?«

»Von meinem Vater?« Der Grauhaarige nickte.

Liz fühlte das dünne Eis unter ihren Füßen. Die beiden wussten nicht, was ihr Vater ihr hinterlassen hatte? Sie wussten nicht genau, wonach sie suchten?

»Einen USB-Stick«, sagte sie.

»Mehr nicht?«, fragte der Grauhaarige.

Liz schüttelte den Kopf.

Diesmal sah sie den Schlag kommen, und als sein Handrücken sie wieder auf der Wange traf, wusste sie, dass das Eis noch viel dünner war, als sie bis zu diesem Augenblick geglaubt hatte.

26

In dem hellblauen Seidenkleid, das Lauren Williams an diesem Abend trug, trat sie beiläufig den Beweis an, dass manche Frauen auch mit vierzig so sexy wirken konnten wie Teenager. Darauf ließen zumindest die Stielaugen schließen, mit denen die Offiziersfreunde ihres gefallenen Exgatten sich Laurens Dekolletee zuwandten, wann immer es in Sichtweite geriet. Lauren nahm es gnädig zur Kenntnis, sie erwartete keine dezenteren Komplimente von den ehemaligen Kameraden ihres gefallenen Mannes. Jungs blieben Jungs, Soldaten blieben Soldaten. Und diese *Jungs* hatte sie eingeladen, weil sie ihren neuen Mann damals trotz seiner Hautfarbe sofort akzeptiert und sich in all den Jahren rührend um Marlon gekümmert hatten, wann immer sich die Gelegenheit bot. Marlon, der seinen leiblichen Vater nie kennengelernt hatte, saß jetzt bei ihnen, seinen *Onkels* von den Marines, in einem schwarzen Samtanzug und einer sorgfältig verstrubbelten Gelfrisur.

Lauren war zufrieden mit dem, was sie sah. Alles war perfekt, wie geplant. Das Büffet, die Dekoration, der Garten, die sechsköpfige Band, die gerade *When I fall in love* spielte.

Lauren sah sich nach ihrem Mann um. Er sollte direkt nach diesem Song selbst auftreten. Aber sie konnte ihn nicht entdecken. Das war nicht perfekt, und so setzte sie sich in Bewegung, um ihn zu suchen.

Jake Williams stand vor dem Spiegel im Flur und überprüfte noch einmal den Sitz seines brillantweißen Smokings. Niemand trug mehr Smoking, aber Jake konnte es sich leisten. Er sah umwerfend aus.

Die Musik drang zu ihm ins Haus, durch den Garten, über die Schar der Gäste. Jake wusste, dass die beiden

Chorsängerinnen jeden Solisten durch *Wonderful World* retten könnten, aber er war einigermaßen sicher, dass das an diesem Abend nicht erforderlich sein würde. Denn singen konnte er, und Lampenfieber entwickelte er erst ab einem Publikum von über fünfundzwanzigtausend Zuschauern. Die vierzig Gäste, die zum Geburtstag seiner Frau erschienen waren, machten ihn nicht nervös.

Die Band näherte sich den letzten Takten von »When I fall in love«, und Jake machte sich bereit, unmittelbar nach dem Beginn des Applauses durch die Schar der Gäste, die sich vor der Bühne versammelt hatte, nach vorn zu gehen und das Mikro zu übernehmen. Die Rede, die er einstudiert hatte, war kurz, liebevoll und an den richtigen Stellen witzig. Professionelle Arbeit. Und danach würde er *Wonderful World* singen. Ihren Song. Zum ersten Mal seit Laurens fünfunddreißigsten Geburtstag.

Als das Handy in seiner Tasche klingelte, fiel ihm ein, dass er es längst hatte ausschalten wollen. Wenigstens für diese zehn Minuten.

Auf dem Display erschien »Anrufer unbekannt«.

Er ließ es klingeln, für einen Augenblick unschlüssig. Er musste auf die Bühne, er war dran, in zirka sechzig Sekunden, er konnte jetzt nicht telefonieren. Aber falls es nicht Fuller war, konnte er sofort wieder auflegen. Niemand war *so* wichtig. Andererseits: Wenn er den Anruf nicht entgegennahm, würden *sie* ihn fragen, weshalb. Kriegten sie das überhaupt mit? Schon den Anruf, selbst wenn er nicht abnahm?

Die letzten Takte. Die Band war fast fertig.

Er drückte auf den Empfangsknopf.

»Williams.«

»Max. Jake, wie sieht´s aus?«

Halte ihn hin, dachte Jake, während die Band auf die Zielgerade ging. *Fuck*.

»Hey, Max. Wo steckst du?«

»Auf dem Weg. Was ist mit Rickler?«

»Kompliziert.«

Der Song war zu Ende. Die Leute klatschten.

»Wie, kompliziert?«, fragte Fuller. »Ich denke, du hast da was Besseres am Start als Google.«

»Hab ich auch. Aber …«

Die Stille vorn, bei den Gästen, war ohrenbetäubend. Jake konnte förmlich sehen, wie der Bandleader sich am Kopf kratzte.

»Max, das Ganze ist … ein paar Nummern größer, als du denkst. Wir sollten das nicht am Telefon besprechen.«

Fuller schwieg.

Der Bandleader sprach. »Eigentlich … War hier ein besonderer Programmpunkt vorgesehen, Ladies und Gentleman. Begrüßen Sie mit einem Riesenapplaus … Mr Jake Williams!«

Die Leute klatschten und johlten.

»Wo bist du denn da?«, fragte Fuller gereizt. »Im Konzert?«

»Zu Hause. Ein Fest, Lauren hat …«

»Scheiße, stell deinen Cocktail mal zwei Minuten weg, das hier ist wichtig, verdammt.«

Das Klatschen draußen verebbte, leises Murmeln setzte ein.

Und dann kam Lauren. Über die Terrasse, ins Haus, und direkt auf Jake zu. Sehr schnell und mit einer Stirn, für die sie in spätestens zwei Jahren ihre sündhaft teure Faltencreme wirklich brauchen würde.

»Jake!«, zischte sie, als sie ihn fast erreicht hatte.

Er bedeutete ihr mit erhobener Hand zu schweigen. Aber damit erreichte er nur, dass ihre Falten zu Gräben wurden, und er hätte wetten können, dass für einen kurzen Moment Funken aus ihren Augen geschlagen waren.

»Hör zu, Max«, sagte er, »kannst du zu mir kommen?«

Mit einem tonlosen, empörten Schrei wiederholte sie den Namen des Anrufers.

»Nach Florida?«

Lauren wies mit ausgestrecktem Arm nach draußen, ein Ganzkörpervorwurf.

»Ja«, sagte Jake. Und hob einen Zeigefinger in Laurens Richtung, diesmal mahnend.

»Jake, wir sitzen ziemlich in der Scheiße …«

Lauren ließ ihren Mann einfach stehen. Mit einem Blick, der nichts weiter sagte als *Dafür wirst du bezahlen.*

»Wir werden gejagt«, hörte er Fuller sagen. »Drei Leute sind tot, und das Mädchen, von dem ich die Informationen habe, die Tochter von diesem Piloten, steckt offenbar in ernsten Schwierigkeiten.«

Jake erinnerte sich an Kellers Worte. Es war kein Wunder, dass Max gejagt wurde. Max war ein Mörder und Landesverräter, der ihre Freundschaft schamlos missbrauchte, um ihn, Jake, auszuhorchen. Und seine Frau hasste ihn abgrundtief und sprach vermutlich gerade ein paar sehr ernste Worte mit ihrem fetten Cousin, dem Scheidungsanwalt.

Die Band fing wieder an zu spielen. *As time goes by.*

»Max, was treibst du da? Was ist das alles für ein Schwachsinn, wieso sollte dich jemand jagen?«

»Weil ich nach Beweisen suche.«

»Beweisen?«

»Zeugen.«

»Zeugen wofür?«

»Für die Geschichte von Mike Donovan.«

»Wer ist Donovan, und was hat das mit Rickler zu tun?«

»Donovan hat die fünfte Maschine geflogen, am 11. September, im Rahmen einer Geheimübung. Rickler hat ihn beauftragt. Angeblich für die CIA, aber da sind wir nicht sicher.«

»Wer ist *wir?*«, fragte Jake und war nun endgültig sicher, dass Max Fuller tatsächlich für die Gegenseite arbeitete, wie Harold gesagt hatte. Max' Reaktion auf seine Frage setzte ein Ausrufezeichen hinter diese Gewissheit.

»Jake, verdammt, wer ist Rickler, für wen arbeitet er, und wo finden wir den Typ?«

»Nicht am Telefon«, sagte Jake. »Max, wir sind Freunde, das weißt du. Aber egal, wen du wieder in was reingeritten hast, ich kann dir nur weiterhelfen, wenn du herkommst. Das ist alles zwei Nummern zu groß für ein Telefonat. Wir treffen uns in Sarasota, sag mir, wann du ankommst, ich hole dich ab.«

Fuller schwieg, und Jake vermutete, dass der Gejagte drüber nachdachte, wie lange er nach Florida brauchen würde.

»Wo bist du?«, fragte Jake.

Fuller schwieg weiter.

Falsche Frage, dachte Jake, und verfluchte sich. Für endlose Sekunden hörte er nur das Fahrtgeräusch im Hintergrund.

Und die Band, die sich unerbittlich durch den Song arbeitete.

»Ich komme zu dir, Mann«, sagte Fuller schließlich. »Aber versprich mir was. Pass auf dich auf.«

Es klickte kurz in der Leitung.

Fuller hatte aufgelegt.

Die Band spielte weiter, als wäre nichts geschehen, und Lauren wehte energisch wieder von draußen herein, auf Jake zu.

»Jake!«, zischte sie.

»Sorry, Baby«, erwiderte Jake mit dem breitesten und charmantesten Lächeln, das er zu bieten hatte. »Ein Anruf von … existenzieller Bedeutung.« Er strahlte weiter, packte seine hübsche, weiße Frau bei den Armen und küsste sie gegen ihren halbherzigen Widerstand. »Außerdem wollte ich einfach zwei Minuten Aufschub, um dich in aller Ruhe zu küssen.«

Sie entwand sich seinem Griff und sah ihn verärgert an. »Du bist so *peinlich*, Jake!«

Und mit diesen Worten ließ sie ihn stehen und wehte wütend wieder zurück nach vorn, zu ihren Gästen.

»Nicht böse sein mit Jake, Missus«, japste er ihr im besten Sklaventonfall hinterher, gerade so laut, dass sie es eigentlich hören musste. Aber sie drehte sich nicht um. Sie ging einfach weiter.

Jake Williams war sich noch nie so deplatziert und so dämlich vorgekommen in seinem weißen Smoking.

27

Der metallische Geschmack in ihrem Mund war nicht das Schlimmste. Auch die Tatsache, dass ihre Lippe nach dem vierten Schlag des Grauhaarigen aufgeplatzt war und ihr das Blut auf den Kragen ihres Donna-Karen-Jacketts getropft war, machte ihr verblüffend wenig aus. Aber dass sie den inzwischen schlimm schmerzenden Kopf für ihren toten Vater und einen kaputten Journalisten hinhalten musste, dass tat ihr richtig weh. Und dass sie nicht wusste, was sie tun sollte, machte es nicht leichter.

Sie hatte den Grauhaarigen einmal belogen, ohne dass er es gemerkt hatte. Mit der Behauptung, sie hätte nur den Anfang der DVD gesehen. Nicht geglaubt hatte er ihr, sie wüsste nicht, wo Fuller sich im Moment aufhielt. Dafür hatte er sie zum dritten Mal geschlagen. Und zum vierten Mal, als sie auf seine nächste Frage die Wahrheit gesagt hatte. Nämlich, dass sie nicht genau wusste, was Fuller vorhatte. Dabei war ihre Lippe geplatzt.

Und seither wusste sie nicht mehr weiter.

Sie hätte den beiden gern alles gesagt. Damit die Schläge aufhörten, damit sie ihre Ruhe hätte. Weder Mike Donovan noch Max Fuller waren es wert, dass man sich ihretwegen zusammenschlagen ließ. Freiwillig hätte sie für keinen von beiden auch nur eine Joggingrunde im Park ausfallen lassen, aber auch unfreiwillig war sie für keinen zu sterben bereit. Nur ahnte sie auch, was der Grauhaarige und sein breiter Freund tun würden, wenn sie ihnen alles gesagt hatte. Oder wenn sie schon vorher auf die Idee kamen, ihre Gefangene habe Ihnen nichts Wesentliches mehr mitzuteilen.

»Mit wem ist Fuller unterwegs?«, fragte der Grauhaarige.

Liz sah ihn an. Ihre Gedanken rasten, allerdings auf der Stelle. Sollte sie ihm verraten, dass der Junge Nick hieß?

Oder irgendeinen Tom, Dick oder Harry erfinden? Was, wenn der Grauhaarige bereits wusste, dass ein *Nick* Fuller begleitete? Wenn er nur den Nachnamen brauchte – den sie gar nicht kannte?

»Miss Brokaw«, sagte der Grauhaarige, senkte den Blick und schaute auf seine Finger. Es war eine sehr, sehr ungeduldige Geste.

Und während Liz den Mund aufklappte und sagte: »Ein junger Mann ...«, fragte sie sich unwillkürlich, wer vor ihrer Tür stand.

Das Knarren war fast unhörbar gewesen und die beiden hatten es nicht bemerkt, aber Liz´ Ohren waren die einer alleinwohnenden New Yorkerin und registrierten sogar im Schlaf jedes merkwürdige Geräusch im Treppenhaus, auf den Holzdielen, die zu den Apartments führten. Ihr Unterbewusstsein hatte alle Besonderheiten gespeichert, mit denen die verschiedenen Bewohner des Hauses sich nach oben bewegten, und all ihre Nachbarn hielten sich an die ungeschriebene Regel, die achte Stufe der in den ersten Stock führenden Treppe ausschließlich mittig oder auf der rechten Seite zu betreten, da die linke Seite ein lautes, nervtötendes Knarren von sich gab. Nur Besucher traten nach links. Das Knarren aber, das sie gerade gehört hatte, war leiser gewesen und nicht von unten gekommen, von der Treppe, sondern von einem der Dielenbretter direkt vor ihrer Tür. Und dieses Geräusch registrierte sie jederzeit, immer, sogar im tiefsten Schlaf. Denn es bedeutete, dass jemand direkt vor ihrer Tür stehen geblieben war. In diesem Fall jemand, der äußerst vorsichtig die Treppe hinaufgeschlichen sein musste und erst jetzt, vor der Tür, ein Knarren nicht mehr hatte vermeiden können. Denn auf die defekte Diele musste man treten, wenn man ihre Tür erreichen wollte.

All dies wurde ihr in Sekundenbruchteilen klar, noch bevor sie den Namen »Nick« aussprechen konnte, und im nächsten Augenblick wusste auch der Grauhaarige, was sie bemerkt hatte.

Die Tür flog mit ohrenbetäubendem Krach aus den Angeln, und ehe Liz sich auch nur umdrehen konnte, hörte sie mitten im lauten Aufschlag der Tür auf dem Boden ein Geräusch, als hätte jemand fast gleichzeitig mehrere Prosecco-Flaschen entkorkt.

Alles Weitere lief für sie wie in Zeitlupe ab, obwohl es rasend schnell ging. Der breite Freund des Grauhaarigen hielt mitten in seiner raschen Bewegung in Richtung Tür inne und staunte, mit einem Loch zwischen den Augen, und der Grauhaarige hatte seine Waffe gezogen und dem allgemeinen Tumult das Geräusch zweier weiterer fliegender Korken hinzugefügt. Liz wurde herumgerissen, vom freien Arm des Grauhaarigen, der die Stuhllehne gepackt hatte, sich fallen ließ und sie offenbar als Schutzschild verwenden wollte.

Während einer der zwei Anzugträger, die die Tür eingetreten hatten, mit zwei Treffern in Kopf und Brust zu Boden ging, hechtete der andere nach vorn, und seine in Liz' Richtung gerichtete Waffe zuckte dabei an der Spitze und stieß eine winzige Rauchspur aus. Liz spürte einen Windhauch, als eine seiner Kugeln sie nur deshalb verfehlte, weil sie mitsamt des Stuhls weggerissen wurde und hart auf dem Boden landete. Sie schrie auf, als der Schmerz durch ihre Schulterblätter und ihre Arme schoss, wusste für einen Augenblick nicht, ob sie das Splittern von Holz oder das ihrer eigenen Knochen gespürt hatte, und merkte dann, dass ihre Hände frei waren.

Sie versuchte auf die Beine zu kommen, stürzte, sah das Gesicht des auf sie zurollenden Grauhaarigen nicht weit von ihrem linken Fuß entfernt und trat ihm mit Wucht unter die Augen, ehe sie weiterrobbte, so schnell sie konnte, weg von ihm, weg von dem anderen.

Sie erreichte die Küche auf allen vieren, hechtete hinein und knallte die Tür mit dem Fuß zu. Keuchend krabbelte sie weiter, so schnell wie möglich auf die Anrichte zu, griff nach dem Messerblock und zog, ohne hinzusehen, an einem der dicken Griffe. Der ganze Block kam ihr entgegen, und mit dem Fleischmesser in der Hand sah sie, auf dem Boden sitzend, starr und ungläubig zu, wie die anderen Klingen direkt neben ihren Beinen heruntergingen. Mit dem Rücken gegen den flachen Einbauschrank gepresst, griff sie nach oben, in eine der Schubladen, und fingerte blind zwischen Post-it-Zetteln, Batterien und Geschenkbändern nach der Dose mit dem CS-Gas.

Sie kriegte kaum mehr Luft. Sie japste und keuchte und hätte am liebsten laut losgeheult, aber sie japste bloß weiter, stand auf, die Klinge fest in der einen und den kleinen Gasbehälter in der anderen Hand, und stellte sich neben die geschlossene Tür. Ganz gleich, wer durch diese Tür hereinkäme, sie würde sich teuer verkaufen.

Und dann merkte sie, dass es still war.

Jedenfalls nebenan, in ihrem Wohnzimmer.

Von anderswoher, aus dem Haus, hörte sie Türen aufgehen, Stimmen murmeln, und draußen, weit weg, auf der Straße, meinte sie eine Sirene zu hören, aber nebenan war es totenstill.

Sie öffnete die Tür einen Spalt breit, bereit, den Kopf sofort wieder zurückzuziehen, und sah in dem Chaos aus Holz und Splittern vier reglose Männer liegen. Den Grauhaarigen, seinen Freund, und die beiden, die die Tür eingetreten hatten. Mittendrin lagen mehrere Revolver mit Schalldämpfern, alles, was auf ihrem Tisch gestanden hatte, sehr viel von dem, was in ihren Regalen gestanden hatte, und das Handy, das Nick ihr gegeben hatte.

Sie öffnete die Tür, trat vorsichtig um die reglosen Körper herum, das Messer noch immer in der Hand, und nahm das Telefon an sich. Als sie es hochhob, bemerkte sie die scharfen Kanten an der Unterseite und drehte das Gerät um. Der Akkudeckel war zerfetzt und das Innere des Handys fast vollständig zertrümmert.

Sie steckte die Überreste in ihre Jackentasche, kniete sich hin und beförderte zwei der Revolver aus der Reichweite der reglos daliegenden Männer. Der zweite der später aufgetauchten Eindringlinge hielt seine Waffe noch in der Hand. Sie griff danach.

Und schrie auf, als seine Hand zuckte.

Es blieb bei dem einen Zucken.

Sie sah ihn an.

Und erkannte ihn wieder. Es war der Mann, der sich ihr als Agent Lard vorgestellt hatte, in der Leichenhalle, nachdem sie ihren Vater identifiziert hatte.

Lard schien noch zu atmen, aber sicher war sie nicht.

Sie griff erneut nach der Waffe, und diesmal zuckte er nicht mehr. Liz nahm seinen Revolver an sich, warf das Messer weg und steckte die CS-Dose in ihre andere Jackentasche, dann erhob sie sich und sah sich um. Noch stand niemand vor dem leeren Türrahmen.

Von draußen hörte sie nun laut und deutlich die Sirene eines Streifenwagens.

Und Lard röchelte.

Sie kniete sich hin, neben seinen Kopf. Er hatte ein Loch in der Wange, aus dem Blut sickerte, und auf dem Boden unter seiner Brust hatte sich bereits ein roter See gebildet, der langsam größer wurde.

»Die sind gleich da«, sagte sie und wunderte sich über die ruhige Stimme, die nicht ihre eigene zu sein schien.

»Bleiben Sie«, röchelte der Mann, der sich Lard nannte. Dann sagte er noch etwas, aus dem Liz aber nur die Worte »Polizei« und »gefährlich« heraushören konnte.

Anfangen konnte sie damit nichts, aber klar denken konnte sie erst recht nicht. Was sie allerdings wusste, und zwar sehr genau, war, dass sie nicht warten würde. Weder auf die nächsten Anzugträger noch auf irgendwelche schlecht gelaunten Bewaffneten in Uniform.

Sie stand auf, durchquerte das Wohnzimmer und den nach rechts führenden Flur, sammelte auf dem Weg eine Handtasche auf und betrat ihr zum Hof gelegenes Schlafzimmer.

Liz hatte die Feuerleiter nie gemocht, weil sie ihr den Blick auf den kleinen Garten versperrte. Aber als sie das Schlafzimmerfenster öffnete und nach draußen verschwand, in die Dunkelheit, dankte sie dem Architekten für seine Weisheit, den Behörden für ihre Vorschriften und dem ganz großen Architekten dafür, dass er ihr Gelegenheit gab, mit ihrem Leben noch etwas anzufangen.

Was, das wusste sie nicht.

28

»Verdammte Scheiße«, sagte Fuller, mehr zur Windschutzscheibe als zu Nick, und klappte sein Handy zu, nachdem auch sein fünfter Versuch gescheitert war, Liz telefonisch zu erreichen. Sie war weder an ihr Handy gegangen noch an den Festnetzanschluss in ihrer Wohnung.

»Mach dir keine Sorgen«, sagte Nick. Wenig überzeugend.

Die Sonne war untergegangen, und vor ihnen schälten sich mehr und mehr von Albanys nächtlichen Lichtern aus der Dunkelheit. Bis zum Lebanon Regional Airport an der Grenze von Vermont und New Hampshire würden sie noch weitere zwei Stunden unterwegs sein, immer den Lauf des Connecticut Rivers entlang nach Norden, und Fuller beabsichtigte nicht, nachts auf dem Flugplatz nach Zeugen zu suchen. Er hätte allerdings gern gewusst, was mit Liz geschehen war. Er hoffte sehr, dass sie noch lebte. Aber er hoffte erst recht, dass sie *denen* nicht verraten hatte, wie das Auto aussah, in dem er und Nick saßen. Er wollte gerade O´Brians private Nummer in sein Handy eingeben, als der Apparat zu vibrieren und zu klingeln begann.

Im Display erschien eine Nummer, die er noch nie gesehen hatte.

»Wer?«, fragte Nick.

»Keine Ahnung«, sagte Fuller. Er machte sich auf das Schlimmste gefasst und drückte auf das grüne Hörersymbol.

»Ja«, sagte er und erwartete fast, die Stimme ihres Mörders zu hören. Aber es war ihre.

»Max«, sagte sie, und er unterbrach sie sofort.

»Hey!« jubelte er, »Gut, von dir zu hören! Schön, dass du mal anrufst.« Nick grinste.

»Hat O´Brien dich rausgeschossen oder ging´s ohne Krach?«

»Wer?«

»O'Brien …«

»Max, ich hab keine Ahnung, wovon du redest. Wo seid ihr?«

Fuller zögerte. Was sollte das jetzt wieder werden? Sie klang anders als bei ihrem letzten Gespräch, erschöpfter, aber nicht mehr ängstlich. Aber wer war diesmal bei ihr?

»Wo bist du?«, fragte er zurück.

»Auf dem Weg zu einer Freundin. Aber vorher brauche ich eine neue Frisur, vor allem eine andere Farbe, und frag nicht nach meinen Kopfschmerzen. In meiner Wohnung liegen vier Leichen …«

»Wie? Ich meine, du hast doch nicht …?«

»Nein. Nicht ich, sondern das FBI. Vielleicht, keine Ahnung, denn die sind auch tot. Oder so gut wie, frag mich nicht, Herrgott, ich weiß es nicht.«

Fuller konnte nicht so ganz folgen. »Und die Bullen? Ich meine, waren da keine …?«

»Nein. Ich bin gegangen, bevor die da waren.«

»Okay, mal der Reihe nach. Wer waren die, was wollten die, was hast du ihnen gesagt, und was hast du jetzt vor?«

Er hörte sie laut seufzen, untermalt vom leisen Stöckeln ihrer Absätze auf dem Pflaster. »Weiß ich nicht. Ich brauche ein Auto, ich will hier weg.«

»Hab ich doch von Anfang an …«

»Ja, toll. Ganz toll, Fuller, danke.«

»Sorry.«

»Ich weiß nicht, wer die waren. Ich weiß nur, dass sie dich suchen. Gesucht haben. Und dass sie nicht mit dem FBI zusammenarbeiten.«

»Sofern die anderen Typen vom FBI waren.«

»Wovon ich ausgehe, denn die waren auch in der Leichenschauhalle, als ich meinen Vater identifiziert habe.«

Er ließ es so stehen, obwohl er längst nicht so sicher war wie sie. Es liefen eindeutig zu viele Typen mit irgendwelchen Ausweisen herum, und wenn Rickler sich einem altgedienten Geheimdienstpiloten wie Donovan gegenüber erfolgreich als CIA-Mann hatte ausgeben können, konnten sich auch irgendwelche Deppen eine FBI-Marke basteln und verstörte Molekularbiologinnen damit foppen.

»Gut«, sagte er. »FBI, meinetwegen. Ist diese Freundin von dir … kannst du der trauen?«

»Blumengroßhandel. Keine Vorstrafen. Außer Tickets wegen *zu schnell*, was heißt, sie hat ein gutes Auto, und genau das brauche ich jetzt. Wenn ich Glück habe, hat sie auch noch ein zweites Handy.«

»Was ist mit deinem?«

»Zerschossen.«

»Sag nicht, du rufst über deine alte Karte an?«

Sie seufzte deprimiert. »Danke, Max, ich bin nicht blöd. Eine junge Dame war so freundlich, mir ihr Handy zu überlassen. Und wenn man so aussieht wie die, muss man für dreihundert Dollar normalerweise unangenehmere Dinge tun. Dafür hat sie mir aber auch versprochen, es nicht als gestohlen zu melden.«

Fuller stieß einen anerkennenden Pfiff aus und grinste Nick an. »Schlaues Mädchen.«

»Max«, sagte sie, »ich hatte einen miesen Tag. Nicht zuletzt deinetwegen. Ich will aus dieser Nummer wieder raus. Sofort und lebend. Und ich habe kein Problem damit, jedem, wem auch immer, die Sachen meines Vaters zu geben, wenn ich danach bitte normal weiterleben dürfte.«

Sie war immer lauter geworden, und Max Fuller reagierte, wie er immer reagierte, wenn Frauen laut wurden.

»Okay«, sagte er streng, »ist angekommen, krieg dich wieder ein. Lass dir ’ne schicke Frisur machen, kauf dir ein paar Schuhe und besorg dir ein Auto.« Nick sah ihn verdutzt an, aber Fuller war nicht in der Stimmung, sich von einer schlecht gelaunten Blondine die Leviten lesen zu lassen, ganzgleich, was sie gerade erlebt hatte; schließlich hatte er sie vorher gewarnt, nach New York zurückzukehren.

»Du Arsch«, sagte sie.

»Hey, falscher Adressat! Wende dich an deinen Vater.«

Sie schwieg.

»Wenn du das Auto und ein neues Handy hast«, sagte er, »rufst du mich wieder an. Wir sind in zwei, drei Stunden in irgendeinem Motel in der Nähe des Flugplatzes, morgen checken wir da oben die Lage und finden einen Kronzeugen, und am Nachmittag müssen wir nach Florida.«

»Was?«

»Wir sind an Rickler dran. Dicht dran, glaube ich.«

»Ja, von mir aus«, sagte sie und schwieg eine ganze Weile. Dann sagte sie. »Ich melde mich.«

»Gut. Und, Liz ...«

»Was?«

»Ich bin froh, dass dir nichts passiert ist. Entschuldige.«

»Was?«

»Dass ich dich da reinziehe.«

»Bring mich da heil wieder raus, das ist besser als eine Entschuldigung.«

»Okay.«

»Und spar dir unterwegs die dummen Sprüche.«

Die Leitung war direkt danach tot.

»Ich glaube«, sagte Nick, »du solltest echt mal ´n Flirtkurs belegen, Alter.«

»Ich wollte nicht flirten.«

»Oh-okay. Sorry. Das hast du *echt* raus, Mann! *Hey, Baby, schön, dass du nicht abgeknallt worden bist – kauf dir 'n paar Schuhe und ruf mich wieder an*. Yeah! John *fuckin* Wayne!«

»Themawechsel?«

»Rasend gern.«

29

Die junge Friseurin mit dem Lippenpiercing und dem Hello-Kitty-Top hatte Liz dreimal gefragt, ob sie das ernst meine. Das: die kurzen Haare und das Schwarz. Als Liz zum dritten Mal ja sagte, zuckte das Mädchen die Achseln und meinte, man wisse ja nie. Wegen Britney und so. Die habe sich das ja damals auch nicht richtig überlegt.

Liz kommentierte die Beleidigung nicht. Sie stand unter Druck, zugegeben, aber sie war weder jung, doof und betrunken, noch brauchte sie eine Friseurin, um zu wissen, dass sie mit blonden Haaren besser aussah. Aber als Preis für ihre körperliche Unversehrtheit, die mittlerweile dank eines winzigen Pflasters auf ihrer aufgesprungen Lippe fast wiederhergestellt war, erschien ihr eine unpassende Haarfarbe als echtes Sonderangebot.

Nach dem Färben erkannte sie sich nicht wieder. Miss Kitty tat ihr den Gefallen, die Spitzen mit stumpfem Gel ein bisschen nachzuarbeiten, und danach fand Liz, dass sie aussah wie etwas, das direkt aus einem Pat-Benatar-Video gefallen war. So, wie sie es sich vorgestellt hatte. Entstellt.

Sie war zufrieden.

In der Nähe des hippen Friseursalons fand sie einen Brillenshop und kaufte sich eine Sonnenbrille, die aussah wie aus zwei schwarzen Plastikuntertassen zusammengeschweißt, schob sich das fragwürdige Modell in die fragwürdige Frisur und winkte sich ein Taxi heran.

Sie nannte dem Fahrer die Adresse ihrer Freundin Carla in SoHo und registrierte verblüfft, dass er sie während der zehnminütigen Fahrt immer wieder im Rückspiegel ansah. Mit leuchtenden Augen. Vermutlich hatte er in den Achtzigern bei Pop-Videos die Lampen gehalten. Aber weit hatte er es damit nicht gebracht, und das lag wohl auch daran, dass er den Mund nicht aufkriegte. Wofür Liz sehr dankbar war.

Noch etwas dankbarer war sie, dass Carla zu Hause war. Und dass ihre Freundin sie nach dem Öffnen der Tür kurz erstaunt musterte, dann etwas länger erstaunt lachte und mit den Worten »Erzähl mir die ganze Geschichte!« beiseitetrat und sie hereinließ.

Dann allerdings wurde alles schwierig.

Denn Liz erzählte natürlich nicht »die ganze Geschichte«, sondern eine völlig andere, die wesentlich glaubwürdiger klang und wenigstens halbwegs nachvollziehbar. Von einem verrückten Verehrer, den sie loszuwerden versuchte, von einem schrägen Impuls, von dem Gefühl, einfach mal was anders zu machen, und sei es auch noch so irre. Carla verstand das alles. Die wahre Geschichte hätte sie weit mehr aus der Fassung gebracht.

Das Problem war nur, dass sie nach dieser undramatischen Schilderung gar nicht begreifen konnte, wie eilig Liz es hatte. Und dass sie wirklich dringend Carlas Wagen brauchte.

Aber Carla schüttelte bloß bedauernd den Kopf, als sie diese Bitte gehört hatte, und sagte: »Tut mir leid, Liz, das geht nicht. Wir müssen morgen früh los, zu Ralphs Eltern, Donald wird siebzig, und Ralphs Wagen ist in der Werkstatt.«

»Ich würde dich nicht bitten, wenn es nicht wirklich dringend wäre.«

»Und ich würd's dir nicht abschlagen, wenn es nicht wirklich dringend wäre. Sei mir nicht böse, aber es gibt ja Leihwagen ...«

Und Kreditkarten, dachte Liz. Ihre letzten Dollars hatte sie dem Taxifahrer gegeben, und dass ihre Verfolger gut organisiert waren, hatte sie inzwischen begriffen. Ein Leihwagen bedeutete Personalien, Kreditkarteninformationen und viele dumme Fragen. All das kam nicht in Frage.

Erschwerend kam hinzu, dass ihr Andrenalinpegel sich inzwischen fast normalisiert hatte und ihr Körper nach Ruhe rief. Nicht nach Smalltalk in der aufgeräumten Küche einer Blumengroßhändlerin, die sie wegen komplett banaler Termine am nächsten Tag in Lebensgefahr zu bringen versuchte.

Sie stand auf.

»Carla, ich brauche deinen Wagen.«

Carla sah sie erstaunt an. »Das hab ich gehört, Liz, aber es geht nicht.«

»Doch. Weil ich dir den Mietwagen zahle. Nur kann ich im Moment meine Kreditkarte nicht benutzen.«

»Sag mal …«

Liz brachte sie mit einer Handbewegung zum Schweigen und merkte, wie ihr Geduldsfaden endgültig riss. »Ich erklär´s dir irgendwann, bei Gelegenheit. Die Geschichte ist komplizierter, und es geht nicht um einen Mann. Aber jetzt frag mich nichts mehr, sondern gib mir die Schlüssel.«

»Du spinnst«, lachte Carla. »Das ist ein Witz, Liz, aber kein besonders guter.«

Liz ließ die Hand in ihre Handtasche gleiten und spürte den Griff der Waffe zwischen ihren Fingern. Eine laute innere Stimme fragte sie, ob sie das ernst meinte, und eine noch lautere innere Stimme brüllte zurück: *und ob*.

Liz sah Carla an, und Carlas Blick wanderte zu ihrer Hand, die in der Tasche verschwunden war, und zurück zu ihrem Gesicht. Ihr Mund klappte einen Spalt breit auf, und zwischen ihren Augen erschien eine winzige Falte.

Wieder sah sie die Tasche an. Wieder sah sie Liz ins Gesicht.

Dann lächelte sie.

Und stand auf.

Carla trat an den Küchentresen, nahm ein Schlüsselbund und hakte den Autoschlüssel ab. Liz stand noch immer neben dem Küchentisch und schaffte es einfach nicht, das Lächeln zu erwidern. Sie fühlte sich, als hätte ihr jemand Botox in die finsteren Züge gespritzt.

Carla drückte ihr den Schlüssel in die Hand. Sie sah Liz wieder an, mit einem Blick, für den Liz entsetzlich dankbar war, weil er nicht nur Freundschaft signalisierte, sondern Absolution.

»Steht rechts«, sagte Carla. »Fünfzig Meter die Straße runter. Der Tank ist halb voll. Ruf mich an und sag mir, wo ich ihn abholen kann.«

»Danke«, sagte Liz und wandte sich ab.

»Der Leihwagen geht auf dein Konto.«

»Versprochen.«

»Ralph wollte schon immer mal den Touareg ausprobieren.«

Liz lächelte Carla dankbar an und nickte. »Fahrt vorsichtig«, sagte sie und setzte sich in Bewegung, auf die Tür zu.

»Pass auf dich auf«, sagte Carla zu ihrem Rücken.

Liz nickte und fragte sich, während sie die Tür öffnete: *Wer denn sonst?*

30

»Kletterst du mal nach hinten?«

»Was?«, fragte Fuller und schlug die Augen auf, hinter denen er allerlei unerfreuliche Dinge im Halbschlaf auf sich hatte zukommen sehen. Vor sich, in der Wirklichkeit, sah er allerdings nur das Gleiche wie vor seinem Wegnicken. Asphalt, Dunkelheit, hier und da gespickt mit Lichtpunkten und, etwas weiter links, Nicks enervierend waches Gesicht.

»Wir sind in einer halben Stunde da, ungefähr. Häng dich mal ins Netz und such uns ein schönes Motel in der Nähe des Flughafens.« Fuller wuchtete sich ächzend aus dem Sitz hoch und kroch ins Heck des Vans. Als er die Maus berührte, die ihm dort als erste in die Finger fiel, erwachte der große Flachbildschirm zum Leben und zeigte den Kartenausschnitt, den Nick zuletzt aufgerufen hatte. Er zeigte die beiden Landebahnen des Lebanon Regional Airport, von denen eine direkt neben der Interstate 89 nach Westen verlief. Etwa fünf Meilen nördlich war das Dartmouth College eingezeichnet, und *Dartmouth Big Green* war Fuller seit seiner Zeit bei den Columbia Lions ein Begriff. In Dartmouth selbst hatte er nie gespielt, in New York aber, erinnerte er sich, hatten sie die *Greens* zweimal geschlagen.

Fuller robbte zurück nach vorn und wünschte sich eine Flasche Wein und dabei, danach oder davor zwei Mützen Schlaf.

»Woher kennst du eigentlich diesen Jake?«, begrüßte ihn Nick.

»Die 89 nach Westen abbiegen, dann sind wir quasi schon da – Hotel finden wir auch ohne Google«, antwortete Fuller, »und Jake kenne ich seit Columbia. Jake war ein phantastischer Quarterback, Joe Montana, der Zweite, aber mit deutlich besserem Teint. Kein Warren Moon, kein Cunningham, kein Loser, der Junge hätte alles holen können.«

»Hä?«, sagte Nick.

»Basketballer?«, fragte Fuller.

»Yup.«

»So siehst du auch aus.« Er zuckte vergebend die Achseln. Nick war Experte genug, er musste nicht auch noch so schlau gewesen sein, sich die einzig wahre Sportart auszusuchen. »Hat er aber nicht, der Jake. Ich meine, weiter was für die Ewigkeit machen, sich den Superbowl-Ring holen. Hat lieber promoviert und weitergelernt. Ist heute Mr Wichtig bei einem von diesen Think Tanks, *Federal Freedom Foundatio*n. Büro in der Filiale in Florida, Haus, Yacht am Intercoastal, hübsche Frau, Sohn ohne Bewährungshelfer. Und er ist einer meiner ältesten Freunde ...«

»Und wieso sagst du ihm nicht alles« fragte Nick, »ich mein, wenn er so ein guter Kumpel ist ...?«

»Ich traue niemandem, nicht mal mir selbst«, sagte Fuller und grinste Nick an. »Und Jakes *Foundation* berät unter anderem auch das Büro des Vizepräsidenten. Das ist kein Grund, an seiner Loyalität zu zweifeln, aber warum soll ich ihm verraten, wo wir sind? Wir sehen uns ja demnächst wieder, live «

Nick unterbrach ihn: »Augenblick, er berät das Büro von Darth Vader persönlich und lädt dich jetzt nach Florida ein?«

»Ja. Nein, er berät Darth Vader und lädt mich *trotzdem* nach Florida ein.«

»Das würde ich mir aber gut überlegen.«

»Hab ich schon. Jake ist Quarterback. Und, glaub mir, ich hab den höchstens zweimal 'ne *Interception* werfen sehen. Und das waren beides Abgefälschte.«

»Meine Oma hatte europäische Vorfahren, deshalb halte ich mich an nachvollziehbare Spiele.« Nick zuckte die Achseln. »Trotzdem: Er könnte dir ja wohl auch 'ne verschlüsselte Mail schicken, wenn er bloß diskret vorgehen will und wirklich was mitzuteilen hat. Wenn er was er über Rickler gefunden hat, selbst Verschlusssachen, gut, das darf er dir nicht offiziell mitteilen. Aber wie kommt der überhaupt an solche Informationen, wenn er nicht selber Top-Secret-Clearing hat? Und wenn er die nicht hat, dann gehen irgendwo sofort die roten Lampen an, sobald er solche Infos anfordert.«

Fuller schüttelte den Kopf. »Jake ist Politikberater, Washington-Insider, aber kein NSA-Agent oder Bulle. Er kann nicht nur auf öffentliche, sondern auch auf halb-öffentliche Informationen zugreifen, und auf ein Netz, das von Zuträgern aller Art bestückt wird, vom diplomatischen Dienst bis zu Putzfrauen und Klatschreportern. Wenn du 'ne bessere Idee hast, wie wir an Rickler rankommen, lass es mich wissen. Mir fällt außer Jake niemand ein. Aber falls es dich beruhigt: *Defense wins Championships.*«

Der Basketballer sah ihn verwirrt an. »Ist gut jetzt mit dem kryptischen Gelaber. Heißt?«

»Heißt, ich soll ihm durchsagen, wann ich in Sarasota lande, und er holt mich ab. Den ersten Gefallen werde ich ihm tun, aber dort abholen lasse ich mich nicht. Wir müssen irgendwo in der Nähe landen, und dann werde ich mit ihm Kontakt aufnehmen.«

»Wir?« Nick drehte sich ein wenig zur Seite. »Ah, Master Fuller, gestatten Sie mir den Hinweis, dass ich hier nur der Rechercheknecht bin, nicht aber das Kanonenfutter! Und Florida war mir schon immer einen Tacken zu warm, zu staubig und zu alt. Das heißt, nach unserem kleinen Abstecher nach *Lebanon* werd ich wieder zurück nach New York düsen, höchstens noch auf dem legendären Acker von Woodstock einen Stopp einlegen und *in memoriam Grandma* einen kleinen Joint in den Äther schicken.«

»Okay, krieg dich wieder ein«, sagte Fuller. »Ist ja gut.« Er schwieg, aber nur einen Augenblick.

»Kneif doch«, sagte er dann. »Aber sag mir eins. Nehmen wir an, wir finden hier morgen einen Zeugen, den Typen, der Donovan und Rickler an diesem Morgen auf dem Flughafen fotografiert hat. Damit wäre Donovans Story bestätigt – und wenn wir dann Rickler mit Jakes Hilfe identifizieren, sind wir praktisch fertig. Jedenfalls hätten wir genug Fleisch am Knochen, um eine Riesenstory draus zu machen. Gemeinsam.«

Nick schwieg und sah nachdenklich nach draußen, in die endlose, langweilige Nacht.

»Mmh«, sagte er.

»Ja, mmh, eben«, sagte Fuller. »*No risk, no fun.* Ist doch die Chance, mal was Nützliches mit seinem Leben anzufangen. Seinem, meinem oder auch deinem. Denn das hier ist nicht irgendeine Konspirologenstory wie die, die du im Netz sammelst. Wir werden gejagt, wir sind gefährlich. Die Spinner da draußen vor ihren Rechnern, die nicht. Die werden nicht gejagt und nicht mal beachtet. Wenn sie Pech haben, wird ihr Ruf gemordet, aber das ist auch schon alles.«

Nick schwieg weiter die Scheibe an, und Fuller fragte sich, was er noch sagen sollte, um den Jungen zurück an Bord zu holen. Aber als der den Mund aufmachte und wieder sprach, wurde ihm klar, dass Nick keine Sekunde lang wirklich ausgestiegen war.

»Von Typen wie deinem Kumpel, übrigens.«

»Jake?«

»Klar. Spin Doctors. Disinfo-Agenten. Mediennutten. Arschgeigen.«

»Scheint mir aber nicht so ganz Jakes Thema zu sein«, erwiderte Fuller, obwohl er in diesem Augenblick gar nicht mehr so sicher war. Denn er erinnerte sich an das Abendessen in New York und daran, dass sein alter Freund bei diesem Treffen deutlich mehr über das ganze Thema gewusst hatte als er selbst. Andererseits hatte Jake ihn förmlich ermutigt, weiterzugraben, und das hätte er kaum getan, wäre er selbst in irgendeiner noch so entfernten Weise in die Vertuschung involviert gewesen. Außer, er hatte ein therapiebedürftig schlechtes Gewissen, aber soweit wollte Fuller einfach nicht denken.

Nick ließ ihn auch gar nicht dazu kommen.

»Wenn ich´s nicht besser wüsste«, sagte Nick, »würd ich sowieso sagen, dieser ganze Konspirologenkram wie *AA 77 war 'ne Rakete* und *das WTC wurde gesprengt* ist ... gesteuert. *Spin*. Alles, von vorn bis hinten. Die Leute finden das spannend, aber es geht total am Thema vorbei.«

»Weil?«

»Na, nimm mal das Pentagon, die Rakete. Da fragt man sich doch zu allererst mal: Wenn Batman so schlau ist, wieso trägt er dann seine Unterhose über der Hose?«

»Gute Frage, falsche Frage.«

»Nee, weil, wenn einer so smart ist und diese ganze Nummer planen und abziehen kann, diesen Riesenstunt, wieso soll der so beknackt sein und dann *kein* Flugzeug in die Pentagon-Mauer fliegen lassen? Jeder halbwegs begabte Depp sieht da sofort ein: Okay, *falls* das abgekartet war, das Ganze, dann haben *die* entweder die 77 entführt und reingeflogen oder ferngesteuert reingeflogen oder 'ne leere Maschine versenkt. Aber doch keine *Rakete*. Ich mein, da denkt man doch vorher drüber nach, als smarter Planer: Da wird's doch vielleicht Zeugen geben, vielleicht sogar Hunderte! Die dann aussagen: Arschklar, ein Flugzeug. Aber dann, hey, dann kommen die Konspirologen! Und legen mächtig los. *Auf dem Video vom Crash sieht man eine Rauchspur, hinter der Maschine. Aber!*«

»Aber?«

»So flach, quasi auf Bodenhöhe, wie das Ding eingeschlagen ist, entwickelt eine Jet-Turbine, die Kerosin verbrennt, einen *farblosen* Strahl. Weiß doch jeder, der mal auf einem Flughafen war. Das qualmt nicht, das gibt nur so einen Fata-Morgana-Schleier, sonst nichts. Rauchspuren hintendran gibt´s nur bei dem, was Raketen verbrennen. Ergo: Das war 'ne Rakete.«

Fuller zuckte die Achseln und nickte dann. »Logisch. Klingt aber leider fast wie ein Beweis.«

»Ja, für Doofe. Ist aber keiner. Weil die Boeing einen Lichtmast umgenagelt hat, mit der Tragfläche.«

»Verstehe.« Fuller nickte erneut. »Das heißt, die Turbine hat ... gebrannt?«

»Hundert Punkte. Deshalb der Qualm. Aber wenn du *das* einem zu allem entschlossenen Spökenkieker hinlegst, dann kommt der dir mit *das kann nicht stimmen, die Maschine wäre abgestürzt, so ein Mast ist hart*!«

»Auch wieder wahr.«

Nick schüttelte den Kopf. »Nicht bei der Geschwindigkeit. Und erst recht nicht, wenn man weiß, dass diese Masten unten, am Fuß, eine Sollbruchstelle haben. Die *sollen* umknicken, sobald ein Auto mit fuffzig Sachen dagegen knallt. Und nun frag mal, wie sauber die knicken, wenn eine 767 sie mit fünfhundert Sachen trifft.«

Fuller nickte, Nick machte eine wegwerfende Handbewegung. »Aber so geht das nur, überall, ununterbrochen. Alles Bullshit, alles völlig abwegig und vor allem nebensächlich. Auch das Loch und das Austrittsloch im Innenhof – zum Schreien. Vorn an der Fassade siehst du die Eintrittsstellen, wenn du richtig guckst – etwas tiefer, als die Konspirologen meinen –, und hinten ist nicht die Blechnase des Flugzeugs durchgeknallt, sondern das Fahrwerk, das ist nämlich verdammt schwer und geht nicht einfach kaputt. Während eine Aluminiumnase natürlich in tausend Stücke zerspringt.

Keine Frage, ins Pentagon ist ein Flugzeug reingeknallt. Welches, das ist ’ne ganz andere Frage. Aber so weit kommen die gar nicht, diese Raketenfans. Das wollen die nicht hören. Die wollen spielen. Und vergessen alles, was wichtig ist.«

»Rickler.«

»Gut, von dem konnten sie ja bisher nichts wissen. Aber im Prinzip, ja. Wie kleine Kinder, die gelangweilt aussteigen, sobald was kompliziert wird. *Wie öde, Mama.* Radar. Primär und sekundär. ELTs. Transponder. Fluglotsen. Befehlsketten, Vorschriften. Alles zu kompliziert. Denen erzählst du drei Storys, die sich widersprechen, und spätestens dann steigen sie aus. Und ziehen sich wieder auf sicheren Boden zurück, gucken ein paar Staubwolken und sagen *Ich glaub aber, das WTC wurde gesprengt.* Den Zehntausend-Seiten-Bericht des NIST zu dem Thema schenkt man sich dann lieber mal, auch wenn dann theoretisch schon wieder ein paar hundert TÜV-Leute und Statiker mit drin hängen müssten in der großen Verschwörung. Ach, es ist mühsam ...«

Fuller nickte und sah weiter nach draußen. Die Interstate zog sich jetzt durch dichte Wälder, der Verkehr war spärlich geworden, und auf dem schwarzen Himmel zeichnete sich die schmale Sichel des Neumonds deutlich ab.

»Wenn man in der Lage ist, die Türme zu sprengen«, sagte er, halb zu sich selbst, »warum dann die ganze Flugzeugnummer? Das wäre doch aus Sicht der Täter echt bescheuert und viel zu aufwendig zu inszenieren. Eine Gruppe *Arabs* als Täter, die sich mit dem Reinigungsteam ins WTC Einlass verschafft und die TNT-Ladungen in den Wochen zuvor angebracht haben, hätte es doch dann auch getan?«

»Eben«, sagte Nick. »Weites Feld. Mal davon abgesehen, dass man Wochen gebraucht hätte, um die Türme zu präparieren. Andererseits gibt´s da aber auch wieder Hinweise auf Thermit im Keller, das wäre dann ein anderes Ding, denn das ginge – theoretisch. Aber viel spannender, mein Lieber, sind die Arabs, wie du die nennst. In Sachen Spin.«

»Weil?«

»Letztes Jahr«, lachte Nick, »Paradebeispiel. Das war echt irre; da hat irgendsoein echt begabter und superfleißiger kleiner 9/11-Forscher, *JohnDoe2* nennt der sich, bei *team8plus*, ein Dossier über die Hijacker erstellt. Eine Mordsarbeit. Hunderte von Seiten. Dabei kam raus – und zwar ohne den Schatten eines Zweifels –, dass es *zwei* Mohammed Attas gab. Sogar laut offizieller Aussage ist der Mann mehrfach an zwei Orten gleichzeitig gewesen. Belegt. Durch Zeugen, Sichtungen, Unterschriften. Eine *ab-so-lute* Sensation. Und das absolute Ende der offiziellen Story. Eine Bombe! Aber was passiert?«

»Lass mich raten: Jemand erfindet eine ganz neue superschicke Verschwörungstheorie für Doofe.«

»Du lernst schnell, Max. Drei Tage später wird's nämlich plötzlich richtig laut in der Verschwörerwelt! Da tauchen plötzlich gefälschte Videos auf, die *beweisen*, dass die Türme gar nicht von echten Flugzeugen getroffen wurden, sondern von – *Raketen*! Und die Flugzeuge, die wir alle gesehen haben, im Fernsehen, die sind nur *reinkopiert* worden in die Videos! Die *gab's* gar nicht!«

»Verarsch mich nicht.«

»Tu ich nicht! Das Ganze fing original drei Tage nach dem Dossier dieses Jungen an, das die ganze Story, die von Osama und seinen neunzehn unsichtbaren Hijackern, hätte killen *müssen*! Aber da taucht wie aus dem Nichts ein ganzer Sack voll gefundenem Fressen für die ganz Bekloppten auf, und die stürzen sich natürlich drauf. Eine Website nach der anderen poppt aus der Erde, alles schick mit Bildern und Filmen. *Siehste, da ist ein Frame in dem Video, da verschwindet der Flügel! Das waren nur Hologramme*!«

»Komm, Nick, das glaubt doch keine Sau.«

»Nee, am Ende nicht, aber darum geht's ja gar nicht. Es geht darum, erstens abzulenken und zweitens *sämtliche* Kritiker des offiziellen Märchens zu diskreditieren, komplett. Konspirologen geraten immer in Sippenhaft. »Sie sind 9/11-Skeptiker, aha, Sie glauben, dass ein gefälschtes Video in den Turm eingeschlagen ist? Schönen Tag noch in der Geschlossenen!« Mit solchen Thesen schaffst du das lässig, da machst du alles kaputt. Am Ende brauchst du dann nur noch einen kurzzeitig trockenen Promi wie Charlie Sheen, der sich irgendwo hinsetzt und sagt: *Ich glaub auch irgendwie, dass das vielleicht sogar Hologramme waren!*, und schon hast du alles erreicht. Vor allem, und das war das Ziel: die wichtige Information zu vergraben.«

»Taucht doch irgendwann wieder auf.«

»Nope.« Nick sah nach vorn und schüttelte energisch den Kopf, mit weit vorgeschobener Unterlippe. »Bis heute nicht. Ich mein, klar, das Dossier findest du noch, wenn du gründlich gräbst, aber es liest keiner. *Case closed.*«

Fuller dachte nach.

»Es gab zwei Attas?«

»Yup.«

»Du verscheißerst mich.«

»Nein. Lies es, sind zweihundert Seiten, auf dem Computer. Ordner *Atta* unter *JohnD.doc.* Aber krieg keinen Schreck.«

»Wenn ich beim Autofahren so viel lesen muss, wird mir schlecht. Hatte ich schon als Kind. Kriege ich 'ne Kurzfassung?«

»Als Atta in Portland war – von wo aus er angeblich nach Boston geflogen ist, was ja eh niemand geschnallt hat –, war er gleichzeitig in Florida. Sagt das FBI.«

»Kann sich ja irren, das FBI.«

»Ja. Das eine oder das andere FBI. Aber das tut es dauernd. Mann, lies es, wenn du mir nicht glaubst. Lies das alles. Doppelte Attas im Dutzend billiger. Schon zu Zeiten ihrer *Able-Danger-* Überwachungsaktion 2000, als CIA und FBI ihn angeblich auf dem Schirm hatten – aber den anderen Atta. Und erst recht in den Wochen vor dem 11. September. Es gab zwei. Einen koksenden Wodka-Trinker, Stammgast bei Huren, und einen Islam-Freak, der 'ner Frau nicht mal die Hand gibt; einen großen, einen kleinen, einen höflichen, der gut Englisch und Deutsch sprach, und einen unhöflichen, der gerade mal 'ne Pizza ordern konnte. Kurz: einen Trottel, der in der Maschine saß, und einen Schlaukopf, der haufenweise Spuren hinterlassen hat. Und der so clever war, *nicht* in der Maschine zu sitzen.«

»Nick. Nichts für ungut, aber hast du in den letzten sechs Jahren irgendwas anderes gemacht, als dich mit dem Zeug zu beschäftigen? Zähneputzen zum Beispiel?«

»Jeden Morgen. Was willst'n damit sagen, dass ich Mundgeruch hab?«

Fuller schüttelte den Kopf. »Welchen Sinn hat das alles?«

»Stell dir das Ganze wie ein großes Spiegelkabinett vor, Max. Nichts ist, wie es scheint – obwohl es eigentlich ganz einfach ist. Aber es stehen zu viele Spiegel rum, und am Ende erkennst du nichts mehr.«

»Esoterik war nie so mein Ding, Nicky.«

»Das ist ein anderes deiner Defizite, aber das gehört nicht hierher. Pass auf. Einfaches Beispiel, nur als Exkurs, weil's nicht so kompliziert ist: Anthrax. Die Öffentlichkeit fordert nach Aufklärung von 9/11, aber Bush sagt: Wir müssen nach vorn schauen und verhindern, dass noch mehr passiert – und zieht das FBI mit dieser Begründung komplett von der 9/11-Aufklärung ab, am 14. September 2001. Dagegen wehren sich aber dann doch ein paar Leute, sogar Politiker, und bleiben stur. *Wir fordern Aufklärung!* Das Volk steht daneben und guckt doof, verunsichert. Und was passiert?«

»Plötzlich taucht eine neue Bedrohung auf und gibt dem Präsidenten Recht.«

»Exakt. Aus heiterem Himmel. Plötzlich tauchen Anthrax-Briefe auf. Und der Präsident sagt: Hab ich doch gesagt! Komischerweise treffen die Briefe aber genau die Leute, die vorher wollten, dass weiter ermittelt wird.«

»Tom Daschle.«

Fuller erinnerte sich plötzlich an das kühne Vorpreschen des Oppositionsführers in den Tagen nach dem Anschlag – und an dessen umso kühneres Zurückrudern ein paar weitere Tage danach.

»Unter anderem. Daschle war leise, nachdem er Milzbrandpulver in der Post gehabt hatte. Und dann stellt sich Ashcroft hin, immerhin Justizminister, und dröhnt: Wir haben Beweise, dass auch das mit dem Anthrax Al Kaida war! Diese Turbanträger fahren hier mit ganzen Trucks voll Biowaffen auf unseren Highways rum, echt! Das Volk schlägt sich entsetzt die Hände vor den Mund, der *Patriot Act* wird durchgepeitscht, und Ashcroft bleibt danach jeden Beweis schuldig, dass es auch nur einen von diesen Lastern überhaupt gab. So wie Powell später in Sachen Irak. Behauptung reicht.«

»Aber zumindest die Bedrohung war doch echt.«

»Klar, sind doch sogar fünf Leute dran gestorben. Einer war übrigens der Typ, der den doppelten Atta gesehen hatte, so´n kleiner Journalist aus Florida. Kein Scherz. Die anderen waren Kollateralschäden, aber das Wichtigste haben dann am Ende sowieso wieder alle vergessen.«

»Das wäre?«

»Woher kam das Anthrax?«

»Aus Saddams Unterhose?«

»Nein. Das waren waffenfähige Sporen, eine ganz bestimmte Art, unverwechselbar. Diese besondere Art, den *Ames-Strain*, den gibt´s nur in einem Labor, und das ist leider hier – in Fort Detrick.«

Fuller schwieg. Und hoffte, dass Nick aufhörte.

»Militär«, sagte Nick.

Fuller schwieg.

»Unser Militär.« Fuller schwieg.

»Weißte«, seufzte Nick, »es sind tatsächlich 'ne Reihe Leute wegen Milzbrand gestorben, aber nicht an dem Pulver, nicht an den paar Briefen. Sondern beim Versuch, das Ganze aufzuklären. Chemiker. 'ne Menge Unfälle, Selbstmorde und Herzinfarkte.«

Fuller konzentrierte sich. Nicht verrückt werden. Das Wesentliche im Auge behalten. Die Straße zum Beispiel. Oder die Leuchtreklamen, die jetzt gottlob am finsteren Wegesrand aufgetaucht waren.

»Aber damit du auch mal was zu lachen hast«, lachte Nick. »Zur Entspannung 'ne kleine Geschichte, die bestimmt reiner Zufall ist. Es gibt einen Impfstoff gegen Anthrax. War nie zugelassen worden von der zuständigen Behörde, der FDA, und der Hersteller war fast pleite. Nach den paar Briefen aber kam die Zulassung, sofort, und danach hat die Firma umgehend einen Milliardenvertrag mit dem Pentagon bekommen. Überrascht es dich, dass der Vorstandsvorsitzende dieser Anthrax-Serum-Klitsche unserer Exverteidigungsminister ist?«

Fuller reichte es.

»Das«, sagte er, »ist weit hergeholt.«

Nick wollte etwas erwidern, aber Fuller deutete durch die Frontscheibe nach halbrechts. »Und du fährst da jetzt mal ran.«

»McDonalds?«

»Ja. Und erzähl mir nicht, was wirklich in Chicken McNuggets ist.«

»Die Federn haben sie rausgenommen, seit dem Skandal. Ich würde an deiner Stelle trotzdem einen einfachen Hamburger nehmen.«

»Willkommen bei McDonalds, ihre Bestellung, bitte?«

»Neun Chicken McNuggets für mich und einen Milchshake«, sagte Fuller, dann sah er Nick auffordernd an.

Der Junge lächelte sanft. »Hast ja recht, bei unserer Lebenserwartung. Zwei Cheeseburger und 'ne Cola mit ordentlich Aspartam, bitte.«

Sie parkten auf dem weitläufigen, fast leeren Parkplatz und mampften schweigend ihre Ration. Fuller war kein Freund von Fastfood, aber in dem Kleinstädtchen, das sie ansteuerten, würde es um diese Uhrzeit mit Sicherheit kein offenes Restaurant mehr geben, und sein Magen hatte schon seit einer Weile etwas Verwertbares gefordert. Auch wenn die süßsaure Soße und der supersüße Shake die faden Hühnerteile für seine Geschmacksnerven halbwegs erträglich machten, fand Fuller seine aktuelle Lage mehr als unerfreulich. Kaum nahm man auch nur einmal im falschen Moment den Telefonhörer ab, schon war man zwei Tage später auf der Flucht, schlief in miesen Motels und musste sich Junkfood mit einem halberwachsenen Rasta-Kiffer teilen. Es kam ihm plötzlich fast erstrebenswert vor, für ein gegeltes Arschloch von Ressortchef Hochgradschwachsinn über Britneys Mom abzusondern und ansonsten seine weinselige Ruhe zu haben.

Hätte Fuller gewusst, dass er in diesen Minuten auf allen Polizeicomputern des Landes auftauchte, mit Bild und auf der aktualisierten Liste »Wanted For Murder«, wäre sein selbstmitleidiger Schub wohl noch um einige Grade heftiger ausgefallen. So aber verscheuchte er die trüben Gedanken aus seinem Kopf, verlegte sich auf ignoranten Optimismus und drängte seinen Fahrer zur Fortsetzung der Reise, kaum dass der seine Mahlzeit beendet hatte.

Als wenigen Minuten nach ihrem Aufbruch ein Hinweisschild den Lebanon Regional Airport in acht Meilen Entfernung und ein weiteres Schild das *Holiday Inn Express* in White River Junction ankündigte, deutete Fuller nach rechts, auf den Wegweiser zum Hotel.

»Ich hab ein Nachtsichtgerät dabei«, sagte Nick.

»Aber ich keine Lust, nachts über Zäune zu klettern«, erwiderte Fuller, und als Nick den Van nach rechts lenkte, begann sein Handy zu vibrieren.

Er nahm den Anruf entgegen, ohne auf das Display zu schauen.

»Hey«, sagte sie.

»Hey«, sagte er und fing sich einen Seitenblick von Nick ein, weil der ihn noch nie so sanft gehört hatte. »Alles okay?«

»So weit«, hörte er Liz´ müde Stimme sagen.

»Wo bist du?«

»In einer Telefonzelle. Irgendwo auf dem Weg nach Norden, frag mich nicht, wie das Nest heißt. Ich weiß auch nicht, ob ich´s noch viel weiter schaffe, ich bin todmüde.«

Und du stehst hörbar unter Schock, dachte er, sagte aber nichts.

»Macht nichts, ich hab Tabletten«, sagte sie, als hätte sie seinen Gedanken gelesen. »Ich werde schon schlafen, irgendwo.«

Sie verstummte und schwieg.

»Liz?«

»Was?«

»Wir kriegen das hin.«

»Ja, sicher.« Der Tonfall, mit dem sie das sagte, war wieder ganz der Alte. *Mieser Witz, Fuller.*

»Glaub mir«, sagte er. »Und wenn du mir nicht glaubst, denk dir eine gute Alternative aus.« Sie schwieg, und diesmal las er ihre Gedanken. »Okay«, sagte er, während das grünweiße Neonschild des Hotels aus dem Nachthimmel auf sie zuflog. »Du hast Recht. Die könnten mich und Nick kriegen und umbringen, das stimmt. Und uns das Zeug abnehmen, alles von deinem Vater. Aber ich bin nicht sicher, ob du danach aus dem Schneider wärst. Ob sie dich danach in Ruhe lassen würden.«

Es war still in der Leitung.

Nick parkte den Van auf dem Parkplatz und gähnte.

»Wo seid ihr?«

»Ruf mich wieder an«, sagte er, ohne ihre Frage zu beantworten. »Wir machen ein paar Interviews, und danach reisen wir weiter. Am besten mit dir, aber ich kann dich nicht zwingen.«

»Ich rufe dich an.«

»Tu das. Fahr nicht mehr so lange weiter, du bist weit genug weg. Und schlaf ein paar Stunden.«

»Ich hab die richtigen Pillen.«

31

Fuller hatte nicht mal Aspirin dabei. Geschweige denn Schlaftabletten. Und während Nick sich direkt nach dem Betreten ihres simplen Doppelzimmers auf seine Hälfte des Bettes fallen ließ, ESPN einschaltete und schon nach fünf Minuten NBA zu schnarchen begann, hatte Fuller das Gefühl, Streichhölzer zwischen die Lider gesteckt bekommen zu haben und eine brennende Nadel mitten ins Hirn. Ihm brummte der Schädel, und so holte er sich die gesamten Nüsse und Schokoriegel aus der Minibar, dazu den billigen Weißwein, und kaute, trank und starrte dabei das stumme Fernsehbild an, ohne wirklich etwas zu sehen.

Das andere Bild, das Bild, das sich vor seinem geistigen Auge abzeichnete, war nicht annährend so klar wie das auf dem Fernsehschirm, aber die Konturen waren erschreckend genug. So erschreckend, dass er das Bild am liebsten gar nicht schärfer stellen wollte. Denn was bedeutete das alles? Es hatten Übungen stattgefunden, von denen noch nie jemand gehört hatte; unter dem Radar. Veranlasst von einem Mann, der sich als CIA-Agent ausgewiesen hatte, aber, wie Donovan in seiner Aussage unterstrichen hatte, vermutlich keiner gewesen war. Und die, die in dieser Sache ermittelten, allen voran das FBI, sollten nichts, rein gar nichts bemerkt haben, weder von der Übung *Nemesis* noch von Ricklers Existenz, auch im Nachhinein nicht? War all das von den Behörden nur massiv vertuscht worden – oder war da mehr? Bedeutete das alles, dass nicht verrückte Fanatiker aus einer afghanischen Höhle die Terroranschläge organisiert hatten, sondern dass es andere verrückte Fanatiker gewesen waren, die in *seinem* Militär, in *seinen* Geheimdiensten und in *seiner* Regierung zu suchen sein mussten? Und zwar nicht im Keller, in den unteren Diensträngen und als Wasserträger, sondern an der operativen Spitze? Wie weit an der Spitze, spielte bisher keine Rolle; ob der Präsident oder der Vizepräsident die Feder geführt hatten oder ein Staatssekretär oder nur ein Agent aus der Abteilung *verdeckte Operationen*, das war am Ende fast egal. Festzustehen schien nur, dass die Höhle des mörderischen Monsters nicht in Kandahar oder Kabul oder anderswo auf der *Achse des Bösen* lag, sondern mitten in Amerika. Dass die Täter unter anderem von Vermont aus operiert hatten. Und dass sie offensichtlich nach wie vor frei schalten und walten konnten.

Mister Rickler musste sehr, sehr einflussreiche Freude haben.

In dem Moment, in dem Fuller dies klar geworden war, sah er sich plötzlich genötigt, seinem Schicksal, das er auf der Fahrt noch stumm beklagt hatte, leise zu danken. Wäre er damals nicht derart abgestürzt und in der Entziehungsklinik gelandet, sondern am 11. September 2001 und in den Wochen danach Herr seiner Sinne gewesen, hätte er schon vorher darauf kommen können, nach diesen Verbindungen zu suchen – und wäre vermutlich längst tot. So gesehen, hatte er das Killerkommando, das auf seinen Fersen war, bloß ein paar Jahre lang warten lassen.

Sag die Wahrheit und dann renn wie der Teufel, hatte einst Mark Twain, einer von Fullers Lieblingsschriftstellern, die Aufgabe des echten Journalisten beschrieben. An diesen Satz fühlte er sich jetzt erinnert. Sollten sie ruhig hinter ihm her sein; solange er keinen Fehler machte, würden sie ihn nicht erwischen – und die Wahrheit würde er auspacken, laut und deutlich, nach bestem Wissen und Gewissen, ganz gleich, wie monströs sie war. Nur würde er nach dem Ausposaunen nicht weglaufen müssen.

Denn er würde sich dabei nicht wieder so dumm anstellen wie zu Beginn seiner Karriere.

Damals, nachdem er seinen *Pulitzer* für die Recherchen über den illegalen Drogen- und Waffenhandel des State Department gewonnen hatte, war er sicher gewesen, es würde reichen, die Wahrheit auszusprechen, um gelobt, geliebt und gefeiert zu werden; nach seinem Blitzaufstieg hatte er fröhlich gewartet, dass ihm Schreibaufträge und Redaktionsjobs auf dem Silbertablett präsentiert würden. Und anfangs war es auch so gewesen. Der Chefredakteur des *Time*-Magazins hatte beim Einstellungsgespräch noch freudig gestrahlt und dauernd genickt, als er ihm seine Wunschthemen wortreich präsentiert hatte, von der Korruption im Pentagon, deren Beschaffungsbeauftragte jährlich Millionenbeträge kassierten, über die Erfindung neuer Krankheiten durch die Pharmaindustrie bis zum Geldsystem der Federal Reserve Bank, die seit der Abschaffung des Goldstandards zu einem betrügerischen Casino geworden zu sein schien. Die Ressortleiter aber hatten dann nur noch Stirnrunzeln, Naserümpfen und andere Abwehrgesten parat gehabt. Von ihm, dem Youngster, hatte man »junge Themen« erwartet – Pop, Mode, Pipifax. Für den harten Stoff waren die *senior writers* zuständig, gestandene, satte Wracks, die im Pentagon ein- und ausgingen, mit den Staatsbankern dinierten und sich ohne mit der Wimper zu zucken in karibische Fünf-Sterne-Ressorts fliegen ließen, begleitet von ihren Frauen oder anderen Frauen, um dort an pharmazeutischen »Informationsveranstaltungen« und Golfturnieren teilzunehmen.

Fuller hatte keine zwei Jahre gebraucht, um das ganze Ausmaß der Krankheit zu erkennen, von der die Medienbranche befallen war – die Presse, wie sie in den Lehrbüchern des Journalismus dargestellt wurde, als Wachhund der Demokratie, als unabhängige vierte Säule der Republik neben Legislative, Judikative, Exekutive, war in der Realität ein fetter, betäubter Schoßhund der Macht und ihre sogenannte Unabhängigkeit eine von Geld und Gier zerfressene Fassade. Nicht die Suche nach Wahrheit und die Pflicht zur Aufklärung diktierten das Tagesgeschäft der *Journaille*, sondern der Zwang zur Unterhaltung und zur Gewinnmaximierung.

Nach drei Jahren hatte er die Festanstellung bei *Time* gekündigt und war Freelancer geworden, mit der Zusage des *New Yorker* im Rücken, eine große Reportage machen zu dürfen – über die Erfindung von ADHS, des «Aufmerksamkeitsdefizit- und Hyperaktivitäts-Syndroms«, und über die finanzielle Förderung der damit befassten Forscher durch Pharmakonzerne, die eine medikamentöse Lösung für diese «neue« Krankheit verkaufen wollten.

Fullers Artikel war tatsächlich im *New Yorker* erschienen und hatte in Fachkreisen für einigen Wirbel gesorgt, aber nur dort – er hatte seinen Artikel an den Chef und die zuständigen Ressortleiter von *Time* geschickt, mit der Bitte, das Thema aufzugreifen. Aber offenbar hatte ein Anruf eines verärgerten Marketingchefs bei der *Time*-Anzeigenleitung ausgereicht, um weitere störende Storys zu verhindern. Oder zumindest alle Berichte so weit ins Bedeutungslose herunterzufahren, dass der Kunde, der für eine knappe halbe Million jährlich Anzeigen schaltete, nicht vergrault wurde. Dass 85 Prozent der Kinder, die man mit Psychopharmaka vollstopfte, schwere Schäden davontrugen und dass ein von korrupten Wissenschaftlern und Ärzten erstelltes Diagnoseverfahren für die neue, offensive Verschreibungspraxis verantwortlich war, das blieb ein Thema am Rande. Nicht der Rede wert; selbst wenn Fullers Artikel noch zehn Jahre später gelegentlich zitiert wurde; in Fachkreisen, also nirgendwo.

Das war lange her. Davor wäre ihm keine Sekunde in den Sinn gekommen, man könne versuchen, ihn zu kaufen, und dann, nachdem er es trotz Festanstellung ablehnte, eine

Medienhure zu werden, ihn still und heimlich abzuservieren; genauso wenig wie es ihm in den Sinn gekommen wäre, nach dem Ausposaunen der Wahrheit wegzurennen, als sei ihm der Teufel auf den Fersen.

Mit dem Ergebnis, dass man ihm die Posaune einfach weggenommen hatte. Aber jetzt hatte er sie wieder, und seine Lungen füllten sich mehr und mehr mit Luft für einen unüberhörbaren Stoß. Und sofern er den an der richtigen Stelle unterbrachte, müsste danach nicht er die Beine in die Hand nehmen.

Sag die Wahrheit – und dann lass die anderen rennen wie der Teufel.

Der Mut, den Fuller sich auf diese Weise einredete, während immer noch bunte, flimmernde Männer sinnlose Bälle in sinnlose Körbe warfen, reichte freilich nicht, um ihn so sanft in den Schlaf zu wiegen wie Nick, der auf dem Bett neben seinem schlummerte wie ein Neugeborenes mit leicht angeschlagenen Bronchien.

Fuller bekam den Strom seines Denkens nicht unter Kontrolle, und nachdem er sich eine Weile im Bett hin und her gewälzt hatte und ihn auch diese Stellungswechsel nicht mal in die Nähe von Morpheus´ Armen gebracht hatten, schaltete er das Licht wieder an, stand auf und öffnete erneut die Minibar. Er nahm sich das letzte Bier heraus, leerte es mit drei langen Schlucken und bat um ein leises, rasches Koma.

Stattdessen kamen ihm mehr Gedanken, und sie wurden nicht besser. *Sag niemandem mehr, als er wissen muss*, dachte er. Züchte dir *Patsies*, Sündenböcke, Ahnungslose. Lauter Menschen, die nur so viel wussten, dass sie das Gesamtbild nicht erkennen konnten. Schleuser, Zahlmeister, Bombenbauer, kleine Beamte, die einfach nur wegsahen, im richtigen Moment. Kleine Rädchen. Leute, die einen Tag blau machten, aber vielleicht auch Flugzeugentführer und

Helfer, die nicht wussten, was tatsächlich auf sie zukam. Leute wie Donovan und dessen Copilot Sheen, die glaubten, sie nähmen an einer Übung teil. Vermutlich hatten das auch einige der offiziellen Übungsleiter geglaubt. Und die Lotsen, denen man im Nachhinein erklärte, was sie gesehen hatten und was nicht. Wer widersprach, outete sich als inkompetent, stand als fahrlässiger Mitverschulder eines Massenmordes da und verlor den Verstand oder wenigstens seinen Job. *Sag niemandem mehr, als er wissen muss*. Auf diese Weise brauchte man keine große Verschwörung mit vielen Mitwissern, um einen großen Plan in die Tat umzusetzen. Und wenn am Ende die Ermittler genötigt wurden wegzusehen, kam man damit tatsächlich durch.

Ihm fiel der erste Anschlag auf das World Trade Center ein, die Bombe, die 1993 in der Tiefgarage hochgegangen war und für die später Ramsi Yousef, der *blinde Scheich*, verurteilt worden war. Die islamistische Gruppe um diesen Scheich hatte das Ganze zwar geplant, doch es mangelte ihr in New York an Möglichkeiten, an den geeigneten Sprengstoff heranzukommen. Gleichzeitig war die Gruppe aber auch von einem V-Mann des FBI infiltriert worden, und eben dieser erbot sich, den nötigen Sprengstoff zu besorgen, was er dann auch tat. Vom FBI war geplant, den Explosivstoff kurz vor der Tat gegen ungefährliches Material auszutauschen, doch dabei ging etwas schief, und es kam tatsächlich zu einer schweren Explosion. Die Behörden, allen voran das FBI, taten natürlich alles, diesen Hintergrund vor den Gerichten zu vertuschen, was auch gelang. Der blinde Scheich und seine Mordgesellen wanderten in den Knast, wo sie fraglos gut aufgehoben waren, die entscheidende Hilfestellung der *Counterterrorism*-Abteilung indes blieb sauber unter dem Teppich. Intern hatte das FBI damit seinen Ruf als »Federal Bureau of *Incompetence*« nachhaltig gefestigt.

Was, wenn 9/11 tatsächlich nach einem ähnlichen Muster abgelaufen war? Was, dachte Fuller, wenn Al Kaida das Ganze geplant, aber ebenfalls von V-Männern unterwandert gewesen war, die hier und da Hilfestellungen leisteten? In dem Fall hätte das FBI natürlich allen Grund gehabt, diese Information zu unterdrücken – und vermutlich auch Grund, von ein paar inoffiziellen freien Mitarbeitern drei oder vier lästige Zeugen beseitigen zu lassen. Drei oder vier, dachte Fuller, aber nicht dreitausend Unschuldige.

Diese Version gefiel ihm schon erheblich besser als die Alternative. Es konnte, durfte einfach nicht sein, dass *sie* den Tod tausender Unschuldiger in Kauf genommen oder sogar verursacht hatten. Wer auch immer *sie* waren: *Sie* vertuschten nur. Mehr nicht. Das war alles, so musste es sein.

Es durfte nicht anders sein.

Es durfte keine andere Wahrheit geben.

Die Folgen wären unausdenkbar.

Der Alkohol aus der Minibar hatte sein Ziel erreicht und legte ein paar wesentliche Synapsen lahm, und Fuller schaffte es zu ignorieren, dass auch in seinem Lieblings-Erklärungsmodell *er* auf der Liste der lästigen Leute stand, die beseitigt werden mussten, um die Vertuschung zu vertuschen.

Die bunten Gestalten auf dem Schirm verschwammen immer mehr. Aber sie warfen immer noch Bälle. Trafen den Korb. Und freuten sich.

Das Leben kann so einfach sein, dachte Fuller, und nickte voller Neid auf die simpel gestrickten Punktesammler ein.

DRITTER TEIL

Jäger

32

Als Fuller gegen halb acht aufwachte, war Nicks Bett leer. Dafür stand ein Laptop aufgeklappt auf dem Kopfkissen und verkündete per Bildschirmschoner: *Bin 'ne Runde hoppeln – N.*

Fuller rollte sich aus dem Bett, zog die Vorhänge auseinander, öffnete das Fenster und rieb sich die Augen. Draußen strahlte bereits die Sonne von einem makellos blauen Himmel, und im Hintergrund erhoben sich die Berge mit den Ahornwäldern, denen der Bundesstaat Vermont seinen Beinamen *Green Mountain State* verdankte. Für Fuller, der sich in den letzten zehn Jahren fast ausschließlich im versmogten New York und in den sumpfigsten Ecken von Florida herumgetrieben hatte, waren die Qualitätsprädikate «frisch« und «sauber« für diese Luft klarstes Understatement. Vermutlich hängten die Vermonter nur deshalb kein »ultra« davor, damit nicht sämtliche Großstädter ihnen das Land einrannten und all den guten Stoff einfach wegatmeten. Fuller nahm, was er kriegen konnte, und genoss den Hallo-Wach-Effekt der reinen Luft.

Als er geduscht und sich gerade ein frisches T-Shirt übergezogen hatte, betrat Nick das Zimmer, schweißtriefend und strahlend.

»Morgen. Auch schon wach?«

»Ziemlich.«

»Du solltest 'ne Runde drehen. Traumhafte Gegend. Auf der anderen Seite der Straße ist ein kleiner See mitten im Wald …«

»Im Gegensatz zu dir hab ich meinen Kleiderschrank zu Hause gelassen.«

»Ich könnte dir meine Laufschuhe leihen.«

»Soweit kommt's noch.«

Nick lachte, während er sich das durchschwitzte T-Shirt vom Leib zog und Richtung Badezimmer tappte. »Ich dusche schnell und dann können wir runter, frühstücken. Kannst aber auch schon vorgehen.«

»Ich warte.«

Fuller nahm die Mappe mit den Prospekten des Hotels und der Umgebung zur Hand, die auf dem Sideboard lag. *Welcome to Dartmouth College* lag obenauf, auf der Rückseite das Wappen und Motto der Universität *Vox clamantis in deserto – Die Stimme des Rufers in der Wüste.* Das passt, dachte Fuller, so ungefähr kam er sich vor. Dass der Wüstenrufer in der Bibel vorkam, daran konnte er sich noch dumpf erinnern, was aber mit dem passierte war, hatte er längst vergessen, falls er es überhaupt je gewusst hatte.

Das Handy in seiner Jackentasche klingelte, eine Mobilnummer wurde angezeigt, die ihm entfernt bekannt vorkam, obwohl er sie nicht zuordnen konnte. Er zögerte, dann nahm er den Anruf entgegen, im Glauben, Liz habe sich gleich nach dem Aufstehen ein neues Handy besorgt.

Aber es war nicht Liz, und die Nummer hatte er doch schon mal gesehen, was ihm einfiel, als er Ken Wilders Stimme hörte. Es war das Handy der *60-Minutes*-Praktikantin, das der Boss offenbar endgültig konfisziert hatte.

»Max? Verdammt, Mann, jetzt ist die Kacke aber am Dampfen!«

Bevor Fuller das kommentieren konnte, fuhr Wilder fort.

»Hör zu, egal, was du angestellt hast, ich unterstütze dich, versprochen. Aber du gehst jetzt sofort zur nächsten Polizeistation und stellst dich.«

»Weswegen, sind wir zu schnell geflüchtet?«

»Falscher Zeitpunkt für Sprüche, Max, es ist vorbei. Der Staatsanwalt hat mich eben sehr, sehr nachdrücklich aufgefordert, ihm deinen Aufenthaltsort zu verraten. Du wirst wegen Mordes gesucht, an Norton.«

»Ich?«

»Ja. Laut Staatsanwaltschaft gibt es nicht den leisesten Zweifel an deiner Schuld. Ich hab denen gesagt, dass du nichts damit zu tun hast, außerdem weiß ich ja wirklich nicht, wo du bist. Aber du stehst auf den Fahndungslisten und bist – offiziell – ein Mörder. Das heißt, jeder Cop von hier bis Mexiko darf auf dich schießen. Also geh selbst hin, stell dich und lass uns gemeinsam einen Weg finden, wie du aus der Sache rauskommst. Egal, was du gemacht hast.«

Fuller traute seinen Ohren nicht. »Egal, was ich gemacht habe? Bist du irre? Glaubst du, ich erschieße irgendwelche Anwälte?«

Wilder schwieg einen Sekundenbruchteil zu lange, ehe er mit beruhigender Stimme »Nein« sagte.

»Leck mich am Arsch«, sagte Fuller. »Du glaubst das? Mann, bist du fertig.«

»Ich will nicht, dass dir was passiert, und wenn du nichts gemacht hast, dann wird sich das aufklären lassen. Aber nicht, wenn du tot aus einem Mietwagen hängst.«

»Es gibt nichts aufzuklären, Ken. Die wollen mir das anhängen, damit ich mich zeige. Um so an das Material von Donovan zu kommen.«

»Die.«

»Die Mörder von Donovan.«

Ken Wilder seufzte. »Wer, *die*, Max? Die *alle*? *Die* gestern vom FBI, und *der* heute, von der Staatsanwaltschaft? Der war echt, den hab ich in seinem Büro zurückgerufen. Und du hast noch ein zweites Problem, obwohl sie dich in dem Fall nicht als Killer suchen. In der Wohnung einer gewissen Elizabeth Brokaw sind gestern Abend zwei FBI-Leute erschossen worden. Und zwei bislang nicht identifizierte andere Männer. Dein Freund O'Brien war als erster am Tatort, und er behauptet, der Tipp sei von dir gekommen.

Und schon stellen sich wieder ein paar Fragen mehr, die du zu beantworten hast.«

Fuller verdrehte die Augen, schaute an die Decke und atmete laut aus. »Ja. Garantiert. Aber garantiert nicht jetzt. Ich brauche noch zwei, drei Tage, dann habe ich die Beweise beisammen, alle – und wenn du die Story hörst und siehst, dann verstehst du auch, wieso die mich so dringend haben wollen. Ken, wir basteln hier nicht an einer Verschwörungstheorie, wir *beweisen* eine Verschwörung. Das ist die größte Nummer, an der du und ich in unserem Leben als Journalisten jemals dran waren. Und ich befürchte, in der U-Haft kann ich keine Interviews führen. Davon abgesehen, dass ich nach einem Tag da drin mit meinem Gürtel am Zellenfenster hängen würde, mit etwas Hilfe vom Personal.«

Ken Wilder schwieg.

»In spätestens einer Woche«, sagte Fuller, »hast du einen Film, der in D.C. keinen Stein auf dem anderen lässt – und den du in die ganze Welt verkaufen kannst.«

In der Leitung blieb es einen weiteren Moment ruhig, Fuller hatte die Adern »Ehrgeiz« und »Geschäftssinn« seines alten Freundes Ken angebohrt, und die dadurch frei gesetzten Assoziationen brauchten einen Augenblick, um sich zu formieren.

»Sobald das Ding ausgestrahlt ist, stelle ich mich dem Staatsanwalt – und CBS zahlt mir die ganze Anwaltskompanie von O.J. Simpson, um diese absurde Anklage aus der Welt zu schaffen.«

Er hörte Wilder am anderen Ende Leitung langsam ausatmen. »Eine Woche.«

»Maximal. Wir versuchen es bis Freitag, zur Sendung. Und, ja, wir haben die technischen Möglichkeiten, das Zeug in Sendequalität zu schneiden.«

»Wir?«

»Ich«, sagte Fuller. Dass er Nick in diesem Augenblick frisch geduscht und umgezogen aus dem Bad kommen sah, bedeutete nicht, dass irgendwer sonst von seiner Existenz wissen musste.

»Wie komme ich an den Film?«, fragte Wilder.

»Kriege ich raus«, sagte Fuller und sah Nick an. »Notfalls schicke ich dir einen Kurier, aber vermutlich kann ich das Zeug auch komplett durch den Draht jagen? Fünfundvierzig Minuten?«

Nick wiegte skeptisch den Kopf.

»Wir finden einen Weg«, sagte Fuller. »Das gehört jedenfalls nicht zu meinen Top-Five-Problemen.«

»Worauf du einen lassen kannst«, knurrte Wilder. »Gut. Halte mich auf dem Laufenden. Und pass auf dich auf. Ich mag dich, Junge, ich will mir kein Foto deiner durchlöcherten Leiche ans Pinboard hängen.«

»Mach einen *Time*-Titel draus. *Men of the year*, Fuller und Wilder.«

»Bleib auf dem Teppich. Oder drunter.«

Es klickte in der Leitung, Wilder hatte aufgelegt.

Fuller ließ den Kopf hängen und starrte auf den Boden.

»Was'n los?«, fragte Nick.

»Ich werde gesucht, wegen Mordes an Norton ...«

»Shit.« Nick sog scharf Luft ein, verzog das Gesicht und kratzte sich ausgiebig am Lockenkopf. Dann sah er auf und versuchte, ein aufmunterndes Gesicht zu machen.

»Halb so schlimm, dein Gesicht ist eh nicht so markant.«

»Danke.«

»Nee, ernsthaft, dich kriegen wir entstellt. Neue Haare, Sonnenbrille, Baseballkappe, Rasierer wegwerfen ... ab sofort solltest du inkognito reisen.«

Fuller nickte.

»Vorne an der Ecke ist ein großer Supermarkt, ich besorg dir 'ne Mütze und 'ne Brille und ein Haarfärbemittel.

Fön ist im Bad, das machen wir noch schnell vor dem Frühstück.«

Als sie eine Dreiviertelstunde später in den Frühstücksraum des Holiday Inn schlenderten, erinnerte Fullers Wasserstoffblond an den späten Andy Warhol, seine voluminöse Sonnenbrille an Elton John am Morgen nach einer durchzechten Hochzeit, und die rote Ferrari-Mütze wies ihn nur deshalb nicht als Verehrer von Michael Schumacher aus, weil er die Kappe falschrum trug. Nick hatte gelacht, als er ihm das Ding überreicht hatte, und gemeint, er hätte keine andere kaufen können, denn ansonsten wären nur Basketball-Modelle da gewesen.

»Die Brille ist auch komplett krank«, knurrte Fuller, als sie nebeneinander vor dem Büffet standen, hinter dem ein großer Spiegel angebracht war. Nick grinste ihn im Spiegel an und lud sich einen großen Teller mit Müsli voll.

»Ach, komm. Na, gut, 'n bisschen wie Alt-Schwuchtel auf Urlaub siehste aus, aber wir wollen doch nach Florida, oder? Für den Anfang ist das 'ne Eins-A-Tarnung.«

Fuller beeilte sich mit dem Frühstück und ließ Nick einfach zurück, als der aufstand, um sich eine zweite Portion zu holen. Er ging nach draußen, überquerte die Straße und erstand im Supermarkt eine *Buccaneers*-Mütze – Nick hatte glatt gelogen, es gab jede Menge Football-Caps – und für sechs Dollar einen Nachbau des *Ray-Ban*-Aviator-Modells. Wenn er sich schon verkleiden musste, um Piloten hinterherzuschnüffeln, dann doch wenigstens mit einer passenden Brille und nicht dem Christopher-Street-Day-Modell, das Nick ihm ausgesucht hatte.

Nach diesen Renovierungsarbeiten störte ihn nur noch die absurde Farbe auf seinem Kopf. Aber er wusste, dass er Opfer bringen musste. Und dass dies höchstwahrscheinlich nicht das größte bleiben würde.

33

Sie checkten aus, zahlten bar, kletterten zurück in den Van und machten sich auf den Weg zum Lebanon Regional Airport. Nach zwei Kilometern überquerten sie den Connecticut River, der die Staatsgrenze von Vermont markierte. *Live Free or Die – Welcome to New Hampshire,* begrüßte sie ein Schild auf der anderen Seite des Flusses. Nach einem weiteren kurzen Stück nahmen sie die Ausfahrt zur Airport Road.

Geradeaus vor sich sah Fuller zwei Hangars und eine Reihe von Kleinflugzeugen stehen. Nick folgte der Straße nach rechts und stellte den GMC auf dem Besucherparkplatz vor dem Hauptgebäude ab.

Nick stand auf und krabbelte nach hinten, Fuller zog das Foto heraus, das Donovan, Sheen und Rickler zeigte, und erkannte den kleinen Kontrollturm wieder, der auf dem Bild wie in der Realität jenseits der Landebahn stand. Sie waren am richtigen Ort, zweifellos.

»Was machst du?«, fragte er Nick, da er leises Tastenklicken und das lautere Klacken hörte, mit dem der Drucker einen Bogen Papier einzog.

»Fotos«, sagte Nick.

Fuller drehte sich halb um und spähte an Nick vorbei. Aus dem Drucker schob sich das Beweisfoto, in A4-Format.

»Ich mach uns jedem eins«, murmelte Nick und hackte gleichzeitig weiter auf seiner Tastatur herum. »Und die Ansprechpartner … ah«, sagte er, als er fündig geworden war, und bestätigte zwei Tasten gleichzeitig. »Direktion, Verwaltung, alles, was das Herz begehrt. Bleibt nur die Frage: Wieso fragen wir eigentlich?«

Fuller dachte nach. »Die Direktion bringt im Zweifel gar nichts. Von denen wird kaum einer das Foto gemacht haben.« Er deutete auf den Drucker, der am zweiten Bild arbeitete. »Das war ganz früh morgens, auf dem Rollfeld. Donovan muss jemand vom Bodenpersonal seine Kamera gegeben und den gebeten haben, ihn und seine Freunde abzulichten. Das heißt, wir suchen die 9/11-Frühaufsteher.«

Mit jeweils einer Kopie des Fotos in der Tasche stiegen sie aus und gingen ein Stück nach rechts die Straße hinunter, die parallel zu der nach Süden verlaufenden Start- und Landebahn verlief. Sie erkannten von der Seite nun auch das Empfangsgebäude, vor dem wie auf dem Foto zwei Fahnenmasten standen.

»Das Foto ist von Norden aus gemacht, von der anderen Seite«, sagte Nick, und Fuller nickte. Sie gingen zurück zum Parkplatz, am Hauptgebäude vorbei, und ein Stück die Straße zurück, die sie gekommen waren. Ein schmaler Weg führte bis an das Rollfeld heran. Unter einem weißen Plastikdach standen zwei Rollwagen und ein Elektrokarren.

»Könnte da vorn gewesen sein«, Fuller deutete auf den Platz vor der Überdachung, »ist die einzige Stelle, an der man sich gepflegt bedeckt halten kann, ansonsten stehst du hier mit 'ner Kamera auf dem ödesten Präsentierteller der Welt.«

Er sah sich um.

Die Hangars des Lebanon Regional Airport waren alles andere als groß.

»Wo haben die die Maschine gelassen, vorher?«

»Kann mir nicht vorstellen, dass die schon vorher da war«, sagte Nick und schüttelte den Kopf. »Zu groß, zu auffällig. Vermutlich haben Rickler und seine Freunde die nachts hergebracht, und der Vogel musste nur ein, zwei Stunden parken. Wir müssen auf jeden Fall im Netz checken, welche Landungen hier für diese Tage registriert sind.«

Registriert klang in Fullers Ohren fabelhaft. Er erinnerte sich an seitenlange verwirrende Files in Nicks Rechner, herauskopiert aus der Website des *Bureau of Transportation and Statistics*. Und er erinnerte sich an den souveränen Ton, mit dem die Macher der Seite ihren Service anpriesen.

»Es wird doch alles automatisch registriert«, sagte er. »Jeder Start, jede Landung, korrekt?«

»Nope.« Nick schüttelte den Kopf. »Das heißt, ja, aber eben nur bei den Fluglinien. Die Mühlen haben alle einen Sender an Bord, du kriegst die tatsächlichen Start- und Landezeiten auf die Minute genau geliefert, vollautomatisch. Übrigens hoch spannend, diese unbestechliche Datenbank, weil die 9/11-Kisten teilweise zu ganz anderen Zeiten gestartet sind als im *Commission Report* steht …«

»Verschon mich. Sag mir einfach, dass auch Donovans Kiste da aufgelistet ist.«

»Unwahrscheinlich, aber überprüfen müssen wir das, klar. Vielleicht finden wir ihn ja auch zweimal, wie den Abflug von American 11 aus Boston …«

»Vielleicht war er das. Zwischengelandet.«

»Nee, das waren wieder zwei andere AA11, die da gestartet sind.«

Fuller nickte bloß. Den Teil kannte er inzwischen auch, er hatte mehr als genug gelesen, aber die doppelte American 11, die am 11. September von verschiedenen Gates des Logan Airport in Boston aus gestartet war, die wollte er jetzt nicht auch noch als Puzzlestein verarbeiten. Es war schon so alles irrsinnig genug.

»Ein fetter Jet mit vier Triebwerken«, sagte er, »der muss auf diesem Kleinflughafen aufgefallen sein, auch morgens um fünf. So was kommt hier ja nicht jeden Tag angeflogen.«

Er bedeutete Nick mit einer Handbewegung, ihm zu folgen. »Lass uns mal reingehen und ein paar Leute fragen, wobei …«, er verstummte und betrachtete Nicks T-Shirt, das ein großes Hanfblatt und die Aufschrift *Don't panic, it's organic* zeigte. »Ich mit dieser bescheuerten Haarfarbe, und du mit diesem Hemd – wir geben nicht gerade ein diskretes Recherche-Duo ab. Vielleicht checkst du mal im Auto die BTS mit den An-und Abflügen hier und in Charlottesville, wo Donovan wieder runtergekommen ist, und ich frage mich allein durch.«

Nick grinste. »Den Text kenne ich doch noch von meinem Alten. Der wollte mich auch nie irgendwohin mitnehmen.« Er nickte. »Gebongt, ich mach die Drecksarbeit.«

»Sauber. Und wenn du dabei bist, krieg auch gleich mal raus, von wo aus wir nach Florida fliegen. Irgendwas Kleines für Privatflieger, so nah wie´s geht.«

»Ja, Chef. Und du sag einfach, du wärst von der *Aviation Week*. Mit der Brille glaubt dir das jeder.«

Er schlenderte zum Auto zurück, und Fuller setzte sich in die andere Richtung in Bewegung, auf das Flughafengebäude zu.

Als er die Halle betrat, vermutete er, dass nur ausgemachte Fans des Bundesstaates Vermont den Regionalflughafen Lebanon als »übersichtlich« bezeichneten. Auf alle anderen konnte das, was er vor sich sah, bloß trostlos wirken. Außer dem Shuttle Service nach Boston und New York, den *Colgan Air* und *US Airways* mehrmals täglich durchführten, waren auf dem Bildschirm für die Abflüge und Ankünfte keine Verbindungen angezeigt. Die Schalter der Airlines und der Schalter der Autovermietung waren unbesetzt, im Flughafenbüro an der Rückseite der Halle saß eine junge Angestellte am Schreibtisch. Sie hatte den Flughafen praktisch für sich allein, aber sie sah nicht so aus, als hätte sie sich das je gewünscht.

Fuller durchquerte die Halle, setzte sein Wichtig-Gesicht auf, lächelte und lehnte sich an den Tresen.

Die Angestellte stand auf und lächelte zurück.

»Kann ich ihnen helfen, Sir?«

Der Sticker an ihrer Weste wies sie als Joan Reacher aus.

»Ich hoffe«, sagte er und legte das Foto auf den Tresen, »Miss Reacher, ich bin Don Baron, Reporter der *Aviation Week,* und brauche ein paar Informationen zu diesem Foto.«

Sie senkte den Blick, schaute sich das Bild an und sah fragend wieder auf.

»Es ist hier auf dem Flugplatz aufgenommen worden, aber nicht von unseren Fotografen, sondern von einem Ihrer Angestellten. Das Problem ist, wir machen eine Story über den Piloten, Oswald Lilienthal, einen wunderbaren Mann, Kriegsheld, hochdekoriert, und wir möchten das Bild verwenden, haben aber die Rechte nicht. Und wir sind ja keine Diebe«, setzte er seinem charmantesten Lächeln hinzu. »Aufgenommen ist das vor etwa sechs Jahren, also ...«

»Oh, das tut mir leid, Sir«, sagte Miss Reacher, »Ich arbeite hier erst seit dem letzten Sommer.«

Fuller sah sie fragend an. »Bedauerlich«, sagte er und meinte es ernst, in jeder Hinsicht. »Wer von ihren Kollegen könnte mir vielleicht helfen?«

Die junge Frau zögerte einen Moment: »Mr Fitzgerald, der Direktor, ist heute nicht da, aber vielleicht seine Sekretärin, Mrs Tripp, die ist, glaube ich, schon sehr lange bei uns.« Sie deutete über seine Schulter, und er ließ ihrem Fingerzeig einen Blick folgen.

»Nehmen sie die Treppe in den ersten Stock, die erste Tür links.«

Fuller bedankte sich, wünschte der armen Miss Reacher einen schönen Tag und ging die Treppe hinauf.

Phylllis Tripp arbeitete in der Tat schon fünfzehn Jahre am Lebanon Regional Airport, wusste aber ebenfalls keinen Rat. Immerhin gestattete sie dem charmanten Reporter der *Aviation Week* aber, sich im Haus und auf dem Rollfeld frei zu bewegen und weitere Mitarbeiter zu befragen, um seine noble Mission zum Abschluss bringen zu können.

Dass ein Journalist wie er den weiten Weg auf sich nahm, nur um einem kleinen Angestellten eines kleinen Flughafens einen Scheck über hundert Dollar für die Bildrechte zu überreichen, schien Mrs Tripp regelrecht den Glauben an die Menschheit zurückzugeben, oder wenigstens den Glauben an den amerikanischen Journalismus, und solche Überzeugungsarbeit leistete Fuller immer gern.

Aber auch Mrs Tripps begeisterte Hilfsbereitschaft brachte ihn nicht näher an sein Ziel. Die beiden Angestellten, die in den Büros nebenan arbeiteten oder zumindest so taten, konnten Fuller ebenso wenig weiterhelfen wie die Leiterin der Frachtabeilung, die im Raum gegenüber saß.

Fuller dankte artig, ging wieder nach unten in die Halle und klopfte an die Tür mit der Aufschrift *Security*. Ein Mann und eine Frau in Uniform saßen dort an einem Campingtisch und sahen sich eine Seifenoper auf einem kleinen Fernseher an. Auch sie zuckten auf seine Frage die Achseln und verneinten, obwohl beide in der fraglichen Septemberwoche Dienst gehabt hatten und sich – natürlich – an diese Tage erinnerten. Allerdings nicht an ihren genauen Dienstplan. Und erst recht nicht an eine viermotorige Maschine. Oder an die Herren auf dem Foto.

Fuller ging durch den Ausgang auf das Rollfeld.

Die Sonne fiel ihm warm auf den Rücken, es war ein fast windstiller, herrlicher Tag zum Fliegen in der wunderbaren Vermonter Luft, aber offensichtlich kein herrlicher Tag, um am Boden auch nur einen Zentimeter voranzukommen. Und Fuller fragte sich, während er über den Asphalt tappte, was ihn eigentlich so furchtbar müde machte. Die gute Luft oder die unglaublich dösige Atmosphäre auf diesem leblosen Flughafen?

Neben zwei Benzintanks auf der rechten Seite und einem Feuerwehrwagen arbeiteten in einer offenen Halle zwei Mechaniker an einer *Beechcraft* – ansonsten war auf dem ganzen Gelände kein Mensch zu sehen. Fuller ging mit dem Foto auf die beiden zu und sagte erneut seinen Spruch auf.

»Keine Ahnung, Mann«, sagte der ältere der beiden achselzuckend, nachdem er sich das Bild kurz angeschaut. »So 'ne Vögel landen hier nich, normalerweise. Sieht aus wie 'ne alte EC-135. Oder 'ne KC. Aber stimmt schon, der steht auf unserem Gelände hier.« Er zuckte mit den Schultern, während sich sein Kollege schon wieder seiner Arbeit zugewandt hatte.

»Eben deshalb müsste sich doch jemand daran erinnern«, nahm Fuller einen weiteren Anlauf.

Der Mechaniker sah ihn müde an. »Ist ja lange her.«

Fuller hatte das Gefühl, dass sein Gehirn langsam weich wurde. Aber er lächelte bloß, bedankte sich und wanderte weiter. Er marschierte ein Stück nach Norden zu den Hangars, die sie bei der Anfahrt gesehen hatten. Hier stand ein halbes Dutzend einmotoriger Maschinen im Freien, und in einer der offenen Hallen erkannte Fuller einen Lear-Jet. In einem der einstöckigen Gebäude daneben war die *Green Mountain Flight School* untergebracht, aber die Tür war verschlossen und ein handgemaltes Schild verkündete: »Bürozeit 11:00–20:00 Uhr«.

Fuller sah auf die Uhr. Das war noch über eine halbe Stunde – zu lange, um zu warten. An dem Lear-Jet nebenan wienerte ein Mann in einem roten Overall herum, und als Fuller auf ihn zu ging sah er, dass es sich um eine Burschen von vielleicht 19 Jahren handelte. Also drehte er ab, zurück zum Hauptgebäude.

Auf der nach Westen ausgerichteten Landebahn flog eine Einmotorige ein, setzte mit zwei kleinen Hüpfern auf und rollte aus.

In der Halle ließ sich Fuller von einem Automaten einen Milchkaffee brühen, an dem er sich fast die Zunge verbrannte. Ein Augenzeuge für Donovans Abflug war hier nicht zu finden, zumindest nicht auf die Schnelle – und ob es sich lohnte, auf den Chef von Mrs Tripp zu warten, der erst am nächsten Morgen wieder im Büro sein würde, bezweifelte Fuller. Was blieb? Die Klinkenputzer-Tour? Die gegenüberliegende Wohnsiedlung mit dem Foto abklappern? Aber wer würde sich dort an ein Flugzeug erinnern, dass vor sechs Jahren früh am Morgen auf dem Flughafen gestanden hatte?

Fuller trank Kaffee und versuchte, sein müdes Restgehirn zu sortieren. Brauchten sie überhaupt diesen Augenzeugen? Dass sie den richtigen Flugplatz hatten, ließ sich eindeutig im Bildvergleich beweisen; und selbst wenn ein lebender Beweis deutlich mehr wert wäre, fiel ihre Story gleich auseinander, falls sie den schuldig blieben?

Als Fuller sich auf die weiße Bank setzte, die in dem zwei Meter breiten Grünstreifen vor dem Gebäude stand, und in seinen immer noch viel zu heißen Kaffee pustete, bog ein Kleintraktor mit Rasenmähervorsatz um die Ecke. Der kleine grauhaarige Farbige mit schwarzer Brille und grüner Baseballmütze, der hinter dem Lenkrad hockte, tuckerte wie der albernste König der Welt einen knappen Zentimeter an Fullers Zehen vorbei, ohne auch nur nach rechts zu schauen, und stellte sein praktisches Gefährt zwei Meter weiter an der Schwelle des Grünstreifens ab.

Fuller sah den kleinen Mann ungläubig an. Sein Overall wies ihn als Angestellten des *Lebanon Regional Airport* aus, und obwohl der Typ nicht aussah, als merkte er überhaupt noch irgendwas, stand Fuller auf und ging auf ihn zu. Letzter Versuch.

»Entschuldigung, Sir, Don Baron von der *Aviation Week*, ich hab mir bei Ihren Kollegen schon die Hacken abgelaufen.«

Der kleine Mann blieb stehen und starrte Fuller durch dicke Gläser einfach nur an, ohne etwas zu sagen.

Fuller wiederholte seinen Text, zeigte das Foto und fragte sich, ob der kleine König des Straßenbegleitgrüns vielleicht nicht nur extrem kurzsichtig, sondern obendrein taubstumm war, denn er gab weiterhin keinen Laut von sich. Erst als Fuller fertig war, zog der Mann seine Augenbrauen zusammen und kraulte sich ausgiebig im Bart, dann sah er fragend auf, als hätte er vor lauter Kraulen schon wieder vergessen, was sein Gegenüber gerade gefragt hatte.

»Sie haben auch keine Ahnung, ist ja auch lange her, entschuldigen Sie die Störung«, sagte Fuller, nickte resigniert und nahm einen Schluck von seinem Kaffee. Den hätte er allerdings fast wieder ausgespuckt, als er von einer extrem tiefen Stimme zu hören bekam: »Das hat Walt gemacht.«

Ungläubig stellte Fuller den Kaffeebecher auf den Boden.

»Walt?«

Der kleine Mann nickte. »Der war Security hier.«

»Sind sie sicher, Mr ..., äh, wie ist ihr Name, bitte?«

»Bill Bright.«

»Mr Bright, Bill. Ich bin glücklich, dass Sie mir helfen können. Kennen Sie einen der Männer auf dem Foto?«

Fuller hielt es seinem Gegenüber erneut hin. »Nöh, kenn ich keinen von. Aber Walt hat die gemacht.«

»Walt, und weiter?«

»McKenzie.«

»Aha ...«

»2001. 11. September.«

Fuller nickte.

»Hat er mir erzählt. Halb sechs, 6:00 Uhr morgens oder so. Ist die gelandet, 'ne große Boeing. Und dann wieder weg, zwei Stunden später. War Übung.«

Fuller glaubte, sich verhört zu haben.

»Bitte?«

»Hier«, dröhnte der Bass leise durch den Bart. »Aber nur bis acht. Nachtübung. Blöder Quatsch, was soll das?

Nachtübung für nix, wegen wenn die Luft mal verseucht wär oder so, von der Stadt. Alle drin bleiben und Fenster zu. War aber dann keiner da. Hier. Außer Walt. Und, weiß nich, zwei, drei andere Leute, aber die sind nich mehr da. Und Walt, der hat da zweihundert für gekriegt.«

»Für die Bilder?«

Der kleine Mann nickte. »Viel. Hat er einen ausgegeben von. Hat der Kapitän ihm gegeben, das Geld, der war schon ’ne Stunde vorher da oder so. Hat ihm ’ne Kamera gegeben. Und zweihundert. Und dann hat Walt dem den Fotos geschickt. Und die Kamera. Digital. Konnte man die Bilder gleich drauf gucken. Kann ja heute jeder.«

Fuller nahm seine Sonnenbrille ab.

»Haben Sie eine Adresse?«

»Ich?«

»Ja. Von Walt.«

»Nee, den hat seine Mutter.«

Fuller versuchte zu verstehen, was das bedeutete, aber er scheiterte auf ganzer Linie. »Er wohnt bei seiner Mutter.«

»Nee, da steht der im Schrank, seine Urne.«

»Seine …?«

»Ist schön, mit goldener Schrift.«

»Walt ist tot?«

Der kleine Mann sah ihn an, als wäre er der Begriffsstutzige. »Wie soll der denn sonst in der Urne sein?«

»Wie ist das passiert?«

»Mit dem Auto. Gegen ’n Baum. Mussten sie fällen.«

»Und wann?«

Bill Bright kratzte sich wieder im Bart und verdrehte nachdenklich die Augen gen Himmel. »War’n paar Monate später. Vor Weihnachten. ’Ne Woche vielleicht. War glatt auf den Straßen.« In seinem Gehirn rappelte es erkennbar, und seine Stirn legte sich in gefährlich tiefe Falten.

Fuller schwieg und wartete.

»War komisch«, sagte Bright. »Jetzt, wo Sie´s sagen.«
»Weil?«, fragte Fuller.
»Weil es Tag war. Und Walt war´n guter Fahrer, und vorsichtig. Und gesoffen hat er nur abends, manchmal. Und weil seine Mom gesagt hat, glaub ich, der hatte'n Herzinfarkt, hat der von der Stadt gesagt, der Arzt. Und das ist auch komisch, weil, so was hatte der noch nie, vorher, der war noch nicht mal zum Arzt, nie.«
»Wie alt war Walt?«
»So wie Sie ungefähr.«
»Zu jung zum Sterben«, sagte Fuller und nickte.
Er zögerte einen Moment und wusste nicht, was er noch fragen sollte. Die Spur war genauso tot wie der Fotograf, das war alles. Er sah Bright an und brachte ein Lächeln zustande.
»Danke, Mr Bright, das war ... eine große Hilfe.«
Er nahm seinen Kaffeebecher vom Boden, nickte zum Abschied und wollte losgehen, als Bill Brights Bassstimme fragte: »Hat das was mit 9/11 zu tun?«
Fuller drehte sich um und kleckerte dabei etwas Kaffee auf seine Hände. Zum Glück war das Zeug inzwischen kalt.
»Nein«, sagte er.
»Weil«, sagte Bright, »das war an dem Morgen, oder?«
Fuller nickte. »Ein dummer Zufall.«
Auch Bright nickte, und Fuller setzte sich wieder in Bewegung. Aber der Bass holte ihn noch einmal ein.
»Da war aber schon mal einer da. Aber nicht von der Zeitung.« Fuller drehte sich um und ging zurück zu Bright.
»Wann?«, fragte er.
»Danach«, sagte Bright.
»Ja, aber wann danach?«
»Paar Wochen.«
»Wer?«
»FBI«, sagte Bright, und Fuller hätte fast die Tasse losgelassen.

»Die haben mit Ihnen gesprochen?«

»Nee«, sagte Bright und schüttelte langsam den Kopf. »Aber mit Walt. Und ich mein, ich weiß nicht, also, ob das FBI war, das hat ja nur Walt gesagt, weil, der hat mir das erzählt. Und die haben ihn auch gefragt.«

»Nach dem Foto?«

»Nach dem Morgen. Die hatten kein Foto. Aber Walt war ja schlau.«

»Inwiefern?«

»Na, Walt hat denen das ja nicht gesagt, dass er dieses Ding aus der Kamera noch hatte.«

»Welches Ding?«

»Diese Karte.«

»Mit den Bildern drauf?« Bright nickte.

»Ich dachte, das hatte er weggeschickt, alles?«

»Ja, aber so 'ne Karte kann man kopieren.«

»Und warum hat er das gemacht?«

»Weiß ich nicht«, sagte Bright. »Ich dachte, wegen 9/11, deshalb hab ich Sie ja gefragt.«

»Wer hat die Kopie jetzt?«

»Die ist weg.«

»Sagt wer?«

»Seine Mutter.«

»Seine Mutter?«

»Ja. Da waren die nämlich auch.«

»Die?«

»Die vom FBI. Obwohl, ich weiß ja gar nicht, ob die vom FBI waren. Aber nach der Beerdigung waren die noch mal bei Walt, also bei seiner Mutter. Und da musste die denen die Karte geben.«

Fuller schwieg.

Dann nickte er.

»Bill, würden Sie das, was Sie mir gerade erzählt haben, noch mal erzählen?« Da Bright ihn daraufhin ansah, als wolle er sofort die Beine in die Hand nehmen und Hilfe holen, beeilte er sich, zu erklären, was er meinte. »Vor einer Kamera.« Er deutete in Richtung Parkplatz. »Ich stelle Ihnen ein paar Fragen, im Großen und Ganzen die, die sie schon kennen, und sie erzählen noch mal die Geschichte. Von Walt, von seiner Mutter und von den FBI-Agenten.«

Bright verschob den unteren Teil seines Bartes ein bisschen nach links.

»Könnt ich machen«, sagte er.

»Würden Sie?«, fragte Fuller.

»Wofür brauchen Sie´n das, wenn Sie´n Artikel über diesen Kriegshelden machen?«

Fuller nickte und lächelte. »Okay, wie viel?«

»Was wollten sie Walt für das Foto geben?«

»Zweihundert.«

»Und was hätten sie dem für´n Interview gegeben?«

Diesmal grinste Fuller über das ganze Gesicht. »Einigen wir uns auf tausend, Mister Bright.«

Bright grinste ebenfalls über das ganze Gesicht, soweit Fuller das erkennen konnte, und nickte zufrieden Zustimmung.

34

»Senden kannst du das nicht«, sagte Nick, nachdem sie das Interview im Kasten hatten und die Kameraausrüstung wieder im Van verstaut war. Fuller schaute noch immer Bill Bright hinterher, der vom Parkplatz aus zurück auf das Flughafengebäude zu schlenderte, sein Honorar tief in seiner ausgebeulten rechten Overalltasche verschwinden ließ und sich im Gehen eine Zigarette anzündete.

»Weil?«, fragte er und drehte sich zu Nick um. »Hast du Angst, dass sie ihn auch umbringen?«

»Nee, uns, wenn wir das anbieten.« Nick knallte die Seitentür zu. »Dem Mann kannst du 'ne Kolumne im *National Enquirer* geben, aber keinen Auftritt bei 60 Minutes.«

Nick ging um den Wagen herum und stieg auf der Fahrerseite ein, Fuller nahm auf dem Beifahrersitz Platz und schloss seine Tür. Nick hatte nicht Unrecht, Bill Bright war alles andere als ein seriöser Zeuge. Andererseits mussten sie nehmen, was sie kriegen konnten.

»Immerhin«, sagte er. »Er bestätigt die Story – und setzt mit der kleinen Übung, die sie hier in der Nacht vorher hatten, sogar noch einen drauf. Walt hat die Fotos gemacht, Walt ist umgebracht worden, und das FBI oder irgendwelche Typen, die sich als FBI verkleidet hatten, waren danach hier und haben die Beweise verschwinden lassen.«

»Schöne Geschichte«, sagte Nick und ließ den Motor an. »Nur blöd, dass sie vom Yeti kommt.« Er ließ den Van losrollen. »Ziemlich für ´n Arsch, dieser Trip.«

»Wart´s ab.«

»Logisch. Was sonst? Und jetzt?« Er sah Fuller an. »Florida, oder hast du vorher noch ein paar andere Umwege am Start?«

»Florida«, nickte Fuller. »Und hör auf, mir auf die Nüsse zu gehen. Was kann ich dafür, dass die schneller Leute umbringen als du fahren kannst? Welcher Flughafen?«

»Concord«, erwiderte Nick, während der Van auf die Interstate einbog und Fahrt aufnahm. »Charter, kleine Maschinen. Solltest du mit deinem restlichen Bargeld noch hinkriegen, sofern wir einen Piloten finden.«

»Na, das ist doch eine unserer leichtesten Übungen.«

»Wär aber besser, wenn *dieser* noch lebt.«

Fuller holte tief Luft und setzte zu einer Schimpfkanonade an, weil er sich das Genörgel von links keine Sekunde länger anhören wollte, aber sein klingelndes Handy verhinderte Schlimmeres.

Unbekannter Anrufer, meldete das Display, und er drückte auf die Taste mit dem grünen Hörersymbol.

»Ja«, sagte er, und diesmal hörte er die Stimme, auf die er gehofft hatte.

»Liz«, sagte sie.

»Hi, alles okay bei dir?«

»Okay ist was anderes, aber ich lebe. Und das ist ja schon eine Menge.«

»Wo steckst du?«

»Rhode Island, in einem Café.«

Sie sprach langsamer als sonst, und Fuller vermutete, dass das die Nachwirkungen der Zaubermittel waren, die sie sich am Vorabend zum Einschlafen verpasst hatte.

»Gut«, sagte Fuller mit Blick auf das Display des Navigationsgerätes an der Konsole, «warte mal, wir könnten uns auf halbem Weg treffen.« Er betätigte die Zoomfunktion: «Nimm die 93 Richtung Norden, wir treffen uns in Concord, am Flughafen. Ich rufe dich noch mal an, wenn ich weiß, wann wir da sind.«

Es blieb still in der Leitung.

»Liz?«

»Ja.«

»Hast du mich verstanden?«

»Ich werde nicht kommen, Max.«

»Bitte?«

Wieder schwieg sie einen Augenblick.

»Ich hab nicht viel geschlafen, trotz der Pillen.« Sie seufzte. »Ich habe gerade meinen Anwalt angerufen. Ich lasse ihm die Original-DVD zukommen und werde ihn bitten, sie dem FBI zu übergeben.«

»Was?«

»Ich will nicht ins Gefängnis, Max. Nicht wegen meines Vaters und auch nicht deinetwegen.«

»Bist du wahnsinnig?«

»Nein, ich bin endlich klar im Kopf.«

»Liz …«

»Ich habe nichts verbrochen und niemandem umgebracht. Ich muss mich nicht verstecken, jedenfalls nicht vor der Polizei. Und nichts für ungut, Max, aber du bist nicht direkt eine Lebensversicherung – hast du mal ferngesehen, heute Morgen?«

Fuller kam nicht dazu, ihr zu antworten, denn sie sprach einfach weiter. »Du wirst gesucht. Du bist ein Mörder.«

»Quatsch.«

»Sagst du. Die Polizei sagt was anderes, wem würdest du glauben?«

»Ich weiß ja, was wahr ist.«

»Ich nicht. Max, ich hab nichts gegen dich …«

»Fein. Lass uns essen gehen, wenn wir hier fertig sind.«

»Was du machst, ist deine Sache. Ich sage niemand, wo du bist. Mach deine Geschichte. Und wenn du die hast, stell dich, damit sich das Ganze aufklärt.«

»Mann, Mann, Mann«, seufzte Fuller und klappte entnervt die Sonnenblende herunter. Auch die Mittagssonne über der nach Süden führenden Interstate war gegen ihn.

»Liz, du bist der einzige noch lebende Zeuge, außer mir, der das Material kennt. Nicht nur dein Vater und Norton sind tot, auch der Typ, der deinen Vater damals fotografiert hat. Und das FBI war danach bei ihm und hat alles mitgenommen, was noch da war.«

»Max, das sind zu viele Verschwörer, die alle gegen dich ...«

»Haben wir auf Band. Schau's dir an, wenn du mal Zeit hast, auch wenn es nur wieder die gleiche Geschichte ist wie schon so oft. Zeugen sterben. Verwandte sterben.«

»Pilotentöchter sterben«, assistierte Nick von links. »Sag ihr mal, dass die Tochter von Burlingame auch einen fiesen Unfall hatte. Ihre Wohnung ist explodiert. Hatte aber natürlich nichts damit zu tun, dass ihr Vater die American 11 geflogen hat, also, eine von den anderen American 11.«

»Hast du gehört?«, fragte Fuller.

»Ja«, sagte Liz. »Horrorgeschichten ohne Ende, ihr seid echt gut. Aber ihr seid auch gefährlich.«

»Gut, dann mach was Ungefährliches. Lass dir die Fußnägel maniküren. Mach Wellnessurlaub, meinetwegen, aber auf Rechnung, zahl nicht mit Karte. Und geh nicht zum FBI, denn *das* wäre gefährlich. Gefährlicher jedenfalls als wir zwei Geschichtenerzähler. Schick die DVD, wohin du willst, nur knips zwischendurch mal dein wunderbar rationales Gehirn an. In Sicherheit bist du erst, wenn die Öffentlichkeit die ganze Geschichte kennt. Und vielleicht steckst du das alles am besten auch noch deinem Anwalt, bevor der mit der DVD hausieren geht. Norton ist das auch nicht so wahnsinnig gut bekommen.«

Sie schwieg.

Und während Fuller noch wartete, ob er mit seinen vielen Worten wenigstens irgendetwas erreicht hatte, bemerkte er Nicks irritierten Blick in den Rückspiegel. Sein Fahrer klappte den Mund auf und brachte ein »Was zum?« heraus, dann knallte es laut, und Nick fluchte weiter, während er sich bemühte, den Van wieder unter Kontrolle zu bekommen.

Das Handy rutschte Fuller aus der Hand, aber er hatte keine Zeit, es aus dem Fußraum wieder aufzusammeln, denn erneut bekam der Van einen schweren Schlag und geriet immer mehr ins Schaukeln.

»Verdammte Arschgeigen!«, brüllte Nick. Fuller drehte sich um und versuchte durch die Heckscheibe zu erkennen, was eigentlich passiert war. Oder immer noch passierte, denn jetzt kratzte Metall schreiend gegen Metall, und der Van geriet immer weiter auf die rechte Straßenseite, Richtung Fahrbahnrand.

Fuller erkannte das Heck eines Lincoln, und im nächsten Augenblick zuckte der Van nach rechts, als Nick das Lenkrad scharf einschlug. Der Lincoln, ein MKX, fiel etwas zurück, und Fuller sah den Fahrer, der mit stoischer Miene wieder Gas gab und seinen Wagen erneut an den Van heranspringen ließ.

Der Beifahrer sah dabei genauso entschlossen aus wie der Fahrer, aber im Unterschied zu dem streckte er jetzt seinen Arm aus der getönten Seitenscheibe, und am Ende dieses Arms erkannte Fuller einen Revolver mit sehr langem Lauf, der jetzt direkt auf ihn gerichtet war.

Er zog den Kopf ein und zischte Nick ein »Runter!« zu, aber Nick schaute nur abwechselnd in den Rückspiegel und auf die Straße vor ihnen. Er schien nicht vom Gas gehen zu wollen, und obwohl auch er die Waffe gesehen haben musste, blieb er kerzengerade sitzen.

Es knackte dumpf, als wäre ein kleiner Vogel gegen die Heckscheibe geknallt, aber das Splittergeräusch, das Fuller direkt danach erwartet hatte, blieb aus. Und im nächsten Augenblick flog er fast mit dem gesenkten Kopf gegen das Armaturenbrett, als Nick kurz auf die Bremse tippte, dann sofort wieder Vollgas gab und das Steuer ruckartig nach links riss. Der Fahrer des Lincoln hatte nicht auf das kurze, scharfe Abbremsen seines Ziels reagieren können, die schwarze Limousine rutschte förmlich am SUV vorbei, und Nick rammte den Lincoln mit dem verchromten Kuhfänger seines Vans an der hinteren Tür, um direkt danach wieder auf die Bremse zu steigen.

Der Lincoln wurde durch den Anprall ein Stück nach links geschoben, was dessen Fahrer durch einen scharfen Einschlag nach rechts korrigierte, so dass er sich vor den Van schob. Aber damit hatte Nick offenbar gerechnet, denn er setzte sofort zum Überholen an und begann, als die Wagen auf gleicher Höhe waren, mit aller Kraft nach rechts zu schieben. Der Lincoln war gut motorisiert, aber dem hochgezüchteten Motorblock unter der Haube des GMC hatte er nicht annähernd genug entgegenzusetzen. Immer weiter schob der Van seinen Kontrahenten nach rechts, unwiderstehlich und, wie Fuller erstaunt registrierte, verblüffend gefühlvoll. Denn Nick schaffte es sogar, noch einmal kurz neuen Schwung zu holen und dem Lincoln einen weiteren Stoß zu versetzen, dessen rechte Räder bereits im Grünstreifen den Halt zu verlieren begannen. Der Fahrer schien allerdings nicht einsehen zu wollen, dass seine Chancen nicht besonders gut standen, blieb auf dem Gaspedal stehen und mühte sich nach Kräften, den dicken Van zurückzuschieben.

Und sein Beifahrer hob den Arm und zielte über das Dach hinweg direkt auf Fuller. Der sich erneut duckte.

»Kanone!«, brüllte er.

»Scheiß drauf«, brüllte Nick zurück, und im nächsten Augenblick hörte Fuller durch all das Knirschen, Kreischen und Knarren wieder das leise Knacken, sehr nah, diesmal mit metallischem Unterton. Die Kugel musste die Beifahrertür durchschlagen haben, aber da er direkt hinter dieser Tür saß, musste sie auch ihn eigentlich getroffen haben. Dazu passte ganz und gar nicht, dass er keinen Schmerz verspürte, aber er verschob die Frage, woran das liegen konnte, auf einen passenderen Zeitpunkt.

Nick sah nach vorn, und Fuller spähte über das Armaturenbrett ebenfalls hinaus. Die Interstate führte jetzt leicht aufwärts zu einem Viadukt, die Böschung neben dem Grünstreifen wurde abschüssiger und höher, und Nick nutzte die Gelegenheit. Er verlangsamte fast unmerklich, steuerte für einen Moment nach links, nur um dann wieder mit Vollgas nach rechts zu ziehen. Fuller richtete sich auf und sah, wie der Lincoln ein Stück zur Seite hüpfte, die Böschung hinunterschoss, endlich, aber viel zu spät, mit leuchtenden Bremslichtern, und schrecklich jäh von einem großen Ahornbaum gestoppt wurde, der vorher wie nachher groß, stark und unbeeindruckt neben der Autobahn stand. Er hatte offensichtlich schon ganz anderen Elementen getrotzt.

Der GMC raste mit Vollgas weiter.

»Scheiße, Mann«, fluchte Nick und strich sich mit der rechten Hand die Haare aus der Stirn.

Fuller rappelte sich im Sitz hoch, warf einen Blick in den Seitenspiegel und sah eine dünne Rauchsäule hinter ihnen aufsteigen, jenseits der Überführung. Nick steuerte unterdessen nur noch mit links, hantierte mit der Rechten am Navigationssystem und zoomte einen Kartenausschnitt größer.

Aber nach dem, was gerade passiert war, wollte Fuller wahrhaftig nicht wegen eines tollkühnen Multitaskingversuchs seines Stock-Car-Piloten tot im nächsten Graben landen. Er schob Nicks Hand mit sanftem Druck zurück in Richtung Lenkrad und navigierte sich mit den Knöpfen an die Stelle, an der sie sich befanden.

»Anderthalb Meilen«, sagte er, »Richtung Maple Hill Farm runter, dann nehmen wir die alte Staatsstraße 4. Kein großer Umweg.«

Er sah Nick an, der bestätigend den Kopf nach vorn bewegte.

»Spitzenstunt«, sagte Fuller. »Wahnsinn.«

Nicks Kopf ruckte noch einmal nach vorn.

»Wehe, meine Karre ist kaputt«, knurrte er mit einer Stimme, die direkt aus der Hölle zu kommen schien. »Wehe! Ich bring die Arschlöcher um.«

»Verstehe ich gut«, sagte Fuller so beruhigend, wie er konnte. »Aber lass mal lieber, einmal reicht. Und das war immerhin Notwehr.«

35

Nachdem sie die Interstate verlassen hatten, steuerte Nick den ersten Parkplatz an, den er am Rand der Route 4 entdeckte, und parkte den Van möglichst weit von Straße entfernt. Unter prachtvollen Bäumen, wie Fuller beim Aussteigen registrierte, obwohl er es nicht registrieren wollte. Irgendetwas in seinem Kopf setzte offensichtlich komplett aus und wollte ihm dringend weismachen, er sei eigentlich Tourist und bloß im falschen Film gelandet. Aber als er seinen Reisebus von außen sah, ließ sich dieser halsbrecherische Versuch seines Gehirns, die Realität zu leugnen, keine Sekunde aufrechterhalten.

Nick stampfte unter leisem, andauerndem Fluchen um den Bus herum. Die Fahrertür war verbeult und hatte sich nur schwer öffnen lassen, die Schiebetür auf der rechten Seite war verkeilt, sämtliche Kotflügel waren in Mitleidenschaft gezogen, nur von der Frontpartie hatte der voluminöse Kuhfänger das Ärgste abgehalten.

»*Fuck*«, murmelte Nick noch einmal, dann blieb er zu Fullers Überraschung stehen, atmete einmal tief durch und klatschte mit der Hand gegen die Blechflanke seines Vans. »Na, schön. Drauf geschissen.« Er sah Fuller an, lächelte und zuckte die Achseln. »Vollkasko ist doch was Feines.«

Fuller nickte ungläubig. Der Junge erstaunte ihn immer wieder. Ein kiffender Freak, der frühmorgens joggte, Auto fuhr wie ein Stock-Car- Profi und sicherheitshalber Vollkasko versichert war. Aber noch erstaunlicher fand er die Scheiben des Vans, denn die waren heil. Nick hatte seinen Blick bemerkt, grunzte belustigt und zuckte die Achseln, fast entschuldigend.

»Das ist ein Witz«, sagte Fuller.

»Nee, wollte ich schon als Kind haben.«

»Panzerglas?« Fuller klopfte an die Beifahrerscheibe.

»Ich bin in L. A. groß geworden.«

»Du bist nicht ganz dicht.«

»Dein Glück.«

Fuller trat einen Schritt nach links und klopfte gegen das Blech. Es klang fast normal, aber irgendwie dumpfer. Nick zuckte erneut die Achseln, als er ihn ansah.

»Nützt nichts gegen Raketen, aber gegen normale Revolverkugeln immer.«

Kopfschüttelnd ließ Fuller den Arm sinken. Nick griff nach dem Seitenspiegel, der müde herunterhing. Mit beiden Händen versuchte er, den Spiegel zurück in Position zu bringen, scheiterte jedoch an dem verbogenen Metallscharnier.

»Woher wussten die das?«, fragte Nick.

Das fragte Fuller sich selbst, aber er glaubte in diesem Fall nicht an eine große Verschwörung. Nick schon.

»Liz?«

Fuller schüttelte den Kopf. »Nein.«

»Ich denk, die war beim FBI.«

»Da wollte sie hin«, sagte Fuller. Und während er die Tür öffnete und im Fußraum vor dem Beifahrersitz nach seinem Handy suchte, fügte er hinzu. »Passt zeitlich schon mal nicht, und inhaltlich erst recht nicht. Sie hat Angst, aber sie hat uns nicht verpfiffen.«

»Wer dann? Wer weiß, dass ich mit dir rumfahre und in was für einem Auto wir sitzen, außer ihr?«

»Niemand.« Fuller entdeckte das Handy unter dem Sitz, zog es heraus und sah auf das Display. Fünf Anrufversuche. Keine Nummer. Und Nick hatte wohlweislich keine Mailbox eingerichtet, die irgendwer hätte anzapfen können. So konnte Fuller nur annehmen, dass Liz nach dem abrupt beendeten Gespräch versucht hatte, ihn zu erreichen. Und dass sie es wieder versuchen würde.

»Niemand«, sagte Nick.

Fuller stieg ein.

»Das war aber nicht *niemand*«, sagte Nick, »der da eben auf uns geschossen hat.«

»Nein, aber die haben keinen Maulwurf auf unserer Seite gebraucht. Vermutlich hatten wir einfach nur Glück.«

»Glück«, echote Nick, schaute den Van an und ließ den Kopf eine Weile wippen.

»Glück, weil die Ochsen im Lincoln verpennt haben oder noch mal kurz Kaffee holen waren, was weiß ich. Die haben auf uns gewartet. Steig ein.«

»Du hast niemand von Lebanon erzählt. Außer … Liz.«

Fuller seufzte. »Niemand musste ihnen was erzählen. Denk mal nach. Wir reden hier nicht vom FBI oder Pseudo-FBI, wir reden von Ricklers Leuten. Donovans Auftraggebern. Und die wussten, dass wir irgendwelche Informationen von ihm haben, also konnten sie damit rechnen, dass wir diesen Flughafen finden.«

»Okay«, sagte Nick. »Kapiert. Das war zu einfach. Gut, dass wir nicht nach Charlottesville müssen.«

Fuller nickte. »Eben. Und in Florida werden sie nicht auf uns warten.«

Nick ging um den Wagen herum, stieg ein und schaffte es nach drei Versuchen, die verbogene Tür mit Wucht zurück in den Rahmen zu zerren.

»Gut«, sagte er und ließ den Motor an. »Du bist der Boss, aber fragen muss ich mal dürfen. Dein Kumpel, Jake, was soll der uns sagen über diesen Rickler?« Er schaute in den Rückspiegel, ließ den Van zurück auf die Straße rollen und setzte die Fahrt in gemächlichem Tempo fort. Irgendetwas klapperte von unten, aber Nick verzog nur für einen Sekundenbruchteil schmerzverzerrt das Gesicht, dann ignorierte er das Geräusch. »Was hat der so Geheimnisvolles auf der Pfanne, dass er es uns das nicht verschlüsselt mailen kann? Wenn ich du wäre, würde ich eher schleunigst aus

Donovans Video 'ne Doku machen und zusehen, dass die gesendet wird, und das *pronto* ....«

»Schon in Arbeit«, sagte Fuller und tippte sich an die Stirn.

»Kann aber so keiner sehen, außer dir.«

»Ohne Rickler haben wir nur eine halbe Story. Ohne Rickler haben wir einen Piloten, der eine tolle Geschichte erzählt und sogar mit seiner Datensammlung belegen kann, der aber auch jemanden schwer belastet, einen angeblichen CIA-Mann. Willst du an der Stelle Schluss machen und 'ne Telefonnummer für die Zuschauer einblenden? *Rufen Sie an, wenn Sie diesen Mann kennen*?« Fuller schüttelte den Kopf. »Keine Chance, Nick. Und Jake hat keinen Grund, mich nach Florida zu bestellen, außer, dass er wirklich etwas Vertrauliches hat. Nichts, was man am Telefon bespricht. Und nichts für eine E-Mail, egal, wie du die verschlüsselst. Die NSA hat auch ganz gute *tools* im Schrank.«

Nick seufzte. Ihm war erkennbar nicht wohl bei dem Gedanken, auch wenn er nickend signalisierte, dass er keine sachlichen Einwände mehr hatte.

»Wie lange brauchen wir noch nach Concord?«, fragte Fuller.

»Stunde. Anderthalb, wenn wir auf der Straße hier bleiben.«

»Nehmen wir in Kauf. Ich will nicht zurück auf die Interstate. Und vielleicht sollten wir die Karre irgendwo stehen lassen und was anderes mieten. Oder klauen, damit wir keine Papiere ausfüllen müssen. Was kurzschließen kannst du doch bestimmt auch ...«

»Klar, aber wir könnten auch an der nächsten Tanke ein Taxi nehmen. Zur Abwechslung mal was Ödes machen, im Taxi zum Lufttaxi. Ich mein, im gestohlenen Auto gestoppt werden, als gesuchter Mörder, das kann's ja nicht sein.«

Während Fuller dem berechtigten Einwand von Nick lauschte, wandte er den Kopf und sah in den Rückspiegel, denn das Geräusch, das er hörte, gefiel ihm nicht. Es war leise, aber kam nicht von unten, es war nicht das Klappern eines angeschlagenen Auspuffs. Und es drang nicht mehr, wie zuvor, fast unhörbar von weit her an seine Ohren. Zuerst hatte er einen fernen Mähdrescher für die Quelle des Geräuschs gehalten. Dann klang es nach einem Hubschrauber, und dass der sich nach dem Unfall in der Nähe der Interstate befand, erschien Fuller unterbewusst absolut logisch und richtig. Aber dass das Geräusch jetzt rasch lauter wurde, erschien ihm vollkommen unlogisch und falsch. Er beugte sich weit vor, so dass er im Rückspiegel in den leeren blauen Himmel hinter sich sehen konnte, aber er wartete nicht, bis er den Helikopter in den Blick bekam. Er vertraute stattdessen dem Impuls, den sein Unterbewusstsein ihm ungefragt durch den Kopf geschossen hatte: Wäre der Helikopter bloß auf dem Rückflug zu seinem Start- und Landeplatz vor einem Krankenhaus in der Nähe gewesen, hätten sie ihn schon auf dem Hinflug über sich haben müssen.

»Gib Gas!«, brüllte er Nick an, der das Geräusch in diesem Moment ebenfalls wahrnahm und sofort das Pedal durchtrat. Die Automatik schaltete zwei Gänge zurück und ließ die acht Zylinder des Vans so laut aufbrüllen, dass man das erste *Plop-Plop-Plop* auf dem Dach des Wagens noch für größere Hagelkörner hätte halten können. Doch als sich nach einer weiteren Garbe von oben die Heckscheibe mit einem trockenen Knall in ein Netz aus unzähligen Rissen verwandelte, war völlig klar, das sich über ihnen kein Gewitter entlud, sondern eher etwas wie eine Heckler & Koch mit 9-mm-Geschossen – und dass Nick sich bei der Heckscheibe für eine der günstigeren Panzerglasvarianten entschieden hatte, weil er sein Auto für nur für *Southern Central L. A.* getunt hatte, nicht für Einsätze im Irak.

Im nächsten Augenblick verdunkelte sich der Himmel über ihnen, und eine schwarze Wolke schob sich direkt über den Van. Nick wartete nicht, bis der Helikopter vollständig an ihnen vorbeiziehen und der Schütze sie von vorn aufs Korn nehmen konnte, er trat das Gaspedal erneut auf den Boden durch, und der Schatten fiel wieder etwas zurück.

»Scheiße, was soll das!«, brüllte Fuller durch den enervierenden Krach der Rotorblätter, als er sah, dass der Hubschrauber jetzt so tief heruntergegangen war, dass er auf der schnurgeraden Straße fast hinter ihnen herzufahren schien.

»Deine Geschäftsfreunde bestehen offenbar auf ihrem Termin!«, brüllte Nick zurück und tat das, was er bei *Need For Speed* hunderte Male getan hatte, wenn irgendwelche Helis heranrauschten: Vollgas geben, Schlangenlinien fahren und gleichzeitig nach Deckung Ausschau halten.

In etwa zweihundert Meter Entfernung erspähte er eine kleine Lichtung auf der rechten Seite, von der ein Waldweg abzuzweigen schien. «Festhalten!«, rief er, »Ausfahrt!«, zog den Wagen nach links und wollte mit leicht vermindertem Tempo in weitem Bogen gleich wieder nach rechts ziehen.

Aber der Pilot des Hubschraubers hatte dieses Manöver offenbar vorausgeahnt, das leichte Abbremsen des Van genutzt, um vorbeizuziehen und rechts, über der Lichtung, Stellung zu beziehen.

Nick fluchte und steuerte den Van im letzten Moment wieder nach links.

Der Hubschrauber flog jetzt parallel zu ihnen über den Waldsaum, als sie über eine kleine Kuppe kamen und ein Truck vor ihnen auftauchte, ein großer Mack-Sattelschlepper, der auf der rechten Spur mit vorschriftsmäßiger Geschwindigkeit seine Bahn zog.

Nick beschleunigte weiter, bis er auf gleicher Höhe mit dem Truck war, und wollte gerade auf dessen Tempo herunterbremsen, als aus dem Hubschrauber, der sich wieder hinter sie gesetzt hatte, eine weitere Salve gefeuert wurde. Nick gab erneut Gas, um vor den Truck zu kommen und dort Deckung zu suchen, als der schwere Lastwagen ins Schlingern geriet. Der Fahrer versuchte gegenzusteuern, geriet dabei mit bedrohlichem Schwung nach links und steuerte direkt auf Fullers Fenster zu.

Nick wich auf den Seitenstreifen aus, trat das Gaspedal bis zum Anschlag durch und zog den holpernden und springenden Van gerade noch am Führerhaus vorbei, bevor der Truck, dessen Anhänger sich quergestellt hatte, auf die linke Seite geschossen kam. Er schlingerte auf den dünnen Grünstreifen zu, der die Straße von der Gegenfahrbahn trennte, die aber etwa einen Meter tiefer verlief und durch eine gemauerte Böschung befestigt war. Mit einem Blick über die Schulter sah Fuller noch den zu einem stummen Schrei aufgerissenen Mund und die hochgerissenen Hände des Beifahrers, als der *Mack* über die Böschung rollte und das Fahrerhaus wie in Zeitlupe nach links kippte.

»Greif mal unter deinen Sitz!«, brüllte Nick, während er weiter mit hohem Tempo Schlangenlinien fuhr und Ausschau nach einem neuen Fluchtweg in den Wald hielt.

Fuller bückte sich und tat, wie ihm geheißen. Er zog ein merkwürdiges Gerät hervor, das aussah wie das uneheliche Kind einer mutierten Airbrush-Pistole und einer Pumpgun und runzelte die Stirn.

»Was soll das denn?«

»Besser 'ne Paintball-Wumme als gar nichts! Versuch mal, deinem Fanclub da oben die Aussicht zu versauen!«

Fuller ließ das Fenster in seiner Tür herunter und entsicherte die Farbkugel-Waffe.

»Elf Uhr!«, rief Nick.

Tatsächlich hatte der Hubschrauber sie überholt und kam ihnen jetzt seitlich von links wieder entgegen. Fuller kam sich idiotisch vor, als er das poppig knallrot-schwarze

Spielzeuggewehr aus dem Fenster hielt, vor allem weil er sah, wie sich der Hubschrauberschütze in Position brachte. Fuller erkannte die Maschinenpistole und dahinter einen Hünen, dessen lange blonde Haare im Wind flatterten. Es sah grotesk aus, als hätte Barbie auf Testosteron echt miese Laune, aber auch ohne flatternde Matte ist es schwer, aus einem mit gesenkter Nase fliegenden Helikopter aus etwa zehn Meter Höhe ein Schlangenlinien fahrendes gepanzertes Auto mit einer Maschinenpistole so zu treffen, dass der Fahrer zum Anhalten gezwungen wird. Salven abzufeuern, wie im Kino, bescherte allenfalls Zufallstreffer, wie den in den Reifen des Mack-Trucks.

Mit einem trägen Farbei die verglaste Front eines Hubschraubers zu treffen, ist dagegen sehr viel leichter. Nachdem Fuller sich kühn aus dem Fenster gelehnt und mit dem ersten Schuss nur ein knalliges Lila irgendwo in die Ahornblätter gesetzt hatte, brüllte Nick ihm zu: »Noch mal, du hast sechs Schuss!«, und beim nächsten Versuch traf er tatsächlich. Mitten auf die verglaste Kanzel des Hubschraubers.

»Volltreffer« schrie er, Nick warf ein »Yeah!« zurück und nützte den Überraschungseffekt zu einem Sprint. Fuller, für Sekunden wie auf Koks wegen seiner infernalischen Treffsicherheit, hängte erneut seine Schultern in den Fahrwind, feuerte noch einmal, und jubelte laut, lang und gehässig, als sein nächstes Farbei wie an einem Faden gezogen haargenau durch die offene Seitentür des Helikopters schwirrte und dem Blonden die Frisur komplett neonblau versaute.

Der Van schoss weiter, der Helikopter fiel etwas zurück. Etwa dreihundert Meter weiter hatte Nick rechts wieder eine Einbuchtung mit einer kleinen Waldlichtung erspäht, und der Helikopter kam, wenn auch nun mit giftgrün verschmierten Scheiben, wieder dichter heran. Nick verlangsamte und fuhr erneut Schlangenlinien.

»Festhalten, wir versuchen's nochmal rechts!«, rief er und bog auch schon in einer scharfen Wendung ab.

Die Achse des GMC knirschte laut, als der Wagen auf den unbefestigten Seitenstreifen sprang, einige weitere Geschosse trafen die rechte Seite, ohne größeren Schaden anzurichten, dann polterte der Wagen in die tiefen Spurrillen eines Waldwegs und verschwand unter dem Dach der Bäume. Nick verlangsamte das Tempo nur gerade so weit, wie es der Weg, der geradeaus anstieg, erforderlich machte.

Über den Wipfeln der Ahornbäume hörten sie den Helikopter nur noch, sehen konnten sie ihn nicht mehr. Fuller spähte nach oben, seine Waffe im Anschlag. Es wummerte direkt über dem Grün, aber das war für den Augenblick alles. Barbie wusste offensichtlich nicht, wohin sie zielen sollte.

Als sie die Anhöhe erreicht hatten, kreuzte sich der Weg, auf dem sie fuhren, mit einem anderen. Nick hielt den Wagen an und lauschte. Fuller tat es ihm nach.

»Er fliegt weiter«, sagte Nick und deutete nach oben. Dann begann er hektisch auf den Tasten des Navigationssystems herumzudrücken. »Wo, verdammt noch mal, sind wir hier?«

Der Weg, auf dem sie sich befanden, war nicht auf der Karte verzeichnet, aber Nick deutete mit dem Zeigefinger auf ihren ungefähren Standort.

»Hier«, sagte er. »Der Wald zieht sich in die Richtung bestimmt zehn Kilometer weiter, bis zur Interstate 89. Nur zwei winzige Farmstraßen gibt's dazwischen.« Nick sah nach vorn. »Und der Weg müsste auf die eine führen, die nach Südwesten, Richtung Concord.«

Fuller überlegte eine Sekunde und lauschte weiter nach draußen. Das Geräusch der Rotorblätter war leiser geworden und jetzt mit gleich bleibender Lautstärke zu hören. Der Helikopter kreiste, allerdings weit vor ihnen. Fuller nickte und deutete auf den Weg.

»Nach links, Richtung Concord?«

»Scheint so.«

»Okay, fahren wir. Langsam, damit ich die höre. Wenn die noch mal rüberkommen, warten wir. Und sobald der dichte Wald aufhört, müssen wir das Auto stehen lassen und zu Fuß weiter.«

Nick fuhr langsam wieder los.

Der Weg war noch schlechter als der, auf dem sie gekommen waren, dicke Wurzeln im Boden ließen den Van noch im Schritttempo nach links und nach rechts schwanken wie eine Jolle auf hoher See, aber wichtig war allein das schützende Grün über ihnen.

Fuller hatte gerade seine Paintball-Kanone mit drei Farbeiern nachgeladen, als sie den Helikopter wieder deutlicher hörten. Er näherte sich von Nordosten.

»Halt an«, sagte Fuller, »irgendwo an der Seite, wo es dicht ist.«

Nick ließ den Wagen zehn Meter weiter ins Gebüsch rollen. Das Display des Navigationssystems hatte angezeigt, wie sich das schwarze Positions-X ihres Wagens in einem riesigen grünen Fleck langsam nach Südwesten bewegte.

»Da unten ist ein Fluss, da kommen wir nicht weiter.« Fuller deutete mit dem Finger auf die untere linke Ecke des Displays. »Jedenfalls nicht in Richtung Concord. Oder wir riskieren, diese Farmstraße hier zu nehmen, ein kleines Stück.«

Sie hörten den Hubschrauber, der jetzt ganz in der Nähe sein musste und sich wieder nach Südwesten entfernte.

Fuller und Nick wechselten einen Blick.

»Weiter?«, fragte Nick.

»Weiter«, sagte Fuller, und Nick und setzte das Auto wieder in schaukelnde Bewegung.

Erst als sie sich dem Fluss näherten und der Wald um sie herum sich zu lichten begann, hielt Nick wieder an. Vor sich sahen sie den Beginn der leidlich befestigten Farmstraße, die sich weiter unten am Fluss entlang zog.

Fast ungeschützt von Bäumen.

Das Waldstück, das auf dem Display in zwei Kilometern Entfernung links des Farmweges angezeigt war, konnten sie von ihrem Standort aus bereits sehen. Aber ob dort wieder ein Sandweg abzweigte und Deckung von oben lieferte, war nicht zu erkennen.

Nick sog Luft ein und pustete sie wieder aus.

»Ich würd da nicht rausfahren.«

Fuller nickte. Er hatte Recht. Ihre Verfolger würden die Waldränder systematisch abfliegen, mit besonderem Augenmerk auf die Stellen, wo die Wege nicht von Bäumen geschützt waren. Und auf dem Farmweg wären sie ein viel zu leicht auszumachendes Ziel. Zudem war nicht auszuschließen, dass die Besatzung des Helikopters nach dem Verlust des Lincolns weitere Bodentruppen mit geeigneteren Fahrzeugen in Marsch gesetzt hatten. Mit etwas Pech kamen die ihnen entgegen, und für Querfeldein-Ausweichmanöver war der tiefergelegte Van definitiv nicht geeignet.

Fuller deutete nach vorn. Direkt am Ausgang des Waldes, dort, wo die Farmstraße begann, befand sich ein größerer Unterstand, unter dem Unmengen Brennholz gestapelt waren. Nick ließ den Van los rollen und lenkte ihn hinter dem Schuppen in ein Gebüsch.

Er zog den Schlüssel ab, seufzte und krabbelte nach hinten. Unter der hinteren Sitzbank förderte er vier Rucksäcke hervor und winkte Fuller zu sich.

»Hilf mir mal, das Wichtigste nehmen wir mit.«

Sie verstauten einen der Mini-Macs, zwei Notebooks, Kamera und Stativ sowie diverse weitere kleine und mittelgroße Geräte, Memory- Sticks, DVD-Rohlinge und anderes Zubehör, sorgfältig ausgewählt von Nick, in den Rucksäcken. Die Zwischenräume stopften sie mit Unterwäsche und

Socken aus, und irgendwo in den prallen Rücksäcken blieb sogar noch Platz für einen Deostick und zwei klappbare Zahnbürsten.

Nachdem sie ausgestiegen waren, betätigte Nick das elektronische Schloss, legte den Schlüssel auf das hintere rechte Rad und tätschelte seinem angeschlagenen Gefährt traurig die Flanke.

»Den kriegen wir wieder hin«, sagte Fuller tröstend.

»Sind ja nur Streifschüsse«, sagte Nick, ließ seine langen Dreadlocks unter einer schwarzen Wollmütze verschwinden, auf der vorn ein lachendes Krümelmonster klebte, und sah Fuller fragend an.

Der bemerkte erst jetzt, dass er die Paintball-Kanone noch immer in der Hand hielt.

»Steck sie dir wenigstens unter die Jacke«, sagte Nick.

Fuller tat es und setzte seine Sonnenbrille und die *Buccaneers*-Kappe auf.

»Wanderungen hab ich schon als Kind gehasst«, sagte er.

»Zum Kotzen«, sagte Nick und marschierte voraus.

Sie hielten sich auf der linken Seite des Farmweges, möglichst nah bei den Bäumen, um rasch im Unterholz verschwinden zu können, falls sie den Hubschrauber erneut näher kommen hörten. Aber das Knattern der Rotoren hatte sich immer weiter entfernt und war inzwischen kaum mehr zu vernehmen. Die Besatzung des Helikopters vermutete offenbar, dass sie unter den Bäumen weiter in Richtung Süden gefahren waren, und drehte jetzt dort ihre Kreise. Blieben ihre Verfolger bei dieser Fehleinschätzung, würden sie sich immer weiter entfernen. Bis sie irgendwann am fernen anderen Ende des Waldes landeten und sich entschlossen, eine neue Suche zu starten, ausgehend vom Punkt, an dem sie ihr Ziel aus den Augen verloren hatten. Aber bis dahin, hoffte Fuller, wären er und Nick längst keine Wanderer mehr, sondern säßen in einem Taxi auf dem Weg nach Concord. Oder in einem gestohlenen Auto, falls alle Stricke rissen.

Nick hatte ein mobiles Navigationsgerät aus der Tasche gezogen und tippte mit einem dünnen Metallstift darauf herum.

»Fünfzehn Kilometer bis zum Flughafen. Bei unserem Tempo mindestens drei Stunden, wenn wir alles zu Fuß gehen wollen.«

»Nie im Leben«, erwiderte Fuller. »Wie weit bis zur nächsten Hauptstraße?«

Nick schaute auf das Display. »Etwa vier Kilometer.«

Fuller nickte. »Und keinen Meter weiter.«

»Was willst du machen, trampen?«

Fuller klopfte sich auf die Brust. »Wenn der Daumen nicht reicht, nehm ich das hier.«

»Super.« Nick sah geradeaus und schüttelte den Kopf. »Und dann entführst du mit dem Ding auch gleich noch ein Flugzeug nach Florida?«

»Was soll ich machen, mein Teppichmesser ist in der Wäsche.« Nick lachte laut.

Und hörte gar nicht wieder auf.

Es war unpassend, es war dämlich, und Fuller konnte trotzdem nicht anders; er fing ebenfalls an zu lachen und schüttete sich förmlich aus. Dann hörte Nick abrupt auf, machte ein besonders ernstes Gesicht und hob mahnend den Finger, aber das fand Fuller aus unerfindlichen Gründen noch komischer, und deutete unter Tränen auf den grotesken Vogel mit dem Krümelmonster zwischen den Reggae-Zotteln, der ihn mitten in der Pampa zu maßregeln versuchte, worauf wiederum Nick sich fast in die Hose machte. Weshalb Fuller das Klingeln seines Handys erst sehr spät hörte.

Er drückte auf die grüne Taste, sagte »Helikopterlackiererei Larson und Fuller« und prustete, während Nick lachend ins Gras taumelte, sich auf den Rücken fallen ließ und nur noch glucksend vor sich hin zuckte.

Wer auch immer in der Leitung war, er antwortete nicht.

»Hallo?«, sagte Fuller.

»Max?« Liz klang mehr als ungläubig. Fuller wusste, dass nie auch nur eine annähernd normale Beziehung zwischen ihnen möglich wäre, wenn er nicht sofort auflegte und bei ihrem nächsten Anruf darauf bestand, sie hätte sich beim ersten verwählt. Andererseits befürchtete er, sie werde nie wieder anrufen. Also riss er sich zusammen. Er zog seinen giggelnden Begleiter aus dem Gras hoch, ohne ihn anzusehen, und sagte: »Hi.«

»Euch geht´s gut, ja?«

»Ja«, sagte er. »Ja, wir leben.«

»Du warst weg.«

»Ja.«

»Ich hab versucht, dich zu erreichen.«

»Wir waren verhindert. Und bei Nicks Fahrstil kann kein Mensch sein Handy festhalten.«

»Was ist passiert?«

Er erzählte es ihr, kurz und bündig. Sie hörte zu, und als sie wieder sprach, war ihre Verärgerung verflogen. »Gott sei Dank«, sagte sie.

»Nick sei Dank«, sagte Fuller.

»Wo seid ihr jetzt?«

»Auf dem Weg. Zu Fuß, aber wir kriegen schon ein Taxi.«

»Ich könnte euch mitnehmen.«

»Wir können nicht so lange warten.«

»Müsst ihr nicht. Ich bin ungefähr vierzig Meilen vor Concord.«

Schweigend ging Fuller weiter. Er hatte es verstanden, aber er verstand es nicht.

»Ich dachte, du wolltest zum FBI.«

»Dachte ich auch.«

»Woher der Sinneswandel?«

»Deine Schuld.«

Fuller merkte, dass Nick ihn skeptisch von der Seite ansah, und vermied es, den Kopf zu wenden.

»Okay«, sagte er langsam. »Das heißt, du kommst mit?«

»Ja.«

»Wir sind in einer Dreiviertelstunde am Daniel Webster Highway, knapp sieben Meilen nordöstlich von Concord. Sammel uns da ein. Ich melde mich wieder.«

Er legte auf und sagte, ohne Nick anzusehen: »Taxi kommt.«

»Nur das Taxi«, sagte Nick dann, »oder bringt sie den Heli-Service gleich mit?«

»Nur das Taxi.«

Eine Weile gingen sie schweigend weiter. Sie marschierten jetzt am Waldrand entlang auf einem kleinen Pfad, der entlang des Contoocook Rivers nach Südwesten führte.

»Hilf mir mal«, sagte Nick. »Vor einer Stunde hatte sie noch das FBI quasi auf der anderen Leitung, kaum sagst du ihr, wo wir sind, haben wir diese Arschgeigen an der Stoßstange, jetzt haben die uns verloren, und sofort ruft sie wieder an und will uns treffen.«

»Ich hab dir schon mal gesagt, sie hat damit nichts zu tun.«

»Hab ich dir schon mal gesagt, dass Sympathie manchmal ein ganz beschissener Berater ist?«

»Hat damit nichts zu tun«, log er und setzte gleich noch einen drauf. »Außerdem hab ich ’ne mehr als passable Menschenkenntnis.«

Nick grunzte. »Sorry, Mann, aber dafür leg ich nicht meinen Kopf aufs Gleis.«

»Verlangt ja auch keiner. Wir warten, bis sie da ist. Wir gucken ihr beim Warten zu. Und wenn außer uns keiner kommt und sie nicht zu telefonieren anfängt, dann nehmen wir ihr Taxi. Du fährst.«

Sie erreichten den Highway eine gute halbe Stunde später, ohne dass sie zwischendurch noch etwas von ihren Verfolgern gehört oder gesehen hätten.

Auf der anderen Straßenseite befand sich ein *Subway*-Imbiss, und da noch keine Taxifahrerin auf sie wartete, schickte Fuller seinen auf keiner Fahndungsliste stehenden Begleiter los, um Sandwiches und Softdrinks einzukaufen.

Fuller rief Liz nicht an. Er teilte ihr per SMS mit, dass sie vor dem *Subway* warten sollte.

Als Nick mit einer großen Tüte voller Sandwiches und zwei Dosen Coke zurückkehrte, verzogen die beiden sich hinter einige Büsche am Straßenrand und legten die Rucksäcke ab.

Sie picknickten schweigend. Und warteten.

Als zehn Minuten später ein dunkelgrüner Saab auf den Parkplatz vor dem Imbiss rollte und die Fahrerin ausstieg, musste Fuller zweimal hinsehen, um in der Frau mit der pechschwarzen Kurzhaarfrisur und der mit falschen Brillanten besetzten Sonnenbrille Liz Brokaw zu erkennen. Auch die Strech-Hose, das eng anliegende schwarze T-Shirt und die Sneakers passten nicht zu der geschäftsmäßig korrekten Erscheinung, als die Fuller und Nick sie in ihren zerebralen Datenbanken abgespeichert hatten.

»Hey, hey«, sagte Nick spöttisch, »was ist denn aus Blondoleeza geworden, zu viel *Scissor Sisters* geguckt?«, und stopfte sich das letzte Sandwichstück in den Mund.

Fuller schwieg und beobachtete sie. Sie sah sich um, dann ging sie von ihrem Wagen weg, in den Imbiss hinein. Sie blieb nur kurz verschwunden, dann trat sie wieder nach draußen und schaute sich erneut um. Sie öffnete die Wagentür und holte etwas heraus. Als sie sich aufrichtete, sah Fuller, dass sie ihr Handy in der Hand hielt und sich ans Ohr drückte.

Er nahm sein eigenes Handy heraus. Und hoffte, dass sie ihn nicht enttäuschen würde.

Es klingelte, er ging ran.

»Hi«, sagte sie, leicht asynchron, wie er bemerkte. »Wo seid ihr?« Sie sah sich wieder um.

»Gleich bei dir«, erwiderte er und legte auf. Er sah Nick an. »Überzeugt?«

»Überzeugt genug«, sagte Nick, stieß kurz auf und schnappte sich zwei der Rucksäcke.

Während Fuller auf sie zuging, überlegte er für einen Augenblick, ob eine kurze Umarmung zur Begrüßung angebracht wäre, entschied sich aber dann dagegen. Es hätte Nicks Zweifeln an seiner Urteilskraft nur weitere Nahrung verschafft, und auch Liz hätte vermutlich nichts damit anfangen können. Für sie war er bestenfalls eine unvermeidliche Begleiterscheinung auf dem Weg zurück in ihr normales Leben, eine Nebenwirkung.

Dass sie ihn ansah, als wollte sie ihn zur Begrüßung kurz umarmen, verbuchte er unter stressbedingter Illusion. Seinerseits.

»Liz«, sagte er laut und betont lässig. »Schön, dich zu sehen. Gute Frisur.«

»Danke«, erwiderte sie und nickte ihm zu. »Gleichfalls. Hi, Nick.«

Nick beließ es bei einem Grunzen, öffnete die hintere Seitentür des Saab und legte seine Rucksäcke auf die Rückbank.

»Ich brauch noch ein Wasser«, sagte er, ließ die beiden einfach stehen und ging auf den Imbiss zu.

Liz schaute ihm kurz hinterher, dann nahm sie die Sonnenbrille ab und sah wieder Fuller an.

»Was hat der?«, fragte sie.

»Verfolgungswahn.«

»Den hatte er schon vorher.«

»Wird schlimmer, wenn man beschossen wird.«

Sie nickte. Fuller sah, dass ihr die Frage auf der Zunge lag, ob Nicks nun komplett abweisendes Verhalten etwas mit ihr zu tun hätte. Aber sie sprach die Frage nicht aus.

»Und jetzt?«, fragte sie nur.

»Zum Flughafen, nach Concord, wir brauchen einen privaten Flug nach Florida. Linie kommt nicht in Frage, mein Name steht auf allen Listen, und mit dem Auto würden wir zwei Tage brauchen. Fällt also auch aus, zumal der da«, er schaute auf den Saab, »nicht gepanzert sein dürfte.«

»Wohl kaum«, sagte sie.

»In Sarasota«, sagte er, »treffen wir einen Informanten. Einen Freund von mir. Der hat offenbar alles über den Mann, der deinen Vater in die Sache reingezogen hat. Sobald wir das haben, schneiden wir eine Dokumentation draus, die in *60 Minutes* laufen wird, zur besten Sendezeit. Der Chefredakteur ist im Bilde.«

»Dem vertraust du?«

»Zumindest etwas weiter, als ich ein Klavier werfen kann.« Er lächelte und nickte beruhigend. »Doch. Ich denke schon. Und sobald das Ding gelaufen ist, können wir uns hoffentlich wieder in der Öffentlichkeit blicken lassen. Ohne Verkleidung. Wenn die Story erst mal draußen ist, können sie uns nicht mehr einfach so killen, das wäre ein zu dickes Ausrufezeichen. Außerdem werden sie danach genug damit zu tun haben, vor der Giftspritze wegzulaufen.«

»Das ist der Plan?«

Er nahm den letzten Schluck aus seiner Coladose und nickte. »Das ist der Plan. Solange niemand einen besseren hat.«

Nick kehrte aus dem Laden zurück, mit drei Wasserflaschen in den Händen und reichte Fuller und Liz jeweils eine.

Liz lächelte ihn an. »Danke«, sagte sie.

Nick grunzte, stieg auf den Fahrersitz des Saab und zog die Tür zu.

Fuller zuckte entschuldigend die Achseln. »Für ihn ist das wie ein Strauß Blumen, einem Mädchen 'ne Flasche Wasser kaufen.«

»Und deshalb darf er gleich mein Auto fahren?«

Fuller zuckte die Achseln. »Er macht das wirklich gut.«

Sie nickte, atmete einmal tief ein und wieder aus. »Wo sitzt du?«

»Hinten«, sagte er, ging um den Wagen herum und hielt ihr die Beifahrertür auf.

36

Der Flughafen Concord lag zwei Meilen östlich der Innenstadt und war noch etwas kleiner als der von Lebanon. Unter anderen Umständen hätte Fuller es vielleicht als rührend oder pittoresk empfunden, dass die Hauptstadt New Hampshires und des idyllischen New England immer noch im Postkutschenzeitalter festhing und nicht in der Epoche der Billigflieger angekommen war, aber so, wie die Dinge lagen, fiel ihm zu der winzigen Anlage nichts weiter ein als ein deprimierter Seufzer.

»Gott«, ächzte er laut, als sie parallel zu einer der beiden Startbahnen in Richtung Hauptterminal rollten, »das ist ja noch verschnarchter hier, als ich dachte. Wo ist der nächste Flugplatz?«

»Lass uns doch erst mal gucken«, sagte Liz.

»Manchester?« Fuller ignorierte ihre Bemerkung. »Nick?«

»Lass uns doch erst mal gucken«, sagte Nick.

Und dass Liz Nick daraufhin ihre Wasserflasche reichte und Nick die Flasche tatsächlich nahm und daraus trank, fand Fuller einerseits absolut prima und andererseits absolut beleidigend. Die beiden hatten auf der Fahrt kaum ein Wort miteinander gewechselt und jetzt verbündeten sie sich gegen ihn? Einfach so, per Echo und Austausch von Flüssigkeiten? Irgendwas musste er verpasst haben, als er auf der Fahrt hinten seine Reisekasse gezählt und den Fahrer zum Flughafen dirigiert hatte.

Liz hatte inzwischen die gegenüberliegende Straßenseite im Auge.

»Die Kantine oder die nächste Kneipe«, sagte sie.

Fuller sah sie fragend an.

»Irgendwo, entweder direkt am Flughafen oder ganz in der Nähe, gibt es immer ein Vereinslokal des Aero-Clubs oder was in der Art – als ich klein war, hat mein Vater mich sonntags manchmal dahin mitgenommen.«

»Ach, das egoistische Arschloch?«

Sie drehte sich halb um, und ihr Lächeln war keins. »Er hat mich an der Bar sitzen lassen, stundenlang. Ich war fünf.«

»Hätte ja sein können«, sagte Fuller.

Liz sah wieder nach vorn. »Wenn wir irgendwo *privat* einen Piloten treffen wollen, dann da. Wie zahlen wir?«

»Bar«, sagte Fuller und förderte aus seiner Hosentasche den Rest der Hunderter und Fünfziger zutage, den er sich aus der CBS-Firmenkasse geliehen hatte. »Wir haben fast achttausend, und so viel wird das ja wohl nicht kosten.

»Nein«, sagte Liz, »Mit drei oder vier sollten wir auskommen. Du brauchst ja keine Quittung, also ist das für den Piloten steuerfrei.«

Fuller widersprach nicht. Die CBS-Buchhaltung würde ihn deswegen höchstens auspeitschen lassen, aber nicht umbringen.

Nick parkte gegenüber des kleinen Terminals, und Liz deutete auf einen eingeschossigen Anbau daneben, den ein Schild als *Navigator´s Lounge* auswies.

»Gut«, sagte Fuller, »Gehen wir rein. Legende: drohender Todesfall in der Familie, Vater liegt im Sterben, wir müssen sofort nach Florida ...«

Liz schob ihre Sonnenbrille über die Stirn.

»Es ist besser, wenn ich allein gehe. Ich werde noch nicht wegen Mordes gesucht, soweit ich weiß. Und einer allein reisenden Frau wird eher geholfen. Jedenfalls von Männern, und die meisten Piloten können vor Testosteron kaum laufen.«

Sie wartete seine Antwort nicht ab. Sie stieg einfach aus.

Zehn Minuten später war sie zurück und fasste ihren Abschluss kurz und geschäftsmäßig zusammen.

»Start in einer dreiviertel Stunde, Flugzeit zweieinhalb Stunden nach St. Petersburg, in einer *King Air* mit sechs Sitzplätzen. Preis: dreitausendfünfhundert. Der Pilot heißt Tom, scheint schwarze Haare zu mögen und war nicht glücklich, dass ich in Begleitung reise. Aber da stand der Preis schon fest. Ich hab ihm gesagt, dass er alle Vorbereitungen treffen soll.«

Fuller nickte anerkennend, sah ihr in die grünen Augen und verstand den Piloten gut. Die Augen passten verblüffend gut zu den schwarzen Haaren. Jeden weiterführenden Gedanken verscheuchte er, indem er konzentriert auf die Uhr sah. Sie würden um halb zwei abheben und gegen fünf landen. Danach brauchten sie einen Mietwagen und mussten nach Sarasota fahren, wofür er eine weitere Stunde einkalkulierte. Und sicherheitshalber eine, falls sie in einen Stau gerieten.

»Was kommt heute noch nach 7:00 Uhr in Sarasota an, möglichst aus dieser Richtung?«, fragte er Nick, der bereits einen der Laptops mit seinem Handy verbunden hatte und gerade die Website des Sarasota Brandenton Airport aufrief.

»Continental. Aus Newark. Zwanzig nach sieben.«

»Gekauft«, sagte Fuller. »Das ist unsere«, und ergänzte, als Liz ihn fragend ansah: »Für Jake.«

»Deinen … Freund?«

Fuller nickte.

»Dem du nicht traust.«

»Ich schon.« Er deutete auf Nick. »Er nicht.«

Eine halbe Stunde später hob die King Air vom Concord Municipal ab. Nick hatte die Wartezeit genutzt, um mit seiner Versicherung zu telefonieren und dem Abschleppdienst des Automobil-Clubs die Koordinaten seines abgestellten Van durchzugegeben. Als Premium- Mitglied hatte er dabei auch gleich noch einen Transferservice für den Saab von

Liz' Freundin Carla organisiert, der am nächsten Morgen ebenfalls abgeholt und nach New York zurückgebracht würde. Danach hatte er auch noch einen Mietwagen in St. Petersburg reserviert. Und nach dieser organisatorischen Meisterleistung, für die Liz sich sehr charmant bei ihm bedankt hatte, lehnte er sich im Fahrersitz zurück und gönnte sich mit dem Hinweis, er habe unglaubliche, wahnsinnige, mörderische Flugangst, ein ausgiebiges Pfeifchen.

Fuller hatte unterdessen Jake Williams angerufen und das Gespräch bewusst kurz gehalten. Er hatte keine weiteren Fragen nach Rickler gestellt, sondern nur Ankunftszeit und Fluglinie durchgesagt, und dass er wegen der späten Anreise ein Hotel am Flughafen buchen wolle. Aber Jake bestand darauf, ihn abzuholen; das sei kein Problem, ganz im Gegenteil, er hätte am Abend ohnehin lange im Büro zu tun.

Als Fuller auflegte, war er immer noch felsenfest sicher, dass er sich auf Jake verlassen konnte. Und gleichzeitig war er dankbar, dass er auf Nick gehört hatte.

Jetzt saßen Liz und Fuller auf zwei großzügigen Pullmann-Sitzen, und Nick, gründlich bedröhnt und deshalb komplett sorglos, vorn im Cockpit neben Tom, ihrem etwa vierzigjährigen Piloten, der als Fluglehrer und nebenbei als Charterpilot sein Geld verdiente. Die Beechcraft King Air gehörte einem flugbegeisterten Architekten aus Concord, der sie sich eigentlich nicht leisten konnte und deshalb gern vermietete. Bevorzugt an Gäste, die keine Quittung benötigten.

Als die Maschine ihre Reiseflughöhe erreicht hatte und ihren Insassen am Horizont einen Sonnenuntergang Marke »Internationale Tourismusbörse« bescherte, streckte sich Fuller in seinem Sitz aus. Er spürte die Strapazen der vergangenen Stunden in den Knochen. Mental aber war er, zu seiner eigenen Überraschung, erstaunlich entspannt. Beinahe-Crashs auf der Autobahn, Dauerbeschuss aus Autos und Hubschraubern und stramme Fußmärsche mit Gepäck gehörten zwar sonst nicht zu seinem Tagesablauf, und dass er je wegen Mordverdachts gejagt werden würde, hatte er sich bis vor kurzem erst recht nicht vorstellen können. Doch jetzt, da er mittendrin steckte, erschienen ihm diese ungewohnten Aufregungen fast selbstverständlich und keineswegs als Ausnahmezustand.

Er hatte im Laufe der vergangenen Jahre vor lauter Alkohol und einschläfernder Tätigkeiten nur fast vergessen, dass diese Reaktion für ihn völlig normal war. Nachdem seine Ehe mit Jane vor siebzehn Jahren auseinandergebrochen war, hatte er eine kurze Affäre mit einer rothaarigen Psychologin gehabt, die sich nebenher mit Astrologie beschäftigte. Auch wenn Fuller an Horoskopen weit weniger interessiert war als an ihren umwerfenden Brüsten, hatten sich ihm zwei paradoxe Punkte ihrer Analyse seiner Psyche in Kombination mit seinem Sternzeichen dauerhaft eingeprägt: «Du bist ein Hochsensibelchen, aber extrem stressresistent«, hatte sie gesagt, bevor sie ihren Pullover endlich ausgezogen hatte und mit ihm ins Bett gegangen war.

Tatsächlich stellte sich bei Fuller immer dann erstaunliche Gelassenheit ein, wenn um ihn herum die ganz große Hektik ausbrach. Das war schon auf dem Football-Platz so gewesen, wo er sich mit der *Two-Minute-Warning* auf der Anzeigetafel und *70 to go* erst angenehm gefordert gefühlt hatte, genauso wie später in seinem Leben, wenn eine Stunde vor Redaktionsschluss die gesamte Planung wegen eines Börsencrashs oder Attentats über den Haufen geworfen wurde. Brach ein Hurrikan aus, war Fuller kaum mehr zu erschüttern; was ihm viel mehr zu schaffen machte und oft aus der Bahn gefegt hatte, waren die kleinen emotionalen Stöße und Böen, die andere manchmal nicht einmal wahrnahmen. Es waren die alltäglichen Krisen, die ihn fertig machten; die großen Krisen machten ihn wach. Jetzt aber war Hurrikanzeit, und Fuller stellte fest, dass er innerlich ruhig war und keinerlei Bedürfnis empfand, irgendwelche Dinge mit Alkohol oder Koks zuzupflastern.

Was aber nach wie vor raste und ratterte in seinem Gehirn, waren die offenen Fragen in seiner Story. Wenn Rickler als fester oder freier Mitarbeiter für die CIA oder das Militär tätig war – und im Grunde konnte niemand anders eine EC-135 ohne Papierspur herumfliegen lassen –, dann waren offizielle Kreise beteiligt oder wenigstens mitverantwortlich für die 9/11-Anschläge. Und selbst wenn der Präsident und die Regierung sie nicht selbst in Auftrag gegeben hatten; selbst wenn Rickler sie mit seinen Leuten selbst geplant und «off the record« durchgeführt hatte, würde die Regierung darüber stürzen, denn sie war verantwortlich, dass der Fall nicht aufgeklärt worden war. Das war, soweit Fuller den zweiten Teil der Story überblickte, die *bottom line.*

Sobald er Jake getroffen hatte, würde er Ken anrufen. Sie würden einen Tag brauchen, um das Material zusammenzuschneiden, am übernächsten Abend um 20:00 Uhr könnte gesendet werden. Und er war fast sicher, dass auch Jake, sobald der das Ausmaß des Skandals begriffen hatte, zu einem On-Air-Statement bereit wäre.

Fuller riskierte einen Blick nach links. Liz hatte nach dem Start die Schuhe abgestreift, die Beine angezogen und eine Zeitlang mit geschlossenen Augen im Schneidersitz gesessen. Fuller hingegen war mit dem breiten Ledersitz sofort in die Liegestellung gegangen und hatte sich der Länge nach ausgestreckt.

Vorn unterhielt Nick sich angeregt mit dem Piloten, doch worüber sie sprachen, ging im Geräusch der beiden Pratt & Whitney-Motoren unter. Auch Liz klappte ihren Sitz jetzt nach hinten und drehte sich zu Fuller. »Für wen arbeitet dieser Rickler?«, fragte sie.

»Für die CIA. Hoffe ich«, sagte er.

»Hoffst du?«

»CIA wäre ein Skandal, klar, aber stell dir mal vor, der Typ hatte nur eine Marke und gute Verbindungen und ist in Wirklichkeit beim Secret Service. Damit wären wir im direkten Umfeld des Weißen Hauses. Oder er arbeitet für jemand ganz anderen.«

»Wen?«

»Jake wird's uns sagen können.«

Sie nickte. Dann sagte sie nachdenklich, »Diese Typen, die mich in meiner Wohnung überfallen haben, und auch die Typen, die sie dann überfallen haben, sahen nicht so aus, als wären sie von der Polizei. Allesamt nicht.«

»Die, die heute hinter uns her waren, hatten auch kein Blaulicht auf dem Dach«, antwortete Fuller, »schwarzer Hubschrauber, keine Sheriffs – und das war auch kein Megaphon, mit dem die uns die Scheiben zerlegt haben.«

Liz griff in ihre Handtasche, nahm zwei Tabletten aus einem Plastikröhrchen ohne Etikett und spülte sie mit einem Schluck aus ihrer Wasserflasche hinunter.

»Magnesium, hochdosierte Vitamine und Acetylcarnitin«, antwortete sie auf Fullers fragenden Blick. »Harmlos. Willst du auch?«

Füller schüttelte den Kopf: »Danke. Stellst du die selbst her?«

»Nein. Zu einfach.«

»Was genau machst du?«

Liz antwortete, sie sei mit pharmakologischer Forschung beschäftigt, genauer, mit der Erforschung endogener Neurotransmitter und ihrer Synthetisierung.

»So was wie körpereigene Drogen?«, fragte Fuller.

Sie nickte. »Stoffe, die der Körper selbst produziert, um das Bewusstsein in bestimmte Zustände zu versetzen: Müdigkeit, Wachheit, Hunger, Schmerzlinderung – all das wird von bestimmten Botenstoffen ausgelöst, die an den entsprechenden Rezeptoren im Gehirn andocken und diesen Bewusstseinszustand herstellen.«

Fuller fielen die Marathonläufer und andere Extremsportler ein, die sich so lange quälten, bis ihnen der ersehnte zerebrale Morphinausstoß endlich paradiesisches Wohlbefinden verschaffte. Und er erinnerte sich an das Zeug, das sie ihm bei einer seiner Entziehungskuren verpasst hatten und das irgendwelche Rezeptoren lahmlegen sollte, das er aber wegen übelster Nebenwirkungen gleich wieder abgesetzt hatte. Dass seine Begleiterin an solchem Zeug forschte, machte den positiven Eindruck ihres neuen Outfits für Fuller fast schon wieder zunichte.

»Wenn du erfolgreich bist, werfen wir also für alles bald nur noch die richtige Pille ein – schöne neue Welt.«

Liz zuckte die Achseln. »Nicht für alles, aber, klar, es geht in die Richtung. Nimm Viagra ...«

»Brauch ich nicht«, sagte Fuller.

»Sinnbildlich.« Sie grinste kurz. »Die paar Nebenwirkungen werden gern in Kauf genommen, solange die Hauptwirkung da ist. Nimm Alkohol, nein, *schau dir Alkohol an*: durchdringt problemlos die Blut-Hirn-Schranke und erreicht die Rezeptoren mitten im Gehirn; grauenhafte Nebenwirkungen, nicht nur der Kater, sondern Verlust der gesamten Eigenwahrnehmung, Aggression, mit Folgen wie Körperverletzung, Vergewaltigung, Mord und Totschlag – aber niemand will darauf verzichten. Deshalb finde ich nichts Unethisches daran, nach *gezielt* wirksamen Stoffen mit möglichst geringen Nebenwirkungen zu forschen.«

Während Fuller skeptisch die Augenbrauen kraus zog, hatte Liz' Stimme wieder den kühlen Business-Unterton angenommen. Er nickte und schwieg. Sie aber fühlte sich von der Anspielung auf die »schöne neue Welt« offenkundig weiter herausgefordert.

»Was dein leuchtendes Vorbild Huxley betrifft: Der hat sich bei seinem Tod von seiner Frau LSD geben lassen. Nichts gegen gezielte Bewusstseinsveränderung als Sterbehilfe, im Gegenteil, aber …«

»Ach, LSD ist okay, aber Alkohol nicht?«, fragte Fuller. »Statt eines gepflegten Biers doch lieber LSD, da wird man so schön irre, springt hoch ab und landet achtzehn Stockwerke tiefer?«

Liz schüttelte den Kopf, sah ihn an und fragte, ob er Erfahrungen hätte, was Fuller lachend verneinte.

»Typisch Journalist«, sagte sie. »Keine Ahnung, aber den Mund weit aufreißen«, und hielt ihm einen kurzen und energischen, sehr sachlichen Vortrag über das Lysergsäurediäthylamid, das von seiner Entdeckung durch Dr. Albert Hofmann in den vierziger Jahren an als psychotherapeutisches Medikament und wissenschaftliches Werkzeug in der Bewusstseinsforschung wertvolle Dienste geleistet habe, dann aber den Geheimdiensten und darauf den Hippies in die Hände gefallen und anschließend als Wahrheitsdroge oder Partyspaß zweckentfremdet worden sei. Das folgende Totalverbot habe die wissenschaftliche Erforschung dann unmöglich gemacht, erst in allerjüngster Zeit gebe es wieder Forschungen an der Harvard-Universität.

Fuller hörte interessiert zu, obwohl er, was Drogen betraf, Pragmatiker war. Vermutlich sogar *Spießer*, in ihren Augen. Alkohol hatte ihm zeit seines erwachsenen Lebens als Stimmungsmacher und Sorgentröster gedient und Kokain phasenweise als Wachmacher und Einpeitscher. Alles andere war ihm zu kompliziert. Marihuana brachte ihn ins Grübeln, Opiate ließen ihn umgehend einschlafen, und um Psychedelika wie LSD hatte er zeitlebens einen weiten Bogen gemacht.

»Spannend«, sagte er trotzdem, nachdem Liz ihren Exkurs beendet hatte. »Ich war zweimal in der Detox-Klinik, um vom Alkohol und vom Koks runterzukommen. Da haben sie mir auch mal so Zeug gegeben, das die Rezeptoren blockieren und die Sucht abstellen sollte. Es war grauenhaft – dann schon lieber süchtig, dachte ich mir.« Er grinste Liz an. »Mittlerweile hab ich beides im Griff, nur das Nikotin ... Ich bin jetzt zwar seit drei Monaten quasi trocken, aber das Verlangen lässt nicht nach. Haben Sie da nicht was für mich, Frau Doktor?«

Dabei beugte Fuller sich zu ihr herüber und setzte den Dackelblick des ewigen Dödelpatienten auf, der von seinem Arzt mindestens Wunder erwartet, auf jeden Fall aber einen schweren chemischen Schlag auf den Schädel, und Liz lachte ihn an.

»Bring mich heil in mein Labor zurück, dann finden wir irgendwas Letales.«

Fuller hatte beim Herüberbeugen wieder ihr Parfüm wahrgenommen und musterte sie jetzt von der Seite. Wenn er Frauen betrachtete, fiel ihm meist binnen Sekundenbruchteilen etwas auf, das sie auf seiner Skala des Begehrens abstürzen ließ, ein Detail der Figur, des Gesichts, des Haars, der Stimme oder ein unpassendes Kleidungsstück reichten schon aus. Nicht dass er die Gemusterten wegen eines schiefen Zahns, zu großer Ohren, mangelnder Körbchengröße oder zu kurzer Beine gleich unsympathisch gefunden hätte, aber sein erotisches Verlangen wurde von solchen Kleinigkeiten doch nachhaltig getrübt.

Liz hatte er jetzt binnen zehn Sekunden dreimal gescannt, und ihm war noch immer kein Fehler aufgefallen. Was ihn irritierte. Sie saß wieder mit untergezogenen Beinen auf dem Sitz, und Fuller registrierte schmale, wohlgeformte Füße, schlanke Beine, leicht gebräunte Haut an den Armen, nicht zu kleine Brüste unter dem engen T-Shirt, ein kräftiges Paar Lippen und wache, leuchtende Augen. Deren irisierendes Grüngrau verhalf ihr zusammen mit den nordischen Wangenknochen und trotz der inzwischen nicht mehr blonden Haare zu einer Aura von Kühle und Strenge, aus der sie eigentlich nur heraustrat, wenn sie lachte.

Liz bemerkte, dass Fuller sie ansah. »Ist was?«

Er schwieg einen Moment und sagte dann: »Bei unserem ersten Treffen dachte ich, du wärst eine von diesen affektierten Business-Schnepfen, aber jetzt, bei genauerer Betrachtung, muss ich zugeben, dass du nicht nur smart bist, sondern auch verdammt attraktiv. Und unheimlich gut riechst.«

Dass Direktheit und Ehrlichkeit die stärkste Angriffswaffe im Balzgeschäft darstellten, hatte Fuller schon öfter festgestellt, und der Überraschungseffekt verfehlte auch dieses Mal nicht seine Wirkung. Einen Moment lang schien es, als wollte Liz nach diesem Kompliment in ihre abweisende Distanziertheit zurückfallen – sie hob das Kinn und fuhr sich mit der rechten Hand durch die Haare. Aber dann lächelte sie und entspannte sich.

»Was wird das denn jetzt, Journalist?«, erwiderte sie spöttisch, aber nicht vernichtend.

Fuller zuckte die Achseln, ohne ihre grünen Augen loszulassen. »Nichts. Ich wollt´s nur mal gesagt haben, später komme ich vielleicht nicht mehr dazu, und das wär doch ein …«

»Hey«, unterbrach Nick ihn freundlicherweise und ließ sich auf den Sitz direkt vor seinem fallen. »Wir landen in 'ner knappen halben Stunde in St. Petersburg, wir haben Rückenwind. Und ich hab länger mit Tom gesprochen – über Handytelefonate aus dem Flugzeug.«

»Toll«, sagte Fuller.

Liz grinste, aber Nick flog auch persönlich noch hoch genug, um alles zu ignorieren, was ihn gerade nicht interessierte.

»Hey, der sagt, wenn das ginge, dann wär er den ganzen Tag nur am Telefonieren. Ist aber nicht. Verbindungen gibt´s, wenn überhaupt, nur ganz kurz, nämlich wenn man in den Einflussbereich eines starken Sendemasts gerät. Aber bei unserem Tempo sind das oft nur Sekunden, das reicht normalerweise nicht mal, um eine Verbindung aufzubauen. Die Boeings am 11. September waren fast doppelt so schnell unterwegs wie wir und noch ein paar tausend Fuß höher – aber die Passagiere der United 93 sollen die ganze Zeit telefoniert haben, und zwar etliche *nicht* von den fest eingebauten *Airfones* aus, sondern von ihren Handys, und Barbara Olsen hat aus American 77 gleich zweimal ihren Mann angerufen, angeblich ebenfalls per Handy.«

Nick erwartete irgendeine zustimmende oder überraschte Reaktion von Fuller, aber der verdrehte nur die Augen – bis ihm einfiel, dass er sein Handy beim Abflug nicht ausgeschaltet hatte.

Er kramte es aus der Tasche. Das Display zeigte kein Netz an.

Nick fügte triumphierend hinzu, dass Theodore Olsen, der Kronanwalt des US-Präsidenten, die Geschichte dieser für die *Hijacker*-Legende maßgeblichen Anrufe seiner Frau später geändert hatte. Denn nachdem skeptische Stimmen die Offenlegung der Verbindungsübersicht von Mrs Olsens Handyanschluss forderten, behauptete Mr Olsen plötzlich, das Gespräch hätte sie doch gar nicht von ihrem Mobiltelefon aus geführt, sondern von dem im Sitz angebrachten Bordtelefon. Wozu sie allerdings eine Kreditkarte benutzt haben musste, worauf dann wiederum kritische Stimmen forderten, die Abrechnung dieser Karte einsehen zu dürfen, worauf Mr Olsen endgültig keine Lust mehr gehabt hatte, weitere Fragen zu beantworten.

»Schön«, sagte Fuller, »und was hat das mit Donovan zu tun?«

»Nichts«, sagte Nick fröhlich. »Ich dachte nur, du interessierst dich inzwischen für 9/11. Kann doch nicht angehen, dass der Story-des- Jahrhunderts-Sensationsreporter weniger über den ganzen Kram weiß als jede x-beliebige Sofakartoffel.«

Er klopfte Fuller grinsend dreimal auf die Schulter, stieß sich von der Lehne seines Sitzes wieder hoch und tappte fröhlich zurück nach vorn. Fuller schüttelte den Kopf.

»Lass ihn mal machen«, sagte Liz. »Ist ein talentierter Junge, dein Freund.«

Fuller sah sie ungläubig an.

Sie lächelte. »Auch wenn er manchmal ein bisschen zu viele Puzzlesteine im Kopf hat. Aber dem ist zuzutrauen, dass ihm noch was richtig Geniales einfällt. Wegen irgendeiner Information, die richtig andockt in seinem randvollen Gehirn, und dann liefert der dir vielleicht den letzten Schlüssel.«

»Muss er zum Glück nicht«, sagte Fuller. »Dafür haben wir ja schon jemand. Und, glaub mir, der Mann braucht keine Puzzlesteine im Gehirn. Der weiß, wovon er redet.«

37

Jake Williams drückte nach dem kurzen Gespräch, in dem Max Fuller ihm seine Ankunftszeit mitgeteilt hatte, auf die Beenden-Taste seines Handys und zögerte einen Moment. Er fühlte sich nicht wohl. Er kam sich vor wie die Typen, die er schon in seiner Kindheit und Jugend am meisten gehasst hatte: Petzen und Memmen. Jemanden ans Messer zu liefern, selbst wenn der von der Polizei gesucht wurde, behagte ihm prinzipiell nicht – und es behagte ihm konkret erst recht nicht, da es sich bei diesem Jemand um einen seiner besten Freunde handelte, dem er ein Verbrechen nie und nimmer zutraute, schon gar keinen Mord.

Max konnte kein Mörder sein. Ihm fehlten alle Voraussetzungen, psychologisch wie biographisch. Max hatte nie um etwas kämpfen müssen, dank seiner Begabung war ihm fast alles zugefallen, im Sport genauso wie im Job; und auch wenn es in den letzten Jahren wirklich alles andere als gut für ihn gelaufen war – dass er jemand umbringen würde, nur um an Informationen für eine Story zu kommen, war so wahrscheinlich wie Glatteis in der Sauna.

Es war offensichtlich, weshalb man versuchte, ihm diesen Mord anzuhängen. Sie wollten an die Informationen herankommen, über die er verfügte. Ebenso offensichtlich war, dass der obskure Rickler mit der Sache zu tun hatte, aber über die genauen Zusammenhänge konnte Jake nur spekulieren. Er vermutete stark, dass Max versehentlich ein Wespennest angestochen hatte, und zwar eines, das eine Nummer zu groß für ihn war. Aber seine anfängliche Irritation über den sofortigen Anruf des Sicherheitsdienstes nach seinem Versuch, Informationen über Rickler in den Datenbanken der FFF zu finden, hatte sich inzwischen gelegt. Es gab eine vergleichsweise einfache Erklärung für all das. Eine Erklärung, mit der Jake sich zufrieden gab.

Sie wollten mit Max reden. Persönlich. Mehr nicht.

Fraglos war die Story, an der er strickte, so brisant, dass sie erheblichen Schaden anrichten konnte. Jake hatte selbst schon solche Storys kommen sehen, und er hatte in der Vergangenheit das eine oder andere Mal eigenhändig dafür gesorgt, dass diese Storys nicht die Öffentlichkeit erreichten. Oder eben nur in ungefährlicher Form. Um das zu erreichen, hatte auch er schon mit *Whistleblowern* Kontakt aufnehmen müssen und sie jeweils überzeugen können, dass es sich nicht lohnte, Staub aufzuwirbeln. Die meisten akzeptierten Geld. Andere waren unbestechlich und mussten daran erinnert werden, dass sie nicht nur Staub aufwirbeln konnten; dass es auch in ihrer eigenen Vergangenheit Dinge gab, die ihre Frauen, Kinder oder Arbeitgeber besser nicht erführen. Die verbleibenden fünf Prozent, die hartnäckigen Fälle, die, die keine Familie hatten und keinen Job und stattdessen einen pathologischen Gerechtigkeitssinn, ließen sich von nichts und niemand aufhalten.

Außer von Verleumdungen.

Dieser Teil seines Jobs hatte Jake nie Freude bereitet, aber er hatte immer gewusst, dass er sich für eine gute Sache die Hände schmutzig machte. Denn die Geheimnisse, die so mancher frustrierte Pharma- Mitarbeiter oder Beamte an die Öffentlichkeit zu bringen drohte, hatten dort wahrhaftig nichts verloren, davon war Jake überzeugt. Den *Leuten*, den Menschen da draußen, fehlte das Wissen um fast alle wichtigen Zusammenhänge. Ihnen konnte man nicht einfach die »Wahrheit« über alles sagen. Man musste sie vor sich selbst schützen.

Und das, glaubte er, hatten sie auch in diesem Fall vor. Sie, die unsichtbaren Wächter der Wahrheit. Für die er arbeitete, ohne sie mit Namen zu kennen. Die Hüter der Unversehrtheit der amerikanischen Seele.

Max hatte offensichtlich etwas Hässliches ausgegraben. Und ebenso offensichtlich war ihm nicht klar, wie gefährlich es war.

Deshalb wollten sie mit ihm sprechen. Und da er nicht telefonisch zu erreichen war oder sich allen Angeboten gegenüber verweigerte, mussten sie ihn persönlich kennenlernen. Und ihm klarmachen, dass er im Begriff war, einen Fehler zu begehen.

Das war alles.

Sie würden ihn nicht nach Guantanamo verfrachten.

Er hatte nichts Schlimmes zu befürchten. Er hatte allenfalls zu wählen. Zwischen einer Schweigegeldzahlung auf sein Konto oder der öffentlichen Vernichtung seines Rufs.

Vermutlich.

Sofern er nicht wirklich wegen des Mordes angeklagt würde.

Jake fielen zwei Staatsekretäre im Justizministerium ein, alte Bekannte, die ihm noch einen Gefallen schuldig waren. Er kannte auch noch ein paar andere einflussreiche Leute Washington, die sich für ein faires Verfahren einsetzen würden, wenn es überhaupt dazu käme.

In dem Fall würde er alle Hebel in Bewegung setzen.

So oder so.

Max würde nichts passieren. Sein Handy piepte.

Jake nahm den Anruf entgegen. Es war Keller.

»Wir haben den Anruf mitgeschnitten, Jake. Ihr Freund steht nicht auf der Passagierliste der Continental aus Newark, wir gehen davon aus, dass er mit falschen Papieren reist. Sie sind um 19:00 Uhr in der Ankunftshalle und erwarten ihn. Wir kümmern uns um den Rest.«

»Ja, Sir«, sagte Jake, und Keller legte auf.

Jake klappte das Handy zu.

Er stand auf, ging mit festen Schritten zur Toilette über den Flur, drückte die Tür hinter sich zu und drehte die Wasserhähne auf.

Er schaute dem Mann im Spiegel ins Gesicht.

Alles war in Ordnung.

Sie würden ihm ein paar Fragen stellen.

Max würde nichts passieren.

Jake begann, sich die Hände zu waschen. Sie waren sauber.

38

Als Liz, eingerahmt von Max Fuller und Nick mit ihren Rucksäcken, das kleine Terminal für Privatflüge am Flughafen von St. Petersburg betrat, sah sie als erste den jungen Mann, der auf einer Bank saß und ein Schild des Express Car Service hochhielt, auf das jemand in wackligen Lettern *Mr Larson* geschrieben hatte. Nick hatte aus Concord »etwas sehr Schnelles« bestellt, jetzt folgten sie dem Angestellten zu einem Parkplatz, wo er vor einem Cayenne Turbo stehen blieb.

»Ich brauche dafür zwei normale Kreditkarten oder eine mindestens goldene«, sagte er.

Ohne zu zögern, zückte Nick eine Amex-Platin-Partnerkarte, und raunte Fuller, als der mit Bargeld einschreiten wollte, ins Ohr, es handle sich um Omas immer noch bestehenden Account, und die Kontoinhaberin würden *die* nur finden, wenn sie Schaufeln mitbrächten.

Der junge Mann zog die Karte durch ein mobiles Lesegerät, ließ Nick auf dem Display unterschreiben und händigte ihm die Schlüssel aus. Als der Car-Service-Mann den Cayenne als herrliches, aber gefährlich PS-starkes Fahrzeug pries und zur Vorsicht mahnte, grinste Nick grinste ihn bloß an und feuerte die Fernbedienung in Richtung der Türen ab.

Liz sah Fuller fragend an. »Du sitzt besser hinten, da sind die Scheiben getönt«, sagte sie. »ich meine ja nur, wegen der Kameras überall am Straßenrand.«

Fuller zögerte einen Augenblick, dann winkte er ab, öffnete die hintere Tür und stieg ein.

Als Nick vorn neben Liz Platz genommen hatte, griff er mit beiden Händen ins Lenkrad, streckte die Arme durch und gab einen Laut von sich, als hätte er gerade ein kühles Bier auf Ex geleert.

Liz schmunzelte, Fuller schüttelte den Kopf.

»Jetzt krieg dich mal wieder ein, ist ja keine Viper.«

»Nee, ein Porsche!«

»Ein Porsche, den irgendein Blinder auf einen Pick-up geschraubt hat. Der Designer gehört in die Hölle.«

»Exklusive Ansicht«, sagte Nick. »Kein SUV ist begehrter als der.«

»Ja, ich weiß, und Millionen Fliegen können nicht irren.«

Nick drehte sich um.

Liz drehte sich ebenfalls um.

»Was ist los, Mann?«

»Nichts, ich bin nur Purist.«

»Was ist an fünfhundert PS und 275 Sachen nicht *pur*?«

Fuller kramte in den Rucksäcken nach Nicks Laptop. »Geht das Ding? Ich check mal, ob unsere Maschine pünktlich ist. Und vielleicht gucke ich auch gleich mal nach einem Hotelzimmer, während ihr da vorn Spaß habt.«

Liz lachte laut, dann machte sie die Tür auf, stieg aus und öffnete die rechte hintere Tür. Sie winkte Fuller zu. »Komm schon.«

»Was?«

»Du wolltest eigentlich nur sagen, dass du und Nick vorn arbeiten müsst, aber du wolltest nicht unhöflich sein. Ich weiß es zu schätzen.«

Er sah ihr in die jetzt verblüffend gütigen grünen Augen und wusste es ebenfalls zu schätzen. Sehr sogar. Er räusperte sich, murmelte, er kenne sich einfach nicht so gut aus dem mit Browser und dem angeschlossenen Handy, wolle nicht die falsche Karte reinstecken und so weiter, und krabbelte aus dem Fond.

Als er vorn saß, neben Nick, spähte er nur ganz kurz neidisch auf die Instrumententafel, sagte »Wenn Al Gore das wüsste« und teilte Nick mit, CBS werde die Kosten für den Wagen garantiert übernehmen.

Aber auch das beeindruckte Nick nicht im Geringsten. Er dachte gar nicht daran, den Platz mit Fuller zu tauschen. Er schüttelte grinsend den Kopf, sagte: »Keine Chance. Guck mal nach unserem Flug«, und fuhr los.

Während Liz hinten immer noch leise in sich hineingluckste, fügte Fuller sich in sein Schicksal, loggte sich ein und rief die Homepage des Flughafens Newark auf.

Die Continental war pünktlich gestartet und würde voraussichtlich auch pünktlich landen. Ihnen blieben zwei Stunden.

Sie überquerten die Bucht von Tampa auf der Skyway-Bridge, und Fuller dirigierte Nick auf der Südseite nicht zum ausgeschilderten Flughafen Bradenton/Sarasota, sondern wies ihn an, ein Stück weiter zu fahren, zum Hyatt-Hotel. In gewisser Weise war Sarasota, war Florida selbst für ihn ein Heimspiel, denn er hatte viel Zeit hier vertrödelt, mit Berichten über Speedboatrennen, Hochseeangeln, Eröffnungen von Hotels mit eigenen Yachthäfen und eben: Alligatoren. Im Hyatt hatte er vier Jahre zuvor zum letzten Mal gewohnt und erinnerte sich vage, dass es nicht allzu deprimierend gewesen war.

Er schickte Liz hinein, um die Zimmer zu buchen. Eins für die Brüder Woodward, eins für Mrs Bernstein. Er zog das Geldbündel aus seiner Tasche und drückte ihr sechshundert Dollar in die Hand. Langsam wurde die Luft dünn in der Reisekasse, aber er rechnete nicht damit, dass sie einen weiteren Privatflieger brauchen würden. Er war mehr als zuversichtlich, dass sie ihren Film bei Jake würden schneiden können, denn dessen Haus verfügte garantiert über ein halbes Dutzend Gästezimmer.

Nachdem Liz im Hotel verschwunden war, loggte Nick sich wieder ins Netz ein und rief die Seite des Flughafens Sarasota auf. Die Continental aus Newark würde pünktlich sein und in siebzig Minuten landen.

»Nach Plan«, sagte er. »Und unserer?«

»Einfach.« Fuller zuckte die Achseln. »Wir fahren zum Flughafen und warten auf Jake. Ja, ja, vor der Tür, keine Panik. Und Jake erzählt uns dann entweder hier im Hotel oder bei sich zu Hause, wer *Dr. No* wirklich ist, dann nehmen wir ihn und Liz auf, basteln das, was Jake an Belegen hat, zu unserer Donovan-Bombe, und schicken Ken einen Rohschnitt.«

Nick kramte in einem der Rucksäcke, holte ein Gerät hervor, das aussah wie ein zu groß geratener Gameboy und schaltete es ein.

»Ganz falscher Zeitpunkt für *Nintendogs*«, sagte Fuller. »Oder lässt du mich jetzt doch fahren?«

»Ich hasse Hunde«, antwortete Nick, »Infrarotkamera.«

Er hielt das Gerät in Richtung von Liz, die aus dem Hotel zurückkam und sich auf den Wagen zu bewegte. Auf dem Display sahen er und Fuller eine Darstellung ihrer Konturen, die zwischen dunklem Gelb und hellem Rot changierte und auf Höhe ihrer rechten Hüfte ein dunkelrotes Rechteck zeigte.

»Das ist ihr Handy«, sagte Nick.

»Was sonst?«, sagte Fuller, der ausnahmsweise langsam schaltete.

Nick seufzte. »Schauen wir doch lieber mal, womit die Leute am Gate so in den Hosentaschen auf ihre Lieben warten.«

Fuller staunte, während Liz wieder einstieg.

»Du glaubst nicht«, sagte er, »was der Bengel alles hat«, und deutete auf das Infrarotgerät. »Gegen uns ist Jack Bauer ein Höhlenmensch.«

Liz warf nur einen kurzen Blick auf das neue *Gadget* und nickte: »Zwei Zimmer im 7. Stock, 520 Dollar.« Sie reichte Fuller das restliche Geld und ein Kuvert nach vorn. »Dein Wechselgeld.«

»Wär doch nicht nötig gewesen«, sagte Fuller und nahm das Kuvert. »Du brauchst doch bestimmt noch was für den Strand.«

»Wenn du denkst, dass du mich für achtzig Dollar im Bikini zu sehen kriegst, dann fang noch mal ganz von vorn an zu denken«, sagte sie und lehnte sich zurück. »Auf wen warten wir?«

Nick lachte Fuller kurz aus, klopfte dabei aufs Lenkrad und setzte den Cayenne vergnügt wieder in Gang.

Der Kurzzeit-Parkplatz direkt gegenüber dem Eingang zum Hauptterminal des Flughafens war vergleichsweise spärlich besetzt. Nick drehte zuerst eine Runde um den *Airport Circle*, der den gesamten Parkplatz umschloss, und stelle den Cayenne dann in der mittleren Reihe ganz vorne ab. Hier führte ein Vordach über die Straße direkt zum Eingang, und sie konnten vom Wagen jeden sehen, der den Parkplatz verließ oder aus dem Flughafen herauskam. Bis zur planmäßigen Ankunft »ihres« Fluges bleib noch fast eine Dreiviertelstunde.

Als Nick den Motor ausgeschaltet hatte, wandte Fuller sich ihm zu. »Gut, du Paniker«, sagte er. »Du gehst allein rein, wir warten. Check mal mit deiner tollen Maschine, wer da alles am Gate mit 'ner *Scud* in der Hose wartet. Die von Jake sollte jedenfalls nicht auf deinem Schirm leuchten. Der Mann ist schwarz, trägt Anzug, dunkelblau oder grau, fast zwei Meter lang, Quarterbackfigur, nicht zu übersehen.«

Nick hatte sich bereits einen der kleineren Rucksäcke geschnappt, steckte seine Kamera hinein und begann, seine Zöpfe unter der Wollmütze zu verstauen.

Fuller sah ihm skeptisch zu. »Wir sind in Florida«, sagte er.

»Eben«, sagte Nick. »Aber lieber schwitz ich mal zehn Minuten, als dass ich mich von blöden Drogenbullen von der DEA schnappen lasse, die nichts zu tun haben. Außer mir 'ne Pinkelprobe abzunehmen.«

Liz sah ihn verdutzt an.

»Ja, was?«, sagte Nick. »Hey, Lady, Florida! Wo zum Beispiel der Besitzer der sauberen Flugschule, an der Mohamed Atta und seine Jungs fliegen geübt haben, mit seinen Jets Heroin schmuggelt – und *nichts* passiert. Nicht mal bei so Superjournalisten wie Max Fuller, der ja immerhin mal in Sachen Iran-Contra und Koks wach war, geht da irgendeine rote Lampe an.«

Fuller hob den Arm, um dazwischenzugehen, doch Nick ließ sich nicht unterbrechen. Schon gar nicht von Fuller. Außerdem sprach er mit Liz, wenn auch im Beisein des Angeklagten.

»Hatte kein Mainstream-Sender im Programm, nie. Unglaublich. Ich meine, komm, in einem Privatjet, der demselben Mann gehört, an dessen Flugschule die Hijacker trainiert haben, werden vierundzwanzig Pfund Heroin gefunden? Aber das ist kein Thema, unwichtiger als die aktuellen Sperrmülltermine. Da recherchiert keine Sau weiter, da bleibt niemand dran, da ruft kein TV-Moderator: *Hallo, Drogenfahndung, hallo Gouverneur Jeb-kleiner-Bruder-Bush, wozu bezahlen wir eigentlich jedes Jahre 'ne Milliarde Steuergelder an die DEA*? Haben die von der DEA keine Einreisegenehmigung für Florida? Doch, und sie sind ja auch da. Aber nur, um *richtige* Kriminelle zu jagen, denn das kostet doch alles richtig Geld, diesen langhaarigen Kiffern in den Urinproben rumzuschnüffeln oder Freaks unter den Achseln – und, hey, den Kranken, die dringend Hanf brauchen, die Pflanzen vom Balkon zu klauen, dazu braucht man auch jedes Mal mindestens ein Sondereinsatzkommando.«

Nach dieser heftigen Predigt, der Liz und Fuller sprachlos gelauscht hatten, schnaubte Nick ein weiteres Ausrufezeichen, bog den Rückspiegel nach links, kontrollierte sein Outfit für eine Sekunde auf Drogenkontrollentauglichkeit und kramte kurz in seiner Hosentasche. Er förderte zwei Handy-Chipkarten und sein Handy heraus und reichte Fuller die zweite Karte.

»Austauschen«, sagte er. »Ma´m, in der Tasche, der kleinen, sind zwei Bluetooth-Headsets.«

Während Fuller sein Handy öffnete und es Nick nachtat, der sein Handy ebenfalls aufgeklappt und die Karte ersetzt hatte, kramte Liz in den Taschen und reichte den beiden die Headsets nach vorn, die kaum größer waren als Hörgeräte. Nick stopfte sich das eine unter die Mütze, Fuller steckte sich das andere Exemplar ins Ohr.

»Okay«, sagte Nick und stieg aus. Dabei wählte er eine Nummer und steckte sich das Handy in die Hosentasche.

Fuller sah ihm nach, wie er auf das Flughafengebäude zu stampfte, und machte eine beschwichtigende Geste in Liz´ ungefähre Richtung. »Gut, er ist ein bisschen eigen. Aber er hat was drauf.« Er versuchte ein Lächeln in ihre Richtung.

Sie sah ihn erstaunt an. »Ich finde ihn absolut klar.«

»Na ja, übervorsichtig.«

»Nein.«

Fuller wiegte gütig den Kopf. »Komm, das ist wirklich albern …«

Ihrem Blick nach zu urteilen, war sie völlig anderer Meinung. Und so sehr Fuller es schätzte, dass seine Begleiter sich inzwischen halbwegs miteinander arrangiert hatten, ging ihm der Respekt inzwischen eindeutig zu weit. Er kam allerdings nicht dazu, das zu kommentieren, denn sein Handy vibrierte, und er drückte auf die Empfangstaste.

»Hörst du mich?«, fragte Nick.

»Laut und deutlich.«

»Okay, dann sag ich mal nichts. Aber bleib dran.«

Fuller sah in Nicks Richtung. Der Junge hatte den Eingang des Airports fast erreicht.

»*OK Chef, Roger*«, sagte Fuller mit reichlich Spott in der Stimme und fing sich schon wieder einen ernsten Blick von Liz ein. Umso dringender wollte er unterstreichen, dass Nick nicht alle Tassen im Schrank hatte und dass er Jake seit zirka hundert Jahren kannte, im Gegensatz zu ihr und dem Paranoiker mit der niedlichen Mütze. Aber wegen der Standleitung konnte er nichts weiter tun, als zuversichtlich zu lächeln und ihr mit hochgezogenen Augenbrauen zu signalisieren, was er dachte.

Sie warteten schweigend.

Als Liz kurz den Blick vom Eingang des Airport-Eingangs wandte und zuerst nach links und dann nach rechts sah, bemerkte Fuller, dass sie ihre Unterlippe nervös mit den Zähnen bearbeite, und das war zu viel für seinen Kragen.

»Hey«, sagte er, obwohl er wusste, dass Nick ihn hörte. »Alles ist *gut*, ja? Wir sind *nicht* in Gefahr, wir sind weit, weit weg von den bösen Jungs. Das hier ist Freundesland, und wir werden auch *nicht* von der DEA kassiert.«

»Dein Wort in meinem Ohr«, sagte Nicks Stimme in seinem Ohr, »aber am Stehtisch der Cafeteria warten zwei Typen, beide bewaffnet, keine Uniformen.«

»Was?«

»Und von den beiden anderen, die gegenüber auf einer Bank sitzen und gelangweilt tun, hat einer 'ne ziemlich fette Wumme in der Tasche. Sehr groß, sehr breit, kein Hals.«

Fuller fühlte, wie sich sein Nacken spontan verkrampfte, seine Problemzone, in der sein Körper auf Tiefschläge reagierte.

»Der andere«, sagte Nick, »würde nirgendwo auffallen. Vielleicht gehört er nicht dazu, aber dann würde er nicht neben dem Doppelwhopper sitzen. Hat scheinbar keine Waffe, aber ein dickes Handy. Oder Funk. Max?«

Fuller sagte einen langen Moment nichts. Das offensichtliche Empfangskommando war der Beweis, das Jake ihn verraten hatte, und er wusste nicht, wie er das kommentieren sollte. Geschweige denn kapieren.

»Fuck.«

»Ist er das?«, fragte Liz, und Fuller sah nach links.

Jake Williams war aus seinem Wagen gestiegen, keine zwanzig Meter von ihnen entfernt, und sah auf die Uhr. Er trug ein weißes Hemd und Krawatte und zog sich jetzt das dunkelblaue Jackett wieder über, das sogar aus dieser Entfernung teuer aussah. Dann schloss er seinen Wagen ab und setzte sich in Bewegung, mit federnden Schritten. Elegant.

Knapp hundert Meter. Kaum Zeit, ihn abzufangen. Fuller stieg aus.

»Was machst du?« fragte Liz.

»Ihn einsammeln. Nick?«

»Was?«

»Komm da sofort raus. So schnell du kannst, ohne zu rennen.« Er wandte sich an Liz. Es blieben noch hundert Meter. »Fahr den Wagen direkt vor den Eingang.«

»Hier, wenn er nicht will«, sagte sie, und als Fuller sich umdrehte, hielt sie ihm einen Pistole hin, Griff voraus.

Er brachte ein »Was?« heraus, dann steckte er sich das Ding einfach in den Gürtel. Es war nicht der richtige Moment sie zu fragen, wo die Waffe herkam. Und weshalb sie nichts davon gesagt hatte.

Fuller lief los.

Jake Williams war noch fünfzig Meter vom Gate entfernt, aber inzwischen auch fast fünfzig von Fuller. Der Quarterback als Running Back. Und Fuller als *safety* auf dem Weg zu einem rettenden *tackle*. Das hatten sie nie trainiert. Sie hatten immer auf derselben Seite gestanden.

Fuller sprintete. Und hörte hinter sich den Cayenne anfahren.

Jake drehte sich nicht um. Er ging weiter.

Fuller machte sich erst bemerkbar, als er die breiten Schultern des Verräters fast erreicht hatte. »Jake.«

Jake drehte sich um und blieb stehen. Er sah Max Fuller verwirrt an. Nichts stimmte. Nicht nur die Haarfarbe war falsch. Fuller konnte auch noch gar nicht gelandet sein.

Hinter Fuller rauschte der Cayenne heran, und Jake klappte den Mund auf.

»Du …?«

»Einsteigen«, sagte Fuller.

»Was?«

Fuller deutete auf den Cayenne. »Jetzt.«

Jake stand da wie angewurzelt. Im nächsten Augenblick sah er einem Revolver in den Lauf, und das Gesicht dahinter war sogar noch bedrohlicher.

»Steig ein«, sagte Fuller, und ihm war im gleichen Moment klar, dass er tatsächlich abdrücken würde. Allerdings nicht, ohne den Lauf der Pistole vorher zu senken, in Richtung des teuren Anzugknies. Er war erleichtert, als Jake beschwichtigend die Hände bis auf halbe Brusthöhe hob und tat, wie ihm geheißen.

Als er an Fuller vorbeiging, packte der ihn am Kragen, und Jake stieß einen protestierenden Laut aus, als er auf die Rückbank gestoßen wurde und die Tür hinter ihm zuknallte.

Fuller eilte um den Wagen herum, Liz wechselte auf den Beifahrersitz. Fuller drückte ihr die Waffe in die Hand, während er mit beiden Händen das Lenkrad packte und nach rechts sah.

»Rüber«, rief Fuller nach hinten, und Liz unterstrich seinen Befehl, indem sie Jake mit dem Lauf der Waffe zeigte, dass er sich hinter Fuller setzen sollte.

Jake leistete ungläubig Folge und sah in diesem Moment, wohin Fuller schaute.

Aus dem Flughafengebäude rannte ein seltsamer Mann mit Wollmütze und Baggy Jeans direkt auf den Cayenne zu, riss die Hecktür auf und konnte kaum mehr »Scheiße, hau ab!« nach vorn brüllen, ehe der Wagen losschoss, begleitet vom Hupen eines Taxis, dessen Fahrer nur dank einer Vollbremsung einen Crash vermeiden konnte.

Fuller sah im Rückspiegel, wie die Männer aus dem Gebäude gerannt kamen. Keiner schien eine Waffe in der Hand zu halten, aber einer der Sonnenbrillenschränke brüllte offenbar in ein Funkgerät oder ein Handy.

Nick brüllte ebenfalls. »Vorsicht!«

Fuller riss das Lenkrad nach rechts und schrammte um Haaresbreite an einem Dodge Durango vorbei, der mit hohem Tempo vom Parkplatz aus in den Airport Circle geschossen kam. Er glaubte nicht mal einen Sekundenbruchteil, dass der Fahrer nur seine Vollkasko testen wollte, sah, dass der Dodge mit den Vorderrädern gegen den rechten Randstein knallte und ein Arm aus dem offenen Fenster wuchs. Im nächsten Augenblick zerplatzte der Seitenspiegel auf seiner Seite in tausend Scherben.

Fuller zeigte, was er von Nick gelernt hatte. Er rief: »Festhalten!«, und zog den Cayenne von rechts nach links und wieder zurück, unter Ausnutzung der gesamten Straßenbreite auf dem Weg Richtung Interstate 75; er fuhr Haken, bis sie den schnurgeraden University Parkway erreicht hatten und drückte das Gaspedal bis auf den Boden durch. Der Porsche schoss los wie ein Abfangjäger, und da Fuller von hinten keinen Applaus hörte, lieferte er das *Ya-hooooooo!* zum Abheben gleich selbst mit.

Liz war, soweit er das aus dem Augenwinkel beurteilen konnte, nicht blass oder ängstlich, sondern hielt weiter die 45er stur auf Jake Williams gerichtet. Was Fuller beunruhigte, weil sie den Finger nicht vor dem Abzug hatte, sondern mitten drauf.

Im Rückspiegel sah er den Dodge rasch kleiner werden und dann verschwinden. Der Fahrer hatte zurücksetzen müssen, und als er damit fertig war, hatte er längst jede Chance verspielt, dem rasenden Porsche zu folgen. Denn Fuller beabsichtigte nicht, vom Gas zu gehen.

»Nimm mal den Finger vom Abzug!«, rief er nach hinten.

»War nicht entsichert«, sagte Liz und hob den Lauf der Waffe Richtung Wagenhimmel. Sie hob kurz auffordernd das Kinn, in Nicks Richtung. »Schau mal nach, ob er eine hat.«

Nick sah sie verwundert an, dann klopfte er Jake ab. »Sauber«, sagte er.

Fuller sah weiter in den Rückspiegel, bog nach rechts ab, in die Old Bradenton Road, und beschleunigte wieder. Er wollte über den Mecca Drive und die Royal Palm Avenue, um eventuelle Verfolger abzuschütteln, und erst dann zurück auf den North Tamiami Trail, wo im dichten Verkehr nicht einmal ein Cayenne ohne Außenspiegel auffallen würde.

»Hey, seit wann haben wir eigentlich Bordwaffen?«, fragte Nick von hinten.

Fuller warf Liz via Rückspiegel einen fragenden Blick zu.

»Seit New York. Gehört dem FBI.«

»Praktisch«, sagte Fuller. »Wieso hast du nichts gesagt?«

»Wieso sollte ich? Wir brauchten doch bisher keine.«

Fuller sah an ihrem verblüffend gelassenen Gesicht vorbei, wieder auf die Straße hinter ihnen und entdeckte nichts, was ihn hätte beunruhigen können. Er lenkte den Wagen in die Royal Palm Avenue, als Jake sich zu Wort meldete. Und das laut.

»Sag mal, bist du völlig bescheuert! Mich mit einer Waffe zu bedrohen, du Arsch, du Irrer …«

»Ey, Mann, mach den Kopf zu!«, brüllte Fuller zurück, und das noch etwas lauter. »Hier ist ’ne Dame an Bord, und du kannst dich freuen, wenn die dich nicht einfach erschießt, du Drecksau!«

»Ich …!«

»Nee! Hast du den Arsch offen? Ich bitte dich um einen Gefallen, und du bringst deine Freunde von der Mafia mit?«

»Wen?«

»Na, das halbe Dutzend Bewaffneter, die da drin gewartet haben.« Jake sah Fuller ungläubig an. »Was?«, sagte er.

»Dein Handy«, schnauzte Fuller ihn an.

»Was?«

»Nick.«

Nick ging Jake rabiat an die Jacke, riss dessen Handy heraus und setzte es außer Gefecht, indem er den Akku herausnahm.

»Aus«, sagte er.

»Wer waren die?« fragte Fuller.

»Ich habe lediglich …«

Fuller hatte den Tamiami Trail erreicht und bog nach rechts ab. »Wer, Jake?« Er sah Jake im Rückspiegel an.

Jake zögerte einen Augenblick. Dann sagte er: »Ich weiß es nicht. Keine Ahnung. Die wollten mit dir reden, Junge, und glaub mir, du steckst wirklich tief in der Scheiße.«

»Erzähl mir was, was ich nicht weiß. Aber *reden* wollten die garantiert nicht mit mir, und was heißt hier überhaupt *die*?«

Jake sah verunsichert von Fuller zu Liz und dann von Liz zu Nick, der seine Mütze abgesetzt hatte und sich die Rastalocken wieder durcheinanderbrachte.

»Max«, sagte er mit der beruhigendsten Stimme, die er zustande brachte. »Hör zu, das … das alles, das lässt sich aufklären. Du hast da irgendwas angestochen, was irgendwelchen Leuten nicht gefällt, aber ich weiß, dass du kein Mörder bist …«

»Na, danke. Die sind aber welche. Deine Leute.«

Jake lächelte schwach. »Na, das sicher nicht …«

Fuller nickte in Liz Richtung. »*Die* – deine Leute – haben ihren Vater umgebracht. Außerdem seinen Anwalt, meinen Nachbarn und einen FBI-Mann, vielleicht auch zwei. Nicht umgebracht haben sie uns drei, aber sie haben es versucht, nach Kräften.«

Jake sah Liz an. Sie nickte. Und dabei machte sie einen durchaus zurechnungsfähigen Eindruck, im Gegensatz zu dem blonden Irren am Lenkrad und dem Typen auf der Rückbank, der ihn jetzt besonders komisch ansah.

»Was machen wir denn mit dem?«, rief Nick fröhlich nach vorn, ohne sich umzudrehen. »Einfach abwerfen, oder erst kleinmachen für die Fische?«

»Nicht so fix, Killer«, rief Fuller zurück. »Vielleicht nützt er uns ja noch was.«

»Hast du den Verstand verloren, Max?«, fragte Jake.

»Ist schon 'ne Weile her.« Fuller sah seinem ehemaligen Freund im Rückspiegel tief in die Augen. »Jake. Hast du was mit den Ohren? Wir sind an einer Riesenstory dran, und wenn deine Leute uns killen wollen, nur weil ich dich nach Rickler gefragt habe, dann steckst du mittendrin. Aber auf der falschen Seite. Jetzt allerdings«, fügte er hinzu. »bist du auf der anderen Seite, nämlich unserer. Für den Augenblick. Keine Ahnung, wie du deinen Leuten erklärst, dass du uns zur Flucht verholfen hast, aber das ist ja endlich mal nicht *mein* Problem.«

Fuller spürte Liz´ fragenden Blick auf seinem Gesicht, aber er lächelte bloß eisern weiter. »Sagen wir´s mal so, *Jamal*, wir beruhigen uns jetzt erst mal alle, und dann geben wir dir die Kurzfassung. Solltest du danach noch immer auf der falschen Seite spielen wollen, kann ich dir auch nicht helfen. Dann bringt dich entweder Nick um, vermutlich indem er dich totlabert, oder du gehst einfach zurück zu deinen Leuten, die dich dann erst recht umbringen. Aber bevor du dich entscheidest, hör uns erst mal zu. Dazu brauchen wir ein paar Minuten Ruhe. Und da du dich hier auskennst, verrat mir doch mal aus dem Stand die verschnarchteste Krebs-Bude, die´s hier in der Ecke gibt. Ich war länger nicht hier.«

Liz legte die Stirn in tiefe Falten. Ihr »Was?« klang fassungslos.

Fuller grinste umso breiter Richtung Beifahrersitz. »Ich hab tierischen Hunger«, sagte er.

Sie schüttelte den Kopf und seufzte die Windschutzscheibe an, während Nick laut lachte.

Fuller nahm Jake im Rückspiegel ins Visier: »Also, wohin, Jake?«

Jake erwiderte den Blick und schüttelte dabei den Kopf. Dann nannte er eine Adresse auf Siesta Key, und als Liz den Straßennamen ins Navigationssystem des Cayenne eingab, rückte Jake so weit wie möglich von Nick ab.

Während Fuller den Cayenne über den Tamiami Trail nach Süden steuerte und über die Siesta-Drive-Brücke hinüber nach Siesta Key, den Ocean Boulevard hinunter und dann, kurz vor dem Crescent Beach, nach links, über einen unbefestigten Weg zurück Richtung Intercoastal, fasste er die Geschichte in groben Zügen zusammen. Jake schüttelte mehrmals den Kopf und meldete sich immer wieder mit skeptischen Anmerkungen zu Wort, was ihm dann allerdings wahlweise von Nick oder der Frau auf dem Beifahrersitz energische Zurechtweisungen einbrachte. Er fühlte sich aber auch aus sachlichen Erwägungen auf verlorenem Posten, denn offensichtlich glaubten nicht nur Fuller und seine Begleiter an den Wahrheitsgehalt der Story, sondern auch deren Verfolger. Paranoiker wurden in der Regel nicht gejagt oder umgebracht.

Als Fuller den Cayenne vor *Fred´s Crabs* abstellte, war Jake ausreichend verwirrt. Leichen hin, Leichen her, all das konnte einfach nicht stimmen. Und erst recht konnte nicht stimmen, dass die Federal Freedom Foundation oder Harold Keller irgendwie in der Geschichte drin hingen. Was sie aber offensichtlich taten, da sie versucht hatten, Max am Flughafen mit Waffengewalt zu stellen.

Es musste eine einfache und einigermaßen unschuldige Erklärung für all das geben. Und das sagte Jake auch den anderen, als sie sich an den wackligen Holztisch gesetzt und Nick und Fuller jeweils eine Portion Krebse und Bier vor sich stehen hatten.

»Nehmt's mir nicht übel«, sagte Jake. »Aber Geheimdienste spielen nun mal nicht Räuber und Gendarm. Es hat also eine Übung gegeben ...«

»Ein Dutzend«, schmatzte Nick.

»Dutzende Übungen. Unter anderem eine, an der Mister Donovan teilgenommen hat. Gut. Das Ganze ist anders gelaufen als geplant, die Terroristen haben im Schatten der Übung ihren Anschlag verübt, und natürlich wollte danach keiner zugeben, dass unser Militär auf dem falschen Fuß erwischt worden war. Das wäre eine Katastrophe gewesen, das hätte Tür und Tor für Trittbrettfahrer geöffnet. Und wenn jetzt einer kommt, Jahre später, und das alles an die große Glocke hängen will, dann reagieren die Dienste natürlich ... na, sagen wir mal, überempfindlich. Aber es werden Zivilisten für weniger zum Schweigen gebracht.«

»Schön«, sagte Fuller und pulte weißes Fleisch aus einer der vielen Krebsscheren vor sich. »Warum haben sie dann Donovans Copiloten gleich nach der Landung umgenietet?«

»Dafür hast du keinen Beweis.«

»Donovans Aussage.«

»Nicht überprüfbar. Jedenfalls der Teil.«

»Nicht schlecht, der Mann«, mampfte Nick. »Könnte als Spin Doctor arbeiten.«

Fuller gluckste in sein Bier.

»Ihr habt eine Story«, sagte Jake Williams. »Zugegeben. Aber es gibt jemand, der sie nicht hören oder lesen will. Der nicht will, dass irgendjemand sie hört oder liest.«

»Jemand, der dafür lauter Leute umbringt«, sagte Liz.

Jake zuckte die Achseln. »Möglich.«

Fuller haute ihm mit Wucht auf die Schulter. »Mann, was ist bloß aus meinem alten Kumpel Jamal geworden? *Möglich*. Ist das *okay*, oder was? Wir haben die Wahrheit, und die wollen nicht, dass wir sie aufdecken. Und die bringen dafür Leute um.« Er zuckte die Achseln, wie Jake einen Augenblick zuvor. »*Möglich*. Ist das alles, Jake?«

»Das ist die Realität, Max. Liegt bei dir, was du draus machst.«

»Genau das ist die Frage«, sagte Liz.

»Was?«

»Ob es noch bei uns liegt?«

Fuller grinste Jake an und deutete dabei anerkennend mit dem Zeigefinger auf Liz. »Da spricht die Frau Doktor ein weises Wort gelassen aus.«

»Ach, was«, sagte Jake. »Lasst die Story ruhen, gebt mir eine Chance, mit Keller zu telefonieren, und dann passiert gar nichts ...«

»Wenn das die Realität ist«, sagte Nick, »dann ess ich hier gerade ein Wildschwein.« Worauf er weiter lässig an seinem Krebs knabberte.

»Ich fürchte, da hat er Recht«, sagte Fuller. »Und ich fürchte zweitens, dass wir nur noch eine Chance haben, nichts passieren zu lassen. Uns jedenfalls.«

»Und zwar?«

»Die Geschichte zu machen. Groß. Denn wenn uns danach einer von denen killt, dann macht derjenige ein schönes Ausrufezeichen hinter das, was wir behaupten.«

»Das ist dein Plan?«

»Ja.« Fuller trank einen Schluck Bier, ächzte wonnig und klopfte sich auf den Bauch. »Aber nicht der ganze. Denn wir haben ja noch nicht die ganze Story. Wir haben einen Teil, aber uns fehlt die zweite Hälfte.«

Jake sah in das grinsende Gesicht seines Gegenübers und schüttelte entschieden den Kopf.

»Keine Chance, Max. Selbst wenn ich wollte, ich käme an die Daten nicht ran.«

»Eins nach dem anderen. Erste Frage: *Willst* du uns helfen?«

Jake sah Fuller weiter an. Das Grinsen blieb in dessen Gesicht hängen. Ächzend schloss Jake die Augen.

»Falls es eine Möglichkeit gibt, eine sichere Möglichkeit, an die Daten heranzukommen, ohne dass jemand mitkriegt, dass ich damit zu tun habe ...«

»Hey, war das ein Ja?«

»Falls, habe ich gesagt. Falls du und dein Freund«, er nickte in Nicks Richtung, »falls ihr das gewährleisten könnt, ja. Solange es nicht mehr ist, als das rauszuholen, was das System über Rickler weiß.«

»Prima«, sagte Fuller. »Nick, können wir das?«

Nick zuckte die Achseln. »Keine Ahnung. Müsste ich erst mal sehen, wie viele Firewalls da im Weg rumstehen.« An Jake gewandt fügte er hinzu, »Aber keine Sorge, Mann, solange ich mich da nur umsehe, kann dir überhaupt nichts passieren. Und nur, wenn wir gaaaanz sicher sind, frage ich dich nach deinem Passwort. Wir müssten aber«, fuhr er fort, diesmal an Fuller gewandt, »insgesamt 'ne etwas weniger spacige Location finden. Weil, wenn ich das alles richtig sehe, soll ich ja parallel auch noch 'ne Doku schneiden, und dazu müsstest du Liz interviewen und« – er deutete mit dem Daumen auf Jake – »ihn hier, vielleicht, und ... das ist hier vielleicht nicht so geil – könnte ja sein, dass Fred noch andere Kunden reinkriegt. Obwohl, seine Krebse sind echt ziemlich scheiße.«

Fuller sah Jake an.

»Ich will ja nicht direkt sagen, dass Geld keine Rolle spielt, aber du kennst doch hier in der Ecke garantiert einen Makler, der sündhaft teure Villen vertickt. Die schon ’ne Weile leerstehen.«

Jake verzog den Mund zu einem schwachen Lächeln, schnaubte leise und schüttelte den Kopf. »Du kannst dir gar nicht vorstellen, auf wie vielen Vier-Millionen-Schnäppchen man hier jahrelang sitzen bleibt. Ja, ich denke, da finden wir was …« Er griff in seine Jacke, um sein Handy herauszuholen, aber Fuller hielt ihm bereits sein eigenes hin. »Nicht mit deinem. Das gilt, bis wir hier fertig sind. Und das ist keine Bitte.«

39

Das weiße, blassrot gedeckte Haus, vor dem sie eine halbe Stunde später hielten, lag in einer sandigen und als privat markierten Seitenstraße auf der Westseite des Key, keine fünfzig Meter vom Strand und dem Golf von Mexiko entfernt. Sehen konnte man vom Haus allerdings wenig, denn eine hohe Mauer, auf der Scherben glänzten, verwehrte den Blick auf das Objekt. Neugierige mussten sich mit dem steingrauen, imposant breiten Garagentor und dem darüberliegenden Panoramafenster zufrieden geben, aber es stand ohnehin nicht zu befürchten, dass sich Spaziergänger auf diesen Privatweg verirrten.

Jake Williams stieg aus dem Cayenne und ging zum Garagentor. Er holte einen Zettel aus seiner Tasche, tippte einen Code in den Ziffernblock neben dem Tor, und ging voraus, während Liz und Fuller ausstiegen und Nick den Wagen in die Garage rollen ließ.

Jake war vor einer Eisentür an der Rückwand der Garage stehen geblieben und wartete, bis Fuller und Liz neben ihn getreten waren.

»Den zweiten Code muss ich drinnen eingeben. Bei geschlossener Tür. Das heißt, ihr wartet hier. Ich habe dreißig Sekunden. Falls ich den falschen Code habe, aus welchem Grund auch immer, ist in fünf Minuten die Security hier. Das sind zwar keine Bullen, aber ...« Er grinste Fuller an. »So gut ist deine blonde Perücke nun auch wieder nicht.«

»Okay«, nickte Fuller. Er drehte sich um zu Nick, der gerade seine Rucksäcke aus dem Wagen hievte. »Moment«, sagte er. »Mandrake, der Magier, hat gerade Selbstzweifel. Lass die Taschen drin.«

»Okay«, sagte Nick, und stellte seine Taschen zurück auf die Ladefläche. »Soll ich den Motor laufen lassen?«

Die Eisentür fiel vor Fuller und Liz zu, Jake war im Inneren des Hauses verschwunden. Fuller sah Liz an, sie erwiderte den Blick. Skeptisch.

»Ist das 'ne gute Idee?«, fragte sie.

»Frage ich mich auch gerade«, sagte Fuller.

Beide sahen die Eisentür an.

»Ich meine«, sagte Liz, »du weißt nicht genau, mit wem er telefoniert hat.«

»Klang aber wie ein Makler.«

»Und er kriegt sofort diese schicke, leerstehende Villa. Abgelegen. Und kriegt die Codes.«

»Und wir beide stehen wie die Blöden direkt vor einer Tür, die zu ist.«

»Und wissen beide nicht, was dahinter ist.«

Die Tür wurde mit derartigem Schwung nach innen aufgerissen, dass beide einen Satz zurück machten und instinktiv die Hände hoben.

Jake lachte leise. »Herrgott, ich dachte, ihr habt Nerven wie Drahtseile?«

Fuller warf einen skeptischen Blick über Jakes Schulter, ins Innere des Hauses, und versuchte souverän zu grunzen. Dann winkte er Nick zu, er solle die Sachen auspacken, und trat einen Schritt zur Seite, um Liz den Vortritt zu lassen.

»Fühlt euch wie zu Hause«, sagte Jake.

»Für tausend Dollar am Tag kannst du da aber so was von sicher sein«, erwiderte Fuller im Vorbeigehen.

40

»Viereinhalb Millionen?«, fragte Fuller Jake, als die beiden draußen vor der verglasten Fassade des Wohnzimmers standen und den riesigen Pool im Innenhof bewunderten.

»Wenn du geschickt verhandelst, kriegst du sie vielleicht für vier zwei.«

»Beruhigt mich kolossal.«

Fuller drehte sich um und betrachtete das dezent von einigen Außenstrahlern beleuchtete Haus. Es war schön, es war groß, und es sah teuer aus. Nicht nur von außen, auch von innen, wo es über ein halbes Dutzend geschmackvoll möblierter Schlafzimmer und ebenso viele Bäder verfügte, sowie über ein Wohnzimmer, dass nur unwesentlich größer und höher war als die Sixtinische Kapelle. Liz war nach oben verschwunden, in *ihr* Zimmer, in *ihr* Badezimmer, um sich frisch zu machen, und Nick hockte am Schreibtisch mitten in der Kathedrale und verdrahtete seine Laptops und die Kamera.

»Hast du auch so 'ne Hütte?«, fragte Fuller.

»Nein.« Jake schüttelte den Kopf. »Nicht so dicht am Meer.«

»Aber genauso viele Schlafzimmer.«

»Ja.«

»Ich hab echt alles falsch gemacht.«

»Stimmt.«

»Danke.«

Jake legte Fuller die Hand auf die Schulter. Lächelnd. »Ach, was. Nicht alles. Falscher Job, falsche Frau, falsche Drogen. Aber sonst war doch alles richtig.«

»Wer kann sich so was leisten? Wieso kannst du dir so was leisten? Ich meine, okay, richtiger Job, richtige Frau, keine Drogen, aber das kann doch nicht alles sein.«

»Richtige Frau.«

»Ach ja, stimmt. Geld, oder?«

»Familiengeld«, nickte Jake.

»Familie heißt Mafia?«

»Nein, Familie heißt Automobilzulieferer.«

»Romantisch. Wo hast du Lauren kennengelernt, beim Auspuffwechseln?«

Jake schnaubte belustigt, gab aber keine Antwort. Stattdessen hob er den Blick und blinzelte in die dunklen Palmwipfel, die jenseits der Mauer im sanften Wind leise raschelten.

»Alles okay bei euch?«

»Ja.« Jake nickte. »Alles bestens.«

Fuller nickte ebenfalls und beschloss, seinem alten Freund die Lüge durchgehen zu lassen. Sie hatten Wichtigeres zu besprechen. »Mach dir mal deinen eigenen Reim«, sagte er.

»Worauf?«

»Rickler.«

Jake zuckte die Achseln und sah wieder den Palmen zu, die Arme vor der Brust verschränkt. »Keine große Nummer, schätze ich. CIA, Secret Service, NSA, was weiß ich? Hat einen Teil von einer dieser Übungen koordiniert und ist danach untergetaucht, vielleicht mit neuer Identität.«

»Er ist schon vorher untergetaucht.«

»Tatsächlich?«

»2000.«

»Könnte zurückdatiert sein. Vermutlich haben sie den Rest gleich mit rausgenommen, falls jemand blöde Fragen stellt. So wie du.«

Beide hörten die Schritte gleichzeitig und drehten sich im gleichen Augenblick um. Liz kam auf sie zu, sommerlich gekleidet, in einer engen verwaschenen Miss-Sixty-Jeans und einem Tank Top, und mit einer Gucci-Brille in den schwarzen Haaren.

»Und«, sagte sie, als sie zwischen den beiden stehen blieb, »schon gekauft, Max?«

Sie sah ihn an und lächelte, und er roch ihr Parfüm und war im Begriff zu vergessen, dass sie nicht hier waren, um sich das Haus anzusehen und das Schlafzimmer einzuweihen.

»Muss kurz nach Hause und gucken, ob die viereinhalb Millionen noch unter meiner Matratze liegen, aber dann …« Er hatte sich wieder gefangen und grinste. »Ja. Klar, Schatz. Nehmen wir, oder?«

»Wunderbar«, lächelte sie, und wandte sich an Jake. »Das ist ein Privatstrand, über den Weg, oder?«

»Ja«, sagte Jake. »Nur für die Anwohner. Aber das sind nicht viele, und meistens sind die in ihren anderen Häusern.«

»Wie schön. Das heißt, man müsste sich nicht mal an die Kleidervorschriften halten?«

»Nicht unbedingt, Ma´m«, spielte Jake Williams seine Maklerrolle weiter.

»Sagt mal«, fragte Nick von der Terrassentür aus, »ich will ja nicht stören, aber die Mittagspause ist schon 'ne Weile rum.« Er deutete auf Max Fuller und Liz. »Das heißt, ihr macht jetzt mal euer schickes Interview *Pulitzerpreisgewinner versus Kronzeugin*. Und du«, sagte er zu Jake, »müsstest mal eben dein Passwort eingeben. Ich bin nämlich so gut wie drin in eurer fetten Datenbank.«

Fuller erklärte sich nur widerwillig einverstanden, in einem der Schlafzimmer, vor einer perfekt weißen Wand, das Interview mit Liz zu führen und Jake und Nick allein in den Archiven der FFF nach Rickler suchen zu lassen. Aber als Nick ihn an seinen eigenen Zeitplan und an sein Versprechen erinnerte, am übernächsten Tag eine *60-Minutes*-Doku fertig geschnitten abzuliefern, gingen ihm umgehend die Argumente aus. Sie würden die Nächte durcharbeiten müssen, und solange er seine Zuspieler nicht komplett auf Band hatte, konnte er nicht einmal anfangen, den Film zu machen. Ihm blieb daher nichts anderes übrig, als sich zu fügen und mit Liz ins Schlafzimmer zu verschwinden.

»Doku«, rief Nick ihm nach. »Macht keinen Scheiß.«

Die beiden drehten sich nicht mal um. Liz kommentierte die Bemerkung gar nicht, Fuller beließ es bei einem nach hinten ausgestreckten Mittelfinger.

»Ihr kennt euch offenbar schon länger«, sagte Jake.

»Paar Tage«, sagte Nick. »Ich schließe schnell Freundschaften.«

Jake nickte und betrachtete den Irren. »Aber nicht mit jedem.«

»Hey!« Nick strahlte. »Du kannst Gedankenlesen! Passwort?«

Jake sah auf den Bildschirm. Der Junge mit den wirren Locken hatte es irgendwie tatsächlich fertiggebracht, sich bis zur Suchfunktion im Intranet der FFF vorzuarbeiten – ohne Passwort. Jake wollte nicht wissen, wie er das geschafft hatte, und noch weniger wollte er wissen, was die Security der *Foundation* dazu sagen würde. Ihn interessierte etwas anderes, und das brennend.

»Mein Passwort? Ich dachte, ich hatte mich klar ausgedrückt …«

»Hast du. Keine Gefahr für deinen hübschen Arsch.«

»Wie das?«

»Du bist nur ein paar Sekundenbruchteile sichtbar. Zu kurz für jede Security, erst recht für eure. Direkt danach tauscht das Programm, das ich hier laufen lasse, Identitäten. Vereinfacht gesagt, Jake Williams ist zwar online, schrubbt aber irgendwo in der Buchhaltung rum oder googelt vor sich hin. Während irgendeiner der anderen User, die sich gerade in eurem Intranet herumtreiben, nach Rickler sucht.

Aber …« fuhr Nick fort und ließ Jake gar nicht erst zu seinem Einwand kommen, »auch das wieder nur für sehr kurze Zeit, dann tauscht das Programm erneut, und zwar immer schön rundum und zufällig. Das heißt, bei eurer Security werden permanent die Lampen angehen, weil einer nach dem anderen nach Rickler sucht. Und damit haben die Jungs dann die Wahl: Sie können einen User nach dem anderen anrufen und völlig verdutzte Leute zusammenscheißen, oder sie können sich nach zirka zehn Minuten eingestehen, dass ihr ganzes System am Arsch ist. Und abschalten. Vielleicht haben wir auch länger, keine Ahnung. Aber eigentlich wollen wir ja nur rein in den Schrank, alles raussaugen, was drin ist, und uns wieder verpissen. Und dazu brauchen wir nicht mal zehn Minuten.«

Jake sah den Jungen an wie einen Außerirdischen.

»Du verarschst mich.«

»Nope. Passwort.«

»Sobald das hier vorbei ist, hätte ich einen Job für dich.«

»Ich hab schon einen. Passwort?« Nick wandte sich halb ab und deutete auf die Tastatur. »Keine Sorge, ich guck nicht.«

Jake beugte sich vor und tippte sein Passwort ein.

Er erwartete allerdings, genau die Mitteilung präsentiert zu bekommen, die er schon bei seinem letzten Versuch ausgelöst hatte. *Access denied.*

Und genau das passierte.

Nick starrte auf den Bildschirm.

»Hui«, sagte er und fing an zu hacken.

»Nicht so einfach«, sagte Jake.

»Hat ja auch keiner gesagt«, murmelte Nick. Seine Finger flogen über die Tastatur, der Mauszeiger raste von links nach rechts, Fenster flogen auf uns wieder zu, Balken füllten sich von links nach rechts, schnell wie ein Wimpernschlag … und mittendrin stand immer noch *Access denied.*

»Komm schon«, sagte Nick, während seine Finger weiterflogen.

Inzwischen waren sieben kryptische Fenster auf dem Schirm offen, und in allen tanzten Balken und Usernamen, von denen Jake die wenigsten kannte. Und plötzlich verschwand das hässliche graue Feld in der Mitte des Schirms, und Nick sagte einfach nur »Yup«.

»Yup?«, echote Jake.

»Einer mit Zugang.«

»Wie, einer mit Zugang?«

»Wir haben zum Richtigen getauscht, jetzt haben wir seinen Zugang. Und das Passwort dazu. Das nehmen wir jetzt mit, während wir weiterreisen.« Seine Finger flogen wieder, und oben in der Suchmaske erschienen die Worte »Rickler Lebanon«. Ein Unterverzeichnis klappte auf, Nick markierte den Ordner umgehend, zog ihn mit der Maus auf seine Festplatte und war schon wieder zurück in der Suchfunktion, wo er nacheinander und rasend schnell Kombinationen von »Rickler« mit Begriffen wie 9/11, Lebanon, Donovan, Sheen, E-4B, KC 135, EC 135, WTC, CIA, NSA, SS, SD, Pentagon, Remote, 77, 175, 11, 93, Cleveland, Tripod, Guardian, Drills, NRO und SS eingab, sowie mittendrin, zu Jakes Überraschung, »Angel« und »ISI«. Alles, was an Ergebnissen in den jeweiligen Fenstern erschien, markierte der Highspeed-Hacker und kopierte es auf seine offenbar endlos große Festplatte.

Keine fünf Minuten später schloss sich das letzte Downloadfenster, und Nick sah Jake aus fragenden Augen an. »Noch was?«

»Keine Ahnung«, sagte Jake, der nicht hatte folgen können.

»Okay, dann verpissen wir uns. Zugang haben wir, das Programm vergisst nichts, wir können ja später noch mal wiederkommen.«

Nick loggte sich aus dem FFF-Intranet aus, ging offline und öffnete das Unterverzeichnis auf seiner Festplatte, in das er den Wust von Ordnern kopiert hatte.

»Nadel im Heuhaufen«, sagte er und öffnete ein Suchfenster. »Irgendeine Idee, wonach wir ganz genau suchen?«

»Nach Donovan?«

Nick schüttelte den Kopf. »Nee, bei der Kombination war nichts. Hätte mich auch gewundert.« Er biss sich auf die Unterlippe und schien zum ersten Mal ernsthaft nachdenken zu müssen. Was Jake endgültig verwirrte, nachdem er gerade Zeuge eines unmöglich schnellen Fluges durch den Cyberspace geworden war. Aber mitten in seine Verwirrung hinein fiel ihm die Frage wieder ein, die er sich während Nicks Suche für Sekundenbruchteile gestellt hatte.

»Wieso ISI?«

»Was?«

»Wieso hast du *Rickler* und *ISI* eingegeben?«

»Hab ich?«, Nick runzelte die Stirn. »Kann sein, stimmt. Synapsenschnapper. Passiert mir manchmal, wenn ich zu schnell arbeite und meinen Arbeitsspeicher nicht geleert hab. War das Letzte, was ich vorgestern, in meinem letzten Leben, noch mal auf dem Schirm hatte, ganz was anderes, aber vielleicht auch nicht ...«

Er gab die Begriffe noch einmal ein, das Programm suchte in den Daten der FFF nach Treffern und spuckte genau einen aus. Nick schob enttäuscht die Unterlippe vor. »Lau«, sagte er und öffnete das Dokument, ein *gif*.

Es war ein einigermaßen nichtssagendes Foto. Ein Gruppenbild, leicht unscharf, offenbar mit einer Kamera älterer Bauart aufgenommen und nachträglich eingescannt. Männer hinter einem Konferenztisch, an neutralem Ort. Sieben Männer. Einer davon, unschwer zu erkennen, Rickler, auf den Nick nun deutete. Dann betrachtete er die anderen und runzelte er die Stirn. Sein Finger wanderte nach links, zu dem Mann, der ganz am Rand stand. »Den kenne ich irgendwoher ...« sagte er.

Jake hörte ihn kaum. Er starrte einen der anderen Männer an. Den direkt neben Rickler, einen jungen Pakistani. Denn den kannte er, und er konnte nicht glauben, dass er ihn auf diesem Bild sah.

»Ist er das wirklich, verdammt?«, fragte Nick, halb ins Leere.

Jake zwang sich, seinen Blick von dem Mann neben Rickler zu wenden. Er sah den anderen an, den, den Nick zu kennen meinte. Auch dieser Mann war indischer oder pakistanischer Herkunft, aber Jake kannte ihn nicht. Er war sicher, ihn noch nie gesehen zu haben.

»Ohne Bart«, murmelte Nick. »und jünger. Scheiße, vielleicht ...«

Seine Finger flogen wieder über die Tastatur, und auf dem Schirm öffneten sich andere Ordner und Unterverzeichnisse. In rasendem Tempo ging es hinunter in die Untiefen von Nicks privaten Archiven, von *Hintermänner* zu *Pakistan* zu *KSM* zu *Pearl-Prozess* ...

Und während Jake noch blinzelte und erneut ungläubig den Mann anstarrte, der direkt neben Rickler stand, und sich an den Tag vor drei Jahren erinnerte, als er diesen Mann zum ersten und einzigen Mal in einem Washingtoner Konferenzraum der *Foundation* gesehen hatte, sprang auf der rechten Seite des Bildschirms ein Foto hoch, das einen bebrillten Vollbartträger zeigte, der im Moment der Aufnahme, mit Handschellen gefesselt, in einen Militärjeep stieg.

»Das ist nicht wahr«, sagte Nick ungläubig. »Sag mir, dass ich spinne.«

Jake starrte den anderen Mann an und versuchte, sich an dessen Namen zu erinnern. Hamil?

Er hörte jemand »Hallo?« sagen, aber es kam von weit weg. Das nächste »Hallo?« war näher, und er erkannte Nicks Stimme. »Du guckst den Falschen an.«

»Was?«

Nick sah ihn mit gerunzelter Stirn an. Ihn und den Mann, den er angeschaut hatte. Dann deutete er auf den anderen.

»Der da«, sagte Nick.

»Oh«, sagte Jake, dankbar, dass jemand ihn von dem absurden Abgrund wegriss, der sich vor seinen Augen aufgetan hatte.

»Ist das derselbe Typ, oder sehe ich Gespenster?«

Jake betrachtete das Foto des Bärtigen in Handschellen und verglich das Gesicht mit dem des Pakistani auf dem Gruppenbild. Er vergewisserte sich, ließ seinen Blick hin und her pendeln, dann nickte er zögernd.

»Doch. Könnte sein. Jünger als auf dem Gruppenbild. Aber ... ja.«

»Oh, *fuck*. Mann, wir sollten Max holen. Wir haben ein Problem.«

In Jakes Kopf waren bereits sämtliche roten Lampen angegangen. Sie hatten definitiv ein Problem, aber davon wusste der Junge noch nicht mal etwas. Welches *andere* Problem sollten sie haben?

Als Nick aufstehen wollte, um Fuller zu holen, hielt Jake ihn behutsam am Arm fest. »Augenblick«, sagte er. »Klär mich auf. Wer ist der Typ?«

Nick schaute mit gerunzelter Stirn auf die Hand, die auf seinem Arm lag. Jake zog die Hand weg und deutete auf den Schirm, auf den bärtigen Gefangenen. »Wer soll das sein?«

Nick setzte sich wieder hin. »Such dir einen Namen aus. Er hat viele. Einer davon ist Omar Sheikh.«

Jake runzelte die Stirn. »Sagt mir irgendwas, aber hilf mir mal.«

Nick deutete erneut auf das Foto. »Das ist das vorläufige Ende seiner Karriere, nach dem Prozess in Pakistan. Interessanter ist sein Weg dahin. Und die Tatsache, dass er Rickler kannte, bringt uns endgültig in Teufels Küche ...«

»Weil?«

»Weil? Mann ...« Nick hob hilflos die Hände und sah kurz nach oben, als hoffte er auf himmlische Hilfe. »Dass Sheikh der Schlüssel zu 9/11 ist, das wissen alle, die genauer hingeguckt haben. Indizien gibt's ohne Ende, was fehlt, ist ein Geständnis. Aber wenn der Typ Rickler kannte und Rickler in der Übung drinhing ...« Er sah Jake an und hatte Mitleid. »Okay, im Schweinsgalopp und von vorn. Omar ist Engländer, Vater Pakistani, Textilhändler. Mit zwanzig entdeckt der Typ den Revoluzzer in sich und geht in den Semesterferien auf den Balkan, um mit seinen Freunden für den Islam zu kämpfen. Er verlässt die Uni in London, entführt 1999 eine Passagiermaschine voller Engländer und erpresst die britische Regierung, danach gilt er als Kronprinz von Bin Laden, darf aber eigenartigerweise trotzdem nach England einreisen. Später verschwindet Omar nach Pakistan und gilt als Verbindungsglied zwischen dem dortigen Geheimdienst, dem ISI, und Al Kaida. Was ja auch nicht weiter schlimm ist – oder nicht weiter schlimm war, damals. Aber du erinnerst dich vermutlich, dass der ISI in 9/11 drinhing?«

»Angeblich, ja. Aber das ...«

»Angeblich, ja.« Nick verzog das Gesicht. »So *angeblich*, wie die Erde um die Sonne kreist. Der Chef des ISI, General Ahmad, war am 11. September in Washington, zu einem Gespräch mit Porter Goss, dem späteren CIA-Chef. Und dieser ISI-Boss hat hunderttausend Dollar an einen Araber überweisen lassen, direkt vor den Anschlägen. An Mohammed Atta.«

Jake nickte. Er erinnerte sich an die Meldungen, auch wenn das Interesse der Öffentlichkeit daran schnell nachgelassen hatte.

»Das entscheidende Wörtchen ist aber nicht *überweisen*, sondern *lassen*. Denn überwiesen hat: Omar. General Ahmad wurde direkt nach Bekanntwerden seiner heiklen Connections in den Ruhestand versetzt und hat sich bis heute nicht geäußert, zu gar nichts. Aber es gab jemand, der die Verbindungen gesehen und begriffen hat, einen Kollegen von Max. Daniel Pearl, *New York Times*.«

Jake nickte. »Der in Pakistan ermordet worden ist.«

»Genau«, sagte Nick. »Weil Pearl genau diese simplen Dinge begriffen hatte. Und er hat die Punkte verbunden, mit einem geraden Strich. Ahmad, Omar, ISI, Al Kaida, CIA. Alles der gleiche Verein. Und Omar war derjenige, der die Attentäter ausgebildet und im Auftrag des ISI, also der CIA, bezahlt hat. Um das zu beweisen, geht Pearl nach Karatschi, gräbt etwas zu tief und wird brutal ermordet, inklusive Video von der Hinrichtung. Und wer hat ihn ermordet?«

»Lass mich raten«, sagte Jake matt. »Omar.«

Nick nickte. »Der Mann wird überführt, gefasst und vor Gericht gestellt. Unsere Regierung applaudiert, Omar wird verurteilt, zum Tode ... und plötzlich«, Nick warf die Hände hoch, aber diesmal nicht, um himmlischen Beistand zu erflehen, sondern um das Kaninchen aus dem Hut in Wohlgefallen aufzulösen, »urplötzlich – war er's doch nicht.«

»Obwohl er überführt war?«

»Ja.«

»Wie das?«

»Vermutlich hat er seinen Auftraggebern ein Angebot gemacht, das sie nicht ablehnen konnten. Im Sinne von: *Folks, alles, was ich weiß, liegt bei meinem Notar in London, also überlegt euch das noch mal.*«

»Bisschen spät.«

»Ah, komm! Das ist dein Fachgebiet, nicht meins! Was macht einer wie du in so einer gründlich verzwickten Situation?«

»Das ist was für Fortgeschrittene. Wenn der Mann schon überführt und verurteilt ist?«

»Ja. Aber das kann so nicht bleiben. Wenn der stirbt, fliegt dir, also CIA und ISI, die ganze 9/11-Lüge um die Ohren. Also, komm – sei kreativ!«

Jake sah dem jungen Irren ins Gesicht unter den wirren Locken und fühlte sich, ohne es zu wollen, herausgefordert. Ein überführter Deliquent auf dem Weg zum elektrischen Stuhl? Einer, der alles gestanden hatte und nur noch darauf wartete, gegrillt zu werden? Wie holte man den wieder raus? Gar nicht. Unmöglich.

»Ein Geständnis«, sagte er, fast automatisch. »Vom *wahren* Täter.«

»Hey-ja«, erwiderte Nick und verneigte sich spielerisch. »Genau. Und zwar möglichst vom Gärtner, von einem, von dem noch nie jemand was gehört hatte: Khalid Sheikh Mohammed – KSM.«

Jake schüttelte den Kopf. Das war allzu weit hergeholt. *KSM* hatte alles gestanden, zuletzt hatten die Behörden einige Verhörprotokolle aus Guantanamo veröffentlicht, in denen das *Mastermind* die vollständige Verantwortung für 9/11 übernommen hatte.

»Das ist Unsinn«, sagte er. »Mag ja sein, dass Omar Rickler kannte, aber Mohammed ist doch kein Strohmann.«

»Mohammed gibt es nicht, Jake.«

»Dafür redet er aber ziemlich viel.«

»Komisch, dass ihn noch nie jemand gesehen hat. Noch komischer, dass er damals, bei seiner Festnahme, erschossen worden ist. Schwören jedenfalls die Pakistanis, die beim Einsatz dabei waren.«

Jake sah Nick mit gerunzelter Stirn an.

»Wir lesen die ganze Zeit Geständnisse einer Leiche?«

»Ja. Sie mussten verhindern, dass Omar auspackt. Deshalb haben sie KSM erfunden. Seit der ›redet‹, interessiert sich keiner mehr für die Freunde von Omar. Aber jetzt«, sagte er und deutete noch einmal auf der Gruppenbild, »können wir die Welt noch mal mit der Nase auf die richtigen Zusammenhänge stoßen. Omar, wahres 9/11-Mastermind, Terroristenfinanzierer und Doppelagent, kannte Rickler, den Koordinator der Ablenkungsmanöver auf amerikanischem Boden. Das meinte ich mit *Wir haben ein echtes Problem.*«

Wenn du wüsstest, dachte.

Aber er nickte nur. »Das ist allerdings … verdammt schlüssig«, sagte er.

41

»Begeisterung sieht anders aus«, sagte Liz.

Fuller sah irritiert von dem kleinen Kamera-Display auf, zog sich den Kopfhörer von den Ohren und sah sie an. »Bitte?«

»War ich so schlecht?« sagte sie und nickte in Richtung der Digicam. Seit er begonnen hatte, die Aufzeichnung auf Bild- und Tonprobleme zu überprüfen, war seine Miene immer düsterer geworden.

»Nein«, sagte er. »Im Gegenteil, du warst ... brillant«.

Sie verdrehte die Augen, aber er meinte es tatsächlich so. Sie gehörte zu den Menschen, in die sich Kameras sofort verlieben. Fuller wusste, trotz seiner Erfahrung, noch immer nicht, woran es lag, dass mancher Charismatiker nicht rüberkam, während andere, die leibhaftig eher blass wirkten, auf dem Weg durch das Maschinenauge eine ungeheure Präsenz entwickelten. Und am irritierendsten war, dass man es den Menschen mit bloßem Auge nicht ansah, ganz gleich, wie viele Interviews man aufgezeichnet hatte.

Was ihn ärgerte war, dass er ihr nicht gerecht werden konnte; dass er sie nicht professioneller einfangen konnte, sondern mit einer kleinen Digicam, einem halbgaren Mikro und miesem Licht arbeiten musste, wie ein Amateur-Blogger. Es funktionierte trotzdem, eben weil sie so gut war, aber es hätte noch sehr viel besser sein können.

»Ich bin nun mal kein Profi«, sagte sie. »Jedenfalls nicht in der Hinsicht.«

»Das Equipment ist scheiße. Du hättest was Besseres verdient, das ist alles.«

»Wir können es ja nochmal machen.«

»Dadurch wird das Licht nicht besser und die Kamera auch nicht.«

Er hielt sich den Kopfhörer auf das rechte Ohr und ließ das Video weiterlaufen. Das Einzige, was ihn hätte veranlassen können, seine Fragen zu wiederholen, wären Ton- oder Bildfehler gewesen. Aber bislang lief das alles fehlerfrei durch.

»Wie erzählst du die Story?«, fragte sie.

Er sah kurz zu ihr rüber. Sie lehnte an der Fensterbank, entspannt, die Arme verschränkt, und er musste sich nicht zum ersten Mal eingestehen, dass er sie inzwischen ziemlich attraktiv fand. Was nicht an den neuen schwarzen Haaren lag, sondern vor allem daran, dass sie nicht mehr dieses blöde Business-Kostüm trug. Sie hatte nicht nur ein hübsches Gesicht und schöne Augen, sondern auch eine großartige Figur, war smart und sie roch unglaublich gut. Das war mehr als genug, um Fuller fast permanent aus dem Takt zu bringen.

»Was?«, fragte er.

»Wie du die Story erzählst.«

»Weitgehend chronologisch. Paukenschlag am Anfang, Kommentar aus dem Off, auf die üblichen Bilder – die die Kollegen bei CBS im Dutzend billiger haben. Die offizielle Legende, zur Erinnerung, und dann das fünfte Flugzeug, das im offiziellen Report vorkommt. Als Falschmeldung. *Aber es war keine Falschmeldung*«, fügte er mit tieferer Stimme hinzu. »Schwarz. Und dann machen wir weiter mit Norton und deinem Vater und werfen mit seinen Informationen um uns, mit den Daten aus dem Flugschreiber, der Abschrift des Cockpitgesprächs, mit den Übungen und so weiter, vor allem aber mit seinem Geständnis, der DVD. Womit wir dann auch schon bei Rickler wären, beziehungsweise bei dem Foto, das wir haben, und dann kommt die Frage: Wieso tritt der Kronzeuge nicht selbst auf? Antwort: Weil er ermordet wurde. Womit wir dann erst recht mittendrin …« Sie hatte den Kopf gesenkt, und er verfluchte sich für seine Idiotie.

»Hey, sorry«, sagte er.

»Schon okay«, sagte sie und sah wieder auf. »Mach weiter.«

Fuller war aufgestanden und ging auf sie zu. Er blieb direkt vor ihr stehen und legte seine Hand auf ihren Oberarm, sehr behutsam. »Tut mir leid. Wir ... das ist die journalistische Seite, mehr nicht.«

»Mehr soll's ja auch nicht sein«, sagte sie.

Er zog den Arm weg und nickte.

»Wir machen deinen Vater nicht wieder lebendig. Aber zumindest sorgen wir dafür, dass er seinen letzten Willen kriegt.«

Sie nickte. »Ja.«

Dann lächelte sie sich souverän zurück in ihren Panzer, und Fuller fragte sich unwillkürlich, wieso er sie nicht einfach in die Arme geschlossen hatte. Aus rein altruistischen Motiven, natürlich.

»Und das wird unsere Lebensversicherung?«, fragte sie, wieder mit wohltemperiertem Spott.

»Schätze schon«, sagte Fuller und trauerte seiner Chance ein paar Sekundenbruchteile nach, »jedenfalls im Zusammenhang mit dem, was wir sonst noch haben. Deinen O-Tönen, deiner Flucht, unserer Flucht, dem O-Ton von dem Hausmeister vom Lebanon Airport – und der dazugehörigen Spekulation.«

Sie zog fragend die Augenbrauen hoch. »Die da wäre?«

»Frag mich noch mal, wenn wir wissen, wer Rickler wirklich ist. Und mit wem er zusammengearbeitet hat. Wenn Nick und Jake auch nur den Hauch eines Hinweises finden, dass dieser ganze Übungszirkus von der CIA koordiniert worden ist, dann zeigen wir mit einem sehr langen Finger nach Langley. Und dann, Frau Doktor, wird es für einen Haufen Leute so heiß, dass man uns nicht mehr einfach zum Schweigen bringen kann.«

Sie sah ihn skeptisch an. Sie nickte zwar, aber es sah nicht unbedingt nach Zustimmung aus.

»Was?«, fragte er.

»Kurzfristig klingt das nach ’ner guten Idee«, sagte sie. »Mittelfristig nicht.« Sie zuckte die Achseln. »Aber ich habe, offen gestanden, auch keine bessere. Also vergiss es.« Wieder lächelte sie, und diesmal stieß sie sich elegant von der Fensterbank ab und ging an ihm vorbei auf die geschlossene Schlafzimmertür zu. »Lass uns gucken, was die anderen gefunden haben. Vielleicht ist ja was dabei, was uns wirklich rettet.«

Sie verschwand nach draußen, und ihre letzte Bemerkung und der dazugehörige Anblick ihrer Rückseite verursachte in Fullers Hirn einen heroischen Kurzschluss. Um diesen Arsch zu retten, würde er notfalls barfuß durch die Hölle marschieren.

Glücklicherweise kam ihm das aber erst als entschlossenes Murmeln über die Lippen, als sie bereits auf der nach unten führenden Treppe war.

42

Fuller hatte mit einem anzüglichen Blick von Nick gerechnet, aber als er die Treppe herunterkam, Kamera und Stativ unter dem Arm, sah sein Begleiter nicht einmal von seinen Monitoren auf. Er starrte konzentriert zwischen den beiden Schirmen hin und her, und die Infrarotmaus in seiner rechten Hand zuckte ununterbrochen über die Tischplatte.

Liz stand neben ihm, die Arme vor der Brust verschränkt, und sah ihm zu, konzentriert, weil sie versuchte, ihm zu folgen, ohne ihn durch Fragen zu unterbrechen.

Jake Williams stand vor den bodentiefen Kathedralenfenstern, mit der Schulter gegen einen der Rahmen gelehnt, die Hände in den Taschen, und sah nach draußen, in die dunklen Palmwipfel jenseits der Mauer.

Fuller stellte Stativ und Kamera ab und ging zu ihm. Er blieb neben ihm stehen und sah ihn an, aber Jake sah weiter nach draußen.

»Was ist?«, fragte Fuller.

»Nichts«, sagte Jake, ohne ihn anzusehen. »Ich bin müde. Und ich müsste mal meine Frau anrufen, sonst holt die die Polizei.«

Fuller runzelte die Stirn. Es war kurz nach Mitternacht, aber das war auch schon alles. »Wie alt bist du, sechs?«

»Ich bin zuverlässig, Max, immer. Und wenn ich sage, ich komme um neun, dann komme ich um neun. Sie wird versuchen, mich auf dem Handy zu kriegen, und wenn sie das stundenlang nicht schafft ...«

Fuller schüttelte den Kopf. Das war nicht seine Welt. Nie gewesen. Wenn er sagte, *ich komme um neun*, dann kam er vielleicht auch erst um eins, aber nicht unbedingt am gleichen Tag.

»Ihr müsst lockerer werden«, sagte er. »Beide.«

»Wie du meinst«, nickte Jake. »Aber das nützt dir heute nichts. Beschwer dich jedenfalls nicht, wenn sie mich suchen lässt – und die Bullen dich finden.«

Fuller seufzte. Der Gedanke, Jake mit seiner Frau telefonieren zu lassen, behagte ihm ganz und gar nicht, obwohl er nicht hätte sagen können, warum. Noch weniger behagte ihm allerdings die Vorstellung, seine Frau könnte die Bullen zu Jakes Makler schicken und auf diesem Wege direkt zu ihm.

»Max«, sagte Nick.

»Ja?«

»Wir haben die ganze Story, falls dich das noch interessiert?«

»Klar«, sagte Fuller und ging zu Nick und Liz.

»Rickler kannte Omar Sheikh, das heißt ISI- und CIA-Agenten hingen irgendwie zusammen in der Nummer drin. Blöd ist nur …«

»Was?«

»Dass Rickler tatsächlich nicht mehr beim Geheimdienst war, seit spätestens 2000.« Er deutete auf den Schirm, wo ein Haufen fotokopierte Dokumente diese Behauptung offenbar unterstrich.

»Was heißt das jetzt wieder? Also hängt die CIA doch nicht drin?«

»Können wir zumindest nicht beweisen. Schlimmer. Wenn du das behauptest, stellen die sich hin und sagen: Der hat nicht für uns gearbeitet, und hier ist der Beweis.«

»Aber warum machen die dann so ein Gewese um den Typ? Ich meine, warum kommt nicht mal einer wie Jake an die Informationen ran, ohne gleich jede Menge rote Flaggen auszulösen?«

Nick zuckte die Achseln. »Weiß ich nicht. Das werden immer mehr doppelte Böden, wie´s aussieht. Die Hijacker dachten, sie arbeiten für Al Kaida, Donovan dachte, er arbeitet für die CIA, aber scheinbar hat beides nicht gestimmt.«

Max Fuller drehte sich um zu Jake Williams, aber der sah nur wieder aus dem Fenster, als gäbe es in den finsteren Palmwipfeln irgendwas Interessantes zu sehen.

»Okay«, sagte Fuller, »das kriegen wir auch noch, das finden wir auf dem Weg. Notfalls wird das der spekulative Teil, aber lass uns anfangen zu schneiden.«

»Bin schon dabei.«

Fuller ging um den Tisch herum und stellte sich hinter Nick, neben Liz. Der Junge war wirklich schnell. Er hatte zwei Laptops gekoppelt, und konnte jetzt seine Fenster, Galgen und Ordner mit Clips und Dokumenten zwischen den beiden Screens hin und her schieben. Den größten Teil des linken Screens nahm allerdings der Vorschaumonitor ein, auf dem Bill Brights eingefrorenes Gesicht zu sehen war und an dessen unterer Kante Nick Soundkurven glattzog.

»Lautstärke schwankt extrem«, murmelte er, »krieg ich aber hin.«

»Na, wenn du keine anderen Sorgen hast«, erwiderte Fuller. »Lass uns erstmal eine gute Fassung machen, bevor wir die hundertzehnprozentige in Angriff nehmen. Wir haben nämlich nur ...«, er sah auf die Uhr, »vierundvierzig Stunden.« Er wandte sich an Liz. »Sag mal, blöde Frage vielleicht, aber hast du irgendwas in deinem Handgepäck, was einen zuverlässig wach hält?«

Sie verzog den Mund zu einem sanften Lächeln und nickte. »Ist aber nicht gesund.«

»Gesund werden wir danach.«

»Schon gar nicht auf leeren Magen. Und auch wenn das jetzt nach einer typischen Frauenbemerkung klingt: Ich hatte, im Gegensatz zu euch, keine Krebse, und Mittagessen auch nicht. Was nicht bedeutet, dass ich jetzt sofort was essen muss, aber spätestens morgen früh bin ich komplett unterzuckert. Was in meinem Fall egal ist, ich kann ja liegen bleiben. Aber für euch zwei und euren Film wäre das richtig schlecht.«

Nick schob die Unterlippe vor und nickte. »Wo sie Recht hat.«

»Okay«, sagte Fuller, griff in seine Hosentasche und holte den zusammengerollten Packen Scheine heraus. Er zog fünf Hunderter heraus und drückte sie Liz in die Hand. »Dann mach doch mal den Kühlschrank voll. Nimm Jake mit, für die Getränkekiste, und vergesst die Champagnerflaschen nicht.« Er sah Nick an. »Ich gehe davon aus, dass du mit deinen Mühlen auch drahtlos CBS empfängst …?«

»Ich kann allein fahren«, sagte Liz.

Fuller sah zuerst sie an, dann Jake, dann wieder sie. »Das weiß ich. Aber ich möchte nicht, dass dir was passiert. Und da Nick und ich hier nicht weg können, begleitet Jake dich.«

»Das erscheint dir sicherer, als mich allein fahren zu lassen?«

»Lady«, mischte Jake sich ein. »Nichts für ungut, aber ich spiele auf eurer Seite. Ohne mein Passwort wärt ihr nicht an die Informationen herangekommen. Außerdem hätte ich Nick, als ihr oben wart, ohne Probleme ausknocken und einfach abhauen können.«

»Du, mich ausknocken?«, fragte Nick ungläubig. »Du, und wer noch?«

»Schluss«, sagte Fuller. »Ihr fahrt zusammen, Ende der Durchsage.«

»Palette Red Bull wär nicht schlecht«, sagte Nick.

Liz sah Jake an. »Wie lange brauchen wir?«

»Zehn Minuten Fahrt. Über die Südbrücke, drüben ist ein *Publix*, der Tag und Nacht geöffnet hat.«

»Gut.« Liz nickte.

Nick drückte ihr den Schlüssel des Cayenne in die Hand, und während Jake an ihr und Fuller vorbeiging, auf den Flur zu, der zur Garage führte, beugte Liz sich sehr, sehr nah an Fuller heran und flüsterte ihm ins Ohr: »Wenn ich in anderthalb Stunden nicht zurück bin, verschwindet ihr hier.«

»Ist gebongt, Chef«, flüsterte er lächelnd zurück und wandte sich ihr zu.

»Ernsthaft«, sagte sie, und ihr Mund war seinem für einen Augenblick sehr nah.

Dann hatte sie sich abgewandt und folgte Jake, ohne sich noch einmal umzusehen.

»Mann, konzentrier dich«, sagte Nick, und Fuller wandte sich den Monitoren zu.

43

Obwohl Jake Williams nicht das geringste Verlangen verspürte, sich mit der skeptischen Frau auf dem Fahrersitz zu unterhalten, begann er direkt nach dem Abbiegen auf die Midnight Pass Road Konversation zu machen – und dass er sie richtig eingeschätzt hatte, merkte er schon nach seinem Eröffnungssatz.

»Ein Pfundskerl«, sagte er lächelnd und kopfschüttelnd. »Merkt man ihm nicht immer gleich an, im ersten Moment, aber wenn man ihn ein bisschen besser kennt, dann kann man nur den Hut ziehen.«

»Max?«, sagte sie ungläubig. Und erfreut, wie Jake zufrieden registrierte. »Ich hatte nicht den Eindruck, dass Sie Respekt vor ihm haben.«

»Nicht? Ah, diese Frotzelei, das ist unsere Art von Respekt. Wir kennen uns seit der Sandkiste, sozusagen, das war schon immer so. Er zieht mich auf, ich ziehe ihn auf. Aber wir waren immer füreinander da, wenn´s gebrannt hat.«

»Was in seinem Leben öfter der Fall gewesen sein dürfte.«

Jake zuckte die Achseln. »Wer unbequem ist, der eckt an. Im Job und im Privaten. Und wenn man dazu noch Künstler ist, tja … Max hätte es wesentlich einfacher haben können, aber er wollte ja nicht.«

Er deutete beiläufig auf die Kreuzung, auf die sie zusteuerte. »Da vorn nach links.«

»Einfacher im Sinne von: politischer Berater werden?«, fragte sie, und Jake ließ sich nicht anmerken, wie unpassend er das fand, was sie vermutlich für feine Ironie hielt. Er lächelte stattdessen professionell und schaffte es sogar, einen belustigten Laut von sich zu geben.

»Ja, vermutlich. Aber wenn man mit der Wahrheit verheiratet ist und auch noch Treue für die wichtigste Basis einer Beziehung hält, dann ist man in dem Job natürlich falsch.«

»Weil Sie professionell lügen?«

»Weil wir die Tatsachen von der richtigen Seite beleuchten. Nicht von allen Seiten. Ob das lügen ist, weiß ich allerdings nicht. Es gibt ja nicht nur eine Wahrheit.«

Nach kurzem Zögern nickte sie zustimmend, während sie den Blinker setzte und nach links abbog. Die Straße führte von hier aus über den Intercoastal, und auf der anderen Seite würden sie binnen fünf Minuten den Supermarkt erreichen. Bis dahin musste Jake ihr Misstrauen wenigstens so weit zerstreut haben, dass sie ihm erlaubte, seine Mailbox abzuhören. Oder ihn für einige Minuten aus den Augen ließ.

»Aber«, sagte er, »dafür muss man Max ja gerade bewundern. Er ist kein Sensationsreporter, der irgendwelche Dinge künstlich aufbläst, er recherchiert absolut gründlich, er hängt sich rein, immer, und erst wenn er alle Wahrheiten kennt, macht er seine Story. Und gerade das macht ihn so gefährlich.«

Sie rollten über die Brücke, auf der zu dieser späten Stunde praktisch kein Verkehr mehr war, und Jake sah nach vorn und spürte, wie sie ihn kurz ansah und auf mehr wartete.

»Damals«, sagte er, »diese Drogengeschichte, über Mena. Die hat ihm das Genick gebrochen. Weil er so dumm war zu glauben, dass man den Überbringer der Wahrheit schätzt. Das Publikum hat ihn geliebt, ja, aber das Publikum vergisst schnell, jedenfalls die Namen von Journalisten. Aber die, denen er geschadet hat, hatten ein verdammt gutes Namensgedächtnis. Da unten links«, sagte er und deutete auf die nächste Kreuzung am unteren Ende der Brücke. Aus der Ferne leuchtete bereits das Publix-Neon zu ihnen herüber.

»Das heißt was?«, fragte sie. »Dass er sich auch diesmal keinen Gefallen tun wird?«

»Garantiert nicht«, sagte Jake. »Aber ich sage ja, dass er trotzdem Recht hat …«

»Entschuldigung«, unterbrach sie ihn. »Das klingt schön, aber mehr auch nicht. Und das klingt nicht nach Bewunderung, sondern so, als wär's ihnen lieber, wenn ihr alter Freund Vernunft annimmt.«

Jake fluchte innerlich, grinste aber weiter. »Im Gegenteil«, sagte er. »Er hat meine volle Unterstützung. Sonst hätte ich diesem Rastajungen ja wohl kaum mein Passwort gegeben.«

Sie nickte, ohne es so zu meinen, und schwieg, bis sie vor dem Publix angehalten und den Schlüssel abgezogen hatte.

»Schön, dass Sie dabei sind«, sagte sie lächelnd. »Und wenn sie eine noch größere Hilfe sein wollen, verraten Sie mir doch gleich mal, wo die Red-Bull-Paletten stehen.«

Jake erwiderte das Lächeln unter Einsatz seiner perfekt weißen Zähne, öffnete die Tür und fragte sich beim Aussteigen, wieso er sich eigentlich solche Mühe gab und sie nicht einfach bewusstlos schlug.

Aber solange er nicht wusste, auf welcher Seite er in den Augen seiner Leute inzwischen stand, konnte er ganz und gar nichts entscheiden. Solange er seine Mailbox nicht abgehört hatte, stand er zwischen den Fronten – als Einziger außerhalb der Firma, der wusste, dass es eine direkte Verbindung von Donovan zu Rickler zu Hamil, Hamid oder wieauchimmer gab, dem gepflegten Inder auf dem Foto neben Rickler, den er damals getroffen hatte, nur einmal, in Washington, auf den Fluren der *Foundation*: den praktisch unsichtbaren, aber offenbar nicht unbedeutenden »Berater« des Washingtoner Vorstandes.

Äußerlich gelassen schlenderte er hinter Liz her in den Supermarkt und half ihr beim Einkaufen wie ein ganz normaler Samstagsspießer. Als sie die Kasse erreichten, stellte er sich vor den Wagen und räumte den Inhalt aufs Band, und erst als der gesamte Einkauf, ein Haufen Dosen, Kekse,

Obst, Getränke und mehrere Flaschen Champagner, dort standen und die Kassiererin anfing, die Waren über den Scanner zu ziehen, fragte Jake höflich: »Entschuldige Sie, wo ist hier die Toilette?«

Liz stand hinter dem Einkaufswagen und starrte ihn verdutzt an, während die Kassiererin nach links wies, in Richtung Eingang. Jake nickte, dankte und marschierte einfach los.

Hätte er das zwischendurch versucht, wäre Liz ihm einfach gefolgt, notfalls bis auf die Herrentoilette, das wusste er. Aber so, wie die Dinge jetzt lagen, konnte sie nichts tun. Weder konnte sie ihn aufhalten, noch konnte sie ihm folgen und ihren gesamten Einkauf auf dem Band liegen lassen, die dahinter wartenden Kunden würden sie protestierend daran hindern.

Jake öffnete die Tür zur Herrentoilette, ließ sie hinter sich zufallen und zog sein Handy heraus. Er drückte den Akku zurück an seinen Platz, schaltete das Gerät ein, betrat eine der Kabinen, verriegelte die Tür hinter sich und wählte die Kurzwahlnummer seiner Mailbox. Er wusste, dass es gefährlich war, das Handy einzuschalten, dass sie ihn vermutlich würden orten können, aber auch deshalb hatte er diesen späten Zeitpunkt während ihres Aufenthaltes im Publix gewählt. Selbst wenn sie ihn inzwischen ebenfalls auf die Abschussliste gesetzt hätten und nun herausfanden, wo er war, würden sie zu spät kommen. Er wäre längst wieder weg.

Es waren vier Anrufe auf seiner Mailbox. Der erste war von Harold Keller, eingegangen keine zwanzig Minuten nach Jakes Verschwinden am Flughafen. Keller klang beunruhigt – und vollkommen solidarisch. Er versicherte Jake, er wisse, dass er entführt worden sei, und bat um eine Nachricht, sofern es ihm, Jake, möglich sei, zu telefonieren. Man werde alles tun, um ihm zu helfen. Die zweite und dritte Nachricht waren ebenfalls von Keller und klangen noch solidarischer. Der Mörder Max Fuller werde von der Polizei in der ganzen Gegend gesucht, man werde alles tun, um Jake heil aus der Geschichte herauszukriegen, man werde jeder Lösegeldforderung entsprechen, sofern Fuller das Land verlassen wolle.

All das beruhigte Jake. Sie waren auf seiner Seite. Und mochten sie auch falsch liegen mit ihrer Vermutung, dass Max ein Mörder war – sie waren auf seiner, Jakes, Seite. Seine Leute.

Die vierte Nachricht traf ihn wie ein Hammerschlag.

Liz erwartete ihn vor der Tür zur Herrentoilette, mit einem Einkaufswagen, in dem inzwischen ein halbes Dutzend Papiertüten standen. Sie stand da, mit verschränkten Armen und spöttischem Blick, bereit, ihn mit einer gekonnt sarkastischen Bemerkung abzuschießen, aber als sie sein verblüffend blasses Gesicht sah, verkniff sie sich fast alles und fragte bloß: »Wen haben Sie denn da drin getroffen?«

»Niemanden«, sagte er. »Aber meine Frau liegt im Sterben, und Sie müssen mir helfen.«

44

Liz rief Fuller aus dem Auto an. Sie hatte erwartet, dass er erschüttert sein würde und ganz und gar nicht begeistert, aber sie hatte nicht damit gerechnet, dass er sie anschreien würde. Ohne richtig zuzuhören, forderte er sie laut und unmissverständlich auf, sofort zurückzukommen, ganz gleich, was Jake meinte, dachte oder wollte.

»Max, seine Frau liegt im Sterben.«

»Das ist mir so was von scheißegal!«

Sie sah ungläubig nach vorn auf die Straße Richtung Sarasota, die unter ihnen wegrollte, und vermied es, Jake anzusehen, der wie paralysiert auf dem Beifahrersitz saß, mit fest zusammengebissenen Kiefern und stierem Blick nach vorn.

»Max«, sagte sie.

»Nein. Es ist mir egal. Ihr stellt euch nicht in irgendeinen Scheinwerferkegel, und wenn seine Frau hundertmal im Krankenhaus liegt. Liz, ich werde gesucht. Ihr werdet gesucht.«

»Wieso sollen die uns im Krankenhaus suchen …«

»Weil seine Frau da liegt.«

»Ja, und zwar mit einem Schädelbasisbruch, auf der Intensivstation. Und glaub mir, wenn´s deine Frau wäre, dann würdest du da auch hinwollen. Und ich würde auch dich fahren.«

»Liz …«

»Nein. Mach dir keine Sorgen, wir passen auf.«

Er setzte zu einer neuerlichen Antwort an, wieder sehr laut, aber sie drückte das Gespräch einfach weg. Und sah nach rechts, mit einem schwachen Lächeln.

»Grüße von Max«, sagte sie.

Jake nickte.

»Wie ist das passiert?«

Jake zuckte die Achseln. »Marlon war auf dem Band.«

»Wer ist Marlon?«

»Mein Sohn.« Er sah sie an, mit traurigen Augen. »Unser Sohn. Ihr Sohn.«

Sie nickte. Und wartete, ob er das erklären wollte.

»Marlon ist fünfzehn. Aus ihrer ersten Ehe. Ihr Mann ... ist gestorben. Zwei Jahre, bevor wir uns kennengelernt haben. Desert Storm.«

Liz nickte wieder und sah nach vorn. Das Navigationssystem erklärte ihr völlig unbeteiligt, was sie zu tun hatte. Sie hätte gern ein zweites gehabt, eins für die Gesprächsführung.

»Marlon ... mein Gott«, sagte Jake, «der Junge ist ... völlig fertig. Soweit ich es verstanden habe, ist sie gestürzt, die Treppe runter, von oben. Steintreppe, und sie ist wohl mit dem Kopf aufgeschlagen. Und Marlon ist ganz allein, ihre Eltern sind gestern Abend wieder weg, abgereist ...«

»Shit«, sagte sie, und brachte ein neuerliches Lächeln zustande. »Hey. Es ... es wird okay sein. Auch wenn sie auf der Intensivstation liegt, ich glaube ...«

Er nickte, sie verstummte.

Das Navigationssystem verkündete, sie solle an der nächsten Kreuzung rechts abbiegen und sich dann links einordnen.

Sie schaltete das Gerät ab. Das Krankenhaus war bereits in Sichtweite.

45

Nick fluchte ausdauernd, während er seine Laptops zuklappte, seine Kabel aufrollte und mitsamt den USB-Sticks und DVDs in den Rucksäcken verstaute.

»So kann ich nicht arbeiten«, knurrte er, »sorry, aber so kann ich echt nicht arbeiten, Mann …«

»Ja, sei mal leise und pack weiter«, sagte Fuller, das Handy am Ohr, und sprach im nächsten Augenblick mit der Rezeption des *Sea Castle*, wo man froh und glücklich war, ihm sagen zu können, es stünde ein freies Doppelzimmer zur Verfügung. Fuller dankte und drehte sich kurz zu Nick um. »Zahnbürste?«, fragte er.

»Ja, scheiß drauf«, sagte Nick. »Mann, was soll das? Diesmal übertreibst *du* aber ein bisschen.«

»Kann sein. Taxi ist in fünf Minuten da.«

Fuller sprintete die Treppe hinauf nach oben, wandte sich nach links und sammelte aus seinem und Nicks Schlaf- und Badezimmern das Notwendigste ein und stopfte alles in eine der Taschen – für den Fall, dass sie je wieder schlafen würden. Als er wieder herunterkam, hörte er draußen bereits das Taxi auf dem Sandweg näher knirschen.

Nick stand mies gelaunt mitten im Wohnzimmer, die beiden Rucksäcke auf den Schultern.

»Vergiss nichts«, sagte Fuller. »Wenn wir hier raus sind, kommen wir ohne Jakes Zahlencode nicht wieder rein.«

»Ich hab alles«, knurrte Nick.

»Okay. Ab.«

»Mann. Die rufen in zehn Minuten an, alles im Lack, und dann sitzen wir in diesem Scheißhotel und haben schon wieder Zeit verloren.«

»Was soll ich machen, Nick?«

»Na, hier bleiben! Weil, wenn das 'ne Falle ist, wer sagt dir denn, dass die nicht genau das wollen? Dass du deinen Arsch rausbewegst! Wer sagt dir, dass nicht da draußen«, er deutete in Richtung Tür, »in dem Taxi da, einer von denen sitzt? Oder in der Zentrale? Nachher laufen wir den falschen Leuten vor die Nase!«

Fuller wies auf die Eisentür. »Willst du diskutieren, oder machen wir den Film fertig?«

Nick verdrehte die Augen und ging mit einem lauten Ächzen voraus. »Ich bin Paranoia-Profi, Fuller. Aber du machst da 'ne Lebensaufgabe draus.«

46

Liz´ Skepsis hatte sich zurückgemeldet, als sie vor dem Krankenhaus angekommen waren. Sie hatte Jake nicht beim Passieren des Eingangs zur Ambulanz aussteigen lassen, sondern darauf bestanden, am äußersten Rand des Parkplatzes zu halten, auf dem dunkelsten Platz von allen. Obwohl sie absolut sicher war, dass er ihr nichts vorspielte, wollte sie nichts riskieren. Beim ersten Anzeichen einer Falle würde sie die Beine in die Hand nehmen und Jake mitziehen.

Aber es gab keine Anzeichen. Weder vor der Tür, noch beim Betreten des Gebäudes. Und die Schwester, die sie in Empfang nahm, war aufrichtig mitgenommen, als Jake ihr seinen Namen verriet und darum bat, zu seiner Frau zu dürfen. Die junge Frau war so erschüttert, dass Liz sich für einen Sekundenbruchteil fragte, ob das nicht fast ein bisschen übertrieben war für jemanden, der tagtäglich mit Unfallopfern zu tun hatte, aber der Gedanke erschien ihr derartig zynisch, dass sie ihn gleich wieder verwarf. Vermutlich arbeitete das Mädchen nur noch nicht lange genug im medizinischen Betrieb und hatte sein Mitgefühl noch nicht verloren.

Sie fuhren mit dem Lift in den sechsten Stock, und Liz' Unruhe nahm ab. Alles war richtig. Mrs Williams war, wie sie mit einem Blick über den Tresen der Schwester festgestellt hatte, schon vor drei Stunden eingeliefert worden, und Marlon, ihr Sohn, war noch bei ihr.

Niemand sonst erwartete sie.

Auch nicht im sechsten Stock.

Sie gingen nach links, und Liz stellte fest, dass sie sich nicht der Intensivstation näherten. Als sich ihre Skepsis meldete, stand bereits eine ältere Dame vor ihnen, eine gütig wirkende Frau mit grauen kurzen Haaren: die Nachtschwester.

»623. Zu Lauren Williams.«

»Sie sind Ihr Mann?«

Jake nickte.

»Gehen Sie ruhig rein«, sagte die Schwester, setzte ein mitfühlendes, optimistisches Gesicht auf und wies auf eine Tür auf der rechten Seite des Ganges.

Jake ging darauf zu, eilig, und Liz folgte. Er öffnete die Tür und trat ein, Liz hinterher, vorsichtig in den Raum blickend.

Zunächst versperrte Jakes breiter Rücken ihr den Blick auf das Bett, aber dann, als sie einen Schritt nach vorn machte, sah sie, dass tatsächlich Lauren Williams in diesem Zimmer auf sie wartete.

Liz brauchte einen Sekundenbruchteil zu lange, um zu begreifen, was nicht stimmte.

Ein kräftiger Männerarm packte ihren linken Arm und zog sie mit Nachdruck in den Raum; das Licht aus dem Korridor verschwand, als der Besitzer des Arms, ein zwei Meter großer und sehr breiter Mann mit langen blonden Haaren und einer verspiegelten Sonnenbrille, sich hinter ihr vor die nun geschlossene Zimmertür stellte.

Lauren Williams saß auf dem Bett, die Arme vor der Brust verschränkt, und sah Jake vorwurfsvoll an. Sie trug keinen Kopfverband und keinen Krankenhauskittel, sondern eine geschmackvolle beige Designerbluse zu einer ebenfalls geschmackvollen braunen Hose.

Marlon, ihr Sohn, saß traurig auf einem der Stühle, die um den kleinen Tisch vor dem Fenster herumstanden.

Die beiden anderen Männer, die außerdem im Raum waren, traten erst jetzt aus dem Halbdunkel zu Liz´ und Jakes Rechten. Der größere der beiden machte lediglich einen Schritt nach vorn, der kleinere, offenbar der Anführer dieses neuen Verfolgerkomitees, lächelte Jake vorwurfsvoll an.

»Das hat aber gedauert, Jake«, sagte er.

Jake sah ihn ungläubig an. »Harold, was …?« Dann schoss sein Blick nach vorn, zu seiner Frau. »Lauren?«

»Machen Sie Ihr keinen Vorwurf, Jake. Sie weiß, worauf es ankommt, und sie weiß – im Gegensatz zu Ihnen, offenbar –, wer ihre Freunde sind.«

»Du hast mich hergelockt?«, fragte Jake, ungläubiger denn je, und sein Blick fiel auf Marlon, der nun aufsah und seinen Stiefvater mit einem mörderischen Blick bedachte, aber nichts sagte.

»Naa«, sagte Harold Keller, »nur zu ihrem Schutz. Sagen wir, wir hatten die Hoffnung, dass diese Aussicht sie motiviert, sich zu melden. Andererseits«, fügte er hinzu und sah Liz kurz an, »da Sie Ihre Freundin mitgebracht haben, müssen wir wohl davon ausgehen, dass es sich doch nicht um eine Entführung gehandelt haben kann. Was die Sachlage geringfügig verändert.«

Diesmal war es an Lauren, ihn fragend anzusehen. Auch Keller sah weiter Jake an, und jetzt war sein Lächeln breiter.

»Korrigieren Sie mich«, sagte er.

Jake sah ihn an und schwieg.

»Wo ist Fuller?«

Jake sah ihn an.

Und schwieg.

Vierter Teil

Wahrheit

47

Fuller warf einen kurzen Blick aus dem Fenster ihres Zimmers im *Sea Castle* und war sofort überzeugt, dass es unter normalen Umständen und bei Tageslicht einen atemberaubenden Ausblick bot. Jetzt allerdings tanzten nur Reflektionen des Mondlichtes auf den anthrazitgrauen Wellen und der berühmte Quarzsand des Crescent Beach schimmerte hellgrau unter dem fast vollen Mond. Sogar die schwarzen Palmen wirkten bloß deprimierend und wiegten sich in der nächtlichen Brise wie mahnende Zeigefinger.

Fuller ließ den Vorhang zurückgleiten und wandte sich Nick zu, der nicht mal einen kurzen Blick nach draußen geworfen, sondern direkt nach dem Betreten des Zimmers seine Laptops auf den wuchtigen Couchtisch gestellt und wieder aufgeklappt hatte.

Mit zwei Dosen Coke aus der Minibar bewaffnet, setzte Fuller sich neben ihn auf das ebenfalls viel zu groß und bequem geratene Ledersofa und bewunderte für einen Augenblick das Tempo, mit dem Nick den Film zusammenschnitt.

»Du bist ja schon fast fertig«, sagte Fuller mit gerunzelter Stirn.«

Roh, ja. Haben wir Zeit?«

»Nein.«

»Siehste. Wir werden bis zur letzten Sekunde schnippeln und alles immer feiner machen, aber wir haben in spätestens einer Stunde einen *Rough Cut*, den wir notfalls zeigen können.«

Fuller nickte. Und bewunderte nun auch noch Nicks Pragmatismus, den man dem Jungen wirklich nicht ansah. Er hatte völlig Recht. Es stand zu befürchten, dass sie spätestens am Morgen Ken irgendwas würden zeigen müssen. Bei allem Vertrauen in die Fähigkeiten seiner freien

Mitarbeiter würde er garantiert nichts senden, was er nicht vorher wenigstens in halb fertiger Form gesehen hatte.

Aber das Material war gut. Und die Story war auf die richtige Weise erzählt, um den Zuschauern die Kinnladen herunterklappen zu lassen. Als Fuller die *thumbnails* überflog, die er auf dem Schirm des linken Laptops sehen konnte, war er zufrieden. Sie hatten noch immer nicht alles, was sie brauchten, aber sie hatten zweifellos eine Menge zu erzählen; viel mehr sogar, als er die ganze Zeit über begriffen hatte, während der Suche, während der Flucht. Und das, was sie hatten, montierte Nick nach allen Regeln der Kunst.

»Wie viel Theorie?«, fragte Nick.

Fuller sah ihn fragend an.

»Am Schluss. Wie viel Spekulation, wie viele mögliche Antworten? Packen wir die Nuklearkrieg-Theorie mit rein, die Erpressung?«

Fuller schüttelte den Kopf. »Nicht ohne Interview mit Putin.«

»Ruf ihn doch mal an. Ist vermutlich schon aufgestanden.« Nick wurde sofort wieder ernst. »Komm, Max, das können wir nicht einfach rauslassen. Manöver bei uns, Manöver bei denen, beide Systeme auf Defcon 3, und dann die Flucht von Bush wegen *Angel is next*?«

»Überbewertet. Kann doch jeder in Washington anrufen und sagen *Als nächstes ist Airforce One dran.*«

»Logisch kann das jeder. Aber das tun wahrscheinlich auch viele, jeden Tag. Besoffene Idioten, die zu viel ins Kino gehen oder ihre Raten fürs Haus nicht mehr zahlen können. Das Problem ist: Die Dienste haben das ernst genommen, sehr ernst. Sie haben nach der Drohung den Präsidenten aus der Schusslinie gebracht, sofort, Airforce One ist – ohne Jägereskorte – auf 45 000 Fuß hoch wie von der Tarantel gestochen und dann *nicht* zurück nach Washington, sondern rauf nach Offutt, Nebraska, zum Stratcom. Das heißt, die

Drohung war extrem glaubwürdig. Und das hat Rice am Tag danach bestätigt, explizit.«

»Und glaubwürdig heißt«, nickte Fuller, »dass die Anrufer den Code hatten, von Airforce One.«

»Eben. Aber der wird täglich gewechselt, klar, und ist immer nur einer Handvoll Leute bekannt. Was bedeutet: Wer auch immer da angerufen und gedroht hat, war bis in die allerhöchsten Kreise vernetzt. Durch einen wichtigen Maulwurf beim Secret Service, bei der CIA oder im Weißen Haus. Das hat aber auch Condi zwei Tage später geschnallt, und daraufhin wurde die ganze Angel-Story von der ›glaubwürdigen Drohung‹ mit viel Aufwand und noch mehr Dementis sauber unter einen ganz dicken Teppich gekehrt – was ja nicht schwer war, weil inzwischen alle die totale Anthrax-Panik hatten. Fakt ist aber: Die hatten den Code. Und das heißt, die hatten Drähte nach ganz oben.«

Fuller nickte. Lange. »Absolut schlüssig«, sagte er. Und mehr als das: Es war schon wieder eine Ladung Dynamit, weil es erneut auf Rickler und seine gut organisierten Freunde als Drahtzieher des ganzen Attentats wies und gleichzeitig die Höhlenmenschen aus Tora Bora noch weiter entlastete. Woher hätte Al Kaida einen Maulwurf im Weißen Haus nehmen sollen? Einen, der die ständig wechselnden Codes gekannt hatte. Dennoch …

Er deutete fragend auf das Thumbnail-Panoptikum auf dem Schirm. »Aber wo ist der Beweis? Oder der Zeuge?«

»Ich hab die originale Pressekonferenz mit Condi.«

Fuller schüttelte den Kopf. »Wird man uns als Verschwörungszeug um die Ohren hauen, egal, wie gut es ist. Vergiss es, genau so was können wir uns nicht leisten.«

»Ich würde es riskieren. Erinnerst du dich noch an den Aufmacher der *New York Post*, einige Monate danach, über die Vorwarnungen, die es gab: *Bush knew!* – und so was schreibt die Bush-freundlichste, schmierigste Murdoch-Postille. Spätestens da war mir klar: Bush wusste garantiert überhaupt nichts. Und die Angel-Story hier beweist das. Man hat ihn zwanzig Minuten lang den Trottel der Nation spielen lassen, mit Ziegengeschichten anhören und so weiter, und als ihm dann das ganze Ausmaß der Katastrophe gesteckt wurde, hat man ihm gedroht, er wäre der nächste auf der Abschussliste, wenn er sich nicht an die Anweisungen hält.«

Fuller schüttelte noch immer den Kopf: »Und, was beweist das? Dass Bush ein unschuldiger Trottel ist …?«

»Ja. Und deshalb kannst du die Geschichte ruhig erzählen und sie wird dir nicht als anti-amerikanisches Verschwörungszeug ausgelegt werden. Du entlastest sozusagen die Regierung, oder zumindest den Präsidenten.«

Nick grinste, aber Fuller blieb weiter unwillig. »Nein. Schluss damit, das lassen wir erst mal weg, weiter.«

Nick atmete lang und laut aus, wiegte dann seufzend den Kopf und ließ ein neues Dokument auf den Schirm springen, das Foto, das er und Jake bei der Zufallssuche nach Rickler und dem ISI gefunden hatten.

»Und was ist damit?«, fragte er. »Rein oder nicht rein?«

»Was soll das sein?«, fragte Fuller.

Nick deutete auf Omar Sheikh und fasste die simple Geschichte noch einmal zusammen, die er vorher bereits Jake erklärt hatte. ISI und CIA, Omar Sheikh und Khalid Sheikh, General Ahmad und Buddy Rickler.

Fuller starrte die ganze Zeit auf das Foto, auf die gut gelaunten, grinsenden Anzugträger, die aussahen, als feierten sie bloß ein kleines Firmenjubiläum, während er Nicks Ausführungen zu folgen versuchte.

»Jake fand's spannend«, sagte Nick.

»Finde ich auch, aber es bleibt spekulativ.«

»Dein Kumpel war ziemlich erschüttert.«

»Wegen der Story?«

»Ja. Ich mein, keine Ahnung.« Nick stutzte. »Also, ja, denke schon ... Andererseits, jetzt, wo du´s sagst, er hat eigentlich immer den falschen Typen angekuckt, den da.« Er deutete auf den Mann am linken Bildrand.

Fuller betrachtete weiter das Foto. Er konnte mit keinem der anderen Gesichter etwas anfangen, auch nicht mit dem gepflegten Inder oder Pakistani, auf den Nick gezeigt hatte. Schließlich knurrte er bloß und wiegte skeptisch den Kopf. «Ich weiß nicht, ob das reicht. Schöne Geschichte, aber vermutlich ist auch das zu kompliziert. Der CIA-Typ, der – das steht mal fest, immerhin – die fünfte Maschine hochgeschickt hat, kannte den Mann, der die Attentäter geschult hat, vermutlich im Auftrag des ISI, und der ihnen vermutlich im Auftrag des ISI Geld überwiesen hat? Okay, unsere Zuschauer sind vielleicht nicht dumm, aber das könnte die Hälfte zum Sportkanal rübertreiben.«

Nick sah ihn fragend an. »Ja oder ja?«

Fuller deutete auf den Schirm und holte gleichzeitig sein Handy heraus. »Gute Frage, und genau die stell ich jetzt mal dem richtigen Mann.«

»Es ist halb zwei.«

»Echte Journalisten schlafen nie«, sagte Fuller und wählte Ken Wilders Privatnummer.

Er hielt sich das Handy ans Ohr und wartete. Und wartete. Und wartete weiter, obwohl er längst sicher war, dass er Ken gerade aus dem Bett holte. Er rechnete mit einem sehr schlecht gelaunten Arbeitgeber. Und war überrascht, dass Ken, als er sich meldete, nicht schlaftrunken klang, sondern nach zu viel Whisky.

»Ken, entschuldige die späte Störung, aber wir brauchen mal kurz ein Okay für die Rohfassung: Wie weit dürfen wir in unserem Schlussteil gehen, spekulativ, in Sachen Dienste?«

»Keinen Millimeter«, knurrte Wilder.

»Bitte?«

»Null. Spekulation. Alles hart. Wasserdicht.«

Fuller verkniff sich jeden Kommentar zum Zustand seines Chefs. Es war nicht der Augenblick für launige Bemerkungen über allzu exzessive Betriebsfeiern. «Okay«, sagte er und schickte ein halbes Fragezeichen mit.

»Fakten«, murmelte Wilder. «Reine Fakten. Nur. Wir kommen in Teufels Küche.«

»Ken, was ist los?«

»Die Hölle, du Ochse.«

»Das heißt?«

»Das heißt? Dass der Baum brennt. Dass ich heute Nachmittag die Programmänderung angesagt habe, raus mit der Iran-Story, rein mit deiner. Zwanzig Minuten später hatte ich Lessard im Ohr, und, glaub mir, der ruft mich nie an, der schickt mir sonst nur 'ne Kiste Champagner zu Weihnachten. Sehr höflich, sehr nett. Small Talk vom Boss, wie geht´s der Frau, was macht das Handicap? Und dann – klar – die Frage, was das wird. Was das soll, die Änderung. Nun haben wir hier normalerweise keinen Stress, das weißt du. Die wollen Quoten, wir machen Programm. Gibt keine Zensur von oben, solange wir nicht Gentechnikkonzere wie Monsanto ärgern oder *Big Pharma*. Wir machen einen guten Job, der Vorstand hält sich raus. Diesmal nicht.«

Fuller schwieg und hörte zu. Obwohl er wusste, dass ihm auch der Rest nicht gefallen würde.

»Kennst mich«, brummte Wilder. »Bin hart geblieben. Freundlich, aber bestimmt. Hat er akzeptiert. Aufgelegt. Und zehn Minuten später ging´s weiter, und dann, mein Freund, den ganzen Nachmittag, ohne Pause.«

»Wer?«, fragte Fuller.

»Alle. Marketing. Die Nummer kostet uns Millionen, das war noch harmlos, mir doch egal. Dann die Bullen, das FBI,

Homeland Security, die CIA, alle. Einer nach dem anderen, Pressesprecher, Assistenten von Doktor Hinz und Professor Kunz, und Anwälte, im Dutzend billiger. Was das wird, was behauptet wird, wer wen belastet, welches Material wir haben, mit welcher Genehmigung von wem? Was das alles kosten wird, welche Klagen auf uns zukommen – ohne dass auch nur einer von denen irgendwas gesehen hätte. Glaub mir, ich hatte schon viele Scheißtage in meinem Leben, aber dieser …«

Er ließ den Satz in der Luft hängen und knurrte bloß erschöpft in die Leitung. Fuller sah förmlich, wie Ken sich in einem Ledersessel zurücksinken ließ und sich die Augen rieb, bevor er wieder zu dem Whiskyglas griff, das direkt neben ihm stand.

Er musste nachschenken. Fuller hörte es leise gluckern.

»Das heißt was?«, fragte er vorsichtig.

»Das heißt gar nichts. Außer dass ich meinen Job los bin, wenn du nicht sauber arbeitest. Das heißt, meinen Job bin ich wahrscheinlich erst recht los, wenn du sauber arbeitest, aber in dem Fall trage ich das wie ein Mann. Aber nicht, wenn du irgendwelchen spekulativen Scheiß aus der Story machst.«

»Gut.« Damit waren Nicks Fragen beantwortet. Aber es tauchten plötzlich ein paar neue auf. »Keine Sorge«, sagte Fuller. »Wir halten uns zurück. Aber zur Rolle der CIA werden wir um ein paar leise Fragen nicht herumkommen.«

»Geht nicht.«

»Wie, geht nicht? Ken, wir …«

»Verdammt, Max, mach es wasserdicht. Frag mal, was die CIA will. Die wollen das sehen, bevor es gesendet wird.«

»Keine Chance.«

»Ja, sagst du. Und ich auch. Aber ich weiß nicht, wie das morgen weitergeht. Wann kriege ich deinen Rohschnitt?«

Fuller biss sich auf die Lippe und hätte am liebsten gebrüllt: *Gar nicht. Du sendest, was ich dir schicke.* Stattdessen sagte er bloß: »Morgen früh.«

»Gut«, brummte Wilder. »Ich ruf dich an, sobald ich´s gesehen habe.«

»Niemand«, sagte Fuller, »kriegt das zu sehen, ehe wir nicht noch mal drüber gesprochen haben. Versprich mir das.«

»Ja.«

»Ken?«

»Ja, klar. Versprochen. Und ich verspreche dir noch was, ich tue alles, was ich kann. Und das ist 'ne Menge. Aber das ist auch alles.«

»Okay. Danke.«

»Scheiß drauf. Gebt euch Mühe, verdammt.«

Ein leises Tuten in der Leitung signalisierte Fuller, das ein anderer Anrufer versuchte, ihn zu erreichen. Er sah auf das Display, auf dem die Nummer von Liz´ Handy angezeigt wurde.

»Machen wir«, sagte er zu Wilder. »Bis morgen.«

Er wartete nicht, bis sein Boss seinen Abschied zu Ende geknurrt hatte, sondern drückte das Gespräch weg und hielt sich den Hörer wieder ans Ohr, erleichtert, dass sie sich meldete, dass ihr nichts passiert war.

»Wo seid ihr?«, fragte er.

»In guten Händen«, sagte eine sehr souveräne Stimme, die er schon einmal gehört hatte, und im gleichen Augenblick schüttete ein ebenfalls unsichtbarer Jemand Fuller einen Kübel Eiswürfel in den Kragen.

»Schreibst du mit, Journalist?«, fragte die Stimme, und Fuller griff wie ein Schüler zu dem kleinen Block mit dem Hotellogo, der auf dem Schreibtisch vor ihm lag.

»Ja«, sagte er und wunderte sich, wie dünn seine Stimme klang.

»West Harbour, Sarasota. In einer Stunde. Wir erwarten Sie auf dem letzten Pier, außen, links am *Marina Jacks* vorbei und immer der neugierigen Nase nach. Sie erkennen uns an gar nichts, und wir erkennen Sie daran, dass sie eine große Tasche dabeihaben. Mit allem. Laptops, DVDs, USB-Sticks. Und glauben Sie mir, Fuller, wir haben eine sehr genaue Inventarliste. Sollte irgendwas fehlen, sind die beiden tot. Und sollten Sie nicht um Viertel vor drei da sein, ebenfalls. Sie haben nicht viel Zeit.«

Die Leitung war tot. Fuller ließ das Handy sinken und starrte einfach nach vorn, wo an der Wand ein nichts sagendes Bild hing, das er nicht sah.

»Scheiße, was ist los?«, fragte Nick.

»Nichts«, sagte Fuller. »Gar nichts mehr.«

»Was ist mit Liz?«

Fuller schüttelte den Kopf. »Keine Ahnung. Die haben sie. Und Jake, offensichtlich.«

»Fuck«, sagte Nick, ließ sich zurückfallen und raufte sich mit beiden Händen die Rastalocken. »Fuck, fuck, fuck. Das ist doch nicht wahr.«

Fuller klappte das Handy zu, warf es aufs Sofa und marschierte auf die Minibar zu. Er riss die Tür auf, nahm die kleine Maltflasche heraus, schraubte sie auf und ließ sich das braune Gold durch die Kehle rinnen. Das änderte zwar nichts, aber es sorgte zumindest dafür, dass er seine Innereien für einen Augenblick wieder spürte.

Ansonsten fühlte er sich nur noch komplett leer. Und entsetzlich müde.

Er setzte sich auf den Stuhl vor dem Schreibtisch, falsch herum, legte seine Unterarme auf die Lehne und das Kinn auf die Arme, und starrte durch Nick hindurch.

Es war, als hätte man ihm Blei in die Venen gespritzt. Er wollte nur noch schlafen. Sterben, schlafen, wieder zu sich kommen, gelöscht und reinkarniert, irgendwo anders. In einer anderen Welt, in einem anderen Leben. Als Versicherungsvertreter im Mittleren Westen, mit dem abendlichen, sturzbesoffenen Gefühl, die Affäre seiner Frau mit diesem Arschloch aus dem Fitnessclub wäre ein existenzielles Problem.

»Was wollen die?«, fragte Nick.

»Alles.«

Er fühlte sich wie nach einem schweren Unfall. Beim Aufwachen im Krankenhaus. Ohne den Adrenalinpegel, der ihn vorher alles hatte ertragen lassen, den Crash selbst, die gebrochenen Knochen, das splitternde Glas, die Wunden, das Blut. Vorher war alles nicht so schlimm gewesen, es war einfach passiert. Jetzt aber hing er mit gebrochenen Beinen an einer Herz-Lungen-Maschine und begriff, was geschehen war. Ohne hilfreiches Adrenalin.

Jetzt war nur noch Platz für Ratlosigkeit. Für Sorge. Und für Angst.

Leises Klackern holte ihn langsam zurück in die Realität. Er glaubte nicht, was er hörte, aber er hörte es. Und er sah es, als er seinen Blick ungläubig wieder auf das scharf stellte, was um ihn herum geschah.

Nick arbeitete weiter.

»Was wird das jetzt?«, hörte Fuller sich fragen. Und räusperte sich, weil er geklungen hatte wie ein halb erwürgter Papagei.

»Was soll das jetzt werden?«, knurrte Nick zurück, ohne aufzusehen. »Ich mach den Film fertig.«

»Ich muss in einer Stunde am Pier in Sarasota sein«, sagte Fuller und leerte die kleine Whiskyflasche. »Mit den Laptops, den DVDs und allem.«

»Aber du wirst nicht da sein«, sagte Nick.

»Ach, nein?«

Nick sah ihn überrascht an. Überrascht und genervt. »Wieso solltest du da hingehen?«

»Wegen Liz und Jake?«

Nick verzog das Gesicht und machte sich nicht einmal für einen Sekundenbruchteil die Mühe, betroffen auszusehen. »Verdammt, ja. Ein Jammer.«

Fuller nickte vor sich hin und spielte mit dem Gedanken, aufzustehen und Nick einfach aufs Maul zu hauen, ohne Ansage, wegen seiner beschissenen Indifferenz. Er ließ es bleiben und sah den gefühllosen Nerd stattdessen so lange schweigend an, bis der die Achseln zuckte und wenigstens kurz die Augen verdrehte.

»Großes Herz, tolle Sache. Echt. Ich mag das. An dir. Und sie, sie mag ich auch, Mann. Und deinen Kumpel, okay, den mag ich nicht, aber deshalb wünsch ich ihm noch lange nichts Schlechtes. Das Problem ist nur, du Filmritter, du bist hier in der echten Welt, und du hast keine Wahl. Keine Angst, ich fang jetzt nicht an mit Kollateralschäden und dem ganzen Scheiß, aber du hast keine Wahl.«

Fuller schwieg und nickte. Und nickte weiter. Und schwieg.

Nick hatte Recht, und das wusste Fuller. Wenn er zum Pier marschierte, mit ihren Unterlagen, würden sie ihm die nicht abnehmen, sich bedanken und Liz und Jake danach laufen lassen. Sie würden sie so oder so töten, und ihn ebenfalls, wenn er tat, was sie verlangten. Es würden zwei weitere Menschen sterben oder drei. Das war alles, was ihm an Alternativen blieb. Aber das wollte er nicht wissen. Und nicht hören.

Nick drehte sich zu ihm um. »Gib mir dein Handy – die kennen jetzt deine Nummer.«

Fuller reichte es ihm, und Nick tauschte die Chipkarte gegen eine neue aus, die er aus dem Rucksack genommen hatte. Er schaltete das Gerät kurz ein und wieder aus und legte es auf den Tisch:

»Heute brauchst du nicht mehr zu telefonieren, und wenn Ken dich nicht erreicht, stört dich das sicher nicht.«

Fuller stand auf, ging zur Minibar und öffnete noch einmal die Tür. Den Gin ließ er stehen und griff stattdessen zum Wodka. Unter Nicks fragendem Blick ging er zurück zum Schreibtischstuhl und blieb davor stehen. Er nahm einen Schluck Wodka und verzog das Gesicht; die Kombination behagte ihm genauso wenig wie das, was ihm gerade passierte.

Er sah Nick an. Der Junge war müde, aber immer noch angriffslustig, und Fuller war für einen schmerzhaften, kurzen Moment regelrecht gerührt. Von Kens Problem mit dem Vorstand hatte er seinem Helfer noch gar nichts gesagt. Sie hatten nicht nur keine Chance mehr gegen Rickler, sie würden, selbst wenn sie Liz und Jake opferten, vermutlich nicht *on air* gehen können.

»Worüber denkst du nach?«, fragte Nick. »Ob du die Wahrheit für eine Frau und einen Freund opfern sollst?« Er klang nicht mehr spöttisch. Sondern inzwischen ungeniert verächtlich.

Fuller ging zum anderen Sofa, auf dem Nicks zweite Tasche stand, und nahm die Kamera und das Stativ heraus. Während er die Digicam auf das Stativ schraubte, fragte er Nick, ohne ihn anzusehen: »Wie lange brauchst du, um das Material auf einen Server zu jagen?«

»Was? Viertelstunde.«

»Hast du eine freie Domain?«

»Eine? Welche willst du?«

»Die mit den unbegrenzten Downloadmöglichkeiten für User, damit du nicht nächsten Monat 'ne Rechnung über vierhunderttausend Dollar kriegst.«

Nick schwieg, und Fuller drehte sich um, die montierte Kamera in der Hand, und konnte sich ein schiefes Grinsen nicht verkneifen.

»Hey«, sagte Nick. »Das sieht beunruhigend aus!« Er strahlte. » Du meinst ... okay, aber wieso schießen wir das

Ding dann nicht gleich ins *Youtube*-Universum, dann ist das in zwei Stunden um die ganze Welt …?«

Fuller ging zum Schreibtisch, zog das schwere Ding ein bisschen herum, und drehte alle Lampen auf, die der Raum zu bieten hatte.

»Später. Zuerst mal brauche ich eine von deinen Domains, einen Server, den niemand so schnell abschießen kann, eine Kennung und ein Passwort, nur für mich.«

Er setzte sich auf den Schreibtischstuhl, spähte in den klappbaren Monitor der auf das Stativ montierten Kamera und fuhr sich einmal mit der Hand durch die Haare, dann nahm er die Fernbedienung der Kamera. »Wie sehe ich aus?«

»Wie ein *My-Space*-Praktikant.«

»Fein. Mach weiter, aber ohne Geräusche. Und gib mir zehn Minuten für die Anmoderation und die Off-Texte. Die du einbaust, wenn ich weg bin. Ach ja«, sagte Fuller. »Und sei so nett, ruf mir ein Taxi. Ich bin in zehn Minuten unten.«

Nick stand auf, mit einem anerkennenden Grinsen, schnappte sich sein Handy und ging auf die Tür zu, um draußen zu telefonieren, während Fuller die Aufnahme startete und mit verblüffend gelassener, tiefer Stimme begann, die Story des Jahrhunderts für die paar Millionen Menschen anzumoderieren, die sie in spätestens zwei Stunden würden sehen können, auf der ganzen Welt.

48

Als das Taxi zurück in Richtung Innenstadt losrollte und ihn allein vor der Yachthafenanlage am Bay Park zurückließ, sah Fuller sich nicht einmal nach einem Empfangskomitee um. Sie wussten, dass er zu ihnen kommen würde, sie hatten keinen Grund, ihn an der Straße zu erwarten.

Er ging um das ursprünglich futurisch gemeinte Hauptgebäude herum, in dem tagsüber Touristen bewirtet wurden, trat auf den äußeren Anleger und sah die beiden bereits am anderen Ende stehen, direkt vor einer großen Motoryacht, die weiß war, nicht schwarz, wie Fuller eigentlich erwartet hatte.

In der Takelage einer Segelyacht, die zu seiner Linken lag, klingelten die Ringe leise, als der nächtliche Wind einen langen Seufzer landeinwärts schickte und Fuller über den Anleger auf die beiden Silhouetten zuging. Schon von weitem erkannte er, dass die linke Gestalt sehr viel größer war als die rechte, und als er näher kam, erkannte er auch die langen blonden Haare, die er zuletzt dicht über sich gesehen hatte, in einem schwarzen Helikopter, hinter dem Lauf eines zuckenden Maschinengewehrs. Was er außerdem erkannte, während er Schritt für Schritt auf die beiden zuging, war, dass sie einen Blick wechselten, da sie offenbar bemerkt hatten, dass er mit leichtem Gepäck reiste.

Genauer, ohne.

Als er auf etwa zehn Meter an die beiden herangekommen war, setzten sie sich langsam in Bewegung, und er verlangsamte seine Schritte. Er blieb stehen, als sie noch drei Meter entfernt waren, und war erleichtert, dass sie noch immer keine Waffen auf ihn gerichtet hatte. Dafür aber finstere Blicke, so viel konnte er sogar bei dem spärlichen Licht erkennen, das über das Wasser zu ihnen herüberdrang.

»Wo sind die Sachen?«, fragte der Riese mit der blonden Mähne, und seine Stimme klang, als wären die Eisenträger, die er täglich frühstückte, an diesem Morgen rostig gewesen.

»An einem sicheren Ort«, sagte Fuller. »Ich will mit Rickler sprechen.«

Der Hüne mit der Eisenträgerstimme trat einen Schritt auf ihn zu und schlug ihm mit solcher Wucht in den Magen, dass Fuller zwei Meter weiter hinten auf dem Holz des Anlegers landete und danach verzweifelt versuchte, nach Luft zu schnappen. Die Stiefel des Riesen kamen näher, und Fuller hatte Angst, der Typ könne noch härter treten als zuschlagen. Mit Mühe atmete er tief genug ein, um seinen nächsten Satz hörbar herauszupressen.

»Keine gute Idee«, sagte er. »Dein Boss bringt dich um, wenn du mich nicht zu ihm lässt.«

Das Gesicht des Riesen war plötzlich sehr nah, und es schien, als hätten die Steroide, die er kiloweise verzehrt haben musste, auch um seine Augen herum Muskeln wachsen lassen, denn als er sie zusammenkniff, waren die Pupillen kaum mehr zu sehen. *Dopingbarbie, das Ding ohne Augen, das Donovan vor dem Hotel überfahren hat*, dachte Fuller – und fühlte sich im selben Augenblick hochgehoben, als wäre er bloß ein Stofftier, und unsanft zurück auf den Pier gestellt. Die Pranke des Hünen blieb allerdings an seinem Kragen und zerdrückte sein letztes halbwegs gebügeltes Hemd.

»Ich glaube nicht, Arschloch«, sagte der Blonde, und Fuller unterdrückte den Impuls, ihm zu sagen, dass er an feuchter Aussprache litt und aus dem Hals stank wie ein Zombie.

»Vielleicht«, sagte Fuller, »rufst du ihn einfach mal an. Und fragst ihn, ob er deinetwegen auf den elektrischen Stuhl möchte. Wenn er ja sagt, kannst du mich ja immer noch essen.«

Der Unterkiefer des Hünen rutschte mit leisem Knirschen einen knappen halben Meter nach vorn, und Fuller musste sein Kinn einziehen, um einen Zusammenstoß zu vermeiden. Er sah die rechte Schulter seines Gegenübers in Richtung Festland wandern, und an dieser Schulter hing ein sehr dicker Arm, an dessen äußerstem Ende eine Abrissbirne befestigt war, die gerade ihren Scheitelpunkt erreichte.

»Fred«, sagte eine ruhige Stimme von irgendwo hinter den schrankwandartigen Schultern, und die Abrissbirne fror in der dunklen Luft fest, weit draußen zwischen Himmel und Wasser.

Fuller sah aus dem Augenwinkel, dass der andere Mann sein Handy herausgezogen hatte und bereits an sein Ohr hielt. Er wandte sich halb ab, als er mit gedämpfter Stimme sprach, und Fuller sah dem Hünen in die Augen und zwang sich zu einem dünnen Lächeln.

»Ich fand dich gut in *Hellboy*«, sagte er. »Aber ohne Hörner steht dir auch.«

Das war ein bisschen zu viel, und er wusste es. Aber andererseits hatte er seit Tagen nicht richtig gegessen, viel zu viel gearbeitet und sich direkt vor dem Treffen die falschen Getränke auf die Leber gekippt. Also hatte er ausreichend Mut und noch mehr schlechte Laune. Und falls Rickler unter diesen neuen Umständen nicht mit ihm sprechen wollte, würde der debile Eisenfresser ihn so oder so in Stücke reißen. Und wenn er das in Rage tat, dann ging es vermutlich schneller.

Der Riese hatte beeindruckende Kieferknochen. Und er schaffte es fast, sie durch die Haut auf seinen Wangen nach draußen zu pressen.

Der Faden, an dem seine Faust hing, weit draußen, spannte sich.

»Wir fahren raus«, sagte die ruhige Stimme, aber die Faust des Hünen hing weiter draußen über dem Meer.

»Fred«, sagte die Stimme.

Und Fred entspannte sich. Widerwillig zwar und für einen Sekundenbruchteil mit dem Gesicht eines aufgepumpten Kindes, dem man gesagt hat, dass Weihnachten ausfällt; aber er entspannte sich. Seine Faust sank langsam aus dem Himmel, während er Fuller losließ.

Fuller rückte seinen Hemdkragen zurecht, sagte »Danke« und ging an dem Hünen vorbei, souverän, soweit seine butterweichen Knie das zuließen.

Der Begleiter des Hünen war klein und so unauffällig wie ein Filialleiter im Dienst. Fuller nickte ihm respektvoll zu und leistete umgehend der wortlosen Aufforderung Folge, die Sprossen in der Wand der Yacht hinaufzuklettern.

Er wollte nicht auch noch den Zoowärter gegen sich haben. Er hatte mehr als genug Feinde.

49

Liz Brokaw wusste nicht mehr genau, wann sie sich das letzte Mal übergeben hatte, aber sie war sicher, dass sie es damals nicht in einem so teuren Badezimmer getan hatte.

Das Waschbecken stammte, wie die Porzellanschüssel daneben, von einem Designer oberhalb der Philippe-Starck-Preisklasse, dessen Namen sie vergessen hatte, absichtlich, direkt nach einem Besuch beim Innenarchitekten, als sie vor zwei Jahren ihr Bad hatte verschönern wollen. Es war obszön, so viel Geld für Porzellan zu verlangen, und noch obszöner, so viel dafür auszugeben.

Aber Geld schien in diesen Räumen keine Rolle zu spielen. Ebenso wenig wie Menschenleben, offensichtlich.

Sie wusch sich das Gesicht mit eiskaltem Wasser und griff nach einem der beigen Baumwollhandtücher, die am Rand des großen Waschtischs sauber aufgeschichtet lagen. Alles fühlte sich nach Luxus an. Das Bad war riesig, das Schlafzimmer nebenan war noch viel riesiger, und die schweren Gitter vor den Fenstern gehörten schon aus stilistischen Gründen dazu.

Aber in einem Luxushotel hätte ihr Begleiter nicht mit Platzwunden am Kopf und zugeschwollenen Augen bewusstlos auf dem Bett gelegen. Und falls doch, dann hätte sie einen Arzt rufen können.

So konnte sie nur das nächste Handtuch in Eiswasser tränken, es auswringen und wieder nach nebenan gehen, zu Jake.

Er lag auf dem Rücken, und seinen zerschundenen Kopf hatte er noch immer nicht bewegt. Er atmete, immerhin.

Sie setzte sich neben ihn auf die Bettkante und legte ihm das kalte Handtuch wieder auf die Stirn. Das Blut hatte sie schon mit den ersten drei oder vier Handtüchern abgewaschen, sein teures Jackett und das Hemd würde er wegwerfen können.

Aber vermutlich würde er dazu gar nicht mehr kommen.

Liz drückte das Handtuch sehr sanft auf Jakes Schläfen und betrachtete den Bewusstlosen.

Es war absurd. Vollständig absurd. Sie hatten ihn gefragt, nur ihn, wo Fuller sei. Und sie hatten nur ihn geschlagen. Sie hatte fest damit gerechnet, dass sie, nachdem er offenbar nicht willens war, seinen Freund zu verraten, seine Begleiterin, sie, verprügeln würden. Und sei es, um Jake auf diese Weise zum Reden zu bringen.

Aber das hatten sie nicht getan. Weshalb auch immer. Sie hatten Jake gefragt, immer wieder. Und sie hatten ihn immer wieder geschlagen, immer härter, am Ende wie im Rausch, fassungslos und wütend, dass er nicht redete. Und Liz wusste immer noch nicht, wieso er geschwiegen hatte.

Es waren doch seine Leute. Hätte er denn nicht die Möglichkeit gehabt, seinen eigenen Kopf zu retten? Max, Nick und sie hatten ihn entführt, er hatte nichts gesagt, sondern nur unter Androhung von Folter das Passwort herausgegeben – so jedenfalls hätte er es darstellen können, und vermutlich hätten sie ihm sogar geglaubt.

Sie verstand es nicht. Jedenfalls nicht ganz. Aber sie hatte bemerkt, wie er seine Frau angesehen hatte, und schon in diesem Augenblick gedacht, dass irgendetwas in ihm kaputt gegangen war. Leise und unsichtbar für alle anderen. Wie eine letzte Sicherung, die geräuschlos durchbrennt und die gesamte Stromzufuhr eines Hauses ausschaltet.

Liz stand auf und ging am Fußende des Bettes vorbei zu den beiden großen, vergitterten Fenstern.

Draußen war das Paradies. Das Haus war in den leicht zum Meer hin abfallenden Hang gebaut, und unterhalb von ihm befand sich ein riesiger tropischer Garten, durchzogen von Kieswegen und indirekt beleuchtet von einem ebenso dezent wie gekonnt installierten System von Strahlern. Direkt unter ihr erkannte sie blühende Bougainvilleen und etliche andere Büsche und kleine Bäume, die in den unterschiedlichsten Farben blühten. Etwas weiter, in Richtung Meer gelegen, erkannte sie hohe Maschendrahtzäune zwischen den Stämmen der Palmen – offenbar spielten die Hausbesitzer Tennis, mit Meerblick. Und unten, am Wasser, sah sie den Anleger, an dem drei oder vier Yachten vertäut waren.

Luxus. Ein himmlischer Ort. Zum Sterben schön.

Liz holte tief Luft und atmete durch den Mund wieder aus. Zum ersten Mal in ihrem Leben hoffte sie, dass es eine Hölle gab. In der ihr Vater jetzt mit Lava übergossen wurde oder was sonst man dort an Höchststrafen anbot. Er hatte ganze Arbeit geleistet, im Leben und danach. Hatte ihr das Leben versaut, ihr die Mutter genommen und mit seinem Vermächtnis dafür gesorgt, dass nun auch sie sterben würde.

Viel zu früh. Und völlig sinnlos.

Es kam ihr wahnsinnig ungerecht vor. Auch wenn der Tod oft ungerecht war und Menschen traf, die nichts verbrochen hatten; diese Art, aus dem Leben scheiden zu müssen, war besonders absurd. Für wen oder was? Für einen Journalisten, den sie gerade seit zwei Tagen kannte und der vielleicht ganz nett war, aber weiß Gott nicht so sympathisch, dass sie für ihn ihr Leben hergeben wollte? Für dessen Freunde, den irren Rastajungen mit dem vielen Geld auf der Bank, oder für den Verprügelten auf dem Bett, der sich aus unerfindlichen Gründen mit den falschen Leuten angefreundet hatte? Für eine Wahrheit, die sie im Grunde nicht interessierte?

Jakes leises Ächzen riss sie aus den trüben Gedanken.

Sie drehte sich um und sah, dass er zu sich gekommen war und versuchte, sich aufzurichten. Sie ging zu ihm, setzte sich auf die Bettkante und half ihm vorsichtig auf.

Er hielt sich den Schädel, sah sie kurz an, betastete dann seine an mehreren Stellen geplatzte Lippe und sein zugeschwollenes rechtes Auge und sah sie fragend an.

Sie lächelte schwach und deutete auf die Badezimmertür.

»Krieg keinen Schreck«, sagte sie.

Jake stand unter leisem Ächzen auf, hielt sich die linke Seite und schaffte es unter Zuhilfenahme des Türrahmens, ins Bad zu gelangen. Er schloss die Tür, und Liz hörte ihn drinnen etwas murmeln, das zunächst entsetzt und dann nach unterdrücktem Fluchen klang. Immerhin. Er war lebendig und wütend, nicht verzweifelt.

Sie hätte wahrhaftig keine Kraft gehabt, ihn zu trösten.

»Warum hast du ihnen nichts gesagt?«, fragte sie ihn, als er fünf Minuten später neben ihr stand, am Fenster, und mit den Fingern am Rahmen entlangfuhr, um herauszufinden, ob irgendwelche Alarmdrähte diesen potenziellen Notausgang sicherten.

»Weiß ich nicht«, sagte Jake, ohne sie anzusehen. Er suchte weiter nach irgendetwas, und obwohl Liz ihn nicht deprimieren wollte, hatte sie kein besonderes Interesse, in ihren letzten Lebensstunden oder -minuten seinem blinden Aktionismus zuzusehen.

»Sieht nach Panzerglas aus, das Fenster«, sagte sie. »Und davor ist, falls du es nicht bemerkt hast, ein Eisengitter.«

Jake nickte und sah sie an. »Und der Draht ist auch da«, sagte er und deutete nach oben, auf den Übergang von Glas zu Rahmen, wo tatsächlich ein hauchfeiner Draht im Glas verlief. »Ich wollte nur sicher gehen. Dass wir nicht nur keine Chance haben, sondern gar keine.«

Er stützte die Arme in die Hüften und sah wieder nach draußen, in den friedlichen nächtlichen Park.

»Tut mir Leid«, sagte er.

»Ja, mir auch«, sagte sie.

»Ich hätte wissen müssen, dass das eine Falle ist.«

»Ich auch«, sagte sie, dann schüttelte sie den Kopf. »Oder auch nicht. Spielt doch keine Rolle mehr. Was passiert jetzt?«

Sein Blick fragte: *Woher soll ich das wissen?*

»Es sind deine Leute. Was machen die mit Leuten wie uns?«

»Es sind nicht meine Leute«, sagte er. »Keller ist mein Boss, das ist alles. Ich bin genauso überrascht wie du.«

»Tatsächlich?«

»Ja. Dass sie so weit gehen.«

»Wie weit gehen sie denn normalerweise?«

Er sah sie an. »Wir beseitigen gelegentlich Informationen, die schädlich sein könnten. Man kann nicht immer verhindern, dass irgendwo irgendwas durchsickert. Dass Leute ihr Gewissen beruhigen wollen oder dass sie wie Max Lunte riechen und versuchen, potenziell schädliche Informationen an die Öffentlichkeit zu bringen. Für solche Fälle sind wir da, als letzte Verteidigungslinie. In solchen Fällen haben wir Mittel und Wege.«

»Mord?«

Er stieß einen kleinen verächtlichen Laut aus. »Nein. Mord ist überflüssig. Meistens reicht schon Gegeninformation. Nebelkerzen zünden. Expertenanalysen unabhängiger Institute, Professorenmeinungen, und schon ist jede Verschwörungstheorie vom Tisch, ob gegen Monsanto, Nestlé oder gegen den Verteidigungsminister. Wir zerstören den Ruf von Menschen, aber wir töten sie nicht.«

»Jedenfalls wusstest du davon nichts.«

»Nein.«

»Schwer zu glauben.«

»Warum sollte ich lügen?«

»Auch wieder wahr«, sagte sie. »Aber warum hast du es ihnen nicht gesagt?«

Jake dachte eine ganze Weile nach, ohne den Blick von ihr zu wenden. Dann sagte er: »War mir vermutlich zu dumm, auch noch für die Lüge zu sterben.«

»Edel«, sagte sie nickend und sah wieder aus dem Fenster, hinaus über das schwarze Meer. »Wenn Max die Wahrheit genauso wichtig nimmt, sind wir tot.«

»Das sind wir vermutlich sowieso«, sagte er.

»Nicht, wenn er uns freikauft.«

»Wie soll er das machen?«

»Sie werden ihn erpressen.«

Jake lachte leise, aber ganz und gar nicht fröhlich. »O ja. Sie werden ihn anrufen und ihm sagen, er solle alles Material übergeben. In dem Fall werde man uns laufen lassen.«

»Und was tut er dann?«

»Du kennst Max nicht besonders gut, oder?«

»So gut, wie man jemand nach zwei Tagen kennen kann.«

»Max ist nicht blöd.«

»Hab ich auch nicht gesagt«, sagte Liz und schaute wieder nach draußen.

»Also.«

»Also was?«

»Also weiß er, dass sie uns so oder so umbringen. Und ihn gleich mit, wenn er das Material aus der Hand gibt.«

Liz blinzelte, als sie weit draußen im Schwarz den schwachen Lichtkegel auf den silbrig glänzenden Wellen entdeckte. Im nächsten Augenblick war sie sicher, gegen den grauen Himmel die pechschwarze Silhouette einer Yacht zu erkennen. Sie schwieg, und sie merkte, dass auch Jake neben ihr nach draußen starrte, mit angehaltenem Atem.

Als das Boot sich dem Anleger näherte, kaum zweihundert Meter unter ihnen, sahen sie beide den Mann, der sich jetzt vom Bug in Richtung rechter Seite der Yacht in Bewegung setzte, eskortiert von einem kleineren Mann in dunklem Anzug.

Liz traute ihren Augen nicht. Sie war sogar ganz sicher, dass sie halluzinierte.

»Sag mir, dass das nicht wahr ist. Ich glaub es nicht«, sagte sie.

Jake sagte gar nichts.

Liz sah weiter nach unten, in Richtung Anleger. Der Mann, der verblüffende Ähnlichkeit mit Max Fuller hatte, stieg über die Sprossen in der Seite der Yacht nach unten, auf den Steg, und verschwand aus ihrem Blickfeld.

»Das kann nicht sein«, sagte Jake und sah Liz an.

Liz verharrte reglos. Jake hatte Recht, mit allem. Das konnte nicht sein. Denn dass Max Fuller nicht blöd war, das wusste sie. Auch wenn sie ihn erst zwei Tage kannte und nicht, wie Jake, ein Leben lang.

Sie mussten sich versehen haben, beide.

Es konnte nicht sein, dass Max Fuller so dumm war.

50

Schon beim Ablegen der Yacht aus dem Hafen von Sarasota war Max Fuller bewusst gewesen, dass er einiges riskierte, aber nach zehn Minuten im Seewind war der Whisky-Wodka-Cocktail wie weggeblasen, und er fragte sich, ob er den Verstand verloren hatte. Der Hüne hatte ihm nach dem Betreten des Bootes seine riesige Hand auf die Schulter gelegt, »Dein Telefon, her damit« gegrunzt und es dann aus Fullers linker Jackentasche gezogen. Er hatte das Gerät kindisch angegrinst, es dann in seiner Pranke einfach zerquetscht und das Häufchen Elektroschrott wieder in Fullers Tasche versenkt. Danach hatten sie ihn einfach stehen lassen, und auch die zwei Matrosen und der Kapitän hatten nicht versucht, ihn in ein Gespräch zu verwickeln. Es gab allerdings auch nicht viel zu besprechen; der Chef erwartete ihn, und nach Smalltalk war offenbar niemandem zumute.

Fuller hatte sich nach vorn bewegt, zum Bug, und war auf der Steuerbordseite der Yacht stehen geblieben, unterhalb der Brücke. Der Riese und sein kleiner Wärter waren verschwunden, der Kapitän beachtete ihn nicht weiter, sondern steuerte sein Schiff über das Meer, das ruhig dalag und tat, als ginge das Ganze es nichts an.

Zunächst hatten sie sich vom Land entfernt und waren schnurstracks hinausgefahren, dann hatte der Kapitän den Kurs gewechselt und fuhr nun schon seit einer ganzen Weile parallel zu den der Küste vorgelagerten *Keys*, von denen vereinzelt Lichter herüberschimmerten. Allerdings nicht viele, was Fuller nicht wunderte. Kaum jemand lag um diese Zeit noch wach in seiner Achtzehn-Zimmer-Villa am Meer, Sarasota lag schon eine ganze Weile hinter ihnen, und Bradenton hatten sie, so weit er das beurteilen konnte, ebenfalls passiert.

Ob das, was sie nach etwa einen halben Stunde Fahrt ansteuerten, eine Insel im Meer war oder nur die Spitze eines weiteren Florida Key, konnte Fuller nicht erkennen, aber es interessierte ihn auch nicht sonderlich. Er hatte nicht vor, nach Hause zu laufen oder zu schwimmen. Sie würden ihn zurückbringen oder eben weiter raus, um ihn den Haien zum Fraß vorzuwerfen, aber flüchten stand nicht auf der Liste seiner Optionen für diesen Abend.

Das Haus, das über den Palmen und dem kunstvoll angestrahlten Tropengarten aufragte, war beeindruckend schön. Ein weißer Bau, vermutlich irgendeinem kolonialen Stil nachempfunden und perfekt in die zum Meer abfallende Landschaft gebaut, gespickt mit unendlich vielen Fenstern mit Meerblick, deren Mehrzahl allerdings vergittert war. Fuller kniff die Augen zusammen, als das Boot an dem großzügigen und scheinbar nagelneuen Anleger festmachte, und meinte hinter einem der Fenster zwei vertraute Silhouetten erkennen zu können, unterdrückte aber den Impuls, lässig die Hand zu heben und so zu signalisieren, dass er alles im Griff hatte. Zum einen, weil der Hüne das vermutlich zum Anlass genommen hätte, wieder rabiat zu werden, zum anderen, weil es einfach nicht stimmte.

Sie mussten ihn nicht bitten. Er stand am Rand der Reling, als das Boot anlegte, und folgte dem Filialleiter die Sprossen hinunter auf den Anleger, seinerseits gefolgt von dem blonden Riesen. Er vermied es, den Kerl anzusehen und ging weiter hinter dem kleineren Mann her, über die Planken auf einen mit Granitsplittern gepflasterten Weg, der sich in sanften Schwüngen durch den botanischen Garten hinaufwand zum Haus. Rechts davon befanden sich weitere, flachere Gebäude, in denen vermutlich Pferde und Sportwagen untergebracht waren, und links des Weges tauchte der Tennisplatz auf, an dessen Rand zwei massive Bänke standen, nicht weiß, sondern unpassender Weise aus irgendeinem dunklen, sündhaft teuer und naturgeschützt wirkenden Holz. Es war allerdings die einzige Geschmacksfragwürdigkeit auf dem Weg nach oben, der Rest war atemberaubend gepflegt und mit größter Liebe zum Detail gestaltet.

Fuller war irritiert. Der Hausherr war entweder passionierter Gärtner oder ein Mensch, der das Schöne liebte; beides wollte nicht zu seiner beruflichen Tätigkeit passen und erst recht nicht zum Verhalten seiner Angestellten. Andererseits betrachteten der Boss und seine Killer vielleicht auch störende Menschen einfach nur als Unkraut, und als Fuller dieser Gedanke kam, konzentrierte er sich umgehend wieder auf die Aufgabe, die ihm bevorstand. Alles andere als ein von Anfang bis Ende sehr optimistischer und souveräner Auftritt würde ihm sofort das Genick brechen.

Nachdem sie das Haus erreicht hatten, führten der kleine Wärter und das blonde Monster ihn durch eine Eingangshalle, die höchstens halb so groß war wie ein Flugzeughangar, und gingen durch eine hohe Doppeltür aus dunklem Holz voran in den angrenzenden Raum, der verglichen mit dem Empfangsbereich erfrischend klein war. Fuller konnte mit bloßem Auge die gegenüberliegende Wand erkennen, trotz der dezent gedimmten Beleuchtung, und fühlte sich augenblicklich nicht mehr ganz so verloren, sondern nur noch klein und unbedeutend.

Der Filialleiter ließ ihn einfach mitten im Raum stehen, auf dem Boden aus schieferfarbenen Terracottascherben, sagte bloß, ohne Fuller auch nur anzusehen, »Sie warten«, und ging mit dem Monster weiter, auf die zweite Doppeltür zu. Er öffnete, die beiden gingen hindurch, und der Hüne drehte sich, als er die Tür zuzog, noch einmal über die Schulter zu Fuller um.

Es war ein Blick voller Vorfreude, und Fuller schaffte es nicht, ihn lächelnd zu erwidern.

Als die Tür mit leisem Donnern zugefallen war, sah Fuller sich um.

Er schien sich im Büro zu befinden. Einem Großraumbüro. Für eine Person. Und auch hier herrschte, wie im Garten, teure Eleganz. Fuller war enttäuscht, endgültig. Er hatte, wenigstens hier, etwas Finsteres erwartet. Einen Raum voller dunkelbrauner Antiquitäten, irgendetwas zwischen Chippendale und einer Epoche mit noch mehr Schnörkeln, düsteren Objekten aus konservativer Zeit, zwischen denen Rickler grimmig im Gegenlicht thronte. Stattdessen sah er bloß den neuerlichen Ausweis guten Geschmacks. Einen vier mal zwei Meter großen, schnörkellosen Schreibtisch aus edel gemasertem, aber nicht allzu dunklem Holz, schnörkellose Bücherregale, gefertigt aus dem gleichen Holz, an der Wand dahinter, die fast bis zur fünf Meter hohen Decke reichten, und einige optimal arrangierte großformatige moderne Kunstwerke an den Wänden, die nicht brüllten »Ich war teuer!«, sondern flüsterten: »Was ist schon Geld?«.

Als Fuller sich fragte, wie man diesen Stil vermutlich nannte, sofern man denn etwas davon verstand, fand er plötzlich die Bezeichnung neokonservative Klassik goldrichtig gewählt. Und als er das begriff, wurde ihm fröstelnd klar, dass das, was er gegen Buddy Rickler in der Hand hielt, deutlich weniger wert war, als er geglaubt hatte.

Die Doppeltür, durch die Ricklers Männer verschwunden waren, schwang fast lautlos auf, und der Mann, den Fuller bisher nur von drei Fotos kannte, betrat den Raum.

Rickler trug einen sandfarbenen Leinenanzug zu einem schlichten, dunkleren Polo-Shirt und helle Segelschuhe an den Füßen. In diesem Outfit und mit seinen inzwischen angegrauten und minimal längeren Haaren wirkte er wie ein reicher Kunstkenner, der sich lange vor dem Pensionsalter zur Ruhe gesetzt hatte, um das Leben zu genießen. Am absurdesten aber kam es Fuller vor, dass der Mann ihn anlächelte, während er auf ihn zukam.

Fuller nahm die Hand, die Rickler ihm hinhielt, und erwiderte den kräftigen Händedruck des kleineren Mannes.

»Mister Fuller«, sagte Rickler förmlich, aber freundlich. »Setzen Sie sich.«

Er ließ Fullers Hand los, ging um den Schreibtisch herum, wies auf den Besuchersessel davor und wartete, bis Fuller Platz genommen hatte, ehe auch er sich setzte.

»Sie sehen müde aus«, sagte er.

»Ich bin müde.«

»Einen Espresso?«

»Gern, einen doppelten, wenn's geht«, sagte Fuller und fühlte sich wie im falschen Film.

Rickler beugte sich vor, drückte auf einen Knopf in der Schreibtischplatte und bat eine Rachel, Mister Fuller einen doppelten Espresso zu bringen, dann lehnte er sich zurück, legte die Fingersitzen aufeinander und lächelte seinen Gast wieder an.

»Also?« sagte Rickler.

Fuller gab keine Antwort, denn von ferne hörte er ein Geräusch, das ihn seit dem Anschlag auf dem Rückweg vom Lebanon Airport auch nachts immer wieder verfolgt hatte, und fragte zurück: »Erwarten Sie noch Besuch aus der Chefetage?«

Rickler sah ihn an, während der Klang des Hubschrauberrotors noch etwas lauter wurde und dann gleichmäßig dumpfer, als die Maschine in der Nähe des Hauses aufsetzte.

»Nur ein Freund«, sagte Rickler mit einem angedeuteten Lächeln. »Also, Mister Fuller? Was kann ich für Sie tun?«

»Sie halten meine Freunde fest.«

»Sie wissen, warum.«

Fuller nickte. »Weil Sie meinen Film verhindern wollen. Nur möchte ich meine Freunde heil zurück, deshalb bin ich hier.«

»Ohne das Material, wie ich sehe.«

»Wie Sie sehen.«

»Das ist ärgerlich«, sagte Rickler, lächelte aber immer noch. Wie ein netter Mittfünfziger, der seine Millionen als Anwalt verdient hatte. Oder wie ein Minister. Fuller wurde leichter ums Herz, als er begriff, an wen ihn sein Gastgeber erinnerte. Rickler sah James Baker, dem ehemaligen Außenminister und Lieblingsanwalt der Saudis, verblüffend ähnlich. Und allem Anschein nach verfügten er und der Mann, der auf allen Seiten gleichzeitig spielen konnte, auch über vergleichbare Energien.

»Sie werden verstehen«, sagte Fuller, »dass ich die größte Story, die ich je gesehen habe, nicht einfach unter den Tisch fallen lassen kann.«

»Sicher nicht. Aber Sie hatten bestimmt schon größere Stories.«

»Große, ja«, nickte Fuller. »Größere nicht.«

Er hörte die Schritte, die sich von draußen näherten, von der Eingangshalle aus. Herrenschuhe mit Nägeln im Sohlenleder, die auf den Steinen klickten wie die Schuhe eines Stepptänzers. Im nächsten Augenblick wurde die Tür aufgestoßen, ohne dass jemand geklopft hätte, und Ricklers Lächeln verwandelte sich in ein Strahlen.

Er stand auf und ging dem Neuankömmling entgegen, einem groß gewachsenen, schlanken Mann mit dunklem Teint, der in einem perfekt sitzenden, offenbar maßgeschneiderten Anzug steckte. Fuller hätte seinen Arsch darauf verwettet, dass der feine Zwirn aus der Bond Street stammte, ebenso wie der Mann aus England, auch wenn seine Vorfahren vom indischen Subkontinent stammen mussten. Was er allerdings noch genauer wusste war, dass er den Mann schon einmal gesehen hatte. Auf dem Foto, neben Rickler und Omar Sheikh.

»Hamid«, sagte Rickler glücklich und begrüßte den gut aussehenden jüngeren Mann, indem er dessen beide Unterarme ergriff und ihm fest in die Augen sah. Der andere erwiderte die Begrüßung.

»Alter Freund«, sagte Hamid, »Gut siehst du aus. Sehr gut siehst du aus! Wie geht es Isabelle? Ist sie hier?«

»Nein, leider. Aber sie lässt dich grüßen.«

»Ah«, lächelte Hamid und legte den Kopf auf sehr charmante Weise schräg, »Lügner! Sie weiß doch gar nicht, dass ich heute hier bin.«

»Sie lässt dich immer grüßen«, erwiderte Rickler lachend, und Fullers Gefühl, im falschen Film zu sein, nahm beängstigende Ausmaße an.

Als die andere Doppeltür sanft aufschwang und eine junge, sehr hübsche Frau auf den Schreibtisch zu wehte, mit einem Silbertablett, auf dem sich eine Tasse Espresso, ein Mandelkeks und ein Glas Wasser befanden, fragte Rickler seinen neuen Gast, ob auch er etwas trinken wolle, und Hamid bedankte sich mit einer angedeuteten Verbeugung vor dem Mädchen und bestellte einen Bordeaux, was Rickler mit einem anerkennenden Nicken goutierte, ehe er sich wieder Fuller zuwandte.

»Max Fuller, mein Freund Hamid. Sie verzeihen, dass ich seinen Nachnamen unterschlage.«

Fuller erhob sich und reichte Hamid die Hand. Er widerstand der Versuchung, Hamid zu sagen, er kenne ihn, denn in seinem Kopf drehte sich einiges. Er beließ es bei einem Lächeln und sagte: »Angenehm.«

»Sie sind ein mutiger Mann, Mister Fuller«, lächelte Hamid.

»Wir sprachen gerade über seine kleine Story«, sagte Rickler, und Hamid nickte, immer noch lächelnd.

»Sie haben uns viel Ärger gemacht.«

»Nicht so viel wie Sie mir«, sagte Fuller und stellte das Lächeln ein. »Ich sagte gerade zu Ihrem Kompagnon, dass ich meine Freunde gern wieder mitnehmen würde. Wir müssten uns nur noch wegen der Details einigen.«

Rickler lachte, Hamid lächelte noch etwas breiter als zuvor.

»Sie haben Nerven«, sagte er.

»Ich habe eine Story, die Sie auf den elektrischen Stuhl bringt.«

Das Grinsen verschwand aus den Gesichtern der beiden anderen. Sie wechselten einen Blick, dann stieß Rickler einen belustigten Laut aus.

»Und die wäre?«

In Fullers Gehirn arbeiteten alle Synapsen auf Hochtouren. Seit er Hamid hatte hereinkommen sehen, schnitt er seinen Film im Geiste neu, aber fertig war er noch lange nicht, und gleichzeitig redend und neu konstruierend über dünnes Eis zu tanzen, behagte ihm ganz und gar nicht. Zumal die beiden ihm noch weniger Spekulationen durchgehen lassen würden als Ken Wilder.

»Aufhänger«, sagte Fuller, »ist natürlich Ihr alter Freund Donovan, der am Morgen des 11. September glaubt, an einer offiziellen Übung teilzunehmen. Was allerdings nicht der Fall ist. Was er für eine mit der CIA abgestimmte Übung hält, ist in Wirklichkeit eine verdeckte Operation, und zwar eine, von der offizielle Stellen nichts wissen. Nur sie, ihr Freund Hamid und ein halbes Dutzend andere, die entweder früher bei den Diensten waren oder zu diesem Zeitpunkt noch bei den Diensten sind und Informationen liefern.«

Niemand unterbrach ihn. Und Fuller kramte in seinen Erinnerungen, in dem riesigen Haufen Informationen, die Nick auf seinem Rechner hortete und die er immer wieder häppchenweise überflogen hatte.

»Ihre Übung fand im Schatten der offiziellen Übungen statt, und Sie hatten ein klares Ziel. Sie wollten mit wenigstens einer zusätzlichen Maschine – Donovans – die Lotsen und das NORAD täuschen und hatten überdies vermutlich drei weitere Maschinen in der Luft, im Radarschatten der Verkehrsjets, mit JPALS oder einem vergleichbaren Sicherheitssystem zum Abfangen entführter Passagiermaschinen ausgestattet.«

Hamid blinzelte, und Fuller spürte sehr dünnes Eis. Er winkte ab. »Details. Ob wir in die Endfassung hineinnehmen, dass fünf Mitarbeiter des Herstellers dieses Systems am 11. September in den abgestürzten Maschinen saßen, wissen wir noch nicht. Aber der Witz ist, meine Herren, das ist ja gar nicht entscheidend. Das ist der Konspirologenquatsch, den Sie seit Jahren kennen und durch Ihre Spin Doctors steuern. Nichts für uns, das machen wir nur am Rande. Wichtiger sind die Rollen von Donovan und von Ihnen beiden.«

Er setzte ein Strahlen auf und warf es Rickler zu. »Ein Ex-CIA-Mann, der ein paar Agenten, Piloten und einige wichtige Techniker für eine Übung in Sachen nationaler Sicherheit einspannt, topsecret, höchste Geheimhaltungsstufe von allen. Ich gebe aber zu, dass wir eine Bildungslücke haben. Wie haben Sie das bloß geschafft, dass *so viele* Dienste an diesem Tag üben wollten?«

Rickler antwortete nicht, aber da er auch nicht lächelte, fuhr Fuller unbeschwert fort: »Wen hatten Sie beim NRO in Virginia? Ich meine, Mann, das war wirklich großartig. An dem Tag alle Mitarbeiter nach draußen zu schicken, die die Satelliten im Auge haben? Brillant. Andererseits, wenn sie das nicht geschafft hätten, dann wäre ihnen das Ganze ja auch um die Ohren geflogen, denn auf den Satellitenaufnahmen hätte man ihre Maschinen gesehen, allesamt. Aber auch das«, sagte er abwinkend, »ist allenfalls eine

Randnotiz. Denn die eigentliche Story fängt hier ja erst an. Fast sechs Jahre nach dem Tag X taucht also dieser Mann auf, präsentiert uns die Maschine, die über Washington sogar fotografiert wurde, und plötzlich ergibt alles Sinn: die seltsamen Meldungen, wonach American 11 lange nach dem Crash in den Nordturm noch in der Luft gewesen sein soll, die merkwürdigen Irrflüge der Abfangjäger – mit einem Mal versteht das alles sogar der Dümmste. Es waren weitere Flugzeuge in der Luft, einige im Rahmen des Ablenkungsmanövers, andere, um die Passagiermaschinen bis in die Ziele hinein fernzusteuern. Und der Mann, der die wichtigste dieser Übungsmaschinen gesteuert hat, lebt noch – im Unterschied zu seinen damals beteiligten Kollegen in den anderen Fliegern –, und ist bereit, öffentlich auszupacken. Was Sie nicht verhindern können, obwohl sie ihn umgebracht haben. Denn wir haben seine Aussage, mit Bild und Ton. Und dazu alle Daten seines Fluges.«

Fuller wartete auf einen Kommentar, aber Rickler sagte noch immer nichts. Er hatte die Fingerspitzen vor den Lippen zusammengelegt und hörte mit undurchdringlicher Miene zu.

»Aber vielleicht hätte nicht einmal das gereicht. Vielleicht hätte man auch das – mit sehr viel Glück – noch zerreden können. Vielleicht. Wahrscheinlich nicht. Und deshalb sind Sie sind in Panik geraten, Sie haben Leute ermordet und versucht, auch uns umzubringen. Mich und Donovans Tochter. Wir haben weitere Zeugen gefunden, sie haben sogar den damaligen Fotografen killen lassen.«

Gedanklich war Fuller schon einen Schritt weiter, und deshalb wandte er sich jetzt an Hamid, der noch immer neben dem Schreibtisch stand und noch immer sein Lächeln nicht wiedergefunden hatte.

»Aber am schönsten ist«, sagte er, »dass wir Sie haben. Sie, ihren Freund Mister Rickler und Omar Sheikh.«

Es war nur ein winziger Seitenblick, den Hamid Rickler zuschoss, aber Fuller bemerkte ihn und wusste, dass er den Nagel auf den Kopf getroffen hatte. Während er noch bedauerte, dass Nick genau diesen Teil seines Vortrags nicht kennen konnte, fuhr er fort. »Denn damit schließt sich der Kreis auf vollkommene Weise. Ihr Freund Omar Sheikh, Ausbilder der »Hijacker«, Doppelagent, ISI-Mann und Vertrauter Bin Ladens, Zahlmeister von General Ahmad, der Mann, der Mohammed Atta noch zwei Tage vor dem Attentat hunderttausend Dollar überwies.«

Er sah zuerst Rickler an, dann Hamid. »Ihr Mann.«

Fuller ließ es einen Augenblick nachhallen.

»Wir werden nicht die Geschichte von Khalid Sheikh Mohammed erzählen, dem Phantom, das Omars Platz einnehmen musste, nach dem Pearl-Prozess. Stattdessen erzählen wir Ihre Geschichte, Hamid. Denn während Mister Rickler die angebliche Übung für die amerikanischen Teilnehmer organisierte, waren sie der Mann, der dafür sorgte, dass auch tatsächlich ein paar ›islamistische Attentäter‹ an Bord waren.«

Wieder schwieg Fuller und genoss das dröhnende Schweigen. Jetzt, da er alle Fakten kannte und nur noch zusammensetzen musste, war alles tatsächlich verblüffend einfach.

»Der nachweislich doppelte Atta, der Spuren legte, Gepäck am Flughafen stehen ließ, mit dem Koran drin, Testament und Pilotenuniform; der fast zu spät zu seinem Anschlag erschien und überall gleichzeitig war? Ich weiß nicht, ob Sie das selbst waren oder einer ihrer Männer, aber da haben Sie geschlampt. Sie haben sich bestimmt geärgert. Da lässt man diese Typen im Glauben, sie würden irgendwann als heilige Krieger ein Flugzeug entführen dürfen, schickt sie immer wieder quer durchs Land, von Boston nach San Francisco, zum Üben, und am wichtigsten Tag verschläft der wichtigste Mann. Beinahe. Gut, er dachte, das wäre nur wieder ein Übungsflug – deshalb hat er ja auch noch drei Tage vorher ein Konto bei United eröffnet, zum Meilensammeln –, aber Sie wussten, dass an diesem Tag alles anders laufen würde. Und so war am Ende alles doppelt und dreifach gehijackt: die Übungen, die Flugzeuge und die Hijacker selbst. Alles in Ihrem Sinn, alles für die große Sache. Und das«, sagte er, »bildet dann den Abschluss unseres kleinen Films über das fünfte Flugzeug. Die Frage: Was sollte das alles? Wieso haben Sie das gemacht?«

Er lächelte.

»Bis hierher war alles so wasserdicht, wie mein Boss zu sagen pflegt, dass wir in den letzten fünf Minuten sogar mal ein bisschen was riskieren dürfen. Aber nach meinem Dafürhalten gehen wir kein Risiko ein. Dass *wir* einen Grund brauchten, um in Afghanistan und im Irak einzumarschieren – geschenkt, das weiß ja nun wirklich jeder. Aber wer ist *wir*? *Wir* Amerikaner? Sicher nicht. Und auch nicht die Bushs, die Sie da sauber hineingezogen haben ...« Fuller stutzte kurz. »Was macht Sie eigentlich so sicher, dass der Mann nicht spätestens auf dem Sterbebett sein Gewissen erleichtert und sagt: ›Egal! Ich muss es loswerden! Ich bin erpresst worden, damals!‹« Er wartete nicht auf eine Antwort, sondern schnalzte bedauernd und fuhr fort. »Wir reden bis hierher über Mord, meine Herren. Mord an dreitausend Zivilisten und den Teilnehmern an ihrer wahnsinnigen Operation. Aber von hier an reden wir darüber hinaus über Hochverrat, um das Ganze komplett abzurunden. Wir werden deshalb am Ende unseres kleinen Stücks zusammenfassen, weshalb der Präsident nicht nach Washington zurückkehren durfte, sondern sich in Offutt, mitten im Herzen unserer Heeresleitung, die Bedingungen für die zukünftige Außen- und Innenpolitik der USA diktieren lassen musste. Von Ihnen. Sie haben wirklich ganze Arbeit geleistet. Nicht nur am Tag selbst, auch in der Nachbearbeitung.«

Fuller zuckte die Achseln und lächelte wieder, diesmal bedauernd.

»Ihr Garten, Mister Rickler, ist perfekt. Der Plan war es auch, aber sie haben ein bisschen Unkraut übersehen. Und das rächt sich jetzt leider.«

Die Stille, die folgte, war lang und ohrenbetäubend. Rickler sah Fuller an, zunächst reglos, dann fragend.

»Sind Sie fertig?«

»Ich auch, ja«, sagte Fuller.

Rickler sah Hamid an. »Nicht schlecht, oder?«

»Nein«, sagte Hamid.

»Aber den Teil mit den Arabern sollte er weglassen, oder?«

»Finde ich auch. Damit tut er sich keinen Gefallen. Die Täter waren die Täter, und sie haben gehandelt, um Ungläubige zu töten.«

»Richtig«, sagte Rickler. »Sie wollten in die Türme fliegen, sie sind in die Türme geflogen.«

Fuller blickte ungläubig vom einen zum anderen. Sie besprachen seinen Film? Waren die beiden wahnsinnig geworden?

»Gut«, sagte Hamid. »Es hat kleinere Hilfen gegeben. Aber das ändert nichts – diese Leute haben ein Verbrechen geplant und begangen.«

»Kleinere Hilfen?«, sagte Fuller. »Neunzehn Schwachköpfe instrumentalisieren, sich selbst als Al Kaida maskieren, die Schwachköpfe in Flugzeuge zu setzen und die Flugzeuge dann in die Türme fernzusteuern, das sind *kleinere Hilfen*? Nach meinem Geschmack ist das die ganze Leistung.«

Hamid winkte ab. »Lassen wir unsere Meinungen als Freunde auseinandergehen. Wir werden keinen Richter finden, der darüber zu befinden hat.«

»Wir brauchen keinen Richter. Die Wahrheit wird ...«, setzte Fuller an, aber diesmal unterbrach Rickler ihn.

»Ich bitte Sie. Machen Sie sich nicht lächerlich. Die Wahrheit? Die Leute wollen gut und böse, schwarz und weiß. Simpel, und jeden Tag eine neue Sau, die durchs Dorf getrieben wird. Damit es nicht langweilig wird. *Das* liefern Sie, rund um die Uhr und jeden Tag. Nicht die Wahrheit. Sie wissen, was passiert, wenn jemand Wahrheiten verbreitet, die niemand hören will. Kein System der Welt kommt ohne geheime Kommandos aus, die solche verdeckten Operationen erledigen, und wenn sie die Geschichte des Aufstiegs unserer Nation zur einzigen Weltmacht genau studieren, werden sie feststellen, dass ein solcher Aufstieg ohne solche Operationen gar nicht denkbar gewesen wäre, und nur deshalb sind wir heute da, wo wir sind.«

Rickler holte tief Luft, und Fuller nutzte die Gelegenheit. Er streckte ihm den rechten Arm entgegen, Daumen nach oben, und setzte ein *News-Anchor*-Grinsen auf: »Wahre Worte. Wenn Sie mir das noch mal in die Kamera sprechen würden? Der Zweck heiligt einfach jedes Mittel – prima! Und was der Zweck ist, bestimmen Sie und noch ein paar Kerle, die über die entsprechenden Mittel verfügen – super! Und das Volk ist sowieso bescheuert und muss mit irrelevantem Unsinn bei Laune gehalten werden – perfekt! Bitte, geben Sie mir einen O-Ton.«

Ricklers Miene verfinsterte sich. Hatte er eben noch geklungen wie ein CEO, der auf der Aktionärsversammlung verkündet, dass dank harter Einschnitte und konsequentem Sparkurs die Dividende gesteigert werden konnte, klang er jetzt so verärgert wie nach der Frage eines Kleinaktionärs, ob sich hinter dem siebenstelligen Betrag des Bilanzpostens »sonstige Aufwendungen« die Spesenrechnung der Geschäftsführung verberge.

»Beantworten Sie mir eine Frage, Fuller, stellvertretend für all diese Phantasten, die immer noch in *9/11* herumstochern. Warum hassen Sie Amerika?«

»Bitte?«

»Warum hassen Sie dieses großartige Land? Dieses Land hat so viel für Sie getan. In keinem anderen Land der Welt könnten Sie so arbeiten, sich so bewegen, so frei Ihre Meinung äußern.« Fuller wollte etwas sagen, aber Rickler sprach einfach weiter. »Nein, das hat sich nicht geändert, auch nicht durch den Patriot Act.«

»Nur, dass wir einen totalitären Staat haben.«

»Aber Sie sind nicht nach Pakistan umgezogen, oder? Nicht mal nach England, wo Journalisten längst nicht das dürfen, was Sie dürfen. Nein, Sie wohnen hier, in New York, vermutlich in einem schicken Apartment, und fahren einen SUV, weil der Sprit so schön billig ist.«

»Weder noch.«

»Ach, deshalb hassen Sie Amerika? Weil Sie gescheitert sind, obwohl Ihnen alle Wege offen standen?«

»Ich hasse nicht dieses Land. Nur Leute wie Sie kotzen mich an.«

»Ich versichere Ihnen, das beruht auf Gegenseitigkeit. Sie essen den Kuchen und sagen anderen, Kuchenessen ist falsch und verwerflich. Sie wollen günstigen Sprit aus dem Irak, aber Sie wollen nicht, dass wir hingehen und dafür sorgen, dass der Sprit billig bleibt. Ich dachte, dieser ganze 9/11-Unsinn wäre nur etwas für Studenten, aber offenbar sind auch die Erwachsenen verrückt geworden. Einige jedenfalls.«

»Sie haben den Tod von dreitausend unschuldigen Amerikanern verursacht, um ihre geistesgestörten Ziele zu erreichen. Da hört der erwachsene Pragmatismus so langsam mal auf.«

»Nein, genau da fängt er erst an, Fuller. Und das wissen Sie. Das, was Sie tun, ist verlogen. Und es ist gefährlich. Gut, Sie kennen die Wahrheit, jedenfalls sind Sie dicht dran. Aber jetzt sagen Sie mir: Wer will das wirklich wissen außer Ihnen? Wer von den Leuten da draußen, den Millionen, für die Sie Ihr Programm herstellen, ihr Entertainment? Die Wahrheit, die Sie erzählen wollen, brächte, wenn sie akzeptiert würde, die ganze Welt aus dem Gleichgewicht. Aber sogar das ist Ihnen völlig egal, solange Sie Ihren *Scoop* haben. Sie, Fuller, sind ein gnadenloser Egozentriker, und Sie handeln nach der Maxime: Gebt mir meinen Pulitzer-Preis, und nach mir die Sintflut. Wir aber, mein Freund Hamid, unsere gemeinsamen Freunde und ich, wir handeln nach der Maxime: Wir müssen Opfer bringen für unser Land. Ja, Fuller. Wir müssen sogar unsere Seele opfern für unser Land. Denn manchmal bedeutet Hingabe, Liebe zum Vaterland, zu den Menschen, zur Freiheit, eben auch, dass man Menschenleben opfern muss. Wir leben nicht in einer Marzipanwelt und nicht auf einem großen sonnigen Campus, wir befinden uns in einem fortwährenden Kampf um Macht, Einfluss und Unabhängigkeit. Dieser Kampf fordert Opfer, und glauben Sie mir, das gefällt mir genauso wenig wie Ihnen. Aber auch als Journalist, *gerade* als Journalist, haben Sie eine Verantwortung, die Sie leider nicht ernst nehmen. Betrachten Sie daher Ihr Ableben als gerechte Strafe für einen Staatsfeind, und nicht als Märtyrertod für eine gute Sache. Ihre Sache war nie gut.«

Rickler beugte sich vor, drückte auf einen der Knöpfe in seiner Schreibtischplatte und sagte, »Carl, wir sind fertig.«

Dann ließ er sich wieder zurücksinken.

»Schöner Vortrag«, sagte Fuller. »Merken Sie sich den Text, den können Sie demnächst bei CNN wiederholen.«

Rickler nickte gelangweilt. »Sicher.«

Fuller sah auf die Uhr. »Der Film, den ich Ihnen eben zusammengefasst habe, ist in ... siebenundvierzig Minuten auf der ganzen Welt zu sehen, sofern ich mich nicht vorher bei meinem Partner gemeldet habe.« Er hob die Hand, als

Rickler etwas erwidern wollte. »Ich weiß, das interessiert keinen, außer ein paar Millionen *Phantasten*. Und ein paar Anwälten. Aber ich dachte, ich gebe ihnen die Gelegenheit, sich selbst ein Urteil zu bilden. Nicht, dass sie mich nach meiner Hinrichtung noch zusammenfalten, weil sie jetzt noch ein paar tausend Leute mehr umbringen müssen.«

Die Doppeltür schwang auf, und Fuller sah aus dem Augenwinkel, dass Carl, der Filialleiter, den Raum betrat, gefolgt von dem blonden Hünen, der vor Vorfreude förmlich zu sabbern schien. Die beiden gingen auf Fuller zu, aber Fuller sah nicht mal hin.

Rickler hob die Hand in Carls Richtung, ohne ihn anzusehen. »Bringen Sie mir ein Laptop, Carl«, sagte er.

Auch Fuller sah die beiden Bediensteten weiterhin nicht an. Er wandte den Blick nicht von Rickler und hörte, wie die beiden sich wieder entfernten und die Tür zufiel.

»Weise«, sagte er.

»Wir werden sehen«, sagte Rickler und wandte sich an Hamid, der inzwischen mit verschränkten Armen da stand und Fuller ansah wie einen frischen Fleck auf seinem teuersten Anzug.

»Hamid, du hast immer noch keinen Wein«, sagte Rickler mit freundlichem Bedauern. Er drückte auf einen der Knöpfe, wiederholte seine Bitte an Rachel, ohne Fuller zu fragen, ob er jetzt ebenfalls etwas anderes trinken wolle als Kaffee, und seufzte kurz. »Willst du dir das ansehen?«, fragte er seinen Kompagnon.

Hamid nickte. »Ich hoffe, es lohnt sich.«

»Keine Sorge«, lächelte Fuller. »Ist sein Geld wert, der Streifen.«

Der lässig dahin gesagte Satz hallte nach, wie er gehofft hatte. Rickler fixierte ihn, und zwischen seinen Augen tauchte eine neue, winzige Falte auf, die er bis zu diesem Moment nicht gehabt hatte.

Wieder hörte Fuller zu seiner Linken die Tür aufschwingen, diesmal setzte Rachel lautlos einen wunderschönen Weinballon nebst Glas neben Rickler auf die Tischplatte, ging dann in respektvollem Abstand hinter ihrem Arbeitgeber um den Tisch herum und stellte das zweite Glas zu Fullers Rechter auf der Platte ab, in Reichweite von Hamid. Während Fuller sich noch fragte, wie viel das hübsche Mädchen über seinen Arbeitgeber wusste, ob sie nachts ruhig schlief oder einfach entführt worden war und als Gefangene gehalten wurde, stellte Carl, der dem Mädchen gefolgt war, ein nagelneu wirkendes Powerbook mit großem Schirm zur Linken seines Chefs auf den Tisch, betätigte einige Tasten und trat einen Schritt zurück.

Rickler sah Fuller auffordernd an.

»*Invisible-academy.org*. Ihr Benutzername ist *Max*, das Passwort *Cheers*.« Nick hatte Armageddon vorgeschlagen, aber das hatte Fuller abgelehnt. Es hatte gewusst, dass dies nicht der Moment sein würde, um gereizten Leuten Passwörter zu buchstabieren.

Carl trat wieder einen Schritt vor und gab den Benutzernamen und das Passwort ein.

Und Fuller betete, dass Nick nicht versagt hatte.

Einen endlosen Augenblick lang blieb es still.

Und dann einen weiteren Augenblick lang.

Dann machte Carl einen eiligen Schritt nach vorn, mit bestürztem Blick, streckte den Arm aus, an Rickler vorbei, und betätigte eine Taste.

Im nächsten Augenblick hörte Fuller leise, dramatische Musik. Und seine eigene Stimme, die die Story des Jahrhunderts anmoderierte.

Unauffällig sah er hinüber zu Hamid, der einen Schritt nach vorn machte, sein Glas nahm und neben Rickler trat, um ebenfalls sehen zu können, was online geboten wurde.

Fuller beugte sich vor, so lässig, wie er konnte, und nahm einen Schluck von seinem längst kalten Espresso. Dann stand er auf, mit einem Lassen-Sie-sich-nicht-stören-Lächeln über den Tisch, und wandte sich ab.

Er schlenderte die paar Schritte zum Fenster und versuchte, dabei nicht einzuknicken, sondern wahnsinnig gelassen zu wirken. Donovans Stimme erfüllte den Raum, der Pilot begann seinen Vortrag. In zwei Minuten würde zum ersten Mal das Foto auf dem Schirm zu sehen sein, das Rickler und Donovan zeigte. Und Fuller betete, dass sie das überzeugen würde; dass sie sich nicht den ganzen Film anschauten und dabei feststellten, dass ihm die ganze Verbindung von Rickler zu Hamid, von Hamid zu Omar und zum pakistanischen Geheimdienst erst vor einer halben Stunde klar geworden war.

Und deshalb im Film fehlte.

Er sah nach draußen, als ginge ihn das Ganze nichts an. Wir früher, wenn er sein Material in roher Form hatte pitchen müssen, vor Chefredakteuren. Er hatte nie danebengesessen, wenn sie darauf bestanden, das Material in seinem Beisein zu besichtigen. Er war grundsätzlich aufgestanden und hatte aus dem Fenster gesehen. Schließlich kannte er das Zeug, er musste es nicht kommentieren, nicht einmal mimisch. Entweder, seine Arbeit sprach für sich, oder sie war misslungen.

Die Palmen vor dem Fenster standen reglos da, nur die Palmwedel bewegten sich fast unmerklich in der sanften nächtlichen Brise. Es war, als streichelten sie den Horizont, zärtlich und unendlich sanft. Alles, was Fuller draußen sah, war schön und friedlich. Das endlose Meer, die blühende Natur, das sanft die blühende Schöpfung illuminierende Licht als einzige Zugabe des Menschen.

Nichts geht verloren, dachte er, ohne es zu wollen. Und er hatte sich zum ersten Mal in seinem Leben nichts vorzuwerfen, wenn er zurückblickte, jedenfalls bis zu dem Augenblick, als Norton ihn zum ersten Mal angerufen hatte.

Seither hatte er alles richtig gemacht. Oder es wenigstens versucht, nach Kräften. Er würde nicht aus dem Leben scheiden und im letzten Augenblick denken: Hättest du doch einfach die Kurve gekratzt und Liz und Jake ihrem Schicksal überlassen. Er hatte richtig gehandelt, endlich wieder, er hatte sich gut verkauft in der letzten Stunde, er fand nichts, was er hätte besser machen können. Und es ging nichts verloren. Er nicht, und die Wahrheit auch nicht. Entschieden Rickler und Hamid sich, seinen Vorschlag anzunehmen, würde die Wahrheit beerdigt werden. Aber Liz und Jake und er selbst würden leben. Entschied sich Rickler gegen seinen Vorschlag, würde die Wahrheit leben.

Er nicht.

Aber so vordergründig tröstlich der Gedanke war, dass nichts verloren ging, nichts verloren gehen konnte in Gottes herrlichem Universum: Fuller war kein Stoiker und kein Buddhist, das Hadern und das Hoffen gehörten zu ihm wie seine Arme und Beine, und so verscheuchte er den harmonischen Klang der tieferen Weisheit. Er lebte gern. Als Mensch. Nicht als Fischfutter oder Pflanzendünger.

Den Klängen nach zu urteilen, die aus den Lautsprechern des Laptops zu ihm herüberdrangen, sahen die beiden, die über sein Schicksal zu befinden hatten, jetzt gerade das Foto aus Donovans privater Sammlung vor sich auf dem Schirm.

Fuller sah auf die Uhr. In sechzehn Minuten würde Nick das Ganze freischalten.

Donovan fing wieder an zu sprechen.

Und verstummte abrupt.

Fuller drehte sich langsam um, zu Rickler, Hamid und Carl, der noch immer in respektvollem Abstand hinter den beiden wartete. Und Fuller schloss mit sich selbst eine Wette ab, dass Rickler versuchen würde zu pokern. Dass er ihm sagen würde, sein Film sei einen Scheißdreck wert, obwohl er wusste, dass das nicht stimmte.

Als Rickler sagte: »Was wollen Sie?«, bedauerte Fuller nicht, dass er diese Wette verloren hatte.

Er zog die Augenbrauen hoch und das Kinn einen Zentimeter Richtung Brust, als erwischte ihn die Frage auf dem falschen Fuß. »Das wissen Sie doch. Betrachten Sie es als Bewerbung.«

Rickler und Hamid wechselten einen kurzen Blick.

»Ich dachte, Sie wären Idealist«, sagte Rickler.

Fuller fühlte sich wie ein *method actor* in der Abschlussklasse, als er es fertig brachte, kurz verächtlich zu lachen und sein anschließendes Kopfschütteln mit einem Lächeln zu garnieren, das perfekt auf dem schmalen Grat zwischen Wohlwollen und leisem Tadel balancierte.

»Mich interessiert die Wahrheit«, sagte er. »Es gibt allerdings eines, was mich noch mehr interessiert, und das ist mein Leben. Das mag wahren Christen, Humanisten oder Idealisten abwegig erscheinen, aber wir sind ja zum Glück unter uns.«

Ricklers Blick sprach Bände. Sein Gegenüber hatte es tatsächlich geschafft, in seinen Augen noch etwas tiefer zu sinken.

»Wobei ich dachte«, fuhr Fuller fort, »das wäre eigentlich ihr Text. *Jeder Mensch hat seinen Preis*. Aber nachdem sie den vergessen haben, liefere ich ihn lieber selbst. Damit hier keine Missverständnisse entstehen, die uns nachher alle das Leben kosten. Der Preis wäre zu hoch, und auch wenn meiner ebenfalls happig ist – verglichen mit ihrem Weiterleben und der Unversehrtheit Ihrer Hintermänner ist mein Schweigen ein echtes Sonderangebot.«

»Wie viel«, sagte Rickler.

»Preise zuletzt«, sagte Fuller. »Zuerst das ganze Angebot, denn sie ersparen sich ja nicht nur den Starkstrom-Wechsel in eine andere Dimension und können Ihr Schloss hier behalten, sie gewinnen sogar richtig gute freie Mitarbeiter.

Denn uns ist doch allen klar, dass wir danach nicht einfach auseinandergehen und ich den Rest meines Lebens schlaflos darauf warte, dass einer von Ihren Frankenstein-Freddys die letzte DVD-Kopie aus meinem letzten Notar herausgeschossen hat. Wie ich schon sagte, das da«, er deutete auf den Laptop, der noch immer aufgeklappt neben Rickler stand, »ist unsere Bewerbung. Die meines Teams. Und das, was wir können, *Sir*, ist kaum mit Geld zu bezahlen.«

Fuller lächelte und schüttelte den Kopf, als mache er sich selbst Vorwürfe. »Aber das reicht. Genug mit *Verkaufe*. Ich wollte es Ihnen nur leichter machen, Ihre Alternativen sind ohnehin begrenzt. Sehr begrenzt.«

Er sah auf die Uhr.

»Da haben wir uns aber ganz schön verquatscht«, sagte er fröhlich. »Vier Minuten. Aber mein Partner und ich haben den Uhrenvergleich vergessen.« Er sah von seiner Uhr auf. »Was soll ich ihm sagen?«

Rickler vermied es, Hamid anzusehen. Aber Fuller sah ihn an und bemerkte, dass sich der Gesichtsausdruck des feinen jungen Mannes verändert hatte. Was war das, was neu war in seinem Blick? Spott? Oder eine Art von Respekt?

Fuller wollte es nicht wissen. Er entschloss sich, den Blick als spöttisch zu werten. Das war hundertmal besser, als mit der Alternative leben zu müssen, mit dem Respekt eines Massenmörders.

»Drei«, sagte er mit einem weiteren Blick auf die Uhr. »Grob geschätzt.«

»Sagen Sie ihm, wir haben einen Deal«, sagte Rickler.

»Gut«, sagte Fuller und nickte. Lächelnd zog er sein zerstörtes Handy aus der Tasche. »Sind Sie so nett und packen auf die vierzig Millionen ein neues Handy drauf, als Vorschuss?«

Rickler öffnete den Mund einen Spalt breit und ließ den Unterkiefer einen Millimeter nach links rutschen.

Dann nickte er kurz und erschreckend grimmig nach rechts, ohne sich auch nur einen Millimeter umzudrehen, und Carl marschierte an ihm vorbei, um den Tisch herum, und ging auf Fuller zu.

Der Filialleiter schob seine Rechte unter sein Jackett, Richtung Innentasche, wo seine Waffe im Holster hing, und zog sie wieder heraus, als er Fuller fast erreicht hatte.

Fuller nahm das Handy entgegen, entnahm ihm die Chipkarte und legte die aus seinem zerstörten Gerät hinein.

»Und bevor ich's vergesse, Rickler, rufen Sie ihre Freunde beim FBI an, Sie wissen schon, Norton und die Mordanklage gegen mich, die muss vom Tisch.« Fuller wartete, bis sich Rickler zu einem Nicken entschloss. Mit einem dünnen Lächeln in Richtung seiner neuen Arbeitgeber wählte er Nicks Nummer.

Epilog

»Ich hab nie verstanden, was danach schiefgegangen ist.«

Liz' Frage kam aus heiterem Himmel, wie immer. Nicht nur, weil auf den Cayman Islands immer alles aus heiterem Himmel kam, sondern vor allem, weil das ihre Art war, Themen auf den Punkt zu bringen. Sie dachte lange nach, wägte ab, verwarf, bewertete, unhörbar für alle anderen, wenn auch in deren Beisein, und stellte am Ende eine meist wahnsinnig smarte Frage. Fand man darauf eine Antwort, war das Kernproblem gelöst. Fand man keine, kannte man zumindest die entscheidende Frage und wusste auch damit schon deutlich mehr als man gewusst hatte, bevor Liz das jeweilige Thema durch ihren zerebralen Teilchenbeschleuniger geschossen hatte.

Max sah von dem Pharma-Dossier auf, das Nick ihm ausgedruckt hatte, und sah sie an. Auch nach einem halben Jahr an ihrer Seite hatte er sich noch immer nicht an diese besondere Macke gewöhnt.

»Bitte?«

»Der Plan hat funktioniert. Wir haben die Kontrolle am kaspischen Meer, wir haben – okay, hatten – die Russen an die Wand gedrängt, und wir haben den Irak. Aber Ricklers Auftraggeber wollten die freie Marktwirtschaft.«

»Stimmt.«

»Wieso ist dann *Big Oil* wieder am Ruder?«

»Weil *Big Oil* nicht so einfach zu erpressen ist wie eine Regierung. Daran beißt sich sogar so ein neokonservativer Geheimbund die Zähne aus. Jedenfalls einige. Aber sie haben nur diese eine Runde verloren. Das war noch nicht alles.«

»Hm«, sagte sie, ohne zu nicken, und griff nach dem Cocktailglas, das vor ihr auf dem Glastisch stand. Sie sah nach vorn, über den Strand, über das Meer, aus dem Jake gerade wieder auftauchte, nachdem er, jedenfalls nach Max' Gefühl, mindestens sechs Stunden geschwommen war. Es war ein Postkartenmotiv. Der Athlet, für den Maplethorne seinen rechten Arm gegeben hätte, davor der schneeweiße Stand, am Horizont die fast schon orangefarbene Sonne auf ihrem Weg in die fernen Wellen.

»Wäre doch herrlich«, sagte Max, »wenn es nur *die* Bösen gäbe, oder? Und nicht *die* Bösen und die *anderen* Bösen und die wieder anderen Bösen, die einander allesamt hinter den Kulissen bis aufs Messer bekämpfen.«

»Danke«, sagte sie, »wenn ich Plattitüden brauche, mache ich den Fernseher an.«

»Whoah!«, sagte er. »Was war in deinem Lunch, Rasierklingen?«

Sie sah ihn an und lächelte. »Du kennst doch meine Nahrungsergänzungsmittel.«

Er lachte und schüttelte den Kopf, dann beugte er sich zu ihr herüber, zog ihren Stuhl mit Schwung direkt neben seinen und küsste sie.

»Höhlenmensch«, protestierte sie, und ehe er sich in dieser Hinsicht noch weiter zurückentwickeln konnte, trat Nick aus dem Inneren des Hauses auf die Veranda, in verwaschenen Bermuda-Shorts und einem T-Shirt mit der Aufschrift *Zero Tolerance*, und verdrehte die Augen.

»Macht das in eurem Zimmer«, sagte er und warf ein paar zusammengetackerte Ausdrucke auf den Tisch. »Was machen wir jetzt mit dem?«

»Wieder der Typ?«

Seufzend ließ Max Liz' Stuhllehne los und griff nach dem Dossier. Liz nutzte die Gelegenheit und rückte ihren Stuhl zurück auf den alten Platz. Oder sogar noch etwas weiter weg von Max.

Er überflog die Seiten und runzelte die Stirn. Der »Typ« nannte sich *Agent Orange* und verbreitete schon seit einigen

Tagen übers Netz eine komplett schlüssige Argumentation zu den Londoner Anschlägen von 2004. Im Unterschied zu all seinen Vorgängern schien er allerdings nicht nur allerhand im Kopf zu haben, sondern sogar einen Zeugen, der die Übung mit durchgeführt hatte.

»Shit«, sagte Max. »Wie gefährlich?«

»Wie der Name. Alarmstufe Orange. Wenn es stimmt, dass er diesen Zeugen hat. Aber bisher hängt der nur in irgendwelchen winzigen Verschwörungs-Foren rum, der scheint noch nicht mal geschnallt zu haben, wie man bei *Democratic Underground* reinkommt.«

»Dann kann er nicht besonders schlau sein.«

»Unser Glück. Also, was machen wir?«

»Kaufen«, sagte Max. »Fühl ihm auf den Zahn und biete ihm Geld und einen Verlagsvertrag. Wenn er das nicht will ...«

Passenderweise hatte Jake in diesem Augenblick die drei Stufen erreicht, die vom Strand auf die Veranda führten, und bewegte seinen perfekten Athletenkörper auf die drei zu.

»... hat Jake endlich mal wieder Arbeit.«

»Ich?«, fragte Jake. »Keine Chance, ich muss kochen.«

»Du kochst vor allem mal diesen Spinner ab, wenn der nicht aufhört«, sagte Max. »Diskreditier ihn, wenn er kein Geld ...«

»Was gibt's denn?«, fragte Liz dazwischen.

»Seeteufel«, sagte Jake und ignorierte Max vollständig, »herrliche Viecher, vorhin gekauft, auf dem Markt. Im Salzmantel ...«

»Ist doch viel zu warm für'n Mantel«, grinste Nick, und als Jake ihn lachend boxte, schüttelte Max verzweifelt den Kopf. Er warf Nicks Ausdrucke zurück auf den Tisch. »Wir reden nach dem Essen, ihr Affen.«

Liz erhob sich und sah Jake an. »Brauchst du Hilfe?«

»Immer«, sagte er.

»Ich helfe beim Essen«, sagte Nick.

Und im nächsten Augenblick fand Max sich allein auf der Veranda wieder. Die Fliegentür klapperte gegen den Rahmen, federte, wie immer, einmal nach, und blieb dann ruhig liegen, um dem leisen Anbranden der Wellen nicht weiter in die Parade zu fahren.

Max nahm sein Glas, trank einen Schluck von dem Rancia, den er für sehr viel Geld aus der Toskana hatte einfliegen lassen, schaute hinaus auf das Meer, auf den paradiesischen Anblick, den die Insel wie an jedem Tag, jedem Abend bot.

Aber etwas verdarb ihm das Panorama.

Eine innere Stimme, die sich im Lauf der letzten Wochen immer öfter zu Wort gemeldet hatte, leise zwar, aber durchaus vernehmlich, fragte ihn, wo er eigentlich sein Gewissen gelassen hatte.

Den Blick fest auf das sanft rollende Meer gerichtet, erwiderte er, sein Gewissen liege in einem sehr bequemen Schrank, aber damit gab sich die fragende Stimme nicht zufrieden, wie üblich. Worauf Max leise seufzte und einräumte, es fühlte sich weiterhin nicht gut an, die Wahrheit verraten zu haben.

Und dann stellte er die Gegenfrage, was er anderes hätte tun sollen. Worauf die Stimme verstummte, wie immer.

Max nahm einen Schluck Rancia und ließ sich den schweren Rotwein auf der Zunge zergehen.

Es herrschte Krieg, da hatte Rickler Recht gehabt. Überall. Und der Krieg forderte Opfer. Nicht nur die Leben von Menschen, auch so manche Wahrheit. Wahrheiten, die keiner kannte, veränderten nichts. Aber Leichen veränderten erst recht nichts. Sie schrieben keine Artikel, sie öffneten niemand die Augen, sie retten keine Menschenleben. Sie waren einfach nur tot.

»Du hast deine Seele verkauft, Max«, hatte Nick ihn empört empfangen, als er nach dem Deal von Ricklers Inselvilla mit Liz und Jake ins Hotel zurückgekommen war, »schlimmer als jede Nutte, die nur ihren Körper verhökert. Du bist kein Journalist, sondern eine Medienhure, unterteste Schublade, weil höchste Bezahlung, Komplize von Massenmördern, Desinformant in ihren Diensten, Propagandatrompeter für Kryptofaschisten!«

Max wusste, dass er mit einer Lüge leben musste. Damit, dass Nick ihn beschimpfte. Damit, dass sogar Leute wie Rickler und Hamid ihn verachteten, weil sie ihn für einen Pragmatiker hielten, einen Menschen, dem Geld wichtiger war als die Wahrheit. Dass sie glaubten, sein Motto laute *If you can't beat them, join them.* Dass sie glaubten, er und seine Leute würden schweigen, sich ruhig verhalten.

Das gefiel ihm nicht, aber er wusste, dass er das aushalten musste, vermutlich noch sehr lange. Und er konnte nur hoffen, dass Nick es irgendwann verstand. Dass sie, auch wenn sie diese eine Wahrheit für sich behalten mussten, nur unter diesen neuen Umständen überhaupt die Chance hatten, etwas zu ändern.

Und nachdem er und sein dreiköpfiges Team in den letzten Monaten schon mehrmals gezeigt hatten, dass sie Verschwörungstheorien im Keim ersticken konnten, ohne Menschen umzubringen, glaubten Rickler und Hamid vermutlich sogar, dass sie nützlich waren. Gelegentlich.

Was sie nicht wussten, war, dass Max sammelte. Eine Wahrheit hatte er vorläufig beerdigen oder besser, auf Eis legen müssen, aber was er, Nick, Jake und Liz dank der plötzlichen finanziellen Freiheit schon jetzt über einige der größeren Global Player herausgefunden hatten, war beachtlich.

Sie würden auf einem schmalen Grat tanzen, und das vielleicht bis zum Ende ihres Leben.

Aber Max Fuller war ziemlich sicher, dass sie bis dahin noch einige Jahre hatten.

Und noch sicherer war er, dass sie auf dem Weg dem einen oder anderen *Rickler* derartig Feuer unter dem Arsch machen würden, dass der Qualm bis zum Mars zu sehen wäre.

Max legte den Kopf in den Nacken und sah in den Himmel.

Immerhin. Die Sterne schienen schon zum Greifen nah.

Still airborne: Das fünfte Flugzeug ist noch immer nicht gelandet

Wir mussten Amerikaner sein, damals, 2007. Nicht mehrere, sondern einer. Ging nicht anders. Deutsche schreiben nämlich keine *Pageturner*, schon gar nicht über *9/11*, und so was, ein gefeierter KannstenichtausderHandlegen-Seitenumblätterer fehlte mir damals eindeutig noch in der Sammlung meiner Veröffentlichungen. Der entscheidende Impuls für das *Wheels-off* des fünften Flugzeugs aber kam von Mathias beziehungsweise einer seiner Freundinnen, denn die konstatierte ganz zurecht: alles um 9/11 herum sei so unglaublich, dass das Publikum es gar nicht *glauben* könne, ganz gleich, wie viele Sachbücher wir veröffentlichten. Und das hatten wir zu dem Zeitpunkt, 2006, ja längst getan, Mathias bestsellernd bei Zweitausendeins[1], ich mittelsellernd bei Heyne[2]. Nur, eben, Sachbücher. Die

---

1 Die vergriffenen Titel *Verschwörungen, Verschwörungstheorien und die Geheimnisse des 11.9.* sowie *Fakten, Fälschungen und die unterdrückten Beweise des 11.9.* (mit Andreas Hauß) erscheinen im August 2021 neu, vervollständigt durch *11.9. – 10 Jahre danach. Einsturz eines Lügengebäudes* (mit Christian C. Walther) – im Rahmen der 1 000-Seiten Westend-Trilogie *11.9. – 20 Jahre danach – Einsturz einer Legende.* Meine weiteren eigenen (also Christian C. Walthers) 9/11-Sachbücher erschienen bei Heyne, unter den Titeln *119 Fragen zum 11.9.* (2002) sowie *Der zensierte Tag* (2004).

2 *11.9. – 10 Jahre danach* wanderte auch wegen eines durchrutschenden öffentlich-rechtlichen Ritterschlages (Titel Thesen Temperamente) in die Spiegel-Bestsellerliste und provozierte einen frühen Kontaktschuldbastelreflex der FAZ (zusammengefasst: ARD »überhäuft die beiden Verschwörungsjäger mit Lob«, ergo sind Bröckers, Walther und ARD mindestens Nazis, Antisemiten und klar, sowieso, Irre). Ein junger, erfolgreicher Berliner Radiomoderator (öffentlich-rechtlich) nahm sich daraufhin des Themas 9/11 entlang unseres Buches an und sendete einige informationssatte Stunden über die

ja sachlich sind. Unsere jedenfalls waren es, vollgepackt mit Fakten.

Verschwörungstheorien hingegen fanden sich in den Sachbüchern nicht – abgesehen von der offiziellen, schon damals widerlegten Verschwörungstheorie, ein nierenkranker Höhlenscheich habe die gesamte Luftabwehr der USA am 11. September zwei Stunden lang am Boden festgehalten und vier Verkehrsmaschinen von flugunfähigen Jungs aus Saudi-Arabien in zwei Hochhäuser fliegen lassen und so drei Hochhäuser in sich zusammenstürzen lassen.

Da fehlte also was. So einiges. Auch und gerade eine Verschwörungstheorie, eine fiktionale, belletristische. Recht hatte Mathias' Freundin: Romane dürfen so was. Sind ja frei erfunden.

Über ausreichende Kompetenzen meinten wir zu verfügen, qua Zusammenschmeißen um so mehr. Ich konnte schon vorher nachweislich Romane, Dialoge und Dramaturgie, Mathias konnte schon vorher Journalismus und klandestine Netzwerke durchschauen, Menschen- und Ortskenntnisse besaßen wir beide und 9/11 konnten wir auch, seit dem 12.09.2001, mit verschiedenen Recherche-Schwerpunkten. Fehlte nur – der Autor. Des Originals. Denn so ein US-Amerikaner veröffentlicht sein Buch ja erstmal in den USA, logisch, und nennt es in diesem Fall, *The Fifth Plane*, unübersetzbar doppelsinnig und bestimmt mit voller Absicht, denn dem Autor ist zuzutrauen, dass

---

gesammelten Ungeheuerlichkeiten und Nichtermittlungen im Zusammenhang mit dem Jahrhundertverbrechen, worauf man ihm aus heiterem Himmel und völlig grundfrei ebenfalls den Stempel »Antisemit« anpappte, ihn ächtete, feuerte und für immer aus dem Berufsverkehr zog. Dachte man jedenfalls. Hat aber am Ende nicht geklappt. Im Gegenteil. Ken Jebsen ist ganz entschieden noch da. Und das Corpus delicti auch. *11.9. – 10 Jahre danach* ist auch noch da, unverändert brandaktuell.

er die »fünfte Ebene« auch esoterisch kennt. Das fünfte Flugzeug natürlich erst recht, denn diesbezüglich liegt ja die Verschwörungstheorie direkt auf der Realität.

Zugegeben – im Grunde war der Miller-Meyer-Smith-Name des Autors, der mit diesem Thriller debütierte, herzlich egal und beliebig. Aber da schon die 9/11-Betreiber reichlich kleine Scherze in ihre Story eingebaut hatten (so heißt zum Beispiel »Atta boy!« angemessen übersetzt »Alter Schwede«, hatten die »Selbstmordattentäter« in Hollywood, Florida gewohnt und obendrein bekanntlich noch direkt vor dem Einschlag ins WTC ihre Pässe aus dem 580 mph schnellen Cockpit geworfen, sodass die Papiere unversengt gefunden werden konnten), wollten auch Mathias und ich zumindest für geneigte Insider angemessen unterm Radar blinzeln. Daher lag es dann vergleichsweise nah, Mathias' zweiten Vornamen zum ersten Vornamen des neugeborenen Autors zu machen, meinen Vornamen auf ein »S« zu kürzen und jene Berufsbezeichnung einfach zu übersetzen, die als mein Nachname sowieso in meinem Ausweis steht. (Ob Gary Cooper als Gerhard Böttcher auch so bekannt geworden wäre, wage ich allerdings zu bezweifeln.) Zudem benötigte Cooper, der »Historiker und Archivar aus Vermont« (Mathias mag Vermont, zu viele Bücher mögen wir beide), natürlich einen deutschen Übersetzer und nachdem nun schon in seinem Alias die journalistische Bombenstory untergebracht war (der S. Coop ist ein »scoop«, so das Fachwort), lag der »Heist« nah, also der clevere Raubzug. Vorname Sam, Ahnenreihe holländisch, und schon hieß der kongeniale Übersetzer der »Fifth Plane«: Sam van Heist. Woraus sich rein zufällig beim Durchschütteln fürs Scrabble Brett die Namen »Mathias« und »Sven« ergeben. (Aus unerfindlichen Gründen legte Sam van Heist für John S. Coopers zweites Buch, »Zero« (KiWi 2010), den Übersetzerjob nieder und übergab seine Aufgabe an den in Wyoming lebenden Gärtner »Tim Avenhass«.)

Erfreulicherweise stellte zunächst einmal niemand die Cooper-Legende infrage. Ein Historiker aus Vermont hatte sein Thriller-Debüt vorgelegt, den ersten ernstzunehmenden 9/11-Thriller, und im damals noch herrschenden – noch nicht vollständig zensierten – Klima durften sogar Spiegel-Autoren loben: »Ein dramatisches Roadmovie auf Leben und Tod – sofort und unmittelbar verfilmbar«.[3] Coopers Buch kam an, kletterte, wurde gelobt von der Krimi-Fachwelt – aber die ließ sich natürlich keine 126 Minuten aufs Glatteis führen, erkannte das *Cover* unterm Cover, also dass es das Original gar nicht *gab*, schlussfolgerte messerscharf, Cooper müsse ein Pseudonym sein und lobte Preise und Bücherkisten für den Whistleblower aus, der den Vogel enttarnte. Tat aber keiner. Der Verlag hielt dicht. Wir hielten sowieso. Dass am Ende wiederum ein Spiegel(online)-Redakteur die richtige Ahnung hatte, führte zum damals noch möglichen Videokompliment des Leitmediums[4] an die (dementierenden) Autoren und zu einem temporären Platz direkt hinter Harry Potter in den Amazon-Charts.

Mission accomplished: amerikanischen Pageturner in die Charts geschrieben, Haken dran. Schade nur, dass John es nicht zurückgeschafft hat in seine Heimatsprache, aber man kann ja nicht alles haben. Wir hatten unseren Spaß. Gehabt. Und unsere Leser offenbar ebenfalls. Auch wenn

---

3 Yassin Musharbash, Bin Laden? Bin Baden!, Der Spiegel, 29.08.2007, www.spiegel.de/kultur/literatur/9-11-thriller-bin-laden-bin-baden-a-501597.html

4 Ole Reißmann, Bestseller-Autor enttarnt: Die zwei Gesichter des John S. Cooper; 25.10.2010, Spiegel online (Video); www.spiegel.de/kultur/literatur/bestseller-autor-enttarnt-die-zwei-gesichter-des-john-s-cooper-a-726599.html

wir mit dem von uns gewählten Ende den einen oder anderen verärgert hatten.

Sofern Sie zu diesen (mild, hoffentlich) Verärgerten gehören, gestatten Sie mir an dieser Stelle den Versuch einer Ehrenrettung, unserer. Ja: wir hätten das anders lösen, anders erzählen können. Konsequenter, den Genregesetzen gehorchend. Also: Showdown im OK Corral und so, Held wird angeschossen, Fiesling wird verhaftet oder gekillt, die Gerechtigkeit siegt. Aber das war uns zu viel Roman beziehungsweise Kitsch. Zu viel Illusion. Komplett hart und realistisch wollten wir andererseits aber auch nicht enden, denn das hätte ja bedeutet, dass Buddy Rickler und seine Bande, wie in der Realität, die Zuvielwisser und Zuvielefalschefragensteller einfach einzementiert oder hätten verunfallen lassen. Realistisch hätte das *Das fünfte Flugzeug* nur mit dem Exitus von Max, Liz, Nick und Jake enden können. Und das brachten wir nicht übers Herz. Oder übers Hirn, denn wie hätten wir ohne die vier John S. Coopers Roman #2 schreiben sollen?

Ohnehin: Allzu sehr an die Realität angelehnt, mit nur marginaler Fantasie, wäre unsere Story schon in Kapitel 27 zu Ende gewesen. Oder jedenfalls das Leben von Liz Brokaw/Donovan, der Tochter des fünften Piloten. Dass auch 9/11-Experten von diesem Randaspekt der echten Story gar nichts wissen, ist mir aber erst 2020 klargeworden, als ich wieder mal mit dem Auchalleskenner Paul telefonierte (schöne Grüße), nach einem längeren Mailwechsel meinerseits mit dem Ebenfallsauchalleskenner Elias (schöne Grüße).

Denn es gab ja eine einst lebendige »Vorlage« für Liz, eine Inspiration. Natürlich hieß die nicht Brokaw. Sondern Burlingame, Vorname Wendy. Deren Vater, nicht Mike Donovan, sondern Charles Burlingame, war natürlich nicht der Pilot des fünften Flugzeugs gewesen, sondern der des dritten, der dubiosen »Pentagon-Maschine«, United 77. Zu ihm, dem echten Piloten, und zu seinem Verhalten am 11. September 2011, hatte so mancher Skeptiker Fragen gestellt, im echten Leben, denn keiner der Freunde und Kollegen des realen Charles hatte sich vorstellen können, dass dieser harte Hund und Ex-Elitesoldat irgendwelche Leute in sein Cockpit gelassen hätte, erst recht keine Leute mit Teppichmessern. Und schon gar nicht hätte er zugelassen, dass diese Leute sein Flugzeug inklusive der an Bord befindlichen nur 40 Pentagon-Zulieferer-Passagiere (sowie Babs Olsen) direkt über der Grasnabe ins Pentagon nageln. Ob nun neben des echten Charles Freunden auch seine echte Tochter (nicht Liz, sondern Wendy) sich über diese Unmöglichkeit Gedanken gemacht und/oder an der falschen Stelle die richtigen Fragen gestellt hat, wissen wir natürlich nicht, aber ihr tragisches Ableben im Dezember 2006, mit nur 32 Lebensjahren, kam uns natürlich schon ein bisschen sonderbar vor. Damit waren wir in den Tagen nach ihrem tragischen, tödlichen Unfall ja auch nicht allein, denn selbst dem hinzugezogenen FBI und der berichteten New York Times erschien das Ganze »suspicious«, also verdächtig, also faul. Allerdings nur kurz. Nachfragen blieben aus. Die Story verschwand umgehend im Nichts (beziehungsweise in der *Wayback Machine*).

Tatsächlich lebte Wendy Burlingame (nicht Liz Donovan) bis zu ihrem Tod am 5. Dezember 2006 in einem Apartment in Guttenberg, New Jersey, mit ihrem WG-Mitbewohner Kevin Roderick und zwei Hunden. Mr. Roderick war zum Zeitpunkt von Wendys Tod verreist, Wendy hatte sich angeblich einige Wochen zuvor in einen jungen Militärangehörigen verliebt. Zeuge Rojas, der in der Wohnung unter der von Wendy lebte, hörte in der fraglichen Nacht Streit und viel Lärm aus dem Apartment, dann einen schweren Aufschlag, dann nichts, drei oder vier Minuten später brach ein Feuer aus, Rauch drang in Rojas Wohnung, der Zeuge brachte sich in Sicherheit, verließ das Haus. Die Feuerwehr traf rasch ein, das Feuer wurde rasch gelöscht, es entstand kein nennenswerter Sachschaden, Verletzte waren nicht zu beklagen. Außer Wendy Burlingame und ihren Hunden, denn Wendy und die Hunde waren tot.[5]

Anderen Berichten zufolge wurde hiernach auch der namentlich nicht genannte frische Freund der merkwürdig Verstorbenen befragt und gab an, er sei gerade noch aus dem Feuer entkommen. Wieso er seine Freundin nicht gerettet hatte, blieb unklar. Die Tür des Apartments war frühen Berichten zufolge von außen verschlossen worden, nur wieso der junge Unbekannte oder sonst wer die Wohnungsbesitzerin nicht gerettet, sondern die Tür hinter sich abgeschlossen haben sollte, wurde nicht berichtet. Presseanfragen an die verbliebenden Angehörigen von Miss Burlingame wurden nicht beantwortet. So viel zur Inspiration.

Zum Glück müssen sich Romanautoren nicht an die Realität halten, sofern ihnen die Fiktion besser in den dramaturgischen Kram passt. Liz Brokaw/Donovan entkommt. Romanheldinnen dürfen das.

Romanheldinnen und -helden dürfen aber auch allerhand anderes. Zum Beispiel eins und eins zusammenzählen, sogar mit authentischen Ziffern und Daten, die nur *aussehen* wie frei erfunden. Zum Glück so aussehen. Absichtlich. Sonst wärs ja abschreckend gewesen, dieses »Komplizierte« im Roman, denn, »nicht immer vermag der Leser den Theorien Fullers zu folgen, zu unterscheiden zwischen den einzelnen Flugzeugen. (…) Aber das ist wohl der gekonnte Trick des Autors, einen spannenden, aber eben fiktiven Roman vorzulegen.« (Sonja Kolb, Vitrine-Krimi).

---

5 Daughter of 9/11 Flight Pilot Is Found Dead After a Fire, New York Times 6.12.2006 www.nytimes.com/2006/12/06/nyregion/06fire.html

Nein, eben nicht. Also, doch, das war der gekonnte Trick, aber nicht der des Autors, sondern der von anderen Leuten. Denn die im Roman beschriebene komplizierte Verwirrung, die Schwierigkeit, zwischen den einzelnen Flugzeugen zu unterscheiden, war am tatsächlichen 11. September ganz auf der Seite der Realität und der zuständigen Fluglotsen. Mitten in den (tatsächlichen) zahlreichen Militärübungen und mitten zwischen den (tatsächlichen) zahlreichen Radar-Inserts flogen, kreisten und kreuzten am echten 11. September die Flugzeuge #5 bis #10 aus gottweißwelchen Gründen überall am Himmel über dem Tatort: eine doppelte UA93, die vielleicht UA175 wurde (was erklären würde, weshalb UA175 nachweislich auch nach dem Absturz der vierten Maschine noch in der Luft war), eine Transportmaschine, die vom Pentagon direkt nach Shanksville propellerte, ein fliegender Kommandostand, also eine E-4B-Boeing-747, die immer eine E-4B blieb aber nie in den offiziellen Berichten auftauchte. Die komplizierten Fiktionen in *Das fünfte Flugzeug* sind keine. Es sind nur als Fiktion verkleidete Fakten.

Die auftauchenden pakistanischen Generäle mit reichlich Vorwissen haben wir ja auch nicht erfunden, ebenso wenig wie »9/11-Mastermind« Sheikh Khalid und Sheikh Omar sowie deren merkwürdige Schnittmengen. Offen gestanden – wir haben nicht einmal Buddy Rickler erfunden. Nur seinen Namen.

Romane dürfen das. Alles. Wer sich im Thema auskennt, erkennt die dauernde Nichtfiktion und hat/hatte hoffentlich Freude an den paar verbindenden Linien, die in der Realität bis heute fehlen zwischen den harten Fakten. Wer sich nicht im Thema auskennt, hat/hatte hoffentlich Freude an unserer blühenden Fantasie.

Romanhelden aber dürfen am Ende, vor die Wahl gestellt zwischen Wahrheit und Tod, sogar das Überleben wählen. Wir wissen nicht, wie viele echte Max Fullers es gibt und wie vielen man nicht die Wahl gelassen hat, die wir Max im Roman lassen. Die wenigen uns bekannten realen Maxens, die offenkundig dicht dran waren, sind verstummt, wahlweise gelangweilt, im Ruhestand oder natürlich verstorben. Kommt vor. Unfälle passieren. Das haben wir unserem Max erspart. Aber verkauft hat er sich nicht! Sondern hat überlebt. (Wir weisen nur der Vollständigkeit halber darauf hin, dass der Plot von »Zero« (2010) um die Einführung einer für FED und EZB brandgefährlichen virtuellen Ersatzwährung kreist; dass die Realität uns und Max erst 2022f einholt, bitten wir zu entschuldigen, wir leiden schon seit Längerem an galoppierender Weitsicht.)

Zum Glück, unserem, waren und sind Mathias und ich ja nur Spinner. Autoren aus einem kleinen Land, ganz weit im *Off*, international bedeutungslos (das Land, wir natürlich auch), zum Glück hat man uns lediglich übersetzt ins Serbische, Bulgarische, Griechische, nicht in die einzig wahre Sprache des Empire. Zum Glück hat uns also dort nie jemand ernst genommen, zum Glück wird das auch nie jemand tun.

Das ist jedenfalls die offizielle Erklärung.

Von den Millionen, die Buddy uns fürs Schweigen gezahlt hat, sagen wir ja keinem was.

Es ist alles gesagt.

Inzwischen sowieso. Und inzwischen ist ja auch mehr als genug Gras über die ganze Sache gewachsen, zum Glück nicht über Mathias' und meinem Kopf. Inzwischen müssen wir uns keine Sorgen mehr machen, und ich muss auch keine doppelten Pseudonyme mehr erfinden, der Fall liegt längst bei den Akten und steht als »erledigt und aufgeklärt« im Geschichtsbuch und in der Wikipedia. Mathias' und meine Fragen, dem Staatsanwalt diktiert, stehen indes weiter unbeantwortet im Raum (und im Sachbuch, dem gemeinsamen). Überholt ist allenfalls unsere Ansicht von 2007 beziehungsweise 2011, wir *alle* müssten großes Interesse an der wirklichen Aufklärung des Jahrhundertverbrechens »9/11« haben. Hier gehen, Stand heute, die Ansichten unvereinbar als Freunde denkbar weit auseinander, denn Verschwörungsleugner *wissen* ja, dass es sich um einen Anschlag von Osama und den 19 Räubern handelte, Verschwörungstheoretiker hingegen *wissen*, dass kein Beweis mehr geführt werden muss für den organisierten Mord an 3 000 Amerikanern (sowie, kollateral folgend, ein paar hunderttausend Nichtamerikanern), weil alle Beweise inzwischen auf dem Tisch liegen. Nur, dass der Tisch inzwischen im Keller steht, zwischen anderen Leichen, und keinen mehr interessiert.

So bleiben die Aufklärungshypothesen zum weltverändernden Verbrechen dort, wo sie sind: in der Fiktion. Nicht als Forderung, sich des eigenen Verstandes zu bedienen, die dem Sachbuch eben manchmal innewohnt, sondern als freundliches Angebot. Es sagt ja keiner, schon gar nicht John S. Cooper, dass man gefälligst denken sollte. Man könnte aber, und wenn's geschähe, wäre der flotte Pageturner ja tatsächlich geworden, was er werden wollte.

Sven Böttcher, im Mai 2021

300 Seiten
ISBN 978-3-946778-21-9
Auch als E-Book erhältlich

Danny Patrick Rose
Die Verschwörung – Der 9 / 11 Roman

Ein geistiger Kleingärtner als US-Präsident, dessen Frau es mit dem Außenminister treibt, der nicht zufällig Collin Powell ähnelt, ein Haufen selbstgerechter Politschranzen, durchgeknallter Geheimdienst- und Medienleute - kurz: ein abgedrehtes Szenario voller spektakulärer Ereignisse und wild wuchernder Spekulationen über die Wahrheit, die hinter den Anschlägen des 11. September 2001 steckt. Das ist der Stoff, aus dem Danny Patrick Rose Roman gestrickt ist, der sich wie ein in Prosa umgesetzter Comic liest, in dem wir neben Martin Bormanns Sohn auch Fidel Castro und Che Guevara begegnen, die - alle quicklebendig - in die Befreiung von Guantanamo verwickelt sind … Ein ungeheures wie unverschämtes Buch, schrill und schreiend komisch.